Danuta Reah · Letzter Halt

DANUTA REAH

Letzter Halt

Roman

Aus dem Englischen
von Ariane Böckler

Blanvalet

Die Originalausgabe erschien unter dem Titel
»Only Darkness«
bei HarperCollins Publishers, London.

Umwelthinweis
Dieses Buch und der Schutzumschlag wurden auf
chlorfrei gebleichtem Papier gedruckt.
Die Einschrumpffolie (zum Schutz vor Verschmutzung) ist aus
umweltschonender und recyclingfähiger PE-Folie.

Der Blanvalet Verlag
ist ein Unternehmen der Verlagsgruppe Bertelsmann

1. Auflage

Satz: Uhl + Massopust, Aalen
Druck und Bindung: GGP Media GmbH
ISBN 3-7645-0090-5

Für meine Mutter Margaret,
die starb,
bevor das Manuskript
zur Veröffentlichung
angenommen wurde.

... all my light drawn in to shed
Only darkness on the living, only darkness
on the dead

aus »The Death of the PWD Man«
von Tony Harrison

1

An einem Donnerstagabend im Dezember sah Debbie den Mörder.

Sie hatte gerade ihren Abendkurs hinter sich und wollte das College verlassen. Es war schon spät – etwa halb zehn. Die Studenten hatten sie nach dem Unterricht noch in Gespräche verwickelt, und als sie endlich die Bücher im Dozentenzimmer abgelegt und ihren Mantel geholt hatte, stand Les Walker schon in der Eingangshalle und wartete darauf, dass er hinter ihr abschließen konnte.

Er klirrte mit den Schlüsseln, während sie auf ihn zulief, und tippte viel sagend auf seine Uhr. »Haben Sie denn kein Zuhause?«

»Viel hab ich davon jetzt auch nicht mehr«, erwiderte sie und sah ebenfalls auf die Uhr. »Tut mir Leid. Müssen Sie morgen in aller Frühe wieder anfangen?« Debbie hasste es, andere warten zu lassen. »Habe ich Sie vom Nachhausegehen abgehalten?«

Les schüttelte den Kopf. Er wirkte nicht allzu verstimmt. »Nein, es wird sowieso nach zehn, bis wir hier fertig sind. Ich muss noch die Räume im obersten Stock kontrollieren.«

Er öffnete das schwere Eingangstor. Ein Windstoß drückte es gegen ihn, und Regen spritzte auf den Fußboden.

»Eine raue Nacht«, bemerkte er. »Haben Sie Ihr Auto auf dem oberen Parkdeck stehen? Das haben wir noch nicht abgeschlossen.«

»Nein.« Debbie blickte bedrückt auf den dunkel glänzenden Asphalt. »Ich fahre mit dem Zug.«

»Dann passen Sie nur gut auf sich auf.« Les war ganz ernst geworden. »Denken Sie an diese Mädchen …«

Danke, Les, sehr aufbauend. »Das war doch weiter drüben, hinter Doncaster.«

»Sie haben ihn noch nicht. Der tut es wieder. Ein Irrer wie der macht so lange weiter, bis er gefasst wird. Typen, die sowas machen, gehören aufgeknüpft, das sage ich Ihnen …«

Das Geräusch von Schritten auf den Außenstufen brachte ihn zum Schweigen, und Rob Neave, der Sicherheitsbeauftragte, drängte sich durch die Tür. Die Haare klebten ihm regennass im Gesicht, und von seiner Jacke tropfte Wasser. »Sind Sie hier fertig?«, fragte er Les und grüßte Debbie mit einem Nicken.

»Muss nur noch die obere Etage kontrollieren.« Da Rob Neave für die tägliche Sicherung des Gebäudes verantwortlich war und ihm außerdem der Ruf eines neuen Besens nacheilte, waren die Hausmeister vor ihm auf der Hut. »Ich bringe nur noch Debbie raus. Gerade habe ich ihr gesagt …«

Erneut frischte der Wind auf, und das Klappern eines Fensters, das an seinen Scharnieren nach hinten schwang, unterbrach ihn. Les sah Debbie an. »Seien Sie bloß vorsichtig.« Damit verschwand er die Treppe hinauf und ließ sie mit Rob Neave allein.

Sie machte ihre Aktentasche zu und sah zur Tür. »Ich muss jetzt los«, sagte sie unsicher, während der Wind den Regen gegen die Fenster peitschte.

»Stehst du auf dem oberen Parkdeck? Die Lichter sind aus. Ich begleite dich hinüber.« Spätabends war das Parkhaus dunkel und verlassen.

»Schon gut«, sagte sie. »Danke. Ich fahre mit dem Zug.«

Nachdenklich sah er sie an. Ihr war klar, dass ihr Regenmantel nur einem kurzen Schauer standhielte und ihre Schuhe für dieses Wetter zu leicht waren. *Heute Morgen war es doch noch schön!* Sie zog ihren Schirm hervor, und er schüttelte den Kopf und lachte. Er hielt ihr die Tür auf und sah ihr nach, wie sie die Stufen hinabging und sich abmühte, den Schirm gegen den Wind aufzuspannen. Dann schloss er die Tür und überließ sie den Launen des Sturms.

Denn ein Sturm war es tatsächlich. Es goss in Strömen, und der Wind peitschte den Regen umher, nach oben, unter ihren Schirm, wehte ihn gegen sie, wo er ihr eisig ins Gesicht schlug, während sie versuchte, ihren Mantelkragen hochzuziehen. Eilig lief sie den Hügel in Richtung Bahnhof hinab. Sie war später dran als sonst, doch vielleicht hatte das schlechte Wetter ihren Zug ja aufgehalten, sodass sie ihn noch erwischen könnte. Wenn nicht, durfte sie sich darauf gefasst machen, eine halbe Stunde auf dem eiskalten Bahnsteig herumzustehen. Es gab zwar einen kleinen Warteraum mit Sitzen und einem Heizkörper, doch der wurde immer abgeschlossen, wenn die Letzten vom Bahnhofspersonal um neun Uhr gingen.

Sie erreichte die Hauptstraße und wartete auf Grün. Es regnete zu heftig, um zu sehen, ob ein Auto kam. Die Luft roch ungewöhnlich sauber. Normalerweise war diese Kreuzung von übel riechenden Abgasen verpestet, doch anscheinend hatte der Regen sie beseitigt. Das grüne Männchen leuchtete auf, und sie ging eilig über die Straße und auf die Brücke zu. Sie könnte es gerade noch schaffen. Als sie die Brücke überquerte, hörte sie, wie der vom Regen angeschwollene Fluss an den schmalen Ufern vorbeirauschte.

Der nächste Windstoß packte sie, und sie hörte Glas splittern. Das gäbe morgen einige Versicherungsfälle, dachte sie und nahm sich vor, am nächsten Tag zu prüfen, ob Dachziegel herabgefallen waren. Platschend durchschritt sie die Pfütze vor dem Bahnhof und stand dann endlich im Trockenen.

Der Fahrkartenschalter war bis auf die Aufforderung, den Fahrschein im Zug zu kaufen, eine blinde Fläche. Die Tafel, auf der die ankommenden Züge angekündigt wurden, zeigte schwarzweißes Chaos – ein weiteres Opfer des Sturms. Debbie lief in Richtung Bahnsteig los, falls ihr Zug bereits eingefahren war. Sie hastete die überdachte Rampe entlang, wurde aber langsamer, als sie sah, dass kein Zug dastand. Hatte sie ihn verpasst, oder hatte er Verspätung?

Der Bahnsteig war leer, und langsam merkte sie, dass mit dem Licht etwas nicht in Ordnung war. Es war gelb und flackerte, aber nicht hell genug. Die Schatten in den Ecken waren größer und dunkler, und im Warteraum herrschte tiefste Finsternis. Sie zog an der Tür. Abgesperrt. Der Bahnsteig gegenüber – der einzige andere Bahnsteig – lag im Dunkeln, und die blonde junge Frau, die manchmal zur gleichen Zeit wie Debbie auf der anderen Seite der Gleise wartete, stand nicht da. Es stand überhaupt niemand da, also musste der Zug nach Doncaster schon weg sein.

Ich wollte doch nicht an Doncaster denken.

Der Wind verfing sich im Bahnsteigschild und ließ es an seiner Kette gegen die Rohre klappern. Der Regen prasselte auf dieses seltsame gelbe Licht, und dann herrschte Stille.

Beklommen trat Debbie an die Bahnsteigkante, um nach dem Zug Ausschau zu halten. Unter ihren Füßen knirschte es. Sie sah nach unten. Glas, zerbrochenes Glas. Ihr fiel ein, dass sie Glas splittern gehört hatte, als sie über die Brücke kam, und blickte sich um. Sah nach oben. Das Glas über der Lampe war zerbrochen, und die Leuchtröhre saß locker, weshalb sie dieses matte, flackernde Licht abgab.

Das war nicht der Wind. Jemand hat es zerbrochen. Jemand hat es genau in dem Moment zerbrochen, als ich über die Brücke ging. Aber es ist niemand aus dem Bahnhof herausgekommen.

Sie schaute sich um, die Rampe hinauf, in Richtung des

einzigen Ausgangs. Ihr Mund wurde trocken. Am oberen Ende der Rampe stand jemand, rührte sich nicht, sah nur zu ihr auf den Bahnsteig hinab. Sie konnte ihn – es musste ein Mann sein, er war so massig – nicht deutlich ausmachen. Das Licht war hinter ihm. Die Vernunft sagte ihr: *Es ist ein Fahrgast, sei nicht albern,* doch auf ihren Armen stellten sich die Haare auf, und ihr Herz raste. Die Gestalt begann die Rampe hinunter und auf sie zuzugehen.

Es gibt kein Entkommen!

In diesem Moment hörte sie den Zug. Angespannt wartete sie auf seine Lichter in der Dunkelheit. Ihre Knie waren weich, und sie hätte am liebsten schon nach der Tür gegriffen, als der Zug noch an ihr vorbeifuhr und langsamer wurde. Ohne auf das Lichtsignal zu warten, drückte sie den Knopf zum Tür öffnen, und als die Tür endlich aufging, fiel sie beinahe in den Wagen. Dann kam sie sich albern vor und sah aus dem Fenster, um zu verfolgen, was ihr beängstigender Mitreisender tat.

Doch es war niemand da.

Debbie kam erst spät nach Hause. Sie klappte ihren Schirm zu, schüttelte ihn dabei aus und hastete die Passage entlang, die zur Rückseite der Zeile kleiner Reihenhäuser führte. Durch die Küche trat sie ein, warf Mantel und Schirm neben die Hintertür und ging rasch zum Wohnzimmer durch. Dort schaltete sie die Gasheizung an und blieb ein paar Minuten davor stehen, um die Wärme aufzusaugen. Debbie träumte davon, in ein warmes und einladendes Haus zu kommen, doch sie hatte keine Zentralheizung und rechnete auch nicht damit, sich in absehbarer Zeit eine leisten zu können. Das Gehalt einer jungen Dozentin im Bereich Weiterbildung gestattete keine Sonderwünsche.

Langsam wurde es warm im Raum. Debbie sah sich mit einem gewissen Stolz um. Sie hatte das Haus vor achtzehn

Monaten gekauft. Es war – laut Maklerjargon – modernisierungsbedürftig gewesen. Sie hatte sich nicht Miete und Hypothek gleichzeitig leisten können, also lebte sie in dem Haus, indem sie ein Zimmer mehr oder weniger bewohnbar hielt, während um sie herum neue Leitungen gelegt, Installationen eingebaut und Wände verputzt wurden. Nach und nach sah es nun so aus, wie sie es sich vorstellte, und dieses Zimmer war schon fast fertig. Ein Teppichboden hatte ihre finanziellen Möglichkeiten überschritten, aber ihre Mutter hatte ihr den Perserteppich aus dem selten benutzten Wohnzimmer in dem Haus angeboten, wo Debbie aufgewachsen war. Debbie hatte ihn genommen, die Dielenbretter selbst geschliffen und versiegelt, und nun prangte der Teppich in der Mitte des Fußbodens. Einen Teppichboden wollte sie nicht mehr, seit sie gesehen hatte, wie der Perser wirkte. In dem kleinen Raum standen sehr wenige Möbel – zwei Sessel und ein poliertes Holztischchen dazwischen.

Rechts und links des Kaminvorsprungs waren Regale angebracht. An den Wänden hingen Bilder – eine Zeichnung der Wälder bei Goldthorpe und ein gerahmtes Poster von der Monet-Ausstellung, die Debbie vor ein paar Jahren in der Royal Academy gesehen hatte. Den einzigen anderen Schmuck bildete eine Gruppe Fotografien auf dem Tisch.

Die Fotografien zeigten ausschließlich ihre Familie – ihren Vater mit einer jüngeren Debbie, der stolz auf seine Tochter hinabsah, während sie breit grinste und irgendeine Trophäe schwenkte. Wofür hatte sie die bekommen? Beim Schwimmwettkampf der Junioren? Ihre Mutter sah in ihrem Graduiertentalar der Open University ungewohnt ernst drein. Sie hatte darauf bestanden, dass ein offizielles Foto gemacht wurde. *Ich habe lange genug auf diesen Tag gewartet,* hatte sie Debbie und ihrem Mann erklärt. Und ein späteres Bild von ihrem Vater, etwa ein Jahr vor seinem Tod aufgenommen.

Die Katzentür klapperte, und Debbies Katze kam aufgeregt in den Raum gerannt, mit hoch gerecktem Schwanz und atemlos miauend. Debbie nahm sie auf den Arm und ging in die Küche, um nach dem Büchsenöffner zu suchen. Die Katze schnupperte an ihrem Ohr und krallte sich ungeduldig in ihre Schulter. Debbie setzte sie auf den Fußboden, wo sie ihr immer wieder zwischen die Beine geriet und sie zum Stolpern brachte, während Debbie eine Schüssel mit Futter füllte. Sowie die Schüssel auf dem Boden stand, steckte die Katze entschlossen den Kopf hinein und fraß. Debbie hatte eigentlich gar keine Katze haben wollen. Sie war viel weg und brauchte ihre Freiheit, daher war es einfach unpraktisch, doch als das zerzauste Kätzchen hinter dem alten Schuppen im Garten aufgetaucht war, konnte sie es einfach nicht abweisen. Eine Woche hatte sie gebraucht, um das kleine Tierchen näher heranzulocken, und fast eine weitere Woche, bis es sich von ihr anfassen ließ. Danach kam es immer häufiger ins Haus. Zwei Wochen später rümpfte es die Nase über billiges Katzenfutter und stürzte sich auf Debbies Knöchel, wenn sie vorüberging. Debbie taufte die Katze Buttercup, Butterblume, weil sie so ein gelb geschecktes Fell hatte.

Ihr fiel der nasse Regenmantel in der Küche ein, also holte sie ihn in den Flur und hängte ihn an einen Haken. Wenn er nicht rechtzeitig trocknete, müsste sie morgen ihre Jacke anziehen. Irgendetwas in ihr sperrte sich dagegen, sich in aller Ruhe hinzusetzen. Nach einem Abendkurs brauchte sie meist etwa eine halbe Stunde, um abzuschalten, während sie ein Glas Wein oder auch ein Bier trank und Musik hörte. Danach nahm sie ein zweites Glas Wein mit hinauf ins Badezimmer und ließ sich ein heißes Bad einlaufen – den Boiler so zu stellen, dass er sich donnerstags früher einschaltete, war ein Luxus, den sie sich gönnte –, und dann lag sie da, schlürfte den Wein und entspannte sich. Wenn sie müde wurde, ging sie ins Bett, wo sie normalerweise binnen Minuten einschlief und erst wieder aufwachte, wenn um acht der Wecker klingelte.

Sie schenkte sich ein Glas Wein ein, kehrte ins Wohnzimmer zurück und setzte sich vor den Gasofen. Die Begegnung am Bahnhof ging ihr nach, sie konnte sich nicht beruhigen. Wenn sie die Augen schloss, sah sie wieder dieses seltsame Licht vor sich. Das Trommeln des Regens an ihrem Fenster wurde zum Trommeln des Regens auf der Bahnsteigüberdachung. Die Gestalt auf dem Bahnsteig begann auf sie zuzugehen, doch ihre Beine waren schwer, und sie konnte sich nicht bewegen. Sie versuchte zu schreien, aber ihre Stimme war zu schwach, um irgendeinen Laut hervorzubringen. Sie sah sich nach dem einfahrenden Zug um, doch das Gleis war verschwunden, neben ihr verlief ein schnell dahinfließender Fluss, glatt und gefährlich. Sie sah zu Boden, und auf einmal floss der Fluss unter ihren Füßen. Das dünne Gitter, auf dem sie stand, begann sich aufzulösen. Die dunkle Gestalt war hinter ihr, aber sie konnte sie nicht sehen.

Sie schreckte aus dem Schlaf empor, das Bild zerfiel, und das Rauschen des Flusses wurde zum Zischen der Gasflamme. Zeit, ins Bett zu gehen.

Früh am nächsten Morgen, nicht lange nach Mitternacht, als der Sturm sich gelegt hatte, bremste ein Güterzug, der eine Ladung Alteisen von Leeds nach Sheffield transportierte, am Signal vor der Abzweigstelle bei Rawmarsh etwas ab. Als er hinter der Gleiskreuzung wieder Geschwindigkeit aufnahm, bemerkte der Lokführer etwas, das zusammengesackt an einem Mast neben dem Gleis lehnte. Es hätte ein Sack Müll sein können. Er gab es über Funk durch, und die Meldung ging an die Ermittler des zuständigen Polizeireviers.

»Wo genau hat er gesagt?« Kevin Naylor ging am Gleis entlang und leuchtete mit seiner Taschenlampe die Strecke in

Richtung Brücke ab. Hier waren die Gleisanlagen besonders schwer zugänglich – sie hatten mit dem Auto einen matschigen Feldweg entlangholpern und dann zur Brücke laufen müssen.

»Direkt hinter der Abzweigstelle.« Seine Partnerin Cath Hill war sauer. Es war kalt und nass, und sie hatte keine Lust, sich auf der Suche nach irgendwelchen abgeladenen Müllsäcken durch das dichte Gebüsch neben den Gleisen zu zwängen. Sie hatten gerade zurück ins Revier fahren und Pause machen wollen, als die Meldung eintraf. Sie stocherte in den Büschen herum. »Hier liegen genug Kondome, um eine Fabrik aufzumachen. Es muss direkt am Gleis sein, hat er gesagt, gleich nach der Abzweigstelle. Angehalten hat er nicht, ist aber langsamer geworden, also ist es vermutlich nicht allzu weit von hier. Er hat irgendwas von einem Mast gesagt. Bringen wir's hinter uns, damit wir zum Auto zurückkönnen.«

Als sie die Gleise abgingen und mit ihren Taschenlampen vor sich her leuchteten, verblassten die Lichter des Stahlwerks hinter ihnen. Cath leuchtete mit ihrer Taschenlampe in die Büsche. Die nassen Blätter warfen den Schein glitzernd zurück, doch das Licht konnte die Finsternis in dem dichten Laub kaum durchdringen. Der Kies knirschte unter ihren Füßen, und irgendetwas raschelte und bewegte sich im Unterholz. Sie richtete ihre Taschenlampe auf das Geräusch, doch es wiederholte sich nicht. Der Wind frischte wieder auf, und Cath musste sich dagegen stemmen, als er durch die Blätter fegte und einen plötzlichen Guss Regenwasser herabschüttelte. Vor ihr lag ein Hohlweg, wo das Gleis in der Finsternis verschwand. Cath war nicht scharf darauf, diesen engen Raum zu betreten, ohne zu wissen, was sie erwartete. Die Haare auf ihren Armen stellten sich langsam auf, und sie spähte am Gleis entlang nach hinten, um sich zu vergewissern, dass sie nicht allein war.

Sie leuchtete mit ihrer Taschenlampe durch die Rinne und

ließ den Strahl den nassen Stein hinauf und hinab wandern. Jetzt konnte sie den Mast sehen, direkt hinter dem anderen Ende, und ja, es lehnte tatsächlich etwas Massiges daran. Ihre Müdigkeit war wie weggeblasen, und vor Anspannung verkrampfte sich ihr Magen. Ihre Sinne waren hellwach. Sie rief nach Kevin, der weiter hinten mit der Taschenlampe das Gebüsch ableuchtete. Er machte sich auf in ihre Richtung. Cath ging auf den Mast zu. Sie beeilte sich nun nicht mehr, weil sie wusste, was sie dort vorfände. Im Schein der Taschenlampe konnte sie bereits helles Haar ausmachen, und beim Näherkommen fiel ihr auf, dass das Gesicht der Frau seltsam überschattet war und ihre Augen große, dunkle Kreise bildeten. Sie ging zu ihr hinüber und kauerte sich vor sie hin. Dann leuchtete sie ihr direkt ins Gesicht.

»O Gott, o Scheiße!« Sie riss ihre Lampe zurück, als Kevin ihr über die Schulter leuchtete. Sie vernahm seinen Aufschrei, als er sich abwandte. Das Gesicht der Frau war unten mit schwarzem Klebeband bedeckt, das von weitem wie dunkle Schatten gewirkt hatte. Ihre Augen waren – weg. Blutige Höhlen starrten ihnen entgegen, während der Kopf von dem Draht, der fest um den Hals gezurrt war, nach hinten an den Mast gedrückt wurde.

Rob Neave drehte sich im Bett um. Das Radio hatte ihn geweckt: halb sechs, gerade rechtzeitig für den Seewetterbericht und *Landwirtschaft heute.* Er wachte meist um diese Zeit auf, ob er nun Frühschicht hatte oder nicht, und hörte sich die Sendung entweder beim Aufstehen an oder er blieb liegen und lauschte, während der Seewetterbericht in die Landwirtschaftssendung und später in *Today* überging. Heute Morgen machten sich die Bauern mal wieder Sorgen wegen der Schweine. Langsam wurde er zum Schweineexperten – oder zumindest zum Experten für Schweinefleischpreise. Er hatte in seinem ganzen Leben noch kein echtes Schwein gesehen.

Er beschloss, wieder um halb acht anzufangen. Es reizte ihn wenig, zu Hause zu bleiben, und wenn er nicht zur Arbeit musste, fiel es ihm schwer, überhaupt aus dem Bett zu kommen. Brachte irgendwie nichts. Er war am Abend zuvor erst nach zehn nach Hause gekommen, hatte dann noch Musik gehört und ein paar Biere getrunken. Es war ein langer Tag gewesen, also hatte er sich etwas zu essen gemacht und war ins Bett gegangen. Das Einschlafen war ihm schwer gefallen. Schließlich hatte er das Radio angemacht, bis Sendeschluss zugehört und dann zum *BBC World Service* umgeschaltet.

Er kam gerade aus der Dusche und trocknete sich ab, als er den Schluss des ersten Nachrichtenbeitrags aufschnappte. *...Heute in den frühen Morgenstunden wurde an einer Bahnstrecke in South Yorkshire die Leiche einer Frau gefunden. Ein Polizeisprecher gab bekannt, dass es noch zu früh sei, um zu sagen, wie die Frau ums Leben kam. In den letzten achtzehn Monaten wurden in South Yorkshire bereits drei Frauen ermordet, deren Leichen auf oder neben Bahngleisen abgelegt worden waren...*

Er hörte sich den Rest des Beitrags an, in dem die früheren Morde zusammengefasst, aber keine weiteren Angaben über die Tote gemacht wurden. Er sah Deborah Sykes in ihrem leichten Regenmantel vor sich, wie sie sich abmühte, den Schirm gerade zu halten, als sie am vergangenen Abend im Sturm verschwunden war. Er beschloss, aufs Frühstück zu verzichten, und zog sich an, wobei er nach Schlüsseln und Geldbeutel Ausschau hielt. Zehn Minuten später bremste er an der ersten Ampel, die ihn mitten auf einer leeren Straße bei Rot anhalten ließ.

2

Das City College in Moreham heißt so, weil es in der Stadtmitte liegt, fünf Minuten zu Fuß von Bahnhof und Busbahnhof und nur einen Steinwurf von der schönen mittelalterlichen Kirche und der Kapelle auf der Brücke entfernt. Die College-Gebäude bieten einen Querschnitt durch die Architektur des zwanzigsten Jahrhunderts. Der Nordbau, mit seinen fast zwanzig Jahren der modernste, präsentiert der Welt eine Fassade aus Rauchglas. Sein Eingang ist schwer zu finden, und wer sich nicht auskennt, kann sich in einem undurchschaubaren Irrgarten von Gängen verlaufen. Der Moore-Bau, der mittlere im Bunde, ist eine Schachtel aus Glasfenstern und Beton, fast vierzig Jahre alt, schäbig und deprimierend. Drinnen ist es gemütlicher. Auf der anderen Straßenseite steht das älteste und trotz seines heruntergekommenen Aussehens schönste Gebäude, der Broome-Bau, ein elegantes Art-Deco-Gebäude mit einer Eichentür in der geschwungenen Fassade. Seine Fenster beobachten einen wie Augen.

Debbie hatte verschlafen und war zwei Minuten vor Abfahrt des Zuges im Bahnhof angekommen. Normalerweise las sie unterwegs die Zeitung, doch da sie keine Zeit gehabt hatte, eine zu kaufen, sah sie stattdessen aus dem Fenster. Rechts und links der Gleise war alles mit Unkraut überwuchert, und die hohen Mauern waren voller Graffiti. Die meisten davon waren unverständlich und – für Nichteingeweihte – immer wieder dasselbe, Namenskürzel und gelegentlich ein Wort. *Joke* stand in gut einen halben Meter hohen Buchstaben auf einer über und über mit Sprühfarbe bedeckten Wand. In Debbies eigener Studienzeit waren die Graffiti noch politisch gewesen: regierungsfeindliche Sprüche, ANC-Slogans, Kommentare zum Golfkrieg, ja sogar noch ein paar Überbleibsel vom erbitterten Streik der Grubenarbeiter – *Kohle ist Arbeit, Thatcher raus* und *Rettet unsere Zechen.* Heute gab es offenbar nur noch Selbstinszenierungen, den bedeutungslosen Aufschrei *Ich bin frei!* oder das unvermeidliche *Fuck you, Ausländer raus* oder *Scheiß-Iren.*

Der Zug fuhr weiter durch das industriell geprägte East End von Sheffield, wo die Gerippe der großen Stahlwerke eins nach dem anderen verschwanden und die Straßen und Häuser einen verlassenen und verfallenen Eindruck machten. Die wie aus einer Spielzeugstadt wirkende Kuppel des Meadowhall-Einkaufszentrums stand zwischen ausgedehnten Parkplatzflächen, die schon jetzt voller Autos waren. Leute drängten aus dem Zug, andere stiegen ein. Alle wirkten beklommen und angespannt. Die Brücke, die die Kauflustigen über die Straße brachte, quoll fast über von Menschen. *Zum Einkauf* stand auf einem Schild. *Joke…* Der Zug fuhr wieder an, vorbei an mehreren baufälligen Häusern und an Grünflächen, wo der Kanal träge und schwarz dicht an den Gleisen verlief. *Fisto* war auf ein Steinhaus gesprüht worden, und noch einmal auf einen verfallenen Schuppen. Es sah geradezu dekorativ aus. Der Turm der Kirche von Moreham kam in Sicht, und Debbie nahm ihre Tasche, als der vertraute Bahnsteig an ihrem Fenster vorbeiglitt.

Am College herrschte bereits Hochbetrieb, als sie sich den Weg durch die Studentenmassen bahnte, die auf den Stufen vor dem Broome-Bau standen. Nach dem Sturm der vergangenen Nacht herrschte nun wieder klares Wetter, aber es war kalt. Die Stufen dienten als zwanglose Plauderecke, als Treffpunkt und – da im College striktes Rauchverbot herrschte – als Rauchsalon für Studenten und Dozenten. Es war kein besonders heimeliger Ort, da zwischen den Gebäuden eine viel befahrene Straße verlief, Gespräche vom Autolärm übertönt wurden und immer wieder Busse von der Haltestelle vor dem Haupteingang abfuhren. Dort roch es immer schmutzig, vor allem an kalten, windstillen Tagen.

Debbie nickte Trish Allen zu, einer Psychologie-Dozentin und überzeugten Raucherin, die ihren Unterricht in der Kaffeepause mit ein paar Studenten fortsetzte, indem sie sich allesamt zu einem geselligen, verrauchten Kreis zusammendrängten. Sie erkannte Sarah Peterson, eine schlaksige Studentin aus ihrem Oberkurs, die unsicher im Eingang stand und verlegen an einer Zigarette zog. Debbie begrüßte Sarah im Vorübergehen und erntete ein hastiges Lächeln mit abgewandtem Blick. Sie fühlte sich versucht, zurückzugehen und sich zu der Gruppe auf den Stufen zu gesellen, zehn Minuten damit zu verbringen, mit anderen Menschen zu sprechen – etwas, was sie seit halb zehn am Vorabend nicht mehr getan hatte, doch sie drängte sich durch die Doppeltür in den dunklen, hohen Flur dahinter.

Einer der ersten Menschen, die sie sah, als sie durch die Tür trat, war Rob Neave, der auf dem Weg nach draußen soeben die Treppe herunter und auf sie zukam. Er blieb stehen, als er sie sah. »Gestern Abend nass geworden?«, fragte er. Debbie nickte, und er lachte. Langsam wurde ihr heiterer zu Mute.

»Ich wollte dich noch etwas fragen«, sagte sie. »Ich hatte gestern Abend ein bisschen Ärger im Unterricht.«

»Okay. Ich muss jetzt zu einer Besprechung.« Er setzte eine viel sagende Miene auf. »Aber später habe ich Zeit. Ich komme in euer Dozentenzimmer – gegen halb fünf?« Er schenkte ihr ein Lächeln, das sie in erfreulich gute Laune versetzte, und sie ging auf ihr Dozentenzimmer zu. Mit Rob

Neave zu plaudern war das Zuckerkörnchen im ansonsten vollwertigen Müsli von Debbies Arbeitsleben.

Die Lüge in Debbies Stundenplan bestand darin, dass Freitagmorgen ihr freier Vormittag war, als Ausgleich für ihren Abendkurs. Die Lüge in ihrem Vertrag war, dass sie eine Fünfunddreißig-Stunden-Woche hatte. Normalerweise saß sie am Freitagmorgen um zehn an ihrem Schreibtisch und arbeitete ihre Korrekturen sowie den endlosen Papierkram nach, der inzwischen zu ihrem Beruf gehörte.

Sie schloss den kleinen Raum auf, den sie sich mit Louise Hatfield teilte, der Leiterin der englischen Abteilung, die inzwischen nur noch aus ihr und Debbie sowie den wechselnden Gesichtern von Honorarkräften bestand, die über eine Agentur vermittelt wurden. Als Debbie im City College angefangen hatte, hatten zum Fachbereich Englisch fünf Festangestellte gehört, aber finanzielle Krisen und sinkende Studentenzahlen hatten zu einer Reihe von Frühpensionierungen geführt, und nun waren nur noch Louise und Debbie übrig. »So schwindet mein Reich dahin«, hatte Louise am Semesterende zu Debbie gesagt. »Auch unsere Tage sind gezählt. Du wirst schon sehen.«

Debbie hatte gehofft, dass Louise im Dozentenzimmer sein würde, aber die verschlossene Tür sagte ihr, dass sie noch unterrichtete – also gab es niemanden zum Plaudern. Sie begann den Stapel Post auf ihrem Schreibtisch durchzublättern. Sie war müde. Als sie ins Bett gegangen war, hatte sie nicht einschlafen können, sondern hatte bis nach drei Uhr wach gelegen und Radio gehört. Nun, wo sie an ihrem Schreibtisch saß, konnte sie sich nicht konzentrieren. Sie hätte gern mit jemandem über die seltsame Szene von gestern Abend am Bahnhof gesprochen und darüber gelacht, um das nachhaltige Gefühl des – was war es eigentlich? – Grauens? – abzuschütteln, das die schweigende Gestalt ausgelöst hatte.

Sei nicht albern. Es war nichts.

Sie seufzte und drehte den Stapel Post wieder um. Größtenteils handelte es sich dabei um Rundschreiben und Werbebriefe von Schulbuchverlagen und Firmen, die Lehrmittel vertrieben. Weg damit in den Abfall. Zwei Memos waren darunter – eins von der Collegeleitung, in dem es um eine Prüfung der Kursverzeichnisse ging, das andere von der Gewerkschaft zur ständig drohenden Gefahr der Kündigung.

Bekümmert fuhr sie sich durchs Haar. Sie fühlte sich verwundbar. Außerdem wusste sie nicht, wie sie zurechtkommen sollte, falls sie ihren Job verlor. Aber es hatte gar keinen Sinn, jetzt darüber nachzudenken. Sie musste andere Dinge angehen – zum Beispiel das Korrigieren. Sie zog ihre Arbeitsmappe zu sich heran und versuchte, eine Locke nach hinten zu klemmen, die sich aus den Kämmen befreit hatte. Die Berührung ließ die gesamte Frisur auf ihre Schultern herabfallen, und sie strich sich verärgert die Haare zurück und fasste sie hinten mit einem Gummi zusammen. Fünfzehn Aufsätze für den Oberkurs zu korrigieren und dazu noch dreißig für den mittleren Abschluss. Sie nahm den ersten zur Hand und fing an zu lesen.

Sie war noch nicht einmal halb durch den Stapel, als der Hunger sie um halb eins in die Cafeteria im Moore-Bau trieb.

Freitags herrschte dort normalerweise kein großer Andrang. Die meisten Studenten hatten am Freitagnachmittag keine Kurse, und von denen, die welche hatten, schwänzten viele. Debbie holte sich einen gemischten Salat von der Salatbar, rang mit ihrem Gewissen und nahm eine Portion Pommes frites. Dann sah sie sich nach einem Sitzplatz um.

»Hey, Debbie!« Tim Godber, Dozent für Kommunikationswissenschaften, verhinderter Journalist und verflossener Liebhaber von Debbie, winkte ihr zu.

»Hallo Tim.« Debbie war auf der Hut. Sie hatte sich einmal sehr zu ihm hingezogen gefühlt, aber nachdem sie nach einem Institutsfest miteinander ins Bett gefallen waren, hatte er sich zu einem kapriziösen Dompteur entwickelt, der versucht hatte, sie zu kontrollieren und zu manipulieren und unter Einsatz von Charme und Gleichgültigkeit durch verschiedene Reifen springen zu lassen, und mittlerweile war Debbie eher abgestoßen als interessiert. Vor kurzem waren sie am Wochenende zusammen etwas trinken gegangen und erneut in Debbies Bett gelandet, doch am nächsten Morgen hatte sie sich geschworen, dass es das letzte Mal gewesen war.

Er strich sich die Haare aus der Stirn und schob sein leeres Tablett beiseite, um ihr auf dem Tisch Platz zu machen. »Wie geht's dir, Schätzchen?«

»Ich bin nicht dein Schätzchen.« Debbie hatte gelernt, resolut zu sein. »Und mir geht's gut. Und dir, Liebster?«

»Ich bin nicht dein Liebster, und mir geht's auch gut.« Tim hielt es nicht mehr für nötig, Debbie zu schmeicheln. Sie plauderten oberflächlich miteinander, während sie aßen, und tauschten Klatsch aus ihren jeweiligen Dozentenzimmern aus. Debbie wollte gerade eine Einladung auf einen Drink ablehnen, als von der Kaffeetheke am anderen Ende lautes Stimmengewirr ertönte, zuerst Schreie und dann das Geräusch von zersplitterndem Porzellan – *zersplitterndem Glas* –, was entweder auf groben Unfug oder einen Streit hinwies. Debbie stand vom Tisch auf, um zu sehen, was sich abspielte, obwohl sie nicht die leiseste Absicht hatte einzugreifen. Manche der jungen männlichen Studenten konnten ganz schön einschüchternd sein. Außerdem kümmerte sich offenbar sowieso schon jemand darum. Das Geschrei hatte aufgehört. Rob Neave sprach drüben, wo der Ärger ausgebrochen war, mit einer Gruppe Studenten.

Tim, der genauso wenig Lust wie Debbie hatte, in studentische Streitereien verwickelt zu werden, sah erleichtert drein, beobachtete die Situation aber weiter mit Interesse. »Machismo fascismo«, sagte er, »siegt doch regelmäßig.« Debbie sah ihn an. »Dein Freund, der Expolizist. Derjenige, der sich da drüben als Autorität aufspielt.«

Er wirkte tatsächlich ein bisschen autoritär, aber Debbie würde Tim in diesem Punkt garantiert nicht zustimmen. Sie mochte Rob Neave. »Ich glaube nicht, dass er sich als Autorität aufspielt. Warum sollte er? Er schlichtet doch nur ihren Streit. War er früher Polizist?« Debbie fand, das hätte sie wissen müssen.

Tim wusste alles. Zum einen war es seine journalistische Liebe zum Klatsch, zum anderen seine Verbindungen zur Lokalzeitung. »Das ist sein Job. Für Sicherheit sorgen, Vandalismus verhindern und die Kerle im Zaum halten. Erinnerst du dich noch an diese Geschichte mit dem Lift letztes Semester?«

Debbie schüttelte den Kopf. Nach und nach schilderte ihr Tim, wie gegen Ende des letzten Semesters zwei Studenten einen der Aufzüge im Moore-Bau derart zugerichtet hatten, dass er stecken blieb und sie selbst darin fest saßen. Als sie den Alarmknopf drückten und gerettet werden wollten, hatte Neave, der sich die Sache zusammenreimen konnte, die Rettung um zwei Stunden verzögert, indem er behauptete, sie könnten den Aufzug nicht frei bekommen. Die Hausmeister hatten draußen um den Lift herumgestanden und gedroht, ein Feuer im Schacht anzuzünden. Als die beiden endlich befreit wurden, waren sie ziemlich kleinlaut, und die Collegeleitung, die mit der Rechnung für die Aufzugreparatur konfrontiert war, war nicht dazu aufgelegt, sich ihre Klagen anzuhören. Debbie lachte, als Tim zum Ende der Geschichte kam. Er war ein guter Erzähler.

»Übrigens«, fuhr er fort, »der Eisenbahnwürger hat wieder zugeschlagen.«

»Was?« Debbie ließ ihre Gabel fallen.

»Hast du es denn nicht gehört? Es kam heute Morgen in sämtlichen Radiosendern. In der Zeitung steht es sicher auch. Sie haben letzte Nacht eine Tote an den Gleisen gefunden.«

Debbie wurde kalt. »Wo? Und wann letzte Nacht? Wer war es?«

»Auf der Strecke nach Mexborough, glaube ich. Sie haben keinen Namen genannt, und sie haben auch nicht gesagt, dass es wieder derselbe Täter war, aber er muss es gewesen sein.« Er nahm eines von Debbies Pommes frites und aß es. »Sonst wirst du dick.« Er aß noch eins.

»So bestimmt nicht. Hör mal, Tim, diese Frau wurde nicht zufällig am Bahnhof in Moreham ermordet, oder?«

»Weiß ich nicht, glaube ich auch nicht unbedingt.« Nun betrachtete er sie eindringlich. »Warum? Komm schon, sag's mir.«

Ohne es zu wollen, erzählte ihm Debbie von ihrer Begegnung im Bahnhof am Vorabend und davon, wie die seltsame Gestalt auf sie gewirkt hatte. »Er sah irgendwie, na ja, gefährlich aus«, schloss sie lahm. »Es ist eigentlich nichts.«

»Nein, red weiter, es ist interessant.« Nun hatte sie seine volle Aufmerksamkeit, und er bestürmte sie mit Fragen, die sie nicht beantworten konnte. Hatte sie das Geräusch zersplitternden Glases wirklich vom Bahnhof her vernommen? Nicht aus einer anderen Richtung? Wie sah er aus? War sie sicher, dass er nicht in den Zug eingestiegen war?

»Womöglich hast du ihn gesehen – den Würger«, sagte er halb im Ernst.

»Unsinn! Wenn es drüben in Mexborough war, kann es nichts mit dem zu tun haben, was ich gesehen habe.« Debbie war ärgerlich, weil sie sich unbehaglich fühlte.

»Es ist der nächste Halt auf der Strecke.«

Sie dachte darüber nach, bis sie sah, wie spät es war. »O Gott, ich muss gehen. Ich habe in fünf Minuten Unterricht.«

Tim lächelte ihr aufmunternd zu, und als sie ging, zog er Notizbuch und Stift hervor. »Ich bleibe hier und arbeite ein bisschen. Hier ist es ruhiger als in unserem Dozentenzimmer. Bis später.«

Als sie die Cafeteria verließ, sah sie Rob Neave an der Wand lehnen und die Studenten mit auffallend düsterem Blick mustern. Er fing Debbies Blick auf und zwinkerte ihr zu. Als sie an ihm vorbeiging, sagte er: »Es wird wohl eher fünf als halb fünf. Ist das in Ordnung?«

»Ja, es dauert nicht lang. Es ist nicht weiter wichtig.«

Er sah skeptisch drein. »Als du letztes Mal *nichts weiter Wichtiges* hattest, hat das mein halbes Budget aufgefressen«, erwiderte er, eine Anspielung auf jene Zeiten, als Louise und Debbie sich die Tatsache zu Nutze machen wollten, dass das College wirklich jemanden eingestellt hatte, der für die Sicherheit verantwortlich war, und sich für bessere Beleuchtung in einigen der abgelegeneren Teile des Campus eingesetzt hatten. Sie waren davon ausgegangen, dass der neue Sicherheitsbeauftragte mit seinem jungenhaften Gesicht und dem lässigen Charme leicht zu überreden wäre. Er hatte sich als hartnäckiger Unterhändler erwiesen, hatte aber glücklicherweise auf ihrer Seite gestanden. Ihre Beleuchtung hatten sie bekommen.

Bei näherem Hinsehen fiel Debbie auf, dass er erschöpft und abgespannt aussah. Sie fragte sich, ob er ebenfalls eine schlaflose Nacht hinter sich hatte. Fast hätte sie ihm von ihrem Erlebnis auf dem Bahnhof erzählt. Sie sehnte sich nach dem Rat eines Experten.

Ihr Oberkurs am Freitagnachmittag lenkte sie ab, sodass sie zumindest für den Moment den Vorfall am Bahnhof vergaß. Die Studenten befassten sich mit der Ballade »Der alte Seefahrer«, die ihnen enorme Schwierigkeiten bereitete. Debbie hatte sie gebeten, über ein paar Zeilen nachzudenken: *»Gott schütze dich, alter Seefahrer! / Was war es, was da dich verdross? / Was raubt dir das Heil?« – »Mit meinem Pfeil / Schoss ich den ALBATROS.«* Warum, so hatte sie sie gefragt, erschoss der Seefahrer den Albatros, der dem Schiff Glück gebracht hatte? Irgendwie war die Diskussion zu einer Auseinandersetzung über die Rechte von Tieren ausgeartet, die zwar interessant war, aber nicht das, was Debbie von ihnen wollte.

»Auf jeden Fall ist es grausam«, sagte Sarah Peterson, die die Debatte aufmerksam verfolgt hatte. Debbie seufzte. Sarah leistete nur selten einen Beitrag, aber es war typisch, dass sie, wenn sie es tat, die Sache grundlegend falsch verstanden hatte. Sie sah, dass Leanne Ferris, einer der intelligenteren Teilnehmerinnen, eine scharfe Entgegnung auf der Zunge lag, und lotste die Gruppe wieder zu dem Gedicht zurück und begann sie auf eine weniger wörtliche Interpretation hinzuführen. Sarah schrieb sorgfältig alle ihre Ausführungen mit.

Sarah war dieses Jahr Debbies spezielles Sorgenkind, eine ganz andere Studentin als Leanne. Leanne mit ihrer raschen Auffassungsgabe und ihrem Vertrauen in die eigenen Fähigkeiten manövrierte sicher durch alles, was das Prüfungssystem ihr vorsetzte, solange Debbie sie dazu überreden konnte, ein bisschen zu arbeiten. Sarah arbeitete sehr angestrengt, begriff aber nichts. Sie hatte kein Zutrauen zu ihren eigenen Gedanken und Ansichten, daher wünschte sie sich jemanden – in diesem Fall Debbie –, der ihr sagte, was sie denken sollte. Sie wollte nicht wissen, warum die Antworten richtig waren, was sie bedeuteten oder was daraus folgte. Sie wollte nur die Antworten, wie ihre spürbare Verblüffung bewies, wenn keine geliefert wurden.

Nach dem Kurs wartete Sarah, bis die anderen gegangen waren, und fragte dann ziemlich zaghaft, ob Debbie Zeit hätte, ihren letzten Essay mit ihr zu besprechen. »Den, den ich über *Othello* geschrieben habe. Ich habe keine besonders gute Note bekommen.« Sie kramte in ihrer Tasche herum und zog den Essay, der reichlich zerknittert aussah,und eine Dose Cola heraus. »Ich muss gleich zur Arbeit«, sagte sie entschuldigend und wies auf die Dose. Wie viele Studenten am City College konnte sich Sarah den Collegebesuch nur leisten, indem sie arbeiten ging. Sie hatte einen Job in einem Pub am Ortsrand von Moreham.

Sie besprachen den Essay, beziehungsweise Debbie besprach ihn, während sich Sarah Notizen machte. »Versuchen Sie es noch einmal«, schlug Debbie vor. »Wenn Sie einen guten Aufsatz geschrieben haben, haben Sie ein Muster für die nächsten. Bringen Sie ihn mir am Montag, ja?«

»Danke, Debbie.« Sarah lächelte und blickte Debbie kurz an, bevor sie hinauseilte. Debbie sammelte ihre Sachen zusammen und ging zu ihrem Zimmer zurück.

Als sie dort ankam, lehnte Rob Neave am Fenstersims neben ihrem Schreibtisch und blätterte in einem ihrer Bücher – einem Gedichtband von Auden. Er zeigte sich meist an ihren Büchern interessiert, obwohl es ihr mitunter schwer fiel zu erkennen, ob er es ernst meinte. Seine Miene konnte undurchdringlich sein. Er sah auf, als sie hereinkam. »Deborah.« Er war einer der wenigen Menschen, die sie mit ihrem vollen Namen ansprachen. »Also, worum geht es bei diesem *nicht weiter wichtigen* Anliegen?«

»Möchtest du einen Kaffee? Offen gestanden habe ich noch was anderes auf dem Herzen.« Er lehnte den Kaffee ab, wie sie schon geahnt hatte. Er hatte bereits mehrmals spitze Kommentare über die Qualität des Kaffees abgegeben, den sie und Louise tranken. Er wartete, bis Debbie sich eine Tasse eingeschenkt hatte und blätterte weiter den Auden-Band durch.

Sie musste an das letzte Mal denken, als sie mit ihm über Lyrik gesprochen hatte. Er hatte eine Ausgabe von *Das wüste Land* zur Hand genommen, die auf Debbies Schreibtisch lag. Was hatte das, so wollte er wissen, mit dem Leben zu tun, das die meisten Studenten führten? »Eine Menge«, hatte Debbie erwidert. Und würde es sie bei dem weiterbringen, was sie im Leben wirklich brauchten – einen Weg, genügend Geld zu verdienen? »Sie lernen denken dabei.« Debbie zeigte sich grundsätzlich unnachgiebig, wenn es darum ging, was einem die Beschäftigung mit Literatur denn brachte. Er hatte noch eine Weile freundschaftlich mit ihr diskutiert, und am Ende hatte sie sich gefragt, ob er sie auf den Arm genommen hatte.

»Du kannst es dir ausleihen, wenn du willst.« Es überraschte sie, als er das Angebot annahm. »Ich dachte, du findest Gedichte überflüssig«, bemerkte sie.

»Das habe ich nicht gesagt.« Er blätterte immer noch weiter, las aber nicht wirklich.

Obwohl sie wusste, dass es ein bisschen plump klang, fragte Debbie: »Stimmt es, dass du früher bei der Polizei warst?«

Er sah sie an. »Wer hat dir das erzählt? Ja, zehn Jahre lang.« Ihre Frage schien ihm nichts auszumachen, aber irgendetwas hielt sie davon ab, weiterzufragen.

»Ich möchte dir etwas zeigen.« Sie nahm ihm das Buch aus der Hand und begann, nach einer Stelle zu suchen. »Hier. Das letzte Stück.« Sie sah auf die Zeilen gegen Ende von »Der Schild des Achilles«, die Stelle über den zerlumpten Wicht im unkrauterstickten Feld, über Mord und Vergewaltigung. Er las es durch und sah sie abwartend an. »Bist du diesem Knaben nicht hundertmal begegnet, als du bei der Polizei warst?«

Er las immer noch die Verse. »Ja, die trifft man andauernd.«

»Genau das habe ich gemeint. Lyrik hat eine Menge mit dem Leben zu tun.«

Er grinste, womit er sowohl ihren Einwand anerkannte als auch die Tatsache, dass sie nicht bereit war, die Debatte versanden zu lassen. »Okay, aber man kann auch romantisieren.«

»Ich glaube nicht, dass das romantisiert. Es bezeichnet Vergewaltigung und Mord als Gewissheiten.« Sie stand dicht bei ihm, als sie die Verse lasen, und sie nahm die Wärme wahr, die er ausstrahlte, den Duft des frisch gewaschenen Hemds und schwachen Schweißgeruch.

Er nickte, wechselte dann aber das Thema. »Gut. Also, wo liegt das Problem?« Er hörte zu, während Debbie ihm die Befürchtungen schilderte, die sie hatte, wenn sie abends in Raum B110 unterrichtete, wo die vorhanglosen Fenster hell erleuchtet auf die Straße hinausgingen und jedem Passanten einen ungehinderten Blick darauf erlaubten, wer im Raum war – und wer nicht. Sie erzählte ihm von dem Ärger, den sie am Vorabend mit ein paar Jugendlichen auf der Straße gehabt hatte. Er sah sie an. »Warum hast du das nicht gleich gemeldet?«, fragte er und schaltete unvermittelt von freundlich auf offiziell um. Sie hatte schon öfter mitbekommen, wie er dieses Mittel anwandte, um andere aus dem Konzept zu bringen, und jetzt verunsicherte es sie.

»Es war niemand da, dem ich es hätte melden können«, wandte sie ein, was selbst in ihren eigenen Ohren wie eine Rechtfertigung klang.

Er überlegte kurz und schien sich bewusst um eine entspanntere Haltung zu bemühen. »Ich weiß, dass abends in puncto Sicherheit immer noch Nachholbedarf besteht. Ihr Dozenten könntet wirklich Handys brauchen.« Er lächelte sie kurz an. »Aber dann wäre der Rest meines Budgets dahin.« Nachdem er sich ein paar Notizen gemacht hatte, fragte er: »Und was war das Zweite?«

»Ach, na ja …« Debbie war inzwischen etwas unsicher geworden. Sie wusste nicht, wie er es aufnehmen würde, doch er lehnte sich gegen die Wand und wartete. Also erzählte sie ihm von ihrer Begegnung am Bahnhof. Er lauschte wortlos. »Soll ich es der Polizei melden?«, fragte sie.

»Ja. Nächste Frage.«

»Glaubst du, dass es was mit dem Mord zu tun hatte?« Debbie versuchte, die Angst aus ihrer Stimme herauszuhalten, doch ein Hauch davon musste durchgedrungen sein, weil er die Augen zusammenkniff und eine ernste Miene aufsetzte.

»Ich habe keine Ahnung, Deborah. Du musst es der Polizei sagen und sehen, was sie dort damit anfangen können. Warum kommst du denn nicht mit dem Auto, wenn du Abendkurse hältst?«

»Weil ich keines habe. Ich kann nicht fahren.«

Er sah genervt drein, doch bevor er etwas einwenden konnte, tauchte Louise auf, und das Gespräch wandte sich allgemeinen Collegethemen zu. Nach ein paar Minuten ging er und versprach, sich in Sachen Raum B110 wieder bei Debbie zu melden.

Louise packte einen Stapel zu korrigierender Arbeiten in ihre Aktentasche. »Eine kleine Freizeitbeschäftigung«, witzelte sie, als sie Debbies Blick sah. »Hast du am Wochenende irgendwas Interessantes vor?«

Debbie war missgelaunt. »Ich hasse Wochenenden. Ich gehe überhaupt nirgends hin. Ich habe niemanden, mit dem ich weggehen könnte, und selbst wenn, hätte ich so viel Arbeit, dass ich trotzdem nicht könnte.«

»Hast du Lust, heute Abend mit mir etwas zu trinken?« Als Debbie Louises Einladung annahm, dachte sie, dass die Ältere gesehen haben musste, wie niedergeschlagen sie wirkte. Debbie, die jüngste Dozentin im Fachbereich Englisch und Geisteswissenschaften, war normalerweise als die fröhlichste bekannt, da sie, wie Louise immer sagte, wesentlich mehr Energie besaß als die anderen »und Aussichten auf eine Zukunft, die dich aus diesem Saftladen rausbringt«. Sie verabredeten, sich später bei Louise zu Hause zu treffen. Louise ging nicht gern in Pubs, und Debbie stand der Sinn nach einem ruhigen Abend.

Rob Neave war zu Hause in seiner Wohnung, hörte Musik und ließ die Gedanken schweifen. Vielleicht wurde es langsam besser. Zumindest schien es nicht schlimmer zu werden. Die Wohnung war winzig, im Grunde nur ein Zimmerchen, wurde aber Wohnung genannt, weil sie in sich abgeschlossen war. Er verfügte über eine kleine Küche und ein Badezimmer, und das reichte ihm fürs Erste. Er hatte das erste Angebot angenommen, das er für das Haus bekam, in dem er mit Angie gelebt hatte, das erste Angebot, das die Hypothek abdeckte. Das Einzige, was er aus dem Haus mitgenommen hatte, waren seine Stereoanlage und ein paar Bilder. Alles, was er sonst brauchte, hatte er neu gekauft – Bett, Stuhl, Teppiche, Vorhänge, Herd. Das war alles, was er zu Stande gebracht hatte: eine neue Behausung und einen neuen Job zu finden.

Der Abend dehnte sich vor ihm aus, öde und leer. Er könnte ausgehen – aber wohin und warum? Er konnte auch zu Hause bleiben, lesen und Musik hören, wie er es unzählige Abende davor getan hatte. Er überlegte, ob er Lynne anrufen und bei ihr vorbeischauen sollte, ein bisschen über die Polizeiarbeit fachsimpeln, den neuesten Klatsch aufschnappen und ein paar Stunden in ihrem Bett verbringen. Es wäre eine Abwechslung, eine Beschäftigung. Obwohl sie wahrscheinlich schon etwas anderes vorhatte, wenn er sich so spontan meldete.

Vielleicht war es an der Zeit, woanders hinzuziehen. Solange er hier blieb, rief alles Erinnerungen hervor. Orte, die er aufsuchte, Leute, die er sah. Beim Heimkommen hatte ein Brief seines Exkollegen Pete Morton dagelegen. Morton hatte einen Sicherheitsdienst aufgemacht, droben in Newcastle, wo Neave seine Kindheit verbracht hatte. Er hatte geschrieben, um Neave zu fragen, ob er daran interessiert wäre, bei ihm einzusteigen. *Es gibt massenhaft Arbeit hier,* hatte Morton geschrieben. *Ich fange schon an, Aufträge abzulehnen.* Neave dachte ernsthaft über das Angebot nach und darüber, wieder nach Newcastle zu ziehen. Er musste verschwinden.

Die Bewerbung auf die Stelle am City College war Teil des

Verschwindens gewesen. Dort kannte er niemanden, und niemand kannte ihn. Außerdem hatte der Job einen interessanten Eindruck gemacht. Das College stand sperrangelweit offen, Gegenstände wanderten einfach zur Haustür hinaus, die Gebäude wurden mutwillig beschädigt und Kollegium sowie anständige Studenten fühlten sich allmählich eingeschüchtert. Es war eine Herausforderung gewesen, die ihm gefallen hatte: der anarchischen Welt der Weiterbildung junger Erwachsener eine Ordnung aufzuzwingen. Es hatte ihm etwas zum Nachdenken gegeben, aber nun hatte er dort sein Möglichstes getan.

Er wusste, dass er nicht übermäßig beliebt war, aber das machte ihm nichts aus. Er besaß die Fähigkeit, gut mit Leuten auszukommen und Vertrauen zu wecken – das war bei seiner letzten Stelle von Vorteil gewesen, aber jetzt brauchte er es nicht mehr. Sein Gesicht wirkte in entspanntem Zustand jungenhaft und gutmütig, und seine Augen machten trotz – oder vielleicht gerade wegen – der Fältchen unter ihnen, die sich mittlerweile wohl fest eingegraben hatten, den Eindruck, als ob er viel lächelte. Wenn seine Mitmenschen herausfanden, dass er nicht der unbeschwerte Typ war, für den sie ihn hielten, nahmen sie ihm das übel. Aber er setzte sich durch.

Er dachte über sein Gespräch mit Deborah Sykes an diesem Nachmittag nach. Ihm fiel seine erste Begegnung mit ihr ein. Sie hatte sich den Kopf an der Backsteinwand der Collegeleitung eingerannt, als sie versuchte, ihren vollkommen berechtigten Wunsch nach anständiger Beleuchtung durchzusetzen. Die Reaktion hatte darin bestanden, ihr prinzipiell zuzustimmen, Taten aber erst dann folgen zu lassen, *wenn es das Budget gestattete* – also in ferner Zukunft. Er hatte sich in diesem Fall auf ihre Seite geschlagen und ihr bei der Durchsetzung geholfen. Sie und dann auch Louise, ihre scharfzüngige Vorgesetzte, waren im College seine ersten Anhängerinnen gewesen. Er war gern mit den beiden zusammen und hatte sich angewöhnt, in ihrem Zimmer vorbeizuschauen, um mit ihnen zu plaudern.

Er hatte Debbies missionarischen Eifer entflammt, als sie eine Debatte über Bücher und den Wert von Gedichten geführt hatten, und sie hatte begonnen, ihm Texte auszuleihen, von denen sie wollte, dass er sie las. Typisch Lehrerin. Er schmunzelte. Er mochte Debbie und war erleichtert gewesen, als er sie heute Morgen zur Collegetür hatte hereinkommen sehen. Seine Gedanken schweiften ab. Er sah sie jetzt vor sich, nicht besonders groß – ihr Kopf hatte gerade bis an seine Schulter gereicht, als sie an diesem Nachmittag neben ihm gestanden hatte. Sie hatte ihr dunkles Haar streng zurückgekämmt und hinten mit Nadeln und Kämmen zu einem Knoten zusammengefasst, und es duftete sauber und frisch. Er versuchte sich vorzustellen, wie es sich um ihr blasses, hübsches Gesicht ringelte und über ihre kleinen, hohen Brüste … Er schüttelte sich wach, schlug sich diese Gedanken aus dem Kopf – *das hat dir gerade noch gefehlt* – und nahm das Buch zur Hand, das sie ihm geliehen hatte. Er blätterte die Seiten um, zurück zu dem Gedicht, auf das sie ihn aufmerksam gemacht hatte.

Sie hatte Recht, er hatte sie gekannt, die Kinder mit den leeren Augen, die anscheinend nicht wussten – oder sich nicht darum scherten –,was ihr Leben für sie selbst oder andere bedeutete oder warum es überhaupt etwas bedeutete. Vielleicht gehörte er ja auch zu ihnen.

Er las noch ein paar andere Gedichte und entdeckte weitere Worte, die ihn ansprachen. Er fand sogar das Gedicht »Haltet alle Uhren an« aus dem letzten Film, den er mit Angie gesehen hatte. Das konnte er nicht lesen. Es hatte Angie zum Weinen gebracht, und jetzt würde es ihn zum Weinen bringen, wenn er weinen könnte, wenn er weinen wollte.

»Es ist so«, begann Debbie und schenkte sich noch ein Glas Wein ein. »Entschuldige, wolltest du auch etwas? Es ist so, dass ich gern allein bin und auch wieder nicht – falls du verstehst, was ich meine. Wenn alles glatt läuft, ist es herrlich, aber wenn einem etwas im Kopf herumgeht, hat man niemanden, mit dem man reden kann.« Sie stand auf, wobei sie den Wein spürte, den sie intus hatte, und holte die nächste Flasche aus der Tasche. »Ich habe roten gekauft. Ist dir das recht?« Sie war gegen halb neun gekommen, und sie hatten die erste Stunde damit verbracht, über die Arbeit und die Studenten zu plaudern und ein bisschen zu schnell zu trinken.

»Ja, bestens. Also, was dieses Darüber-Reden angeht, da weiß ich ja nicht.« Louise war seit zwölf Jahren verheiratet, und manchmal beneidete sie Debbie um ihre Freiheit. »Dan unterhält sich inzwischen nur noch mit dem Fernseher. Was hast du denn für Probleme? Willst du darüber reden?«

»Ach, es ist schwierig. Zum Teil hängt es mit Tim zusammen, glaube ich.«

»Tim Godber? Der war schon immer ein Problem. Am liebsten wäre mir, er würde verschwinden, ein richtiger Journalist werden und aufhören, meine Zeit zu verplempern.« Louise musste Lehr- und Stundenpläne entwerfen und war der Meinung, dass Tim seinen Lehrauftrag nicht ernst nahm. »Was hast du denn für Probleme mit Tim?«

»Na ja, wir hatten eine Art Affäre, aber ich wünschte, wir hätten es gelassen. Er hat irgendwie etwas Unheimliches.«

»Belästigt er dich?« Louises Stimme war schneidend geworden.

»Nein, nein gar nicht. Es wäre mir nur lieber, ach, ich weiß nicht, wenn ich die Finger von ihm gelassen hätte …«

»Hat es dir denn überhaupt Spaß gemacht mit ihm?« Louise schenkte sich Wein nach und sah Debbie mit hochgezogenen Brauen an.

»Ja, schon.«

»Na dann.« Für Louise war das Problem damit erledigt. »War das alles? Was dich bedrückt, meine ich? Du warst den ganzen Tag so still.«

»Louise?«

»Ich bin hier, ich höre.«

»Du kennst doch Rob Neave?«

»Den Sicherheitsbeauftragten? Klar. Was ist mit ihm? Du bist doch nicht etwa dem Rob-Neave-Fanclub beigetreten, oder?«

»Gibt es da einen?«

»Oh, ich glaube schon. *Ich* würde ihn auch nicht von der Bettkante stoßen. Na gut, ich würde auch Tim Godber nicht aus dem Bett werfen, wenn das alles wäre, was ich mit ihm zu schaffen hätte.«

»Jemand hat mir erzählt, dass er früher bei der Polizei war.« Debbie war schon länger neugierig wegen Rob gewesen, doch nun hatte sie zum ersten Mal Gelegenheit, Fragen zu stellen.

»Neave? Das stimmt. Ich weiß aber nicht viel darüber.«

»Warum hat er dort aufgehört, weißt du das?«

»Nein, ich glaube, wegen irgendeiner privaten Krise. Vielleicht hatte es was mit seiner Ehe zu tun. Mehr weiß ich nicht, obwohl irgendjemand behauptet hat, er hätte viel getrunken, bevor er zum City College kam.« Louise sah Debbie forschend an. »Sei vorsichtig«, sagte sie.

Debbie wollte das Thema damit beenden. Sie hatte nicht gewusst, dass Rob verheiratet war. Wenn er es noch war. Hastig und vom Wein ziemlich beschwipst, begann sie Louise von dem Mann am Bahnhof zu erzählen. Louise hörte schweigend zu, bis Debbie fertig erzählt hatte. »Und er, also Rob Neave, meinte, ich soll zur Polizei gehen. Ich weiß zwar nicht, wie das mit dem Mord zusammenhängen soll, aber …«

Louise war in ihre professionelle Arbeitshaltung geschlüpft. »Warte bis morgen, dann siehst du, was in der Zeitung steht. Falls es einer dieser Morde ist, dann geh und sag es ihnen. Falls nicht, brauchst du dir nicht weiter den Kopf zu zerbrechen. Und ich würde es niemandem sonst erzählen. Du willst doch nicht, dass es sich im ganzen College rumspricht.«

»Ich habe es Tim schon erzählt.«

Louise zog die Augenbrauen hoch. »Dumme Idee« war alles, was sie sagte.

Sie hatten keine Zeit verloren, seit sie die Leiche entdeckt hatten. Die Männer, die den Bahndamm an der Strecke absuchten, hatten eine Handtasche gefunden, die ins Gras geworfen worden war. Eine Geldbörse befand sich noch drin, unberührt mit dreißig Pfund, einer Geldkarte, einer Kreditkarte von einer Ladenkette, mehreren Kassenzetteln und anderen Papieren, die daraufhin untersucht wurden, ob sie irgendwelche Hinweise gaben, was die Frau in den Wochen und Tagen vor ihrem Tod getan hatte. Es schien festzustehen, dass die Sachen der Toten gehörten, da eine nagelneue Dauerkarte der Bahn mit Foto dabei war, und obwohl ihr Gesicht brutal verändert worden war, sah es ihr sehr ähnlich – die gleiche blonde Haarmähne, die gleichen zarten Gesichtszüge. Mick Berryman, der Fahndungsleiter, hatte das Foto einen Moment lang angesehen und gefragt: »Ist schon jemand bei dieser Adresse vorbeigefahren?«

Nun schaute er auf die Fotos vom Tatort herab, auf denen ihm Julie Fyfes blickloses Gesicht vom Rand des Gleises entgegenstarrte, halb maskiert von dem Klebeband über ihrem Mund, der dünne Draht in der Wunde an ihrem Hals eingebettet. Er sah auf den ersten Bericht des Pathologen herab:... Hände mit Klebeband um die Gelenke gefesselt... Schnittwunden an den Händen... zahlreiche Verletzungen, Blutergüsse und Abschürfungen am Körper... Verletzungen an beiden Augen... Er war nicht bereit, jetzt schon genauere

Angaben zu machen. War sie vergewaltigt worden? *Verletzungen im Genitalbereich lassen dies denkbar erscheinen, aber vor der Obduktion lässt es sich nicht sicher sagen.* Waren die Verletzungen vor oder nach ihrem Tod entstanden? *Ohne weitere Untersuchungen unmöglich festzustellen.* Was für ein Wahnsinniger warf verstümmelte, tote Frauen neben Gleisanlagen? *Wohl eher Ihr Gebiet als meines.*

»Okay.« Berryman sah das Team an, das an den Morden des Würgers arbeitete. »Wir haben zwar noch keine offizielle Bestätigung, aber wir wissen alle, dass wir es hier mit seinem nächsten Opfer zu tun haben.« Er pinnte das Foto ans Brett und ging die bekannten Fakten über den Mord mit ihnen durch. »Junge Frau Mitte Zwanzig, die genau hier« – er zeigte auf die Karte – »außerhalb von Rawmarsh, in der Nähe der Abzweigstelle, gefunden wurde. Verletzungen an den Augen. Mund und Handgelenke mit Isolierband verklebt. Wunde am Hals, allgemeine Verletzungen, vermutlich sexuelle Gewalt. Was noch?« Berryman sah, wie Detective Sergeant Lynne Jordan, die seit dem ersten Mord dem Team angehörte, in ihrem Notizbuch zurückblätterte.

»Die erste Woche des Monats«, sagte sie, indem sie eine Seite überblätterte. »Das ist neu. Die anderen waren alle in der letzten Woche. Schlechte Sicht – es geht auf Neumond zu. Eine regnerische Nacht – als Kate und Mandy verschwanden, herrschte schönes Wetter.«

»Irgendwelche Einfälle dazu, Lynne? Sonst jemand?«

»Der Regen – wenn es dermaßen gießt wie letzte Nacht, dann macht uns das die Arbeit noch schwerer«, erklärte Lynne. »Zahlreiche Beweise könnten einfach weggespült worden sein. Andererseits erhöht es die Wahrscheinlichkeit, dass er Spuren hinterlassen hat. Fußspuren oder Reifenabdrücke.«

Berryman nickte. Das Problem war, dass ihnen der Killer bislang nichts dergleichen hinterlassen hatte, außer den Fingerabdrücken einer Hand auf der Handtasche des ersten Opfers.

»Woher konnte er das wissen? Falls er vorausplant?« Das war Steve McCarthy, ein anderer Detective Sergeant, der genau wie Lynne Jordan von Anfang an zum Team gehörte. Er sah Jordan jetzt mit einer gewissen Feindseligkeit an. »Was ist mit den Glassplittern?«

»Die Lampe über dem Mast wurde zerbrochen. Wann, wissen wir noch nicht. Sie suchen die Leiche nach Splittern ab.«

»Der Zeitplan.« Lynne meldete sich wieder zu Wort. »Wir dachten, die Abstände könnten kürzer werden. Zuerst waren es sieben Monate, dann sechs, aber jetzt sind es fast acht Monate.« Sie zuckte die Achseln. Sie wusste nicht, was sie mit diesen Daten anfangen sollte. Sie wollten ein Muster, keine reine Willkür.

»Zeigen Sie es uns auf dem Kalender, Lynne.« Berryman gab viel auf visuelle Präsentationen von Information.

Lynne ging zu dem Kalender hinüber, der neben dem Anschlagbrett an der Wand hing. »Der erste Mord war Ende März. Das Opfer war Lisa. Sieben Monate später Kate. In der letzten Oktoberwoche. Sechs Monate danach wird Mandy ermordet, in der letzten Aprilwoche. Das sieht zu sehr nach einem Muster aus, als dass man es ignorieren könnte. Wir hatten das nächste Opfer Ende September erwartet, aber nichts geschah. Bis jetzt. Und jetzt haben wir eine Tote in der ersten Dezemberwoche. Warum ist er umgeschwenkt?« Im Raum ertönte Scharren und interessiertes Gemurmel.

»Oder war das nur Zufall?« Wieder Steve McCarthy. Berryman verzog die Miene. Steve und Lynne neigten dazu, einander zu widersprechen. Anfangs hatte er sich glücklich geschätzt, sie beide in seinem Team zu haben, weil sie gute, erfahrene Fahnder waren. Als der Killer wieder und wieder zuschlug, hatte er sie dicht am Geschehen arbeiten lassen, während er das vielköpfige Team dirigierte, das nun die

Ermittlungen durchführte. Doch langsam begann er sich zu fragen, ob das so klug gewesen war. Offenbar konnten sie nicht zusammenarbeiten. Er ging zum nächsten Punkt über.

»Wie hat er sie nach Rawmarsh geschafft?« Berryman tippte mit seinem Zeigestab auf die Landkarte. »Wenn er sie in ein Auto gezerrt hat, warum hat er sie dann dort liegen lassen? Da, wo er sie abgeladen hat, verläuft weit und breit keine Straße. Falls er sie am Bahnhof geschnappt hat, wie hat er sie dann die Strecke hinaufgeschafft?«

»Sie im Zug mitgenommen?«, schlug Dave West scherzhaft vor. Im Raum ertönte Gelächter und lockerte die Atmosphäre auf. West, ein junger Detective Constable aus Lynne Jordans Team, besaß für einen solchen Fall noch relativ wenig Berufserfahrung. Manche Detectives bekamen es nie mit einem Serienmörder zu tun oder mit dem Grauen, das ein sadistischer Sexualmörder auslöste.

Berryman behandelte es als brauchbaren Hinweis. Wenn auch nur die Möglichkeit bestand … »Erklären Sie mir, wie er eine Leiche in den Zug kriegt, ohne dass es jemand merkt, und wie er den Zug dazu bringt, ihn mit ihr mitten auf der Strecke aussteigen zu lassen, dann denke ich ernsthaft darüber nach.« Er wartete ab, ob noch jemand anders an dieser Stelle etwas zu sagen hatte.

»Ein plötzlicher Halt – mit Hilfe der Notbremse?« McCarthys Miene zeigte, dass er die Schwächen dieser Theorie kannte, aber er äußerte sie trotzdem. Berryman schüttelte den Kopf. Daran hatten sie schon gedacht. Kein Zug auf dieser Strecke hatte an jenem Abend außerplanmäßig angehalten.

»Es ist das gleiche …«

»Kate Claremont …«

McCarthy und Jordan hatten gleichzeitig zu sprechen begonnen. Berryman sah Lynne an. Sie sagte: »Es ist das gleiche Problem, das wir bei Kate hatten. Es gibt zwar einen Trampelpfad, aber ich hätte keine Lust, jemanden – ob tot oder lebendig – den ganzen Weg zu tragen. Wie hat er sie also dorthin gebracht?« Sie formulierte lediglich eine Frage, die sie bereits diskutiert hatten. Niemand wusste etwas hinzuzufügen.

Berryman fühlte sich erschöpft beim Gedanken an die Arbeit, die vor ihm lag. Sie hatten es alles schon durchexerziert, die Befragungen von Haus zu Haus, die Suche nach den Personen, die das Opfer zuletzt gesehen hatten, die Gespräche mit den Angehörigen. Bislang hatte es zu nichts geführt. Okay, sie mussten sich ihre Identität bestätigen lassen, und sie mussten ihre nächsten Angehörigen finden – wer vermisste sie mittlerweile? Sie mussten in Erfahrung bringen, wo sie an dem Abend, als sie ums Leben kam, hinwollte und wem sie Tage, Wochen, ja sogar Monate vor ihrem Tod begegnet war. Sie mussten in Erfahrung bringen, ob sie nur ein zufälliges Opfer war, das sich zur falschen Zeit am falschen Ort aufgehalten hatte, oder ob sie sorgfältig ausgewählt worden war, vom Mörder ausgesucht, weil ihn irgendetwas an ihr angezogen hatte. Das mussten sie über sämtliche Opfer herausfinden, und dabei besaßen sie nur so wenig konkrete Anhaltspunkte. Vier Frauen: Lisa, Kate, Mandy – und nun Julie? Ihm schien, als könnte es gar nicht anders sein, und er hatte das Gefühl, als hätte er sie im Stich gelassen, jede noch mehr als ihre Vorgängerin. Und die Nächste und die Nächste?

3

Die Morgenzeitung vom Samstag bestätigte Debbie, dass die Tote tatsächlich ein Opfer des Eisenbahnwürgers war. Debbie betrachtete das Foto der Frau und las dann den Artikel. Die Polizei gab die üblichen Ratschläge an Frauen aus, vorsichtig zu sein, bei Dunkelheit nicht allein aus dem Haus zu gehen und so weiter. Sie las den Artikel noch einmal durch und versuchte etwas zu finden, was den Mord mit dem Bahnhof in Verbindung brachte, doch wie Tim bereits gesagt hatte, war die Leiche mehrere Meilen die Bahnstrecke hinauf gefunden worden, bei Rawmarsh. Sie sah erneut auf das Foto von Julie Fyfe herab, die vierundzwanzig war – jünger als Debbie – und tot. Auf dem Bild lachte sie jemandem zu, der außer Reichweite der Kamera zu ihrer Linken stand, und ihr helles Haar bauschte sich ziemlich glamourös um das Gesicht mit den feinen Zügen. Debbie sah es sich lange Zeit an, dann nahm sie ein paar Zettel, die neben ihrem Telefon lagen, und arrangierte sie um das Gesicht auf dem Foto, um es sich mit einer elegant zurückgekämmten Bürofrisur vorzustellen. Ihr wurde wieder ganz kalt, da das Gesicht, das ihr nun entgegenblickte, das Gesicht der Frau hätte sein können – nein, ganz bestimmt das Gesicht der Frau *war,* die sie an so vielen Donnerstagabenden gesehen hatte, der Frau, die auf dem Bahnsteig gegenüber auf den Zug nach Doncaster wartete.

Bedeckt ihr Gesicht: meine Augen sind geblendet: sie starb jung.

In der Zeitung stand eine Telefonnummer, und nach mehreren Versuchen kam sie durch. Der Beamte, mit dem sie sprach, schien das, was sie zu sagen hatte, ganz gelassen aufzunehmen, was sie beruhigte, bat sie aber, aufs Revier zu kommen, um eine detaillierte Aussage zu machen. Er wollte, dass sie so bald wie möglich käme, was das kalte Gefühl in ihr wieder verstärkte. »Schaffen Sie es heute noch?«, hatte er gefragt. Debbie beschloss, noch am selben Vormittag hinzugehen. Sie wollte das ganze Erlebnis austreiben wie einen bösen Geist und sich von der Gleichgültigkeit der Polizei beruhigen lassen, weil sie nichts gesehen hatte und nichts wusste. Sie wollte nicht an die Folgen der anderen Möglichkeit denken, aber sie konnte es nicht lassen. Falls es wirklich ... er gewesen war, war dann sie, Debbie, nur um Minuten davor verschont geblieben, tot neben den Gleisen zu liegen? Hatte das Gespräch mit Les Walker und Rob Neave ihr das Leben gerettet? Und Julie Fyfe ihres gekostet?

Der Mann, der ihre Aussage aufnahm, war freundlich, höflich und nicht so beruhigend, wie sie gehofft hatte. Er stellte ihr eine Menge Fragen, darunter einige über das Aussehen des Mannes, obwohl ihm Debbie nur sehr wenig sagen konnte, und manche Fragen waren die gleichen, die ihr Tim bereits gestellt hatte. Immer wieder kam er auf die zerbrochene Lampe zurück. »Ich weiß es einfach nicht«, sagte Debbie schließlich. »Damals hatte ich den Eindruck, es käme vom Bahnhof her, aber ich habe nicht richtig darüber nachgedacht, bis ich die Splitter sah. Ich habe es wohl nur vermutet.«

»Schon in Ordnung, Miss Sykes. Und jetzt bitte noch einmal – Sie glauben also nicht, dass der Mann in Ihren Zug eingestiegen ist?«

»Ich bin mir sicher, dass er nicht mitgefahren ist.«

»Okay, und Sie sind sich auch sicher, dass Sie ihn nie zuvor gesehen haben?«

»Da bin ich mir nicht sicher. Ich konnte ihn nicht gut genug sehen, aber nach dem, was ich von ihm wahrnehmen konnte, habe ich ihn nicht erkannt. Ich glaube nicht, dass ich ihn schon einmal gesehen habe.«

»Ich wäre Ihnen dankbar, wenn Sie mit unserem Zeichner sprechen würden. Vielleicht können Sie ja doch ein Bild dieses Mannes zusammenbauen.« Er fegte ihre Einwände beiseite. »Nur einen allgemeinen Eindruck, wenn Sie nicht mehr beisteuern können.« Er stellte ihr noch ein paar Fragen nach der Frau auf dem Bahnsteig gegenüber, ohne zu bestätigen oder abzustreiten, dass sie das Mordopfer war, und einige Fragen über ihren Zeitplan am Donnerstagabend. Er bedankte sich für ihr Kommen, aber Debbie war immer noch beunruhigt. »Glauben Sie, dass er es war?« Sie wünschte sich, dass er ihr sagte, es sei nichts gewesen, ganz und gar nichts.

»Ich weiß es nicht, Miss Sykes. Überlassen Sie das uns. Es mag unwichtig sein, aber wir brauchen diese Angaben, um es herauszufinden. Es war richtig, dass Sie zu uns gekommen sind. Übrigens wären wir Ihnen dankbar, wenn Sie mit niemandem darüber sprechen würden.«

»Ich habe es bereits zwei oder drei Leuten anvertraut – ich war beunruhigt.«

»Tja, wenn Sie vielleicht von jetzt an vermeiden könnten, darüber zu reden …«

Bei der Einsatzbesprechung am Samstag gingen Berryman und seine Leute die vorläufigen Ergebnisse der Obduktion von Julie Fyfe durch. Es war genauso wie bei den anderen. Nichts, das direkt auf den Mörder hingewiesen hätte, kein Haar, keine Fingerabdrücke, kein Blut, keine anderen Körperflüssigkeiten und keine Fußspuren. »Einen Dreck haben wir«, schimpfte Berryman. Was an Beweisen da gewesen sein mochte, war von den sintflutartigen Regenfällen weggespült worden. Der Boden unter der Leiche war ebenso nass wie die

Erde rundum, was darauf schließen ließ, dass sie erst abgeladen worden war, als der gröbste Teil des Sturms vorüber war, doch sie war völlig durchnässt. Sie war während des Sturms im Freien gewesen.

Was sie hatten, sagte ihnen, dass sie mit allergrößter Wahrscheinlichkeit vom selben Mann getötet worden war. Der Tod war durch Erwürgen mit einem weichen Stoff eingetreten, aber was auch immer verwendet worden war, es war mehrmals um den Hals der Frau geschlungen worden. Der Draht war erst nach ihrem Tod benutzt worden. Der Pathologe meinte, der Mörder hätte sie eventuell erst einmal gewürgt, um sie sich gefügig zu machen, bevor er sie tatsächlich umbrachte. Es gab Hinweise auf sexuelle Gewalt – Quetschungen und Risswunden im Vaginal- und Analbereich und massive innere Verletzungen. »Er benutzt irgendein anderes Ding als sein eigenes Ding«, hatte der Pathologe zu Berryman gesagt. »Etwas Dünnes und Scharfkantiges, Spitzes. Sie wäre verblutet, wenn er sie nicht erwürgt hätte.« Die Augen waren gewaltsam herausgerissen worden – vermutlich mit der Hand. »Er hat Handschuhe getragen. Suchen Sie nach Blutflecken auf Handschuhen«, hatte Berryman seinem Team gesagt. Die großflächigen Prellungen und Schürfwunden rührten vermutlich daher, dass die bewusstlose und später tote Frau über den Boden gezerrt worden war. Dass bei einigen dieser Wunden Blutergüsse oder Blutungen fehlten, ließ darauf schließen, dass sie erst nach ihrem Tod entstanden waren. Man fand Verletzungen, die von einem Aufprall hätten herrühren können, so als wäre sie nach ihrem Tod schwer gefallen. Aus den Schnittwunden hatten sie Kieselsteinchen geholt. Splitter lagen auf der Leiche. Es war Lynne Jordan, die einzige Frau im Team, die fragte, welche der anderen Verletzungen vor, welche nach ihrem Tod eingetreten waren. Berrymann konnte ihr nichts Beruhigendes sagen. Die sexuellen Attacken hatten stattgefunden, als die Frau noch lebte. Und die anderen Wunden? »Etwa zum Todeszeitpunkt« war alles, was der Pathologe ihnen sagen konnte.

»Stammen die Splitter von der zerbrochenen Lampe im Bahnhof von Moreham?« Wieder Lynne. Berryman schüttelte den Kopf. Das Glas stammte von der zerbrochenen Lampe in der Nähe des Fundorts der Leiche. Es gab keine Garantie dafür, dass Julie zum Bahnhof von Moreham gegangen war, obwohl es wahrscheinlich war. Es war ihnen immer noch nicht gelungen, ihre Schritte zu rekonstruieren, nachdem sie aus der Arbeit gekommen war. Obwohl das Team ausführlich nachgeforscht hatte, war niemand gefunden worden, der zur fraglichen Zeit denselben Weg gegangen wäre.

»Wir haben noch eine Aussage, die soeben hereingekommen ist«, erklärte Berryman. »Sie bezieht sich auf die entscheidende Zeitspanne – kurz nach halb zehn. Diese Frau sagt, der Bahnhof sei menschenleer gewesen, abgesehen von einer Person, einem Mann, der sich etwas seltsam benommen hat. Ich brauche Ihnen nicht zu sagen, dass wir ihn finden müssen. Ich hoffe auch immer noch auf ein Auto. Es müssen doch Autos in diese Richtung gefahren sein.« Berryman holte tief Luft. »Okay. Gehen wir noch einmal alles durch, was wir haben. Schauen wir mal, was wir übersehen haben. Womöglich ist das Schwein ein Glückspilz, aber er kann nicht so etwas tun und gar keine Spuren hinterlassen. Es muss etwas geben, was wir übersehen haben.«

Am Abend saß Mick Berryman immer noch an seinem Schreibtisch. Er war am Morgen davor um vier Uhr durch den Anruf aus dem Revier geweckt worden, in dem ihm mitgeteilt wurde, was Cath Hill gefunden hatte. Vermutlich würde er heute weder seine Kinder zu Gesicht bekommen noch seine Frau. Seine Familie trat in den Hintergrund, bis diese Ermittlungen beendet waren – falls sie das je wären. Er ging gerade einige der früheren Aussagen durch und betrachtete die

Angaben, die die Lehrerin heute Morgen gemacht hatte. Vielleicht steckte nichts dahinter, vielleicht war es ausgesprochen wichtig. Womöglich handelte es sich um die erste Gelegenheit, bei der jemand den Killer gesehen hatte. Wenn sie doch nur herausfinden könnten, wo Julie geschnappt worden war. Sie hatten den Bahnhof in Moreham abgesucht, aber dort gab es nicht viel zu sehen. Es sei denn, die Gerichtsmedizin entdeckte noch etwas. Sie mussten ihre Schritte zurückverfolgen. Er begann sich Notizen zu machen.

Sie war um zwanzig nach neun aus der Arbeit gekommen, wie es bei ihr donnerstags üblich war. Das war leicht festzustellen gewesen. Mit hoher Wahrscheinlichkeit war sie zu Fuß zum Bahnhof gegangen, trotz des schlechten Wetters. Es dauerte nur fünf Minuten. Sie hatte kein Taxi gerufen, und einen Bus gab es nicht. War es denkbar, dass sie sich hatte mitnehmen lassen? Ihre Arbeitskollegen waren sich ziemlich sicher: Julie nicht, sie war viel zu vorsichtig; sie würde nur bei jemandem einsteigen, den sie kannte. (Aber wie oft war es jemand, den sie kannten, jemand, dem sie vertrauten?) Es war nicht weit zum Bahnhof, sie war fast sicher dorthin gegangen. Aber ihr Zug war gestrichen worden. Vermutlich hätte sie das gleich auf der Anzeigetafel am Eingang gesehen, aber es war auch am Bahnsteig angezeigt worden. Hätte sie einen früheren Zug erwischen können? Nein, der frühere war fast eine Stunde vorher abgefahren, um zwanzig Uhr dreiunddreißig, und ja, er war pünktlich gewesen. Was hatte sie also getan? Hatte sie beschlossen, auf den nächsten Zug zu warten? Das war eher unwahrscheinlich, da es über vierzig Minuten gedauert hätte, bis der nächste Zug gekommen wäre. Bestimmt hätte sie versucht, den Bus oder ein Taxi zu nehmen. War sie so pleite, dass sie sich das nicht leisten konnte? Oder so knickrig? Er machte sich ein paar Notizen und überlegte weiter.

Laut Deborah Sykes' Aussage war Julie um zwanzig vor zehn nicht am Bahnhof gewesen. Also: Sie kommt um zwanzig nach neun aus der Arbeit, ist – wann? – zwischen fünf vor halb zehn und halb zehn am Bahnhof. Um zwanzig vor zehn ist sie weg. Er griff erneut nach Deborah Sykes' Aussage. Wer hatte sie aufgenommen? McCarthy. Es müsste alles drinstehen. Genau. Niemand war aus dem Bahnhof gekommen, als die Sykes dort angelangt war. Sie war auch auf dem Weg zum Bahnhof niemandem begegnet. Falls Julie den Bahnhof verlassen hatte, sowie sie die erste Anzeigetafel sah, wäre sie ziemlich sicher nicht auf der Straße gewesen, als Deborah Sykes vorbeikam. War sie aber auf den Bahnsteig gegangen, bevor sie sah, dass ihr Zug gestrichen worden war, hätte Deborah sie zurückkommen sehen müssen. Er brauchte genauere Zeitangaben. Er musste herausfinden, wie lang sie in diesem Bahnhof gewesen war.

Lynne Jordan saß im Zug nach Sheffield. Sie hatte sich angewöhnt, mit dem Zug zu fahren, wenn die Zeit dazu reichte. Wie die meisten ihrer Kollegen kannte sie die Straßen der Umgebung so gut, dass sie sie nicht nur mit geschlossenen Augen entlangfahren und das Verkehrsaufkommen für jede beliebige Tageszeit vorhersagen konnte, sondern auch wusste, welche Strecken die jugendlichen Autodiebe am liebsten benutzten, um mit quietschenden Reifen in ihren mal eben ausgeliehenen Vehikeln herumzurasen und ihre Kapriolen zu vollführen. Doch mit Zügen kannte sie sich nicht aus. Als das Team über den Landkarten brütete, als es die Fundorte der Leichen musterte, sah sie immer nur ein Stück Landschaft vor sich, kein nahtloses Ganzes.

Heute hatte sie einen Fehler gemacht. Sie würde den Abend in Sheffield verbringen, und es war ihr als eine ideale Gelegenheit erschienen. Aber natürlich war es dunkel gewesen, als sie in den Zug gestiegen war. Es war schon nach halb neun, und der Streckenverlauf vor dem Abteilfenster war nicht zu erkennen. Also beschäftigte sie sich eingehend mit ihren Mitreisenden. Hinter ihr saß ein junger Mann, aus dessen Walkman ein durchdringender metallischer Rhythmus drang. Etwas weiter hinten im Wagen war jemand, der immer wieder geräuschvoll die Nase hochzog. Eine Gruppe Jugendlicher hatte sich in Meadowhall in den Zug gedrängt. Sie brüllten und schubsten sich gegenseitig, lümmelten auf den Sitzen herum und legten ihre schweren Turnschuhe auf die Polster. Sie brachten den unverwechselbaren Geruch nach jungem Mann mit in den Wagen.

Lynne versuchte aus dem Fenster zu sehen. Das Innere des Wagens spiegelte sich schwach in der Scheibe. Sie konnte die leere Chipstüte sehen, die auf ihrem Tisch lag, und die Pfütze ausgelaufene Limonade. Sie nahm die Hände hoch, um ihre Augen abzuschirmen. Sie sah Licht, das von den Schienen reflektiert wurde. Sie drückte das Gesicht enger ans Fenster, nur um erschrocken zurückzuweichen, als etwas so nah vorbeirauschte, dass es sie fast zu streifen schien.

Sie fuhren an einem anderen Zug vorbei. Es war aber kein Personenzug – er schien aus niedrigen, flachen und offenen Güterwagen zu bestehen, auf die stapelweise lange, dünne Gegenstände gebunden waren. Ihr Zug bremste kurz ab, und sie merkte, dass der andere Zug stand oder nur sehr langsam fuhr. Dann sah sie die Lichter und den Tunnel weiter vorn, was hieß, dass sie gleich in Sheffield wären. Der Zug kam zum Stehen. Der Güterzug schlich vorüber. Sie seufzte und sah auf ihre Uhr. Sie würde zu spät kommen.

Debbie kam ebenso bedrückt vom Polizeirevier zurück, wie sie hingegangen war, vielleicht sogar noch bedrückter. Das Gespräch mit dem Polizisten ließ es noch realer wirken, dass sie womöglich den Mörder gesehen hatte. Ihr war nur noch danach, auszugehen und sich zu betrinken.

Also zog sie an diesem Abend durch die Nachtlokale. Sie rief Fiona an, eine Freundin von der Universität, die versuchte, als Jazzmusikerin und Sängerin Karriere zu machen, aber Fiona hatte an diesem Abend einen Auftritt. Sie schlug ihr vor, es bei Brian zu versuchen, dem dritten Mitglied ihres Trios aus Studienzeiten. Brian hatte Zeit, genau wie noch ein paar andere, und so trommelte Debbie alle zu einem feuchtfröhlichen Abend zusammen. Sie trank zu viel, tanzte ausgiebig, knutschte angeheitert mit Brian in den dunklen Ecken der Disko und fummelte später sogar noch betrunkener mit einem gut aussehenden Unbekannten herum, der zwischen ihren Erinnerungslücken auftauchte und dann wieder verschwand. Ihre Freunde brachten sie nach Hause und manövrierten sie durch die Haustür. Irgendwie musste sie es ins Bett geschafft haben, denn dort lag sie, allein, als sie am nächsten Morgen mit Brummschädel und Brechreiz aufwachte, die Schuhe noch an den Füßen. Und nichts war auch nur einen Deut besser geworden.

Die Musik ist laut und aufdringlich, und er verzieht den Mund vor gerechtem Zorn. Dann schließt er das Fenster. Er lässt das Fenster gern offen, weil im Zimmer ein leicht süßlicher, abstoßender Geruch hängt, den er – wie er zugeben muss – ein wenig unangenehm findet. Er kann die Musik immer noch hören, allerdings nicht mehr so laut. Der junge Mann in der Souterrainwohnung unten nimmt keine Rücksicht auf andere. Das kann er wirklich nicht gutheißen. Heute Morgen hat er beschlossen, sich den Tag frei zu nehmen, aber schon jetzt wird er ein bisschen unruhig. Er ist einer jener Menschen, die gern etwas zu tun haben. Er überlegt, ob er eine Stunde bei seinen Zügen verdient hat – schließlich hat er sehr hart gearbeitet. Ja.

Er zieht die Dachbodenleiter herunter. Der Dachboden war das, was das Haus für ihn so attraktiv machte, als er es besichtigte, er wog all den Lärm und die Unannehmlichkeiten auf, mit denen er sich abfinden musste, weil er Zimmer vermietete.

Immerhin war es nicht die schlimmste Art von Lärm und Unannehmlichkeiten. Kein Mensch beachtete ihn. Jeder ließ jeden in Ruhe. So war er auch von seiner Mutter erzogen worden, dass er dergleichen guthieß. Leben und leben lassen.

Der Dachboden ist wirklich großartig. Das Dach schwebt hoch über seinem Kopf. Die Fußbodenträger sind mit Brettern verstärkt worden, damit er herumlaufen kann, ohne Angst haben zu müssen, mit dem Fuß durch die Decke seines darunter liegenden Zimmers zu brechen. Die Leitungen hat er selbst verlegt, sodass er so viel Strom hat, wie er will, aber keine Heizung. Heizung braucht er hier oben keine. Aber es gibt einen kleinen Gefrierschrank in der einen Ecke und einen Computer in der anderen. Er hat allen Komfort, den er braucht. Das Beste ist, wie geräumig der Dachboden ist. Er erstreckt sich über die gesamte Dachfläche des Hauses und verfügt, wie er eines Tages herausgefunden hat, über einen Zugang zum Dachboden des Hauses nebenan. Das Haus nebenan ist das Erste in einem Block von drei Reihenhäusern, jedes davon genau wie seines, die allesamt in mehrere Wohnungen umgewandelt worden sind. Es ist kinderleicht, hindurchzusteigen und dann auf die Feuerleiter an der Rückseite zu klettern. Niemandem fällt es auf, wenn noch jemand diese Treppe benutzt, die für alle Wohnungen im Block gedacht ist.

Er schaltet die Lampe ein, die vom Dachbalken hängt – nur eine nackte Birne, irgendwelcher Schnickschnack ist nicht nötig – und blickt voller Wonne auf seine Eisenbahn herab. Er hat versucht, sie so realistisch wie möglich zu gestalten und die landschaftlichen Gegebenheiten einzubauen, die Hügel, den Fluss, den Weg am Kanal. Als er sie plante, beschloss er, Schmalspurgleise zu verwenden, damit die Anlage nicht zu groß würde – trotzdem ist der Platz knapp. Er holt seine Landkarte heraus. Obwohl heute kein Arbeitstag ist, ist doch sicherlich nichts dabei, wenn er nur mal schaut. Schließlich muss er die nächste Jagd planen.

4

Die Story erschien am Montag in der Lokalzeitung: »ICH SAH DAS GESICHT DES WÜRGERS«, erklärte die Überschrift über einem Foto von Debbie. Der Artikel, der auf der dritten Seite stand, war Teil einer ausführlichen Reportage über die Morde, den die Zeitung an diesem Tag brachte. Erneut wurden Einzelheiten über die Opfer berichtet, dazu einige Zitate der trauernden Hinterbliebenen und Kommentare der Polizei. Ein Leitartikel ging mit dem Fahndungsteam ins Gericht – allerdings eher bedrückt als zornig. *Es ist allgemein bekannt, wie schwierig die Aufgabe ist, vor der diese Frauen und Männer stehen, und das unterschätzt der* Standard *nicht. Aber die Frauen von South Yorkshire haben das Recht, sich angstfrei zu bewegen…* Der Artikel über Debbie begann: *Die Dozentin Deborah Sykes, 26, hatte an dem Abend, als der Würger zuschlug, eine schaurige Begegnung. Die attraktive Brünette erzählte unserem Reporter: »Ich wusste einfach, dass etwas nicht stimmte. An diesem Abend war am Bahnhof etwas ganz Schlimmes passiert.«* Der Artikel führte anschließend die Einzelheiten von Debbies Geschichte aus, einschließlich der zerbrochenen Lampe und der Art, wie der Mann offenbar versucht hatte, sich ihr zu nähern. Die Polizei wurde dahingehend zitiert, dass man die Geschichte kenne, aber im Moment keinen Grund zu der Annahme hätte, dass Ms. Sykes' Erlebnis irgendetwas mit dem Mord zu tun hatte. Das Zitat legte eher nahe, dass Debbie ein wenig

Aufmerksamkeit erregen wollte. Es folgte ein Appell an den Mann vom Bahnhof, sich zu melden, *»damit wir ihn aus unseren Ermittlungen ausschließen können«*. Unterzeichnet war der Artikel mit Tim Godber.

Debbie hörte am Montagmorgen das erste Mal von dem Artikel, als sie wieder ihren Oberkurs im Abschlussjahr unterrichtete. Leanne Ferris, ungewöhnlich pünktlich, warf ihre Tasche auf den Tisch, riss eine Coladose auf und sagte: »Wir wollen alles über den Mörder wissen. Na los, erzählen Sie es uns.« Debbie sah verständnislos drein. Leanne kramte in ihrer Tasche und zog nach kurzem Wühlen eine Zeitung hervor. »Sie haben eine Riesenreportage über den Würger drin, deshalb habe ich sie gekauft. Schauen Sie.« Sie zeigte Debbie den Artikel, und die anderen gruppierten sich um sie herum.

»Das ist ein gutes Foto, Debbie.« Das war Sarah mit ihrer allseits bekannten Fähigkeit, sich auf das Unwichtigste zuerst zu stürzen. Oder womöglich war das für Sarah das Wichtigste – hübsch auszusehen, wenn sie in der Lokalzeitung erschien. Debbie erkannte das Foto wieder. Es war beim Betriebsfest im Juli aufgenommen worden. Auf dem Original war sie mit Tim zu sehen. Hier war ein Ausschnitt verwendet worden, sodass sie allein dastand und zu jemandem hinauflächelte, der nicht da war. Sie wusste nicht, ob sie wütend oder bestürzt sein sollte. Zur großen Enttäuschung ihrer Studenten spielte sie ihnen gegenüber sowohl den Artikel als auch ihre Reaktion darauf herunter.

»Sah er wirklich Furcht erregend aus, Sie wissen schon, wahnsinnig?« Leannes Augen leuchteten vor glühender Neugier.

»Hören Sie«, begann Debbie ruhig, »man weiß doch noch nicht mal …«

»Haben Sie die Leiche gesehen?« Das war Adam, ein Freund von gruseligen Videos.

»Niemand weiß…«, versuchte Debbie es erneut.

»Hatten Sie Angst?« Das war Sarah.

»Passen Sie mal auf.« Debbies Stimme klang lauter als beabsichtigt. Sie erreichte, dass kurz Stille eintrat. »Passen Sie auf. Es besteht kein Grund zu der Annahme, dass der Mann, den ich gesehen habe, der Mörder war. Das weiß niemand. Ich habe vor kurzem mit der Polizei gesprochen, aber jetzt will ich nicht weiter darüber reden.«

»Hat er Sie also nicht gejagt? Mit einem Messer?« Wieder Leanne.

»Ach, kommen Sie, Leanne, das *steht* nicht einmal hier. Und jetzt würde ich gern…«

»Er sticht ihnen die Augen aus«, sagte Leanne genüsslich zum Rest der Gruppe.

Adam fiel mit ein. »Er nimmt kein Messer. Jedenfalls nicht zuerst. Er erwürgt sie.«

»Weil du das so genau weißt!« Das war Rachel, die vernünftiger war als Leanne, ruhiger. »Hört mal, Debbie sagt, sie möchte nicht darüber reden. Also lassen wir es. Haben Sie unsere Essays korrigiert, Debbie? Habe ich eine Eins?«

Von da an schleppte sich die Stunde dahin.

Debbie war wütend und beunruhigt. Rasch verließ sie den Unterrichtsraum, als der Vormittag vorüber war, und ignorierte die Bitten der zahlreichen unaufmerksamen Zuhörer, unter ihnen Leanne und Adam, ihnen die neue Hausaufgabe noch einmal zu erklären. »Tut mir Leid, ich habe keine Zeit«, erklärte sie und bekam auf der Stelle Schuldgefühle. Im Dozentenzimmer erwiderte sie auf Louises fragenden Blick: »Ich habe nicht mit der Zeitung gesprochen.«

»Das dachte ich mir schon«, sagte Louise lakonisch.

Die restliche Zeit musste sie wieder und wieder erklären: Ich habe den Würger nicht gesehen. Ich habe *nicht* mit der Zeitung gesprochen. Ich will jetzt nicht darüber reden. Sie bekam ein Memo von einem der Konrektoren, in dem sie gefragt wurde, weshalb sie einer Lokalzeitung ein Interview gab, ohne es vorher mit der Collegeleitung abzusprechen, und sie vergeudete ihre Kaffeepause mit dem Versuch, jemanden zu erreichen, dem sie es hätte erklären können – nicht, dass man ihr geglaubt hätte. Sie hielt Ausschau nach Rob Neave, damit sie ihm berichten konnte, was passiert war – sie wusste zwar nicht genau, warum sie das für wichtig hielt, aber sie hatte eben das Gefühl –, doch er war nirgends zu finden. »Er arbeitet heute außer Haus«, erklärte ihr Andrea, die Verwaltungskraft für diesen Bereich, auf ihre Frage. Tim Godber sah sie erst, als sie um fünf Uhr ging. Er entschuldigte sich nicht.

Es sei ein reguläres Interview gewesen; Debbie sollte es eben deutlich sagen, wenn sie im Vertrauen spräche, und weshalb machte sie überhaupt ein solches Theater? Er hätte nur das geschrieben, was sie ihm erzählt hatte.

An diesem Tag verließ Debbie das College in der gleichen Stimmung, in der sie als Kind oft von der Schule heimgegangen war, vor allem in jenem schlimmen Jahr, als zwei ihrer Klassenkameradinnen – ehemalige Freundinnen – beschlossen hatten, sich gegen sie zu verbünden. »Wir wollen dich nicht«, hatte Tracy gesagt und ihren Arm durch den Donnas geschoben. Oder: »Niemand darf mit Deborah Sykes spielen, weil ihre Mama eine Hexe ist!«, verlangten sie von den anderen. Ihr fiel jetzt nicht mehr ein, was die Hetzkampagne ausgelöst und wieder beendet hatte, aber sie wusste noch ganz genau, wie elend sie sich dabei gefühlt hatte. Oft dachte sie, das Worte wirklich eine furchtbare Waffe sein konnte.

Als sie durch die Stadtmitte ging, konnte sie eine böse Vorahnung nicht abschütteln. Ihr war, als würde sie von boshaften Blicken verfolgt. Im College hatte sie sich bloßgestellt gefühlt, so als würden die Leute sie ansehen und über sie tuscheln, aber jetzt, als sie durch die Straßen zum Bahnhof ging, bedrückte sie das Gefühl richtiggehend. Erst in der anonymen Helligkeit des Zugs gelang es ihr, es abzuschütteln.

Als sie endlich zu Hause ankam, klingelte das Telefon. Sie wartete einen Moment, um zu sehen, ob es aufhörte, und als das nicht der Fall war, nahm sie den Hörer ab. »Hier Deborah Sykes.« Schweigen. »Hallo?«, sagte sie. Es kam keine Antwort, und dann wurde aufgelegt. Sie versuchte, den Anrufer unter 1471 ausfindig zu machen, doch es war keine Nummer aufgezeichnet worden.

Sarah kämmte sich vor dem Nachhausegehen die Haare vor dem Spiegel in der Studententoilette. Sie konnte den Rauch von Leannes Zigarette riechen, während Leanne und Rachel über die Tür einer der Kabinen hinweg plauderten. Sarah starrte in den Spiegel und fragte sich, ob ihr Gesicht zu dick war. Sie dachte an Nick. War sie attraktiv genug? Als sie in den Spiegel sah, war sie schon dieser Meinung, aber manchmal erblickte sie ihr Spiegelbild unerwartet und sah eine erschreckend unscheinbare Person. Am Freitag würde sie ihn treffen. Sie steckte ihren Kamm ein und musterte bang ihr Abbild.

»... Essaytitel?«

»Wie bitte?« Ihre Hand zuckte ein bisschen. Leanne stand neben ihr und kämmte sich energisch die Haare nach hinten.

»Hast du dir den Titel für den Essay aufgeschrieben?« Leanne fasste ihr Haar oben auf dem Kopf zusammen. »Welt, pass auf«, sagte sie. Sie verließ sich meist darauf, dass andere Leute sie in puncto Hausaufgaben auf dem Laufenden hielten. »Kommst du am Freitag auf Adams Party?«

Wie gewohnt fühlte Sarah den Schmerz des Ausgeschlossenseins. »Er hat mich nicht eingeladen«, antwortete sie.

Leanne schminkte sich die Augen. »Du hörst nicht richtig zu, was? Er hat die ganze Gruppe eingeladen. Du kannst mit mir und Raich gehen, wenn du Lust hast.«

Sarah war auf der Hut. Leanne machte sie nervös. »Ich kann nicht, danke«, erwiderte sie. »Ich treffe mich mit Nick.«

»Bring ihn mit.« Leanne steckte sich eine Spange ins Haar. Sarah biss sich auf die Nägel. Nick war anderen gegenüber oft schwierig. Er mochte keine Studenten.

»Okay, ich frage ihn«, sagte sie, ohne es zu meinen. »Danke.«

»Frag ihn nicht, sag's ihm einfach«, verlangte Leanne, ließ Wasser aus dem Hahn über ihre Zigarette laufen und warf sie ins Becken. »Bis dann.« Sie und Rachel gingen.

Sarah verfiel wieder in ihre Betrachtungen vor dem Spiegel. Jetzt würde Leanne wissen wollen, warum sie nicht auf die Party gekommen war. Sie konnte nicht sagen, dass Nick keine Lust hatte hinzugehen. Dann würden sie sie nie wieder einladen. Vielleicht sollte sie es ihm doch vorschlagen. Es war eigentlich etwas nach seinem Geschmack, obwohl Sarah ruhigere Orte vorzog, wo ihre weiche Stimme nicht von lauter Musik und Gebrüll übertönt wurde. Wenn sie das machten, würden sie sich vielleicht nicht streiten. Sie fuhr sich vorsichtig mit der Hand über den Bluterguss, den der Schal um ihren Hals verhüllte.

Mick Berrymans Gedanken erdrückten ihn. Er brauchte eine Pause. Die Uhr an der Wand zeigte sechs, aber sie war nicht umgestellt worden, als vor Wochen die Sommerzeit geendet hatte. Seit über zehn Stunden brütete er nun schon über dem Fall. Er könnte nach Hause gehen und die Füße hochlegen, doch er beschloss, noch ein Stündchen oder so ins Grindstone hinüberzugehen. Er brauchte einen Drink und ein bisschen Ruhe.

Wie die meisten Pubs im Zentrum von Moreham am frühen Abend war auch dieses fast leer. An einem Tisch in der Ecke saßen zwei alte Männer und an der Bar ein einsamer Zecher, der in der Zeitung las. Als Berryman den Raum durchquerte, bemerkte er, dass der Mann an der Bar Rob Neave war, und verlangsamte seinen Schritt.

Es war inzwischen anderthalb Jahre her, dass Neave die Truppe verlassen hatte. Er war einer der begabtesten Beamten der Abteilung gewesen und auf der Beförderungsleiter dicht hinter Berryman aufgestiegen. Sie hatten zusammen gearbeitet und viel Zeit an dieser Theke verbracht. Sie waren ein gutes Team gewesen. Er konnte nicht begreifen, weshalb Neave mitten in einer so viel versprechenden Laufbahn ausgestiegen war. Ein halbes Jahr, bevor er alles hinwarf, war er zum Detective Inspector befördert worden. Aber nach der Sache mit Angie war Neave am Boden zerstört gewesen. Seine Kollegen hatten sich mit vereinten Kräften um ihn gekümmert, auf ihn aufgepasst und ihn betrunken gemacht – nicht dass er dabei seinerzeit irgendeine Hilfe gebraucht hätte. Schließlich hatte Berryman ihm empfohlen, sich krankschreiben zu lassen und Hilfe zu suchen, auch wenn das seine Aufstiegschancen beeinträchtigte. Doch Neave war nicht interessiert gewesen.

»Weißt du«, hatte er zu Berryman gesagt, »mich kümmert das alles nur noch einen Dreck. Ich will nichts als raus.« Inzwischen konnte Berryman das Gefühl besser nachvollziehen, obwohl er es damals überhaupt nicht verstanden hatte, genau wie er Neaves abgöttische Liebe zu Angie nie begriffen hatte. Oh – hübsch war sie, das gab er zu, aber verschroben. Er hätte es keine Woche mit ihr ausgehalten.

Er hatte Neave fast ein halbes Jahr nicht gesehen. Claire hatte ihn darauf angesprochen. »Warum lädst du Rob nicht einmal abends zu uns ein? Wir stopfen ihn mit Essen voll und trinken ein paar Bierchen. Vielleicht heitert ihn das auf.« Claire hatte eine Schwäche für seinen Exkollegen entwickelt. Er hatte ihn angerufen, doch das Angebot war abgelehnt worden, wie Berryman schon vorausgeahnt hatte. Ohne den Job hatten sie keine Gemeinsamkeiten mehr. Er ging an die Bar. »Lust auf noch eins?«

Dann fiel ihm nichts mehr ein. Berryman war dabei gewesen, als Neave Angie kennen lernte, und es war Berryman gewesen, der ihn am Schluss gesehen hatte. Sie stand zwischen ihnen wie ein Geist.

Neave schien erfreut, ihn zu sehen, lehnte aber das angebotene Bier ab. Sein Pintglas war noch fast voll, und es hatte den Anschein, als hielte er sich schon eine Weile daran fest. Sie tauschten Neuigkeiten aus, aber das Gespräch verlief stockend und unbeholfen. Auf der Suche nach Themen sah Berryman auf die Zeitung, die Neave gelesen hatte, als er hereinkam. Es war der *Moreham Standard.* Die Doppelseite über den Würger war aufgeschlagen.

Berryman stöhnte. Der Bericht war ihm den ganzen Nachmittag beim Nachdenken in die Quere gekommen. Die Polizei sollte dies tun, die Polizei hatte jenes versäumt. Herrgott, was erwarteten sie denn? Hexerei? Neave sah ihn an, merkte, worauf er blickte, und gönnte ihm ein mitfühlendes Grinsen. »Die machen dir wohl das Leben schwer«, stellte er mehr fest, als dass er gefragt hätte.

»Die wollen meine Eier auf einem Silbertablett serviert kriegen«, sagte Berryman trübsinnig.

»Klar. Dann könnte sie eine Wahrsagerin inspizieren und dir die Lösungen präsentieren.« Neave sah wieder auf die Zeitung herab. »Stimmt das? Ihr habt nichts in der Hand?«

Berryman beschloss, offen zu sein. Er wusste, dass er sich auf Neaves Verschwiegenheit verlassen konnte. »Dieser Drecksack weiß ganz genau, wie er es anstellen muss«, sagte er nach einem Moment. »Er hat nicht viele Fehler gemacht. Wir kommen nicht weiter. Jetzt sind es schon vier, und wir wissen nichts.«

»Gar nichts? Irgendetwas müsst ihr wissen. Er muss doch irgendwelche Spuren hinterlassen.«

»Oh, wir haben Material, das uns weiterhilft, wenn wir ihn haben. *Falls* wir ihn kriegen. Es gibt ein paar Richtungen, in die wir noch ermitteln können, aber wir haben nichts in der Hand, das uns sagen würde, wer er ist. Es ist wieder wie beim Yorkshire Ripper. Er macht es einmal zu oft, und dann haben wir ihn. Aber das hier bringt nichts. Es versetzt nur die Leute in Panik und plaudert Informationen aus. Ich will kein Getratsche.« Er tippte auf den Artikel mit der Überschrift *Ich sah das Gesicht des Würgers.* »Das ist Schwachsinn. Reine Spekulation. Blöde Kuh.«

Neave sah auf den Artikel herab. »Er arbeitet am College«, erklärte er und zeigte auf den Namen des Autors. »Vermutlich hat sie vergessen, dass er Journalist ist, als sie mit ihm geredet hat. Sie hat sich wegen der Sache Sorgen gemacht. Sie hat mich gefragt, was sie tun soll.« Er fing Berrymans Blick auf und grinste weiter. »Ich habe ihr geraten, mit euch zu reden. Ich habe nicht gesagt, dass sie ihre Geschichte verkaufen soll.« Er überlegte kurz. »Aber du bist bestürzt deswegen. Hat sie ihn denn nun gesehen?«

»Das weiß ich verdammt noch mal nicht. In South Yorkshire weiß es jeder Idiot, bloß ich nicht.«

Auf jeden Fall bereitete Debbies Geschichte Berryman Kopfzerbrechen. »Was wir zum Beispiel haben, ist die Stelle, an der er sich die Erste geschnappt hat, Lisa Griffin. Er hat sie an den Gleisen kurz hinter dem Bahnhof von Mexborough abgeladen. Dorthin war sie unterwegs, und wir haben Zeugen, die das bestätigen können. Seitdem hat er dazugelernt. Wir wissen nicht, wo er die anderen ermordet hat. Sie wurden außerhalb von Bahnhöfen an der Strecke deponiert. Zwei Dinge haben wir gefunden: Fingerabdrücke, die wir niemandem zuschreiben können, auf ihrer Tasche. Ich will nicht behaupten, dass es die des Mörders sind, aber sie sind da. Außerdem Glassplitter. Wir wissen nicht, warum. Auf dem Bahnsteig, in dessen Nähe wir Lisa gefunden haben, hat er die Lampe zerstört. Auch an den anderen haben wir Glassplitter entdeckt. Kate – Kate Claremont – hatte Glas in den Haaren. Und auch in Mandys Kleid hatten sich Splitter verfangen.«

Neave sah mit halb geschlossenen Augen in die Ferne. »Mag er keine Lampen oder kein Glas? Keine Spiegelungen? Braucht er das Glas? Benutzt er es an ihnen?«

Berryman wiederholte noch einmal die bekannten Fakten. Sie wussten nichts, sie konnten nur raten. »Das Glas ist keins von der Sorte, das in große Scherben zerbricht. Es sieht nicht aus wie eine Waffe. Er scheint etwas gegen Lampen zu haben. Er zerschlägt sie, aber nicht durchgängig.« Er sah, wie sich in Neave die Frage bildete. »Wir wissen es nicht. Womöglich ist es nur etwas ganz Beliebiges, aber es ist eine Tatsache.« Er seufzte und leerte sein Glas. Neave winkte dem Barman.

»Wie schnappt er sie sich?«, fragte er.

»Gute Frage«, sagte Berryman. »Darauf hätten wir auch gern eine Antwort.« Sie wussten weder, wo er sich die Frauen geschnappt hatte, noch wohin er sie verschleppt oder wo er sie umgebracht hatte. Sie wussten allerdings, was er ihnen angetan hatte. »Das jüngste Opfer zum Beispiel, diese Julie, wurde zuletzt gesehen, als sie ihren Arbeitsplatz am Broomegate verließ. Sie kam nie zu Hause an. Er muss sie sich gegriffen haben, kurz nachdem man sie zuletzt gesehen hat, aber der Todeszeitpunkt lag schätzungsweise um Mitternacht. Wenn er sie auf der Straße gepackt hat, müsste es jemand gesehen haben. Es waren genug Autos unterwegs. Wenn er sie am Bahnhof geschnappt hat, wie hat er sie dann verflucht noch mal nach Rawmarsh geschafft? Wenn er ein Auto benutzt, muss er sie aus dem Bahnhof bringen und dann noch an die Gleise transportieren – wo wir sie gefunden haben, aber es hat sich kein Mensch gemeldet.«

»Bis auf sie.« Neave zeigte auf das Foto in der Zeitung.

Berryman sah finster drein. »Wir müssen noch einmal mit ihr reden. Wir müssen sichergehen, dass Julie nicht am Bahnhof war. Und wir müssen diesen Mann finden, wer immer er ist. Vielleicht hat *er* etwas gesehen.«

»Aber es könnte auch euer Mann sein?« Neave wartete die Antwort nicht ab. »Und wie sucht er sie aus?« Mittlerweile war sein Glas leer. Er schüttelte den Kopf, als Berryman durch eine Geste fragte, ob er noch eines wolle. Er hatte diesen schmaläugigen, eindringlichen Blick aufgesetzt, den Berryman von früher kannte.

»Wir arbeiten daran«, erklärte er. Der allgemeine Eindruck der Leute, die an der Fahndung arbeiteten, war, dass der Mörder seine Opfer willkürlich auswählte – dass er wartete, bis er ein geeignetes Opfer sah, und dann zuschlug. Berryman war sich da nicht so sicher. »Ich habe einen gewissen Verdacht. Lisas kleine Tochter – sie ist erst fünf, aber sie hat immer wieder von dem *hässlichen Mann* erzählt. Und Mandys Mutter hat ausgesagt, dass Mandy ein paar seltsame Anrufe bekommen hat. Na gut, sie meinte, die seien von Mandys Freund gewesen. Ich weiß nicht, es gibt nicht viel her. Wir haben die Sache untersucht und nichts Konkretes finden können. Ich lasse jetzt Lynne Jordans Team daran arbeiten. Du kennst doch Lynne?« Neave machte ein unverbindliches Geräusch. »Der Freund gibt zu, dass er ›ein- oder zweimal‹ angerufen hätte. Aber es ist nicht nur das. Die Art und Weise, wie er sie verschwinden lässt, ist zu sauber. Jedes Mal schafft er es ohne Zeugen. Er muss über sie Bescheid wissen, um das zu bewerkstelligen. Nein, mein Gefühl sagt mir, dass er alles vorher plant.«

Es war schon nach zehn, als sie das Pub verließen. Berryman ging auf sein Auto zu, und Neave wandte sich in Richtung Fluss, wo seine Wohnung lag. Vor dem Pub zog er den Reißverschluss seiner Jacke hoch und schob die Hände tief in die Taschen. Mittlerweile hatte der Winter die Stadt fest im Griff. Die Luft war eiskalt, und auf dem Straßenpflaster glitzerte der Frost. Das Stadtzentrum war wie üblich verlassen –

nur ein paar Kinder kurvten auf ihren Skateboards in der Fußgängerzone herum, und eine Gruppe Jugendlicher stand dicht zusammengedrängt vor dem Hamburgerlokal. Seine Schritte hallten wider, als er durch die Fußgängerzone zum Fluss marschierte. Der Wind pfiff zwischen den Häusern hindurch und wehte Abfall über den Boden und in die Luft. Eine leere Dose rollte scheppernd die Straße hinab, als wollte sie die leichteren Hamburger-Schachteln und Pommestüten verfolgen. Zwanzig Minuten zu Fuß, und er wäre zu Hause. Er war froh, dass er nicht über die Schulter schauen und sich vor jeder düsteren Gasse in Acht nehmen musste. Er dachte an Deborah, wie sie allein durchs Stadtzentrum ging.

Berrymans Gedanken schweiften in die Vergangenheit. Angie. Er und Neave hatten damals drüben in Sheffield gearbeitet. Auf dem Universitätsgelände waren mehrere Frauen überfallen worden. Eine junge Frau hatte einen Mann gemeldet, der verdächtig herumlungerte, und sie gingen der Sache nach. Das Haus war ein typisches Studentenhaus, ein Reihenhaus mit einem verwahrlosten Vorgarten und ausgefransten Vorhängen im Erkerfenster. Der junge Mann, der ihnen die Tür öffnete, starrte sie feindselig an, als sie sich vorstellten, dann rief er nach hinten: »Angie!« Er drängte sich zwischen ihnen aus dem Haus. Neave warf Berryman einen Blick zu – *sollen wir dem kleinen Arsch ein bisschen einheizen?* –, doch sie ließen ihn abziehen. Schließlich waren sie nicht gekommen, um einem hochnäsigen jungen Mann einen Schreck einzujagen.

Eine junge Frau stieg die Treppe herab und band sich den Gürtel eines dünnen Morgenrocks um die Taille. Ihre Haare waren nass, und sie hielt ein Handtuch in der Hand. Sie wirkte erstaunt, sie zu sehen. »Ich dachte …« Offensichtlich hatte sie jemand anders erwartet.

Berryman ergriff die Initiative. Er spielte immer den harten Mann, eine Rolle, die gut zu seinem markanten Kinn und den buschigen Augenbrauen passte. Neave hielt sich im Hintergrund, war still und sah mitfühlend und freundlich drein. So bauten sie eine nützliche Beziehung auf, falls sie sie später brauchen sollten, obwohl es ihr wahres Wesen nicht unbedingt widerspiegelte, dachte Berryman. Im Vergleich zu Neave war eher er der Nachgiebige. Er stellte sich vor und zeigte ihr seine Polizeimarke. »Wir kommen wegen des Mannes, den Sie gemeldet haben.« Sie hatte auf dem Revier angerufen und dem Streifenpolizisten anschließend erklärt, dass spätnachts ein Mann zu den Fenstern im Erdgeschoss hereingespäht hatte. Das konnte sich Berryman vorstellen, wenn sie immer so leicht bekleidet herumlief. Ihr Morgenmantel war aus einem seidigen Stoff, der ihr ständig von den Schultern rutschte, und dort, wo ihre nassen Haare draufgetropft hatten, schmiegte er sich an und wurde durchsichtig.

Er versuchte, Neaves Blick aufzufangen, während die Frau sie in das Wohnzimmer im Erdgeschoss führte, doch er begegnete nur einem Ausdruck reiner Verblüffung. Neave sah drein, als wäre er von einem Auto gerammt worden, das er nicht hatte kommen sehen. Berryman grinste. Er sah Neave nicht oft erschüttert.

Der Raum war eine Müllhalde. Der Fußboden war mit Blättern und Büchern übersät. Auf dem Teppich vor dem Kamin standen zwei leere Tassen. Die Wände waren ein Farbengewirr aus Bildern, Plakaten, Fotos und Behängen, alles wild durcheinander platziert. In einer Ecke standen ein Notenständer und daneben auf dem Boden ein Geigenkasten. Unter dem Fenster befand sich ein Bett mit einer gemusterten Tagesdecke. Die Frau setzte sich auf den Teppich, ließ kurz die Innenseite eines weißen Schenkels sehen, und zeigte auf das Bett. »Ich habe leider keine Stühle. Bitte nehmen Sie Platz.« Berryman setzte sich zögerlich auf das Bett. Er mochte keine Unordnung, und er mochte keine Frauen, die ein Haus nicht sauber halten konnten. Neave blieb stehen und stützte sich mit dem Arm aufs Kaminsims. Die Frau begann sich vor dem Feuer die Haare zu frottieren, sodass das Handtuch manches verhüllte, was der Morgenrock nicht verbergen konnte.

»Gut, Miss«, Berryman sah in seinen Notizen nach – »Kerridge. Was können Sie uns über diesen Mann sagen? Fangen Sie einfach von vorne an und schildern Sie uns, woran Sie sich erinnern können.« Es klang nicht so, als ob es derselbe Mann gewesen wäre – sondern hörte sich eher nach einem Voyeur an, mit dem sie schon in der Vergangenheit Ärger gehabt hatten. Er schloss die Befragung rasch ab, fragte sie, ob sie bereit sei, eine Aussage zu machen und sich ein paar Fotos anzusehen. Als sie gingen, wurde ihm bewusst, dass Neave die ganze Zeit nur den stillen Zuschauer gegeben hatte. Er versuchte es mit einem derben Kommentar über die Kleidung – oder vielmehr die mangelnde Kleidung – der Frau, erntete aber nur eine einsilbige Antwort. Neave konnte ganz schön launisch sein.

Er erzählte Berryman nicht, dass er die Frau wieder gesehen hatte, aber drei Wochen danach war sie bei ihm eingezogen, und zwei Jahre später, kurz nach Floras Geburt, hatten sie geheiratet.

Sie waren alle jung, unter fünfundzwanzig. Lisa mit ihren knapp fünfundzwanzig war die älteste, Kate war erst einundzwanzig und einen Monat nach ihrem Geburtstag ermordet worden. Mandy war einundzwanzig und Julie vierundzwanzig. Ihr Leben wies einige Parallelen und einige Unterschiede auf. Lisa war verheiratet, und zwar seit drei Jahren. Ihrem jungen Mann hatten die Fahnder die Hölle heiß gemacht, als ihre verstümmelte Leiche neben dem Gleis in der Nähe des Bahnhofs von Mexborough gefunden worden war. Sie hatte eine fünfjährige Tochter namens Karen. Kate und Mandy waren beide Singles und hatten keine Kinder. Kate ging ziemlich viel aus – ins Warehouse, in Pubs mit Kabarettabenden, in Konzerte im Arena, zur Studentenvertretung oder ins Leadmill. Sie wohnte mit drei anderen Studenten in einem Haus. Hatte eine Menge Freunde, aber keinen festen. Sie hatten mit allen von ihnen gesprochen. Nichts. Mandy war ruhiger, wohnte bei ihren Eltern, hatte ein kleines Hündchen, eine Promenadenmischung, war ein paar Monate lang verlobt gewesen, hatte sich aber vor kurzem von ihrem Freund getrennt. Ihn hatten sie auch in die Mangel genommen, aber sie konnten ihm nichts anhängen. Über Julie mussten sie noch mehr in Erfahrung bringen. Sie war Single, wohnte auch allein und hatte offenbar keine Kinder, aber viel mehr wussten sie noch nicht. Lisa hatte einen Teilzeitjob als Sekretärin, Kate studierte Politologie und war in der Fachschaft aktiv. Mandy war bei der Kreisverwaltung angestellt, und Julie war Assistentin gewesen. Kurz bevor sie ermordet wurde, war ihre Firma zum Kleinbetrieb des Jahres gekürt worden.

Lynne Jordan ging die Angaben über die Opfer noch einmal durch – sie suchte das schwer greifbare Detail, das sie miteinander verband. Es war da, aber sie sah es nicht. Sie musterte die Fotos, die sie von den Familien bekommen hatten. Lisa war dunkelhaarig und attraktiv. Sie lächelte in die Kamera und stellte sich übertrieben glamourös in Pose. Sie wirkte jung, fröhlich und selbstbewusst. Kate war ernsthafter, auch dunkelhaarig, aber mit markanten Gesichtszügen und ausgeprägten Augenbrauen. Das Foto war gemacht worden, als sie sich um den Vorsitz der Studentenbewegung beworben hatte. Auch attraktiv, aber auf eine andere Art als Lisa mit ihrer sprühenden Weiblichkeit. Mandys Haar war von einem matten Hellbraun, das man auch farblos nennen konnte. Sie lächelte ziemlich verkrampft und künstlich in die Kamera. Eine unscheinbare Person, wenn man sich auf das Foto verließ. *Sie ist nicht besonders fotogen, unsere Amanda,* hatte ihre Mutter traurig gesagt. *Aber wir hatten ein schönes Foto für die Verlobungsanzeige. Wir haben es in die Zeitung gesetzt.* Julie war blond, zartgliedrig und hübsch. Selbstsicher lächelte sie in die Kamera, eine junge Frau, die mit ihrem Aussehen zufrieden ist.

Die toten Gesichter starrten von der Anschlagtafel in den Raum, wo Berrymans Team saß – und von einer anderen Wand an einem anderen Ort.

Er hat die Fotos an einer Tafel gleich am Eingang zu seinem Dachboden hängen. Er mag Türen, Eingänge, Räume, die weder der eine noch der andere Ort sind. Im Türdurchgang, auf der Schwelle, ist ein Ort, der nirgends ist. Es ist ein Ort, an dem es ihm leichter fällt, er selbst zu sein. Ein gefährlicher Ort – manche Menschen schützen sich davor, indem sie Amulette über die Tür hängen, oder sie schützen ihre Lieben, indem sie sie darüber tragen. Für ihn ist es nicht gefährlich, er lebt in diesem Raum. Er braucht kein Amulett. Er kann seine Souvenirs nicht auf der Schwelle aufbewahren, aber er betrachtet gern seine Bilder, wenn er von der einen Welt in die andere aufsteigt.

Die Züge rattern auf den Gleisen entlang, ganz pünktlich, wie ein Uhrwerk. Um acht Uhr zweiunddreißig fährt ein Zug in den Bahnhof von Goldthorpe ein, ein zweiter fährt von Sheffield ab und macht sich auf den Weg nach Barnsley, ein weiterer nach Hull mit Halt in Meadowhall, Moreham Central, Mexborough und Conisbrough, bis ans Ende der Strecke. Signale schalten um, Weichen verstellen sich, Güterzüge rasen ohne anzuhalten durch Bahnhöfe, bremsen ab und halten an Signalen. Bei Nacht wird die Landschaft von Lichtquellen erleuchtet – Lichter an den Bahnhöfen, Lichter an den Stellen, wo die Straßen nahe am Gleis verlaufen –, doch es gibt auch dunkle Stellen, wo die Strecke durch unbeleuchtetes Gelände verläuft und die Züge kurz die Nacht erleuchten und wieder verschwinden, hinter ihnen nichts als Stille.

Die Weihnachtseinkäufer sind jetzt in rauen Mengen auf Achse. Sie drängen sich an den Bahnhöfen. Ein Intercity-Express donnert durch den kleinen Bahnhof in Meadowhall, während der Lautsprecher die Reisenden bittet, auf dem Bahnsteig zurückzutreten, da ein Schnellzug kommt. Diese Orte sind gefährlich. Ein Bahnhof ist ein erster Schritt über eine Schwelle. Ein Zug ist ein Durchgang. Der Zug ist der Durchgang, doch der Ausgang ist meilenweit, vielleicht Hunderte von Meilen weit entfernt. Die Schwelle endet am Reiseziel. Aber an Orten, die keine Orte sind, an Orten, die Hunderte von Meilen lange Durchgänge sind, können Dinge passieren. Solche Orte sind gefährlich.

Er findet keine Ruhe. Er muss etwas tun. Er sieht erneut in die Zeitung. Er runzelt die Stirn. Als er es zuerst gesehen hat, war er ziemlich bestürzt. Sie sagten, sie behaupteten, dass er einen Fehler gemacht hätte – dabei hat er überhaupt keinen Fehler gemacht. Es war alles eine Frage des Zeitplans. Er wusste, dass die andere Donnerstagsfrau da sein würde. Er hatte es so eingerichtet, dass er weg wäre, wenn sie kam. Natürlich hatte er zurückgehen müssen. Er musste ja nachsehen, ob er nichts liegen gelassen hatte. Er zog es gern in die Länge, genoss den Augenblick, schob es noch ein wenig auf. Er war so vorausschauend gewesen, das Licht auf dem anderen Bahnsteig zu verdunkeln. Er hätte ihretwegen durchaus etwas unternommen, wenn es nötig gewesen wäre. Aber jetzt ist ihm klar, dass es sich so wahrscheinlich am besten fügen wird. Er holt seine Schere heraus und schneidet sorgfältig um das Foto herum. Es ist das erste Mal, dass er ein so gutes Foto von vorher hat. Die anderen sind reichlich unbefriedigend. Die Fotos von nachher sind gelungener. Am besten macht man doch alles selbst …

Er weiß, weshalb er keine Ruhe findet. Man hat ihm das

Zeichen gegeben. Er muss wieder auf die Jagd gehen, und die Zeit drängt. Die hier ist eine gute Beute. Sie sucht Orte auf, wo er jagen kann, das weiß er bereits. Schließlich hat er aufgepasst. Vorsichtig klebt er das Foto an sein Anschlagbrett auf dem Dachboden und betrachtet es einen Moment lang. Dann zieht er ein Teppichmesser heraus und schneidet mit einer frischen Klinge zuerst das eine und dann das andere Auge aus dem Bild. Dann steckt er einen Reißnagel in die Stelle, wo der Mund ist. Der spricht nämlich, und ihm gefällt nicht besonders, was er sagt.

5

Am Dienstagmorgen nahm Debbie, die um halb sechs aufgewacht war und nicht mehr hatte einschlafen können, den Zug um zwanzig nach sieben und war tatsächlich um Viertel vor acht im College. Sie hatte vorgehabt, eine Stunde dazu zu nutzen, an ihren Korrekturen zu arbeiten, doch als sie an ihrem Schreibtisch saß und eine Tasse bitteren Kaffee schlürfte, wurde ihr klar, dass sie sich nicht konzentrieren konnte. Gut. Dann also etwas anderes. Diesen Morgen um neun hatte sie den Englischkurs für den mittleren Abschluss. Sie hatten sich Gespenstergeschichten angesehen – ein Thema, das Debbie immer vor Weihnachten durchnahm –, und sie versuchte, sie dazu anzuregen, eigene Geschichten zu verfassen. Es fiel ihnen schwer, Gruselgeschichten zu schreiben, da die Vorbilder, die sie aus Büchern und Filmen kannten, auf reiner Fiktion beruhten und extrem gewalttätig waren. Die Vorstellung, dass ihre eigene Alltagsumgebung weitaus schauriger sein konnte, war ihnen fremd. Debbie beschloss, ihnen heute ein paar Geister zu zeigen.

Der Broome-Bau war ein hervorragender Hintergrund für eine Gespenstergeschichte. Debbie streifte durchs Haus und versuchte Standorte zu finden. Die hohen Flure waren düster, braun, grau und schwarz, da die helleren Farben im Anstrich schon lange abgeblättert waren. Hier konnten ohne weiteres Gespenster umgehen. Debbie stieg die Treppe zum obersten Flur hinauf – hier gab es eine Geschichte – und begann sich eine Erzählung auszudenken, in der jemand an derselben Stelle stand wie sie gerade, dem Fenster den Rücken zukehrte und durch das krakelierte Glas in den Schwingtüren den Schatten von *etwas* sah, das ihr auflauerte, und wusste, dass sie in einer Sackgasse ohne Fluchtweg festsaß – abgesehen von dem fünfundzwanzig Meter tiefen Abgrund hinter dem Fenster, vor dem sie stand.

Schritte hinter der Tür holten sie in die Wirklichkeit zurück. Das Geräusch war schwer und massiv. Also ein Mann. Sie äugte nach hinten in den finsteren Flur und sah eine Gestalt hinter dem Glas aufragen. Die Tür ging auf, und Les trat hindurch, einen Schlüsselbund in der Hand. Er sah Debbie an.

»Morgen«, sagte er. Sollte sie ihm erklären, was sie hier suchte? Er schien nicht neugierig zu sein, aber er musste sich das gefragt haben. Als er auf sie zukam, sagte sie: »Ich habe mir nur gerade die Stellen angeschaut, über die Sie immer die Geschichten erzählen, wissen Sie, die über die Geister.«

»Ich doch nicht.« Les sah mürrisch drein. »Das war sicher einer von den Jungen, der diesen Unsinn verzapft hat. Ich arbeite seit fast vierzig Jahren hier und hab noch nie einen Geist gesehen.«

»Es sind aber gute Geschichten. Ich habe gerade versucht, mich an die eine zu erinnern, die einmal Weihnachten passiert sein soll – ich bin mir sicher, dass Sie mir die erzählt haben.«

»Ach, Sie meinen die mit den Schritten auf der Wendeltreppe.« Les schien zuerst keine Lust zu haben, die Geschichte zu erzählen, aber Debbie war sie wieder eingefallen, sowie er die Treppe erwähnt hatte.

Die Wendeltreppe war ursprünglich eine Feuertreppe gewesen. Sie verlief spiralförmig im Inneren eines turmartigen Baus, der an dem Punkt stand, wo die Flure endeten. Heute besaß das Haus eine außen gelegene Feuertreppe. Die Türen, die zu der Wendeltreppe führten, waren vernagelt worden, und das schon lange bevor Debbie ihre Stelle am College angetreten hatte. Nun gelangte man nur noch durch das Informatikzentrum dorthin. Am hinteren Ende des Raums befand sich die alte Feuertür mit einer Schubstange. Doch die Studenten benutzten die Wendeltreppe nicht mehr, die in die Gasse hinter dem College führte, und so wurde sie hauptsächlich als Lagerfläche verwendet. Noch am sonnigsten Tag herrschte dort Finsternis.

In der Geschichte, die Les erzählte, ging es um einen Hausmeister, der die Treppe eines Abends hinuntergegangen war, um sich zu vergewissern, dass die Tür nach außen abgesperrt war. Er stieg also die Treppe hinab und kontrollierte die Tür. Sonst kontrollierte er nichts, weil es sonst nichts zu kontrollieren gab. Als er die Treppe wieder hinaufstieg, langsam, weil es schon spät und er nicht mehr jung war, spürte er plötzlich einen Luftzug, die Tür über ihm fiel ins Schloss, und das Licht erlosch. Vor Schreck blieb er stehen, weil er nun plötzlich im Dunkeln stand, doch dann ging er weiter, jetzt ein wenig schneller. Es war kalt und irgendwie unangenehm, so spätabends im Finstern auf der Treppe. Dann blieb er wieder stehen. Direkt unter ihm, auf den Stufen, die er soeben erklommen hatte, konnte er etwas hören, etwas, das wie Schritte klang, die leicht und rasch hinter ihm die Treppe hinaufkamen, von dort, wo nichts als eine leere Treppe und eine verschlossene Tür gewesen waren. Er wartete nicht. Er rannte, so schnell er in der Dunkelheit konnte, die letzten zwei Treppenläufe hinauf zu der Tür, die von innen jedoch schwer zu öffnen war. Während er mit ihr kämpfte, hörte er die Schritte näher und näher kommen und immer schneller werden, je weiter sie zu ihm vordrangen. Er bekam die Tür auf, ging hindurch und hatte sie schneller hinter sich geschlossen und verriegelt, als er je für möglich gehalten hätte. Er lehnte sich gegen die Tür und versuchte wieder zu Atem zu kommen, als etwas mit solcher Gewalt gegen die

Tür donnerte, dass er zu Boden geworfen wurde. Doch nie fand man etwas auf der Treppe, was den Vorfall hätte erklären können.

Als Debbie die Geschichte von den Schritten, die aus dem Nichts kamen und ihr Opfer in der Finsternis verfolgten, zum ersten Mal hörte, hatten ihr die Haare zu Berge gestanden. Das gäbe eine wunderbare Geschichte für die Studenten ab. Sie könnte mit ihnen zur Treppe gehen und sie ihnen zeigen.

Die Doppeltür wurde aufgedrückt, was sie beide erschrocken zusammenzucken ließ, und Les fummelte an seinem Schlüsselbund herum, als Rob Neave in Sicht kam. »Der ist heute auf dem Kriegspfad«, murmelte er.

Neave erblickte Debbie und bemühte sich, seine Verärgerung zu verbergen. »Ich möchte, dass Sie nach unten zum Lieferwagen gehen«, sagte er zu Les. »Beauftragen Sie Dave oder sonst jemanden, die Räume aufzuschließen, und lassen Sie sich in Gottes Namen nicht den ganzen Tag Zeit dafür.« Sein Gesicht war weiß, und er sah krank aus, als hätte er einen schweren Kater. Debbie musste an das denken, was Louise ihr neulich erzählt hatte.

»Es war meine Schuld«, nahm sie Les in Schutz. »Ich habe ihn gebeten, mir seine Geistergeschichte zu erzählen.«

Neave sah sie mit einem angedeuteten Lächeln an und schüttelte den Kopf, als sie ihn fragte, ob er sie kenne, und so erzählte sie ihm die Geschichte, genauso wie sie sie von Les gehört hatte. Er zeigte sich nicht besonders beeindruckt. »Du glaubst das alles doch wohl nicht etwa, oder?«

»Natürlich nicht, aber es ist eine gute Geschichte. Findest du nicht?«

Diesmal lächelte er richtig, und sie verspürte leisen Triumph. »Doch, ich sehe Les schon mit dem Kopf unterm Arm die Treppe heraufkommen.« Sie lachte. Dann sagte er: »Ich muss dich sprechen. Bist du gegen fünf in deinem Zimmer?«

Die Geisterführung durch den Broome-Bau kam sehr gut an. Debbie fragte sich nur halb im Scherz, ob sie sie der Marketingabteilung des College als Geldbeschaffungsmaßnahme empfehlen sollte. Obwohl ihr Unterricht so gut gelaufen war, empfand sie Unbehagen. Diese böse Vorahnung war wiedergekommen, und sie war froh, dass im College überall hektische vorweihnachtliche Aktivitäten herrschten. Auf den belebten Gängen war ihr wohler. Sowie sie allein war, fühlte sie sich beobachtet und spürte etwas Kaltes, Bedrohliches. Sie verwünschte Tim, und sie verwünschte sich selbst dafür, dass sie sich mit Geistergeschichten befasst hatte – noch dazu solchen, die im College spielten.

Es war auch nicht hilfreich, als sie der Leiter ihres Fachbereichs in der Kaffeepause in sein Büro rief, um mit ihr über den Zeitungsartikel zu sprechen. Peter Davis hörte sich ihre Erklärung zwar an, aber dass er zum Schluss sagte: »Na gut, wir lassen es diesmal durchgehen, aber sorgen Sie dafür, dass es nicht wieder vorkommt«, ärgerte sie massiv. Es fiel ihr schwer, nicht mehr daran zu denken und sich auf ihren Unterricht zu konzentrieren. Den Kaffee hatte sie auch verpasst.

Zur Mittagszeit war eine Gewerkschaftssitzung angesagt. Das City College steckte in Schwierigkeiten. Sinkende Studentenzahlen und finanzielle Einbußen bedeuteten, dass das College Geld verlor, und nun plante die Leitung Kürzungen. Die Gewerkschaft kämpfte für die Arbeitsplätze ihrer Mitglieder, doch das Kollegium war uneinig und unentschlossen. Die Sitzungen verliefen meist erbittert oder ergebnislos.

Der Raum füllte sich, als Debbie eintraf. Sie hatte sich eigentlich die Zeit nehmen wollen, ein Sandwich zu kaufen, bevor die Sitzung begann, doch sie war noch im Unterrichtsraum geblieben, um mit zwei Studenten zu sprechen, und hatte direkt herkommen müssen. Sie entdeckte Tim Godber, der auf einen freien Platz neben sich zeigte, doch sie ignorierte ihn – *Warum tut Tim auf einmal wieder so freund-*

lich? – und suchte sich einen Platz auf der anderen Seite des Raums. Es gab nur schlechte Neuigkeiten. Das City College häufte immer mehr Schulden an, und nun wollte die Leitung beim Personal Einsparungen vornehmen. Nervös dachte Debbie an ihren Dispokredit und an das Geld, das sie jeden Monat brauchte, um die Hypothek abzubezahlen.

Sie musste gehen, bevor die Sitzung zu Ende war, und schnurstracks den Unterrichtsraum aufsuchen, wo sie nachmittags eine weitere Gruppe für den mittleren Abschluss unterrichtete. Es war eine ungewöhnlich lebhafte Gruppe – der übliche Euphemismus, so dachte Debbie, für schwierig und aufsässig –, und sie fühlte sich der Aufgabe nicht gewachsen, sie bei einem Rundgang durchs Gebäude ruhig zu halten. Also keine Geisterführung. Sie beschloss, ihnen stattdessen ein paar Gespenstergeschichten vorzulesen und sie dazu anzuhalten, selbst etwas Entsprechendes zu verfassen. Die Geschichten gefielen ihnen, und sie steuerten selbst einige bei – überwiegend Handlungen von Videofilmen, doch es waren auch ein oder zwei interessante lokale Legenden darunter. Debbie konnte sie nach längerem Kichern und Sich-Zieren dazu überreden, sie auf Kassette aufzunehmen. Mit der bereitwilligen Mitarbeit der Studenten war es jedoch schlagartig vorbei, als es ans Schreiben ging. Die Unruhe, das ständige Heischen nach Aufmerksamkeit und die wiederholten Bitten um Stifte und Papier stellten Debbies Geduld auf eine harte Probe. Als der Nachmittag vorüber war, hatte sie Kopfweh und war zu erschöpft, um noch Hunger zu empfinden, obwohl sie nichts mehr gegessen hatte, seit sie am Morgen das Haus verlassen hatte.

Als Rob Neave ins Dozentenzimmer kam, ging es schon auf halb sechs. Debbie saß auf ihrem Stuhl, trank Kaffee und aß Schokolade. Sie bot ihm ein Stück an. »Was haben nur Dozentinnen immer mit Schokolade?«, fragte er und lehnte ihr Angebot ab.

»Das« – sie wedelte mit der Tafel Schokolade – »liegt daran, dass ich seit dem Frühstück nichts mehr gegessen habe.« Ihr fiel auf, dass er immer noch müde wirkte, so als hätte er in den letzten Nächten ebenso wenig Schlaf bekommen wie sie, aber immerhin sah er besser aus als am Morgen, eher wieder wie gewohnt. Sie wollte eine entsprechende Bemerkung machen, doch fiel ihr nicht ein, wie sie es formulieren sollte, ohne ihm zu nahe zu treten. »Hast du schon von den Sparmaßnahmen gehört?«, fragte sie stattdessen.

Er bejahte, schien aber nicht allzu besorgt zu sein. »Ich wollte hier sowieso nicht alt werden.«

Debbie fragte sich, wann er wohl kündigen wolle. Das Haus wäre trübsinniger ohne ihn. »Du hast gesagt, du wolltest mich wegen irgendetwas sprechen, oder?«

Er wirkte unsicher, was bei ihm selten war. »Diese Geschichte da am Bahnhof. Ich habe mich mit ein paar Leuten unterhalten«, sagte er, indem er seine Worte mit Bedacht wählte. »Es ist gut möglich, dass du an diesem Abend etwas Wichtiges gesehen hast…« Er musterte sie jetzt genau. Debbie legte ihre Schokolade beiseite. Ihr war der Hunger vergangen. »Es ist nur eine vage Vermutung«, fuhr er fort. »Sie wollen noch mal mit dir sprechen, glaube ich. Sei einfach – ein bisschen vorsichtig. Fahr nicht mit dem Zug, wenn du bis spätabends unterrichtest.«

»Ist das offiziell?« Debbie rang darum, ihre Stimme ruhig klingen zu lassen.

»Nein, es ist nur ein Ratschlag. Von mir, nicht von ihnen.«

»Ich brauche einen Drink.« Debbie nahm ihren ganzen Mut zusammen. »Komm und trink ein Bier oder sonst was mit mir – wenn du Zeit hast.«

Er sah auf seine Uhr und zögerte. Sie glaubte schon, er werde ablehnen, doch dann sagte er: »Ich muss noch ein paar Dinge im Büro erledigen. Wohin willst du denn? Ins Pub gegenüber? Wir treffen uns in einer halben Stunde.«

Schlagartig in Hochstimmung, packte Debbie ihre Arbeit in die Aktentasche und sortierte ihre Post in das Körbchen mit den erledigten Vorgängen. Als sie gerade den Raum verlassen wollte, klingelte das Telefon, und so dauerte es etwas länger als eine halbe Stunde, bis sie durch die Tür des Grindstone in den Dunst von Bier und kaltem Rauch trat und Neave an der Theke lehnen sah, wo er mit dem Wirt plauderte.

Er bezahlte die erste Runde, trug die Getränke an einen Tisch und warf ihr eine Tüte gesalzene Erdnüsse hin. »Du musst etwas in den Magen bekommen«, erklärte er, schob beim Hinsetzen seinen Stuhl vom Tisch weg und hakte einen Fuß in die Sprosse des Stuhls daneben ein. Debbie war etwas verunsichert, so als wüsste sie nicht, was sie in dieser neuen Umgebung mit ihm reden sollte, doch ihm schien nichts aufzufallen, denn er plauderte locker über das Pub und erzählte, dass sie dort immer ihr Bier getrunken hätten, als er noch bei der Polizei war. »An diesem Tresen sind mehr Verbrechen aufgeklärt worden als auf dem Revier«, lautete seine Formulierung. In dieser Atmosphäre wirkt er entspannter, und Debbie fragte ihn ein bisschen über seine Zeit bei der Polizei aus. Mit Anekdoten über verschiedene Erlebnisse und Leute brachte er sie zum Lachen, und dann erkundigte er sich nach ihr, nach ihren Eltern, ihrer Kindheit, ihrem derzeitigen Leben und ihren Zukunftsplänen.

Debbie ertappte sich dabei, wie sie von ihrem Vater erzählte, etwas, was sie nicht oft tat. »Er war Grubenarbeiter«, sagte sie. »Irgendwie lag das in der Familie. Sein Vater war auch im Bergbau. Er hat mich nach Strich und Faden verwöhnt.« Rob saß schweigend da und sah sie an, während sie sprach. »Er hat es nicht verkraftet, als sie die Gruben geschlossen haben. Er bekam eine Abfindung, aber keinen neuen Job. Es war ihm zuwider, wie die Leute vom Arbeitsamt mit ihm geredet haben.« Sie machte eine Pause. Sie wusste nicht, wie sie fortfahren sollte.

»Wie ist es weitergegangen?« Er saß jetzt dicht neben ihr und hörte aufmerksam zu.

»Er ist gestorben … schon vor einiger Zeit.« Aber Debbie wusste noch genau, was für ein Gefühl es gewesen war: der Eindruck, sie wären ihm nicht so wichtig gewesen; dass er sich bewusst dazu entschlossen hätte, sie zu verlassen. Sie war immer noch wütend deswegen. Sie wollte das Thema wechseln. Obwohl sie nun schon eine ganze Weile plauderten, fiel ihr auf, dass sie immer noch sehr wenig über Rob wusste.

»Du bist nicht von hier, oder?«, fragte sie.

Er schüttelte den Kopf. »Ich lebe schon seit Jahren hier in der Gegend, aber ich bin in North Shields geboren. Meine Jugend habe ich in Newcastle verbracht.«

»Und was hat dich nach Moreham verschlagen?« Es kam Debbie seltsam vor, dass jemand hierher zog.

»Nichts. Ich bin wegen der Arbeit nach Sheffield gekommen.« Er wirkte immer noch locker, aber Debbie merkte, dass er ihre Fragen abblockte und nicht über sich reden wollte.

Sie versuchte es auf einem anderen Weg. »Du hast gesagt, du hättest nicht vor, am City College zu bleiben. Wo willst du denn hin?«

Er sah sich im Lokal um und musterte die anderen Gäste am Tresen. »Steht noch nicht fest. Aber das College war für mich von Anfang an nur eine Übergangslösung. Du solltest dir auch überlegen, wie du von hier wegkommst. Es ist kein Ort, wo man festsitzen sollte.«

»Mir gefällt's.« Debbie erkannte seinen Kniff, das Gespräch wieder auf sie zu lenken. »Ich mag die Studenten, und ich mag die Arbeit. Ich suche trotzdem nach etwas anderem – aber nur wegen der momentanen Situation.« Sie versuchte es noch einmal. »Willst du an ein anderes College oder was?«

Er lachte. »Nein, ich plane keine Laufbahn als College-Sicherheitsbeauftragter. Ich weiß es nicht, irgendwas. Möchtest du noch etwas trinken?«

»Meine Runde.« Debbie griff nach ihrer Geldbörse und stellte fest, dass diese außer ihrer Monatskarte ganze fünfzig Pence enthielt. Sie wurde rot. »O Gott, da lade ich dich auf ein Bier ein, und dann habe ich keinen Penny in der Tasche.«

Er fand es lustig. »Ich frage dich auch, wenn ich nächstes Mal pleite bin. Keine Sorge, Deborah. Na los, was möchtest du? Ich lad dich ein.«

»Also gut, danke, dann noch mal das Gleiche. Aber nächstes Mal …«

Als er vom Tresen zurückkam, riss er geschickt wieder die Kontrolle über das Gespräch an sich. »Dein Vater war noch nicht alt, oder?«

Debbie schüttelte den Kopf. »Als er starb, war er fünfundfünfzig.« Sie dachte, Rob sähe sie an, doch er blickte durch den Raum, zum Tresen, und runzelte leicht die Stirn, als dächte er über etwas nach.

»Was macht dich so wütend daran?« Seine Frage kam so unerwartet, dass sie ihr den Atem nahm. Die Antwort drängte aus ihr heraus, bevor sie dazu kam, sich zu fragen, ob er überhaupt das Recht hatte, sie zu stellen.

»Alles. Sämtliche Beteiligten.« Sie merkte, wie sie rot anlief. »Er dachte, es wäre seine Schuld, weißt du. Er war Steiger in der Grube und glaubte, er müsste sich dem Streik anschließen.« Sie sah Robbie an, unsicher, ob sie fortfahren sollte. »Es war nicht seine Schuld. Er hat für den Streik gestimmt. Er war katholisch«, erklärte Debbie. »Die Familie seiner Mutter bestand aus eingefleischten irischen Katholiken. Also fühlte er sich schuldig.« Sie dachte noch einmal darüber nach. »Sie haben sie einfach rausgeworfen und ihnen das Gefühl gegeben, nutzlos zu sein. Oh, es gab reichlich Abfindung, aber das wollte Dad nicht, er wollte seinen Job, er war stolz auf ihn.«

Er beugte sich zu ihr, die Arme auf den Tisch gestützt. »Und was ist dann passiert?«

»Nichts ist passiert. Er hat Krebs bekommen. Lungenkrebs. Er hatte schon eine Weile gehustet. Aber er wollte nichts dagegen unternehmen. Wir – Mum und ich – sahen ihm an, dass es ihm nicht gut ging, aber ihn schien es nicht zu beunruhigen. Als sie es herausfanden, war es schon zu spät.« Sie seufzte. Es war ein grässlicher Tod gewesen.

»Du warst seine einzige Tochter?«

»Sein einziges Kind.« Debbie lächelte. »Als er meine Mum kennen lernte, war er kein praktizierender Katholik mehr. Das war ein weiterer Grund für Schuldgefühle.« Sie schüttelte den Kopf. »Im Grunde kann ich es nicht ganz nachvollziehen.«

»Ich auch nicht. Damit kenne ich mich nicht gut aus.« Es war die erste persönliche Aussage, die er gemacht hatte.

Sie erzählte ihm Auszüge aus den Geschichten ihres Vaters über Priester und Nonnen und vom Haus ihrer Tante Caitlin im County Cork mit all seinen Heiligenbildern und -statuen.

»Und du hast davon nichts abbekommen?«, wollte er wissen.

Debbie schüttelte den Kopf. »Wie gesagt, er hatte den Katholizismus aufgegeben, als er meine Mutter kennen lernte. Sie hätte ohnehin nichts damit zu tun haben wollen. Bei ihm lag es an etwas, das passiert ist, als er ein Teenager war. Seine Schwester war als kleines Baby gestorben. Sie war erst drei Monate alt und noch nicht getauft. Sie war krank geworden. Meine Großmutter glaubte offenbar, dass das Baby nicht in den Himmel käme, weil es nicht getauft worden war, und war am Boden zerstört. Mein Vater sagte, in diesem Moment wäre ihm klar geworden, dass er kein Wort davon mehr glaubte.«

Rob hörte nicht auf, sie in zermürbendem Schweigen anzusehen, nachdem sie geendet hatte, bis sie erkannte, dass er gar nicht zugehört hatte, sondern an etwas anderes dachte.

Seine Miene wirkte angespannt und abwesend. Er schüttelte den Kopf. »Tut mir Leid«, sagte er. »Mir ist nur gerade etwas durch den Kopf gegangen.« Er sah auf die Uhr. »Ich muss gehen.« Sie war ein bisschen enttäuscht. Sein Glas war leer. Er wartete, bis sie ihres ausgetrunken hatte. »Fährst du mit dem Zug?« Debbie nickte. »Ich begleite dich bis zur Brücke. Ich muss ohnehin in die Richtung. Wann kommt denn der nächste Zug?«

Von dem plötzlichen Stimmungsumschwung etwas aus dem Konzept gebracht, kramte Debbie in ihrer Tasche und sah auf den Fahrplan. »In zehn Minuten.«

Es war fast sieben Uhr, als sie das Pub verließen, und das Stadtzentrum wirkte wie ausgestorben. Ein kalter Wind war aufgekommen, wehte gegen die Häuser, zerrte Debbies Haar aus den Nadeln und Kämmen und peitschte es ihr ins Gesicht. Auf ihrem Weg zu Fuß sprachen sie nichts. Die Lichter des Bahnhofs kamen in Sicht, und sie blieben am Fußgängerüberweg stehen. »Ich muss da lang«, sagte er. Er sah zum Bahnhof hinüber. Leute gingen hinein, und es sah recht belebt aus. »Kannst du von hier aus allein weitergehen?«

»Ja, klar.« Debbie sah auf die Uhr. »Ich bin früh dran.« Sie hatte noch sieben Minuten, bevor der Zug käme – falls er pünktlich war. Sie sah Rob an. Der Wind hatte ihm das Haar zerzaust, und er hatte den Kragen gegen die Kälte hochgeklappt. Sein Gesicht lag halb im Dunkeln. Sie erschauerte.

»Du bist ja ganz erfroren«, sagte er. »Der hält nicht warm.« Er berührte den Kragen ihres Regenmantels. »Da.« Er wickelte den Schal ab, den er unter seinem Mantel trug, und schlang ihn ihr um den Hals. Seine gute Laune schien zurückgekehrt zu sein. Er fing eine Strähne ihres Haares auf, die sich freigekämpft hatte, und steckte sie ihr hinters Ohr. Schweigend sahen sie sich einen Moment lang an. Dann sagte er: »Sieh mal zu, dass du deinen Zug kriegst.« Er wartete, während sie die Straße überquerte, dann drehte er sich um und ging in Richtung Fluss davon. Sie konnte ihren Zug einfahren hören. Eilig lief sie zum Bahnhofseingang und stand eine Stunde später in ihrer Küche, unerklärlich deprimiert.

Sie musste etwas essen. Die zwei Bier, die sie mit Rob getrunken hatte, waren ihr zu Kopf gestiegen. Sie schlenderte durch die Küche und öffnete Schränke. Buttercup quengelte beharrlich zu ihren Füßen herum. »Ich habe dir doch Futter gegeben«, sagte Debbie zu der kleinen Katze, nahm sie hoch und trug sie zu ihrem Napf. Buttercup verschmähte das Futter mit einer wegwerfenden Bewegung und raste miauend hinter Debbie in die Küche zurück.

Nudeln, vertrocknete Pilze, ein paar Eier und einige Zwiebeln waren die Ausbeute von Debbies Suche. Also Pilzomelett. Sie goss etwas Öl zum Erhitzen in die Bratpfanne und schlug die Eier in einer Schüssel auf. Dann putzte und zerkleinerte sie die Pilze, wobei sie beschloss, sie in Butter zu braten, da sie ein bisschen Luxus verdient hatte. Die Pilze brutzelten schon, als das Telefon klingelte. Mist. Fast war sie versucht, es klingeln zu lassen, doch das hielt sie nicht aus. Sie war stets überzeugt davon, dass es etwas Wichtiges war. Sowie sie abgenommen hatte, wurde die Verbindung unterbrochen. Frustriert knallte sie den Hörer auf, und es begann erneut. Sie nahm ab, und wiederum wurde am anderen Ende aufgelegt. Sie wartete einen Moment, und gerade als sie den Hörer abnehmen wollte, um es mit 1471 zu versuchen, klingelte der Apparat zum dritten Mal. Sie nahm ab und wartete. Am anderen Ende sagte eine wohl bekannte Stimme: »Debbie?«

»Mum!« Sie war erleichtert. »Hast du schon wieder Ärger mit dem Telefon?« Gina Sykes war von einer Reihe verhexter Telefone geplagt worden, worauf die Telefongesellschaft immer bedauernder und verblüffter reagierte. Doch der jüngste Apparat hatte sich bewährt – zumindest bis jetzt.

»Nein. Warum denn ? Nach dem ganzen Zirkus, den ich hatte ...« Und schon rasselte sie eine endlose Geschichte über unfähige Fernmeldetechniker und astronomische Rechnungen herunter. Dann sagte sie: »Also, Debbie, eigentlich rufe ich wegen dem Artikel im *Standard* an. Warum hast du mir denn nichts davon erzählt? Es ist ein bisschen viel, wenn ich mich mit fast einer Woche Verspätung um meine Tochter ängstigen muss.«

Debbie seufzte. Reichlich unrealistisch hatte sie gehofft, dass ihre Mutter den Artikel nicht sähe, da sie die Lokalzeitung nur selten las. Sie schilderte ihr, was geschehen war, und da sie ein schlechtes Gewissen hatte, weil sie ihrer Mutter von der ganzen Geschichte nichts gesagt hatte, berichtete sie ihr noch von ihrer Unterredung mit der Polizei und setzte noch eine leicht abgewandelte Version von Rob Neaves Meinung drauf.

»Tja, dann hör bloß auf ihn«, riet ihr Gina. »Das Gleiche hätte nämlich dein Dad auch gesagt. Hör mal, Debbie, ich gehe am Samstag zum Grab und bringe ein paar Blumen hin. Willst du auch mitkommen?«

Natürlich! Am Samstag war der Geburtstag ihres Vaters. Debbie, die sich Geburtstage nie hatte merken können – ihren eigenen manchmal eingeschlossen – hatte sich seit jeher darauf verlassen, dass ihre Mutter sie daran erinnerte, damit sie ihrem Vater eine Karte oder ein Geschenk schicken konnte. Jetzt musste sie offenbar an Jahrestage erinnert werden. Sie hatte ein schlechtes Gewissen. »Aber natürlich komme ich mit«, sagte sie und versuchte sich zu erinnern, ob sie für das Wochenende schon irgendwelche Verabredungen getroffen hatte. »Soll ich versuchen, schon am Freitagabend zu dir rauszukommen? Wenn ich nicht zu viel zu tun habe. Ich könnte auch am Samstag noch bleiben.« Obwohl ihre Mutter nur wenige Stationen die Bahnstrecke hinauf wohnte, sah Debbie sie nicht so oft, wie es beide gern gehabt hätten. Debbies Stundenplan war ein Hindernis, und Gina arbeitete in unregelmäßigen Schichten, obwohl es nur Teilzeit war.

Nach weiterem belanglosen Geplauder verabschiedete sich Debbie. Sie blieb neben dem Telefon stehen und sah sich das Foto auf dem Tisch an, sie und ihr Vater, wie sie beide stolz die Trophäe präsentieren. Hatte ihre Mutter versucht, sie anzurufen, oder nicht? Oder gab es jemand anderen, der sie anrufen wollte? Der Geruch von Verbranntem holte sie zurück, und sie rannte in die Küche, wo sie vor Pfannen mit verbrannten Eiern und schwarzen Pilzen stand. Sie kratzte die Eier auf eine Untertasse und stellte sie Buttercup hin, die sich begierig hinkauerte, um sie zu fressen. Dann steckte sie beide Pfannen in das mit Wasser gefüllte Spülbecken, riss wütend ein Ende vom Brotlaib und aß es trocken. Es war altbacken.

Mitternacht, und Neave konnte schon wieder nicht schlafen. Er trank Bier, hörte ein bisschen Musik, las eine Weile, aber er konnte einfach nicht zur Ruhe kommen. Es war alles präsent und wartete. Die kleinste Kleinigkeit holte es zurück. Angie.

Das Kinderheim, wo er den größten Teil seiner Kindheit verbracht hatte, war von Leuten mit sehr konservativen Ansichten geleitet worden – alles andere als politisch korrekt. Jungen wurden zu jungentypischen und Mädchen zu mädchentypischen Beschäftigungen angehalten. Es hatte ihm nichts ausgemacht, außer bei dem Buch mit den Bildern. »Wozu liest du denn das?«, hatte Marlisse immer gefragt. »Das ist nichts für dich. Du bist doch ein Junge.« Und dann tauschte sie es gegen ein Buch über Sport oder eine Abenteuergeschichte aus, die sie für geeigneter hielt.

Aber das Buch mit den Bildern faszinierte ihn, und er kehrte immer wieder zu ihm zurück. All die Bilder waren geheimnisvoll, mit wässrigen, wirbelnden Farben, die an den dunklen Stellen auf jeder Seite ungesehene Dinge vermuten ließen. Eigentlich waren es alles Bilder von Feen und Elfen –

was auch der Grund dafür war, dass Marlisse es für einen Jungen nicht passend fand –, doch hier waren das keine niedlichen kleinen Kinder mit großen Augen und zarten Flügeln. Manche von ihnen waren verzerrt, hässlich und seltsam und manche wild und gefährlich. Ein Bild ging ihm nicht mehr aus dem Sinn. Im Hintergrund dieses Bilds stand eine Gestalt halb verborgen hinter Blumen. Sie hatte rotgoldenes Haar und einen Ausdruck übermütiger Freude in einem Gesicht von ungezähmter, fragiler Schönheit. Er war in sie verliebt gewesen – was auch immer sie war. Gemeinsam erlebten sie Abenteuer, in denen er sie aus Kerkern und vor feindlichen Soldaten rettete, von hohen Bergen und aus finsteren Höhlen. Sie war ihm in seinen einsamsten Zeiten eine Gefährtin gewesen. Jahre hatte er nicht mehr an das Bild gedacht, und mit Sicherheit hatte er nicht erwartet, es je wieder zu sehen, bis sie in ihrem Morgenrock leichtfüßig die Treppe heruntergelaufen kam und ihn erstaunt ansah.

Er merkte, wie Berryman sie musterte, als sie sich vor den Kamin kniete. Auch er hatte sie beobachtet. Sie hatte es gewusst und beiläufig das Handtuch vorgezogen, mit dem sie sich das Haar frottierte, um Berryman den Blick zu versperren. Doch sie hatte gewusst, dass er sie von seiner Position am Kaminsims immer noch sehen konnte, und einen kurzen Blick in seine Richtung riskiert. Sie spielte ein gefährliches Spiel, und das gefiel ihm.

Er wartete bis zum Ende seiner Schicht. Es war fast sieben Uhr, als er das Revier verließ. Er lehnte Berrymans Vorschlag ab, noch einen trinken zu gehen. Er hatte jetzt zwei Tage frei und er und Berryman hatten Pläne gemacht, zu denen zwei Frauen gehörten, die sie die Woche zuvor kennen gelernt und für Samstag Abend zu ihm nach Hause eingeladen hatten. Doch zuerst beschloss er, noch einmal vorbeizufahren. Er war sich nicht ganz sicher, was er sagen würde – *Noch ein paar Fragen, die wir vergessen haben…?* Er würde eben improvisieren, wenn er dort war. Er parkte vor dem schäbigen Reihenhaus. Langsam wurde es dunkel. Er probierte ein oder zwei Formulierungen aus – *Tut mir Leid, dass ich Sie noch mal störe, aber könnten Sie vielleicht kurz…*, doch es verlief nicht so, wie er erwartet hatte.

Er klopfte an die Tür. Aus dem Zimmer im Erdgeschoss hörte er Musik kommen, die verstummte, als er zum zweiten Mal klopfte. Sie machte die Tür auf und sah ihn an, dann lächelte sie und bat ihn herein. Sie führte ihn in den Raum, wo sie auch vorher gewesen waren und machte eine Art Geste – vielleicht zur Begrüßung, er war sich nicht sicher. Sie war jetzt angezogen und trug etwas, was aus Tüchern und Bändern zu bestehen schien, ein Gewirr gedämpfter Farben. Ihr Haar lockte sich jetzt, wo es trocken war, in lebhaftem Rotgold auf ihre Schultern herab. Er konnte den Blick nicht von ihr abwenden.

Die Geige lag nicht in ihrem Kasten, sondern lehnte neben dem Notenständer. »Ich war gerade am Üben«, erklärte sie. »Ich bin fast fertig. Es macht Ihnen doch nichts aus zu warten?« Sie nahm das Instrument wieder auf und konzentrierte sich aufs Spielen. Er beobachtete, wie sich ihr Körper bog und mit der Musik tanzte, als wäre sie ein Teil davon. Sie war ganz unbefangen. Letztes Mal hatte er sich das Recht genommen, sie zu beobachten, dieses Mal hatte sie es ihm gegeben. Als sie das Stück beendet hatte, das sie spielte, fragte er, was für eine Musik das sei. Er hatte noch nie etwas Derartiges gehört. Sie griff erneut nach der Geige und spielte ihm Stücke vor, die sie gleichzeitig kommentierte. Dann zeigte sie ihm, wie man mit dem Bogen über die Saiten strich, und nach ein paar gequälten Kreischlauten brachte er einen hohen, klaren Ton hervor.

Sein Interesse weckte ihre Begeisterung. Sie zog mehrere Hefte mit Liedern heraus, von denen er ganz vergessen hatte, dass er sie kannte, und forderte ihn zum Singen auf, wobei sie seinen Tenor mit ihrem klaren Sopran ergänzte, doch er verfügte nicht über die Technik, das lange durchzuhalten, und so hörten sie schließlich auf, atemlos und lachend. Dann saßen sie vor dem Kamin und redeten. Er war begabt darin, anderen Informationen zu entlocken, er konnte unaufdringlich und gekonnt fragen, bis ihm die Leute weit mehr verrieten, als sie wollten, doch diesmal ließ er sich von ihr aus der Reserve locken und sprach über Dinge, über die er kaum je gesprochen hatte, bis sie so viel von ihm wusste wie er von ihr. Ganz ohne Hast, ohne Eile.

Es musste drei Uhr morgens gewesen sein, als sie genug geredet hatten und sie sich aufs Bett legte. Sie sah müde aus. Die Schatten unter ihren Augen waren violett. Einladend reckte sie ihm die Arme entgegen, und er streckte sich neben ihr aus und strich ihr mit den Fingern über Gesicht und Mund.

Hinterher fragte sie ihn: »Bist du aus einem bestimmten Grund wiedergekommen?«

»Aus diesem«, antwortete er völlig aufrichtig, hielt sie fest und spürte sie beben, während sie lachte. Gefährliche Spiele.

Sie verließen ihr Zimmer das ganze Wochenende kaum. Sie war allein im Haus. Ihre Mitbewohner waren alle weggefahren. Als der Sonntagabend kam und die Arbeit drohend nahte, musste er gehen. Es war nicht wie sonst, mit all den unehrlichen Versprechungen – *Tschüs, ich ruf dich an, bis bald.* Es war, als hätte er einen Widerhaken im Fleisch stecken, nur dass es nicht schmerzte, solange er nicht versuchte, sich loszumachen.

Erst später, in der plötzlichen, schockierenden Stille, nachdem sie weg war, wurde ihm klar, dass sie ein weitaus gefährlicheres Spiel gespielt hatten. Er konnte nicht mehr zurück. Er stand da wie der Überlebende eines Schiffbruchs, der auf eine einsame und felsige Insel gespült worden war, und er konnte weder vor noch zurück.

6

Mitternacht. Debbie schreckte aus dem Schlaf hoch. Ihr Herz raste, als hätte sie einen Schock erlitten. Zersplitterndes Glas … ein Traum? Als sie noch klein war, hatte Debbie einen immer wiederkehrenden Albtraum gehabt. Riesen jagten sie durch das vertraute Haus, Riesen, die sich schwerfällig, aber unaufhaltsam bewegten, mit verzerrten, flachen Gesichtern. Sie rannte mit schweren, langsamen Beinen auf tiefe Brunnen und Schächte zu, die sie hinuntersteigen musste, um zu entkommen, doch auf dem Grund eines jeden wartete etwas Düsteres und Gefährliches – manchmal eine gigantische Schraube, die sich wie eine übergroße Maschine drehte, manchmal schnell fließendes, aber dunkles und stilles Wasser, manchmal ein schwarzes, gleitendes Ding, das geräuschlos vorbeitrieb. Als sie jetzt im Bett lag, wurde ihr klar, dass sie geträumt hatte. Ein Riese hatte sie gejagt.

Sie sah auf die grünen Ziffern ihres Radioweckers und stöhnte. Sie war so müde gewesen, dass sie um zehn ins Bett gegangen war. Zuerst hatte sie lesen wollen, doch ihr waren die Augen zugefallen, sodass sie das Licht ausgemacht hatte und eingeschlafen war. Jetzt war sie hellwach. Sie drehte sich um und versuchte, sich das Kissen in den Nacken zu stopfen. So ging es nicht. Sie probierte eine andere Stellung aus. Nun juckte es sie im Kreuz. Sie drehte sich auf den Rücken und starrte an die Decke.

Das Fenster war ein schwarzes Rechteck in der Finsternis.

Sie betrachtete es. Bewegte sich da draußen etwas hinter dem Sims? Sie glaubte, Schatten zu sehen. Von draußen vernahm sie ein leises, kratzendes Geräusch. Eine Art Knirschen, wie Schritte auf Kies, langsame, verstohlene Schritte, so als versuchte jemand, möglichst überhaupt keine Geräusche zu machen. *Sei nicht albern, das bildest du dir nur ein!* Sie hatte den Vorhang nicht zugezogen. Langsam setzte sie sich auf und wickelte die Steppdecke gegen die Kälte um sich. Mein Gott, es war eiskalt. In die Decke gehüllt, stieg sie aus dem Bett und spähte aus dem Fenster, indem sie sich an die Wand presste. Schwärze. Irgendetwas stimmte nicht, irgendetwas war merkwürdig, irgendetwas war nicht wie immer. Zuerst wusste sie nicht, was es war, doch dann bemerkte sie, dass die Straßenlampe, die über den Zaun in den Garten hinter ihrem Haus schien, nicht brannte. Der kleine Garten war eine schwarze Höhle. Das Geräusch hörte sie nicht mehr. Sie lauschte angestrengt. Nichts. Ganz leise öffnete sie ihre Schlafzimmertür. Immer noch nichts. Ihr wurde bewusst, dass sie weder nach unten in die Dunkelheit gehen, noch Licht einschalten und damit kundtun wollte, dass sie da war.

Sie ging wieder ins Bett und lag dort in der Stille, während sich die Schatten vor ihrem Fenster bewegten und das Rechteck nach und nach heller wurde. Dann schlief sie ein.

Als Debbie am nächsten Morgen aus dem Haus kam, in Eile, weil sie verschlafen hatte, sah sie ihre Nachbarin Jill ins Gespräch mit Mr. Fenton vertieft, dessen Haus von der anderen Seite an den Durchgang grenzte. »Morgen Debbie«, rief Jill. Debbie winkte.

Mr. Fenton kam herübergeeilt. »Verfluchte Vandalen, entschuldigen Sie meine Ausdrucksweise, Kindchen«, rief er. Mr. Fenton hatte ein großväterliches Interesse an Debbie gefasst. »Schauen Sie sich mal diese Lampe an«, sagte er angewidert. Debbie sah zu der Straßenlampe hinauf. Sie war zerschlagen worden, und die Splitter lagen verstreut auf der

Erde. »Ich habe gehört, wie sie zerbrochen ist«, fuhr er fort, »aber ich dachte, es wären nur wieder Jugendliche, die Flaschen zerschlagen. Heute Morgen bin ich herausgekommen, um zusammenzukehren, und dann lag alles so da.« Er schüttelte den Kopf. Debbie hatte keine Zeit, um sich in ein langes Gespräch verwickeln zu lassen, erst recht nicht darüber, wofür Mr. Fenton im Krieg gekämpft hatte und wofür nicht, daher erklärte sie, dass sie in Eile sei, und ließ ihn mit Jill zurück. Sie fand allerdings, dass er nicht ganz Unrecht hatte.

Das erste Licht eines Wintermorgens beginnt, die Schatten zu zerstreuen. Die Formen werden deutlicher, während die Dunkelheit zurücktritt. Auf dem Dachboden hält sich die Nacht länger. Es ist nicht leicht, eine Jagd zu planen. Man braucht Zeit, Hingabe und Kraft. Einen Augenblick lang ist ihm kalt, er fühlt sich verloren, und er geht zu seiner Eisenbahn hinüber, mustert die Gleise, die Tunnels, das Schienengewirr – seine Jagdgründe. Solange die Schatten noch da sind, erinnert er sich. Er erinnert sich an die finsteren Orte, das erstickte Atmen, gepresst, angestrengt. Er erinnert sich an das Warten, das Wissen… Ihre Augen werden an dem finsteren Ort glänzen, glänzende Spuren auf ihrem Gesicht. Er erinnert sich an Schimmern im Mondlicht, leisen Atem, erstickend, erstickt…

Er geht quer über den Dachboden, dorthin, wo die Kittel sind, ordentlich aufgehängt an einer Reihe von Haken an der Wand. Vier Stück. Und ein neuer am nächsten Haken. Das kalte Gefühl vermischt sich jetzt mit einer Spannung, einer Erregung, einem Aufwallen in seinem Unterleib. Er schlingt die Arme um einen der Kittel, vergräbt sein Gesicht darin und atmet den Geruch ein, der sauer und schlecht geworden ist, wie der Rest. Er erinnert sich und reibt sein Glied an den Flecken.

Sie erzählte Detective Sergeant McCarthy natürlich nichts von ihrer unterbrochenen Nachtruhe, als sie am gleichen Nachmittag aufs Polizeirevier ging. Der Tag hatte nicht gut begonnen. Sie hatte ihren Zug verpasst und war gerade rechtzeitig ins College gekommen, um schnurstracks in ihren ersten Kurs zu gehen. Sie fühlte sich gestresst und orientierungslos. Am liebsten hätte sie zu den Studenten gesagt: »Ich bin jetzt zu müde, um zu unterrichten. Können wir es nicht verschieben?« In der Kaffeepause fand sie einen Zettel auf ihrem Schreibtisch, in dem sie gebeten wurde, Detective Sergeant McCarthy vom Polizeirevier Moreham anzurufen. Er wollte sie so bald wie möglich sprechen, und er hatte mittags Zeit. Hunger hatte sie ohnehin keinen.

Sie machte sich auf ein weiteres Verhör über den Artikel gefasst, doch zu Beginn erwähnte er ihn gar nicht, und sie hoffte schon, ungeschoren davonzukommen. Stattdessen fragte er sie nach der Begegnung am Donnerstagabend und kaute sämtliche Einzelheiten haarklein durch, da er offenbar herausfinden wollte, was sie gesehen hatte, was sie sich eingebildet hatte und was sie nicht hatte sehen können. Er war ein hoch gewachsener Mann mit hellem Haar und unfreundlichen blauen Augen, und sie fand ihn einschüchternd. Er versuchte, sie dazu zu drängen, ihm eindeutige Antworten auf seine Fragen zu geben, dabei gab es nur ganz wenig, dessen sie sich sicher sein konnte. Sie hatte die Frau nicht gesehen, die sie sonst oft auf dem Bahnsteig gegenüber sah; nein, sie sah sie nicht jede Woche, aber in den letzten drei oder vier Wochen war sie da gewesen.

Sie wusste nicht, ob die Frau jeden Donnerstag mit dem Zug fuhr. Im letzten Semester hatte sie meistens gewartet, aber den Sommer über hatte Debbie abends nie am Bahnhof gestanden, da kein Unterricht stattfand. Die Abendkurse hatten Ende September wieder begonnen. Von da an hatte sie die Frau bestimmt gesehen, und sie war auch bestimmt in den vergangenen drei – oder waren es vier? Sie wusste es nicht genau – Wochen am Bahnhof gewesen. Ja, sie wartete am Bahnsteig; nein, bei Regen war es auch nicht anders, da der Bahnsteig überdacht war; nein, sie konnte nicht mit Gewissheit behaupten, dass die andere nicht auf der Rampe oder der Brücke wartete, weil sie nicht nachgesehen hatte; *ja,* sie hatte einen Mann gesehen; nein, sie konnte ihn nicht identifizieren. Sie gingen alles immer wieder durch, bis er zum Schluss sagte: »Vielen Dank, Miss Sykes, Sie haben uns sehr geholfen.« Sollte heißen: »Sie haben mir nicht viel geliefert, was mich weiterbringt.«

Dann fing er von dem Artikel an und erklärte ihr, wie unklug das gewesen war, dass sie eigentlich mit niemandem hätte sprechen sollen und wie nachteilig es sich auswirken konnte, im Licht der Öffentlichkeit zu stehen, wenn ein derartiger Killer frei herumlief, dass sie vorsichtig sein und ihnen sofort Bescheid geben sollte, wenn sie irgendeinen Anlass zu der Vermutung hatte, dass jemand sie beobachtete. Debbie empfand ohnmächtigen Zorn darüber, ihre eigenen Handlungen erklären und rechtfertigen zu müssen. Sie hatte doch nichts getan!

Als sie ging, fühlte sie sich ausgelaugt und erschöpft.

Debbie saß bis fünf an ihrem Schreibtisch, dann packte sie etwas Arbeit, die sie zu Hause beenden wollte, in ihre Aktentasche. Sie wog mindestens eine Tonne, und als sie zur Treppe kam, drückte sie den Knopf für den Aufzug, falls er bereits da sein sollte. Sie hörte ein entferntes Klirren und beschloss, nicht zu warten, sondern ging die Treppe zum Kellerausgang hinunter.

Sie hörte den Aufzug ächzend zum Stehen kommen, während sie die Stufen hinabeilte. Sie hätte auf ihn warten sollen. Dann hörte sie, wie er nach unten in den Keller fuhr. Jemand musste ihn von unten gerufen haben. Sie sah auf die Uhr –

halb sechs. Sie könnte es gerade rechtzeitig zum nächsten Zug schaffen. Während sie rasch die letzten Stufen hinablief, öffneten sich unter ihr die Aufzugtüren.

Es war dunkel. Jemand hatte das Licht ausgeschaltet, und sie wusste nicht, wo die Schalter waren. Die offenen Aufzugtüren erleuchteten das untere Ende des Treppenhauses, doch der Flur zum Ausgang lag im Finstern. Ihr war unbehaglich in der Dunkelheit, und so hastete sie um die Ecke zur Tür. Als sie dort anlangte, hatte sie plötzlich das Gefühl, dass jemand hinter ihr war, ganz nah. Sie wirbelte herum, doch es war niemand da, nur die düsteren Schatten. Das Klappern der Aufzugtüren ließ sie zusammenzucken, und sie hörte, wie sich der Lift summend in Bewegung setzte.

Sie drängte durch die Türen in die Gasse, wo sie das Licht der Straßenlampe wieder beruhigte. Ihre Unterredung mit Detective Sergeant McCarthy hatte sie zu einem Nervenbündel gemacht. Debbie holte tief Atem, betrachtete die Menschengruppen, die die Gasse entlangschlenderten, und die Lichter aus den Schaufenstern der Läden, die wegen Weihnachten länger geöffnet hatten, und während sie sich fest einschärfte, dass alles normal war, marschierte sie in raschem Schritt zum Bahnhof.

Es war wieder Donnerstag, ihr langer Tag. Debbie hatte einen Kurs von neun Uhr bis Viertel nach zwölf, eine Tutorengruppe von halb zwei bis drei und dann ihren Abendkurs um sechs. Zu Semesterbeginn hatte Peter Davis versucht, ihr für Freitag Morgen um neun einen Kurs in den Stundenplan zu drücken, aber Louise hatte sich energisch widersetzt, und nach erhitzter Debatte hatte er eingewilligt, dass Debbie ihren halben freien Tag nun doch *bis auf weiteres* am Freitagmorgen bekam. »›Bis auf weiteres‹ – von wegen«, hatte Louise erklärt. »So etwas setzt er nicht durch, und das weiß er auch. Sag mir einfach Bescheid, wenn du irgendwelchen Ärger kriegst.«

Im College kursierte das Gerücht, dass Peter Davis nach einer Besprechung mit Louise regelmäßig seine Hoden nachzählte. Debbie war froh, dass Louise auf ihrer Seite stand.

Sie war müde. Das Semester lief nun seit dreizehn Wochen ohne Pause, und es war immer noch eine volle Woche bis zu den Weihnachtsferien. Auch die Studenten wurden langsam müde, weshalb sie weniger Reaktionen zeigten, sich häufiger beschwerten, Stunden schwänzten und Arbeiten nicht erledigten. Sie beschloss, ihren Abendkurs auf die Geisterführung mitzunehmen. Sie würde sich bei Sheila, der Sekretärin des Informatikzentrums, erkundigen, ob der Raum offen war, damit sie ihre Studenten auf die Wendeltreppe führen konnte. Bei Nacht wäre es besonders gruselig. Das müsste ihnen gefallen. Und nächste Woche, in der letzten Sitzung des Semesters, konnten sie eine Art Weihnachtsfeier veranstalten und sich einen Film ansehen – hatte sie eigentlich eine gute Gespenstergeschichte in ihrer Videosammlung? Sie musste daran denken, sich ein Video auszuleihen.

So viel zu tun. Ihr blieb noch eine halbe Stunde, bis der Unterricht begann, sodass sie noch etwas korrigieren konnte. Hatte sie für ihren ersten Kurs alle Handouts bereit? Sie fühlte sich leicht benebelt und unkonzentriert, und die leichte Depression, die vor zwei Tagen begonnen hatte, hielt nach wie vor an. Als sie den Flur zu ihrem Unterrichtsraum entlangging, empfand sie das inzwischen vertraute Gefühl der Bedrohung derart massiv, dass sie sich abrupt umdrehte, um zu sehen, wer hinter ihr war, doch es waren nur ein paar Studenten auf dem Weg in ihre Kurse und einer der Hausmeister am anderen Ende des Flurs, wo er gerade die Feuertür überprüfte.

Ihre Lethargie hielt den ganzen Morgen hindurch an und zog sich auch noch in den Nachmittag. Sie versuchte, ihre Tutorengruppe dazu zu bringen, langsam an ihre Aufnahmeprüfung für die Universität zu denken. Die Studenten, die noch ein weiteres Jahr das College besuchen würden, sahen die Dringlichkeit nicht ein, aber Debbie wusste aus früherer Erfahrung, dass es nächsten September fürchterlich hektisch werden würde, wenn sie jetzt nicht in die Gänge kamen. »Es mag Ihnen ja egal sein«, sagte sie, »aber ich bin diejenige, die die Feuerwehr spielen darf, und ich kann Ihnen jetzt schon sagen, dass ich für niemanden Feuerwehr spiele, der sich dieses Jahr nicht angestrengt hat.«

Sie waren weder beeindruckt noch überzeugt.

Ein Teil ihrer Energie kehrte zurück, als ihr Abendkurs begann. Die Idee mit der Geisterführung war gut gewesen. Selbst die Gelangweiltesten, die stets die Augen rollten oder spöttisch den Mund verzogen, konnten sich für dieses Projekt begeistern. »Für eine Gruselgeschichte«, erklärte ihnen Debbie, »reicht es nicht, besonders blutrünstig zu schreiben. Ich weiß,« – sie hielt eine Hand in die Höhe, um Einwände abzuwehren – »dass manche Autoren hervorragend blutrünstig schreiben. Was ich meine ist, dass es nicht erforderlich ist, und wenn Sie kein sehr erfahrener Autor sind, ist es schwer, überzeugend zu schreiben. Regen Sie die Phantasie der Leser an. Bringen Sie sie dazu, sich selbst zu erschrecken.« Sie las ihnen einen Auszug aus Shirley Jacksons Roman *Spuk in Hill House* vor, und zwar die Passage, in der zwei Frauen sich in einem verschlossenen Raum aneinanderkauern und horchen, wie etwas nicht Menschliches gegen die Türen in dem verlassenen Korridor hämmert und nach einem Zugang zu dem Raum tastet, in dem die beiden Frauen festsitzen: *... Die leisen, dumpfen Geräusche wanderten rings um den Türrahmen, und dann, als ob das, was da draußen sein mochte, plötzlich die Wut gepackt hätte, kamen wieder krachende Schläge, und Eleanor und Theodora sahen das Holz zittern und beben, und die Tür wackelte in ihren Angeln...* Sie lauschten mit der Aufmerksamkeit echten Interesses, bis Debbie zu lesen aufhörte.

»Das ist doch Schrott«, stieß Shawn hervor. »Sie sollten mal die Stelle in *Scream* sehen, wo –«

»Keine Filme«, wandte Yvonne ein. »Ich fand es toll, Debbie, es war echt ...«

»Was *ist* denn nun durch die Tür gekommen?« Das war Nargus.

»Was glauben Sie denn?« Debbie genoss es richtig. Ein Stimmengewirr ertönte, als jeder von ihnen sich etwas ausreichend Schauriges auszudenken versuchte und die Vorschläge der anderen verwarf. »Sie sehen also«, sagte Debbie, »dass jeder glaubt, etwas anderes sei auf der anderen Seite der Tür gewesen. Shirley Jackson verrät es uns nicht, denn das, was man sich selbst ausmalen kann, ist viel schrecklicher als alles andere. Sie beschreibt lediglich, was passiert, und den Rest besorgen die Leser selbst.«

»Das ist doch Schrott ...« Aber Shawns Stimme klang nicht mehr überzeugt, und Debbie hatte das Gefühl, sie in die richtige Stimmung für die Geisterführung versetzt zu haben. Sie brachte sie an die Stellen, über die sie Geschichten kannte, ein Stück des Wegs gefolgt von einem der Hausmeister, einem, den sie nicht kannte und der sein Interesse kaschierte, indem er Feuerschläuche und Türen zu leeren Räumen überprüfte. Als sie zum Höhepunkt kamen, der Wendeltreppe, führte sie sie durchs Informatikzentrum zur alten Feuertür und drückte die Schubstange hinunter, um sie zu öffnen. Die Tür ging auf einen Treppenabsatz hinaus, der auf halber Höhe der Treppe lag. Die Wendeltreppe verlief nach oben und nach unten ins Dunkel, nur von einer einzigen Lampe erhellt. Debbie führte sie nach oben und zeigte ihnen, dass die Türen, auf jedem Absatz eine, fest zugenagelt waren. Dann ging sie mit ihnen ans untere Ende hinab, um ihnen die Tür zu zeigen, die in die Gasse hinter dem Gebäude führte. Sie stellte ihre Aktentasche auf den Boden und drehte am Türknopf, um zu demonstrieren, dass er verriegelt war und niemand hereinkonnte. Dann erzählte sie ihnen die Geschichte.

»... hinter ihm die Treppe heraufkam.« Wortlos lauschten sie, als Debbie zum Schluss kam. Dann bestürmten sie sie mit Unmengen von Fragen, interessierten Kommentaren und Beifall. Sie kehrten ins Klassenzimmer zurück, und sie stellte ihnen die Hausaufgabe. »Für nächste Woche möchte ich eine erste Fassung der Geistergeschichte, angesiedelt an einem Ort, den Sie gut kennen. Ich möchte, dass Sie mich überzeugen und mir Angst einjagen. Klar?«

Kurz vor neun, als sie gerade den Computer ausschaltete, bemerkte Sarah den Mann im blauen Kittel – schon wieder! Sie war länger im College geblieben, um ihren Essay vor dem Abgabetermin fertig zu bekommen. Morgen Abend stieg Adams Party, also würde sie dieses Wochenende im Pub eine zusätzliche Schicht arbeiten müssen. Tony, der Wirt, hatte ein bisschen komisch reagiert, als sie gebeten hatte, den Freitagabend frei zu bekommen, und jetzt hatte sie ein schlechtes Gewissen, weil sie ihn im Stich ließ.

Der Mann im blauen Kittel – stirnrunzelnd dachte sie nach. Sie hatte ihn schon zweimal gesehen, als sie auf der Suche nach Debbie war. Sie hatte Debbie nicht wissen lassen wollen, dass sie auf sie wartete, daher hatte sie sich im Hintergrund gehalten, und jedes Mal war er da gewesen. Zuerst hatte sie ihn kaum bemerkt, und dann – als außer ihr niemand mehr da war – war er auf einmal aufgetaucht. Er wirkte unangenehm auf sie, bedrohlich.

Und jetzt .... jetzt war er schon wieder da. Sie blieb vor dem Bildschirm ihres Computers sitzen und spähte über ihn hinweg. Er ging hinüber zur alten Feuertür. Er drehte sich um, und Sarah duckte sich hinter ihrem Monitor. Sie sah sich im Raum um. Sie war die Letzte. Nur die Sekretärin war noch da und räumte ihren Schreibtisch auf. Sarah ging um ihren Tisch herum und auf die Tür zu, durch die der Mann soeben verschwunden war. Sie wollte sehen, was er im Schilde führte, nur einen Blick hinter die Tür werfen, als die Stimme der Sekretärin sie aufschreckte und schuldbewusst zusammenzucken ließ. »Was machen Sie denn da? Es ist schon nach neun Uhr. Sie müssen jetzt gehen, die Hausmeister werden bald abschließen.«

Es wurde neun Uhr und später. Der Unterrichtsraum leerte sich nach und nach, die Studenten sprachen über den Abend und stellten Debbie Fragen nach den genauen Anforderungen für die Hausaufgabe. Wieder war es spät, als sie herauskam, und die Hausmeister waren schon am Abschließen. Eilig verließ sie das Dozentenzimmer, als sie merkte, dass sie ihre Aktentasche nicht bei sich hatte. Wo war sie? Konnte sie bis morgen auf die Tasche verzichten? O Gott, ihr Geld und ihre Schlüssel waren darin. Und auf einmal hatte sie ein Bild vor Augen – *o nein* –, wie sie die Aktentasche am unteren Ende der Wendeltreppe abstellte.

Eilig lief sie zum Haupteingang zurück, wo Les mit einem langen Fensterhebel herumhantierte. »Les!«

»Was gibt's denn?«

»Ich habe oben etwas vergessen, es dauert nur ein paar Minuten, okay?«

»Keine Sorge. Im obersten Stock sind wir noch nicht durch.«

»Gut. Prima. Dann hole ich es schnell.« Sie lief nach oben und drückte die Türen zum Informatikzentrum auf. Der Raum war unbeleuchtet, still und leise. Sie schaltete das Licht am anderen Ende ein und schritt durch die Schatten zur Feuertür. Sie ging auf, und Debbie spähte beklommen ins Dunkel. Sie drückte den Lichtschalter, doch das Licht funktionierte nicht. Irgendwie hatte sie das Gefühl, es vorhin am unteren Ende der Treppe ausgeschaltet zu haben. Na, egal. Es drang genug Licht durch die geöffnete Tür. Sie fasste sich ein Herz und stieg vorsichtig die Stufen hinab.

Das untere Ende der Treppe lag im Dunkeln. Dort herrschte ein seltsamer Geruch, der ihr zuvor nicht aufgefallen war, verdorben und faulig. Sie suchte an der Wand nach dem Lichtschalter, doch als sie ihn fand, funktionierte er nicht. Ihre Tasche musste drüben an der Wand stehen. Sie tastete sich hinüber und streckte die Hand danach aus, als auf einmal ein Stoß Zugluft um sie herumwirbelte und die Tür zwei Etagen über ihr mit einem lauten Knall zufiel.

Tiefste Finsternis senkte sich über Debbie. Zuerst war sie nur verwundert, dann begann ihr Herz zu hämmern, und sie geriet in Panik. Sie versuchte die Treppe wieder hinaufzulaufen, stolperte aber und fiel auf der ersten Stufe hin und schürfte sich an dem Stein das Schienbein auf. Der plötzliche Schmerz ließ ihr die Tränen in die Augen schießen, und sie blieb stehen, atmete tief durch und fasste sich. Der Geruch kam ihr jetzt intensiver vor.

Alles okay, alles okay, der Wind hat die Tür zugeweht. Du kannst sie wieder aufmachen. Lass dir doch von deinen eigenen albernen Gespenstergeschichten nicht bange machen.

Sie stieg die Treppe jetzt langsamer hinauf. Das matte Licht, das durch ein verschmutztes Fenster fiel, half ihr, ein wenig zu sehen. Auf dem Treppenabsatz gab es kein Licht, aber sie fasste nach der Tür und tastete nach einem Drücker. Nichts. Natürlich, sie war ja dazu gedacht, dass man hinauskonnte, nicht hinein. Sie stemmte sich dagegen, doch die Tür bewegte sich nicht. Sie saß in der Falle. Les wusste, wo sie war – nein, er wusste nur, dass sie nach oben gegangen war. Womöglich merkte er gar nicht, dass sie nicht wieder heruntergekommen war und das Haus verlassen hatte. Sie spürte, wie ihr Mund trocken wurde und ihr Herz erneut zu rasen begann.

Hör auf, beruhige dich. Schlimmstenfalls verbringst du eben die Nacht auf diesen Stufen.

Sie holte tief Atem und rief. Nichts. Ihre Stimme besaß einen erstickten Klang, der sie daran erinnerte, wie dick die Tür war. Sie schrie erneut und schlug gegen die Tür. Immer noch nichts. Sie könnte versuchen, die Treppe hinaufzugehen und von dort zu rufen. Falls Les im oberen Stockwerk war, hörte er sie vielleicht. Dann fiel es ihr ein. Sie konnte die untere Tür entriegeln und auf diesem Weg hinausgelangen. Sie tastete gerade mit dem Fuß nach der ersten Stufe, die hinabführte, als sie erstarrte.

Unter ihr, im Dunkeln, dort unten, wo nichts war außer der abgesperrten Tür, hörte sie ein Geräusch. »Hallo?« Ihr Flüstern hallte durchs Treppenhaus. Zuerst herrschte Stille, doch dann hörte sie es wieder, ein leises Scharren. Sie blieb ganz ruhig stehen und starrte in die Finsternis, bis vor ihren Augen Farben tanzten. Ihr war kalt. Ein weiteres Geräusch wie – *bitte nicht* – wie ein Schritt in der Finsternis unter ihr. Auf einmal war sie überzeugt, dass etwas, nein jemand, langsam, aber entschlossen die Stufen hinauf und auf sie zukam. Das Blut hämmerte in ihren Ohren, und sie stürzte sich auf den nächsten Treppenlauf, wo sie erneut hinfiel, diesmal jedoch ohne den Schmerz zu spüren.

Nicht nach oben. Es gibt keinen Weg hinaus!

Nun gab es keinen Zweifel mehr. Da waren Schritte auf der Treppe unter ihr, und dieser entsetzliche Gestank stach ihr in die Nase. Sie hämmerte gegen die Tür und schrie, vor allem, um das Geräusch zu übertönen. Sie wollte die Augen schließen, den Kopf vergraben und nur noch warten, bis es vorbei war. Es war niemand da, der sie hören konnte. Sie wusste nicht, ob sie Angst vor etwas Übernatürlichem oder etwas Realem hatte. Ein kalter Windstoß wehte über sie, und sie wusste, dass das Unbekannte, das auf sie zukam, ihr Böses wollte.

Da ging die Tür zum Informatikzentrum auf, und sie fiel hindurch, gegen denjenigen, der sie geöffnet hatte, klammerte sich an ihn, versuchte, ihren Kopf an ihn zu pressen und sich vor dem Ding auf der Treppe zu verbergen.

»Deborah! Na komm, Deborah, es ist alles in Ordnung. Du bist in Sicherheit, ich habe dich gehört, alles in Ordnung.« Es war Rob Neave, der sie festhielt und versuchte, sie zu beruhigen.

»O Gott, Rob, da unten ist jemand, ich habe dort unten jemanden gehört!« Er schob sie sofort von sich weg und ging an die Tür.

»Ich kann nichts sehen. Bist du sicher…«

»Rob, ich weiß es, ich habe es gehört, bitte glaub mir.« Es war wichtig, ganz wichtig, dass er ihr glaubte. Er hatte eine Taschenlampe am Gürtel hängen und ging durch die Tür, indem er ihr unzureichendes Licht vor sich herscheinen ließ. Debbie folgte ihm. Er leuchtete die Treppe hinauf und hinunter, doch es war nichts zu sehen. Er stieg die Treppe in die Finsternis hinab, während Debbie dem Strahl der Lampe nachblickte. Er sagte etwas, mehr zu sich selbst als zu ihr, und kam dann mit schnellem Schritt wieder herauf, ihre Aktentasche in der Hand. Sein Gesichtsausdruck war unergründlich.

»Jetzt ist niemand da«, erklärte er und machte eine rasche Geste, um ihrem Protest zuvorzukommen, »aber ich glaube, es *war* jemand da. An der Tür unten sind die Riegel aufgezogen.« Debbies Beine begannen dermaßen zu zittern, dass sie fürchtete, gleich umzufallen. Er sagte etwas, das sie nicht mitbekam, seine Stimme klang ungeduldig, doch er legte den Arm um sie, bis das Zittern aufhörte. Sie presste ihr Gesicht gegen ihn und atmete den warmen Geruch seines Körpers, des Baumwollstoffs seines Hemdes und seiner Haut ein. »Okay?«, fragte er. Sie nickte, und er ließ sie los, stützte sie aber noch mit den Händen auf ihren Armen. »Gut, ich habe die Tür verriegelt. Möchtest du es jemandem erzählen? Der Polizei?« Sie schüttelte den Kopf. Er sah sie an. Er wirkte wachsam, hellhörig.

»Es war vermutlich gar nichts, nur meine Einbildung, ich weiß nicht, ich will einfach nicht mehr…« Ihre Stimme klang tränenerstickt, und sie verstummte. Er schlang noch einmal die Arme um sie und zog ihr Gesicht an sich. »Schon gut, Deborah, du bist in Sicherheit.« Er schien jetzt erst richtig wahrzunehmen, wie verängstigt sie gewesen war und gab sich sanfter, strich ihr beruhigend über die Haare und sagte: »Schon in Ordnung… alles in Ordnung«, bis sie merkte, dass sie sich entspannte.

Da richtete sie sich auf, wischte sich mit den Händen über das Gesicht und steckte sich die losen Kämme wieder ins Haar. Sie fühlte sich aufgelöst und durcheinander. Sie schluckte und fand ihre Stimme wieder. »Ich glaube, ich habe meinen Zug verpasst.« Das hatte sie eigentlich gar nicht sagen wollen. »Ich meine… vielen Dank für…«

»Zerbrich dir deswegen nicht den Kopf. Ich kann dich heimfahren.« Besorgt sah er sie an. »Du brauchst was zu trinken.« Er zögerte, als überlege er etwas. »Ich sollte die Sache melden.« Er sah Debbie erneut an. »Aber das muss nicht sofort sein. Wer auch immer es war, ist jetzt ohnehin schon über alle Berge. Hast du deine Sachen?« Debbie wies auf ihre Aktentasche. Ihr Regenmantel war oben hineingequetscht. »Ja«, antwortete sie. Dann: »Rob? Wenn wir etwas trinken gehen – ich glaube nicht, dass ich es im Grindstone aushalte…« Zu so später Stunde war das Pub manchmal laut und überfüllt.

»Nein, ich kenne ein ruhigeres Lokal.« Er sah sie einen Moment lang an. »Komm mit.«

Er fuhr mit ihr zu einem Pub am Fluss. Es war klein, schäbig und heruntergekommen, aber ruhig. Zuerst wollte sie nicht sprechen, sondern saß schweigend da und wartete auf die entspannende Wirkung ihres Getränks. Er schien zu wissen, wie sie sich fühlte, und plauderte beiläufig über eine Reihe von Themen, die nicht viel Reaktion ihrerseits erforderten und langsam merkte sie, wie die Anspannung von ihr wich. Die Ereignisse von vorher begannen zu verblassen, und als sie dann auch noch über etwas lachte, was er gesagt hatte, glaubte sie, dass sie sich erholt hatte. Sie war ihm seit ihrem Besuch in Grindstone einen Drink schuldig, und er hatte bereits eine Runde spendiert, daher fragte sie ihn, ob er noch etwas wolle. Er sah auf die Uhr. »Musst du zu einer bestimmten Zeit zu Hause sein?«

»Nein.« Sie sah die schwarzen Fenster ihres Hauses vor sich. »Da wartet nur die Katze.« Dann dachte sie wieder an die schwarzen Fenster und die leere Gasse, die zur Hintertür ihres Hauses führte, und dann kehrte das Erlebnis mit rasender Geschwindigkeit zurück – die dunkle Treppe, die Schritte, leise, aber in der Finsternis unter ihr deutlich zu hören, und wie sie in der Falle gesessen hatte. Jegliche Wärme schien aus ihr herauszuströmen, und ihre Hand zitterte, als sie rasch einen Schluck aus ihrem Glas trank. Sie sah auf und begegnete seinem Blick. Er schaute nicht weg, sondern hielt ihr seine Hand entgegen, und nach kurzem Zögern strich er ihr über Gesicht und Nacken und vergrub seine Finger in den Haarsträhnen, die dort hingen. Debbie wurde warm im Gesicht, und es fiel ihr schwer, gleichmäßig zu atmen. »Du brauchst nicht allein zu sein«, sagte er. Er beugte sich vor und berührte ihren Mund leicht mit seinem, wobei er ihr Zeit ließ, sich zurückzuziehen, falls sie das wünschte. »Du kannst mit zu mir kommen.«

Am Freitagmorgen saß Debbie an ihrem Schreibtisch und starrte ins Leere, während sie versuchte, die Gedanken in ihrem Kopf zu ordnen. Sie hatte bereits Louises Gereiztheit zu spüren bekommen, weil sie die Notenliste vergessen hatte, die sie Ende der Woche mitzubringen versprochen hatte. Ihre Schlüssel hatte sie nachlässig hingeworfen auf ihrem Schreibtisch gefunden. Sie musste sie am Vorabend dort vergessen haben. Debbie dachte bei sich, wenn sie gewusst hätte, dass die Schlüssel auf ihrem Schreibtisch lagen, wäre sie vielleicht nicht auf der Suche nach ihrer Aktentasche die Wendeltreppe hinabgestiegen. Bis zum nächsten Tag wäre sie auch ohne Geldbörse ausgekommen. Das wäre womöglich besser gewesen. Heute Morgen... Louise fragte sie etwas, und sie wandte ihr ihre Aufmerksamkeit zu. »Was? Wie bitte?«

»Ich habe *gefragt*, ob du die Noten vom ersten Essay der A1 hast. Außerdem habe ich gefragt: ›Möchtest du dir eine Million Pfund pumpen?‹ Weder so noch so bin ich zu dir durchgedrungen.« Louises Tonfall war schneidend.

»Tut mir Leid.« Debbie schüttelte den Kopf, um ihn frei zu bekommen. Sie wusste, dass sie nicht die richtigen Antworten gab. Louise warf ihr einen Blick zu und vertiefte sich wieder in ihre Unterlagen.

Letzte Nacht...

Seine Wohnung lag gleich gegenüber. Er sagte kein Wort, als er die Tür aufschloss und sie in das kleine Zimmer führte – ein schmales Bett an der einen Wand, Regale mit Büchern und einer Stereoanlage, ein Stuhl, Kissen auf dem Boden, ein niedrig eingestellter Gasofen. Er schaltete eine Tischlampe an, schenkte ihr ein Glas Whisky ein und legte Musik auf – schöne, melodische Musik, die erstaunlich heiter war. Ihr fiel auf, dass sie ihn bisher nicht mit Heiterkeit in Verbindung gebracht hätte. Es war nicht mehr nötig, etwas zu sagen. Er sah ihr zu, wie sie nervös den Whisky trank. Sie blickte ihn an, doch er sah nicht beiseite, sondern hielt ihrem Blick stand und musterte sie.

Er kam zu ihr herüber und nahm ihr das Glas aus der Hand. Er knöpfte ihre Bluse auf, und sie ließ sie die Arme entlang zu Boden gleiten. Sie öffnete den Verschluss ihres Rocks, sodass er zu ihren Füßen herabfiel, und schlüpfte aus Schuhen und Strümpfen. Er legte ihr die Hände um die Taille und küsste sie auf den offenen Mund. Sie schmeckte den

Whisky auf seiner Zunge. Der raue Stoff seines Hemds und der Cord seiner Hose pressten sich gegen ihre Haut. Sie konnte seine Erektion fühlen. Er strich ihr mit den Händen über den Rücken, hakte seine Finger in den Rand ihres Höschens und schob es nach unten. Sie ließ es zu Boden fallen, trat heraus und fegte es zur Seite.

Er hob sie aufs Bett und zog sich in dem gedämpften Licht aus, ohne den Blick von ihr zu wenden. Sie spürte eine nervöse Erregung im Bauch, und ihr Puls schlug in ihrer Kehle. Er legte sich neben sie und tastete nach ihrem Hinterkopf, um ihr Haar von den Nadeln und Kämmen zu befreien, die es bändigten. Es fiel ihr über Gesicht und Schultern. Er war selbstsicher und erfahren, und sie überließ alles ihm. Er war ohne Eile, als hätten sie alle Zeit der Welt. Sie ließ sich fallen. Er sah es ihr an und flüsterte: »Ja, Deb genau so, so ist es gut.« Er schloss sie in die Arme und streichelte sie, um den Moment andauern zu lassen.

Später holte er noch einmal Whisky, und sie lehnten sich gegen die Kissen und hörten Musik. Debbie fiel an seiner Schulter in leichten Schlummer. Noch später standen sie gemeinsam unter der Dusche, und er lachte, als ihr das Wasser übers Gesicht und in den Mund rann. Er gab ihr einen Bademantel und frottierte ihr vor dem Gasofen das Haar, dessen Strähnen er beim Trocknen durch seine Finger gleiten ließ. Er drückte sie auf die Kissen und tastete nach dem Knoten des Bademantelgürtels.

Danach fragte er: »Möchtest du hier bleiben? Ich kann dich auch nach Hause fahren, wenn du willst.«

»Ich will hier bleiben.« Sie tranken noch mehr Whisky, bis sie Hunger bekam und er etwas Brot und Käse holte.

»Auf Gäste bin ich nicht eingerichtet«, erklärte er.

Das Bett war schmal, doch sie fiel neben ihm in einen traumlosen Schlaf. Mitten in der Nacht wachte sie auf, um halb vier, wie die Leuchtziffern auf dem Wecker verkündeten. Der Mond war voll und schien eisig und still ins Zimmer. Er war wach und lag da und starrte an die Decke. Er lächelte, als er sah, dass sie auch wach war, ein warmes, offenes Lächeln, wie sie es noch nie an ihm gesehen hatte. Sie legte sich auf ihn, und er war sanft, zupfte ihr Haar herab, bis es wie ein Zelt um beide herumhing und zog ihren Kopf zu sich, damit er sie küssen konnte. Danach vergrub er sein Gesicht zwischen ihren Brüsten und murmelte: »Debs, schöne Debs.«

Am Morgen wachte sie allein im Bett auf. Er machte in der kleinen Küche Kaffee, und ihr wurde klar, wie sehr sein gewohntes Alltagsgesicht, diese gelassene Freundlichkeit, als Maske für den Mann dahinter diente. Nun war die Maske wieder da. Er war freundlich, lässig und verschlossen. Es war noch früh. »Musst du nach Hause?«, fragte er. Debbie sah auf die Uhr. Buttercup brauchte zwar Futter, aber sie konnte von der Arbeit aus Jill verständigen. Sie schüttelte den Kopf. Er brachte sie zum College, fuhr schnell und gewandt und setzte sie zehn Minuten später ein Stück entfernt von Parkplatz und Haupteingang ab. Er sprach kein Wort, bis sie ausstieg. Dann sagte er: »Bis später dann, okay?«

Sie wusste nicht, was sie davon halten sollte.

Er war wütend auf sich selbst. Er hatte nicht vorgehabt, Debbie mit zu sich zu nehmen – es war, als hätte eine Art Autopilot übernommen. Sie war nicht die erste Frau seit Angie. Er hatte weibliche Bekannte wie Lynne, Frauen, die ebenso ungebunden – und bindungsunwillig – waren wie er. Manchmal traf er sich mit einer davon zu einem Kneipenabend und einem freundschaftlichen Fick, und danach ging es wieder nach Hause. So wollte er es haben. Die letzte Frau, mit der er die Nacht verbracht hatte, war Angie gewesen, und das wollte er mit keiner anderen. Die Nacht mit Debbie hatte etwas berührt, was er ein für alle Mal begraben geglaubt hatte.

Sie hatte dagestanden und ihn angesehen, und er musste dieses dämliche Quartett auflegen, das Borodin geschrieben hatte, als er frisch verheiratet und tief und leidenschaftlich in seine junge Frau verliebt war. Etwas an Debbie hatte ihn veranlasst, es aufzulegen und es war, als hätte die Musik das weitere Geschehen bestimmt und sie alle beide in ihren Zauber eingehüllt. Er hörte es jetzt noch und konnte nicht verhindern, dass er wieder daran denken musste, wie sie aussah, ihr weich gerundeter Bauch, ihre kleinen, hohen Brüste, und wie ihr Gesicht warm und verträumt geworden war, als er mit den Daumen ihre Brustwarzen gestreichelt hatte, wie sie sich in die Augen hatte sehen lassen und wie lustvoll sie ihn empfangen hatte.

Er wollte es nicht. Wirklich nicht.

Also genau wie alle anderen. Und dann glauben sie, sie kommen ungeschoren davon, glauben, niemand weiß Bescheid. Aber er passt jetzt auf. Das wird sie beizeiten lernen, zu seiner Zeit.

Aus früherer Erfahrung weiß er, dass es leicht ist, sich in öffentlichen Gebäuden zu bewegen, solange man weiß, wohin man will, und so aussieht, als gehörte man dazu. Die meisten Leute meinen vermutlich, die beste Tarnung für diese Art von Gelände wäre, sich als Student zu maskieren. Aber er weiß es besser. Studenten verkehren in Gruppen. Ein Fremder in der Gruppe macht die Gruppe argwöhnisch. Es gibt bessere Methoden, wie er seine Beute beobachten kann. Sie sehen einen Spatzen in einer Hecke voller Spatzen, nicht den Schatten des kreisenden Adlers.

Und reden, reden, reden, mit dieser dünnen, lokal gefärbten Stimme. Ordinär. Er konnte sich wirklich nicht dazu herablassen, sich alles anzuhören. Aber der Jäger ist geduldig, der Jäger wartet und beobachtet. Und die Geduld des Jägers wird immer belohnt. Jäger sind wertvoll, Jäger dienen einem

Zweck. Sie sieben die Schwachen, die Verdorbenen aus – und die Leichtsinnigen, denn leichtsinnig war sie. Er nicht. Sie darf die Schlinge nicht sehen, nicht die Backen der Falle, nicht das Glitzern des Messers, erst wenn er es beschließt, erst wenn es zu spät ist. Aber, ach, welch überschäumender Triumph – die zurückgelassene Tasche, reif zur Ernte. Und wenn jemand käme? Er ist gewappnet. Das Licht ist weg. Er braucht es nicht.

Und dann ist sie da. Einen Augenblick lang ist es, als wäre die Jagd vorüber, der Zeitpunkt gekommen. Einen Moment lang… Aber alles zu seiner Zeit.

Es war nicht der richtige Moment. Er hatte seine Trophäe genommen und war gegangen. Dann hatte er gewartet. Und er wusste, was sie getan hatte.

Es ist leicht, Schlüssel nachmachen zu lassen – rund um die Uhr. Und die Schlüssel werden sich als sehr nützlich erweisen. Glück? Ja, aber er weiß, wie er sich das Glück zu Nutze machen kann. Doch es gibt noch etwas anderes, etwas, was nicht übersehen werden darf. Diese kleine Einzelheit missfällt ihm ein wenig. Er wurde bemerkt. Und zwar von jemandem, der stören könnte. Dagegen wird er etwas unternehmen müssen. Er darf nicht am falschen Ende sparen.

7

Am Freitagmittag waren Lynne Jordan und Dave West im Büro von Broughton und Partner, Julie Fyfes Arbeitgebern. Lynne war bei Julies Chef. Sie sah auf ihre Notizen. Andrew Thomas, Unternehmer und Teilhaber einer florierenden Firma. Sie sah quer über den Schreibtisch zu dem Mann auf der anderen Seite und beschloss, dass er außerdem ein Arschloch war. Er war nach Julies Tod verreist gewesen, *geschäftlich.* »Sprechen Sie mit ihm«, hatte Berryman verlangt. Sie lächelte und sagte noch einmal: »Ich brauche sämtliche Daten aus Julies Personalakte, Mr. Thomas. Ich gebe Ihnen eine Quittung für alles, was ich mitnehme, aber Sie müssen verstehen, dass es dringend ist.« Die Unterlagen hatten auf sich warten lassen, und Berryman und Lynne wollten wissen, warum.

»Tja, Officer«, sagte Thomas mit einem Lächeln, das Lynnes Meinung bestätigte, «Sie müssen verstehen, dass ich vertrauliche Informationen nicht einfach herausgeben kann, ohne meinen Partner zu fragen, nur weil Sie das möchten.«

»Mr. Thomas, ich würde vorschlagen, dass Sie genau das tun. Es handelt sich um Ermittlungen in einem Mordfall, und mir wurde versichert, dass mir sämtliches Material zur Verfügung stehen würde, sowie ich heute Morgen herkäme.« Lynne beherrschte sich fürs Erste. Berryman hatte gesagt, dass er dem kleinen Scheißer ein paar Fragen stellen werde, und sie wollte, dass er dann spurte, nicht jetzt. Thomas nahm den Telefonhörer ab und wählte.

»Suzy? Geben Sie mir Peter, ja? Herzlichen Dank.« Er hielt den Hörer ans Ohr, starrte ins Leere und lächelte sein kleines, selbstgefälliges Lächeln. »Peter! Andrew hier … Wie geht's dir? Schön, schön … Tatsächlich? … Ist es wirklich … Hey!«

Lynne stand auf und nahm ihm den Telefonhörer ab. »Ist dort Mr. Broughton?« Sie stellte sich vor. »Gut, können Sie bitte *unverzüglich* mit Mr. Thomas vereinbaren, dass die Personalakten von Julie Fyfe herausgesucht werden? Danke.« Sie reichte Thomas den Hörer wieder, er nahm ihn, lauschte einen Moment, lief rot an und legte dann auf.

»Also, Officer, wenn ich gewusst hätte, dass Sie schon mit *Peter* gesprochen haben … Hier entlang bitte. Ich hole Ihnen das Zeug.« Er führte Lynne in einen anderen Raum, wo drei Frauen vor Bildschirmen saßen und tippten. »Sandra«, sagte er zu einer von ihnen, »würden Sie dieser Dame bitte Julies Personalakte geben? Ist das dann alles, Officer?«

»Fürs Erste ja, vielen Dank, Mr. Thomas.« Lynne gönnte ihm ein kurzes, professionelles Lächeln. Dann sah sie die Frau an, die am Schreibtisch wartete. »Haben Sie mit Julie zusammengearbeitet?«, fragte sie.

»Oh, ich habe bereits mit der Polizei gesprochen, mit einem Kollegen von Ihnen, meine ich.« Die Frau wirkte nervös, aber nach Lynnes Erfahrung war Nervosität keine ungewöhnliche Reaktion von Menschen, die als Zeugen mit Verbrechen in Kontakt gekommen waren. »Nicht ständig; sie hat nicht in unserem Büro gearbeitet. Sie war Mr. Thomas' Assistentin.«

»Was hat sie denn an den Donnerstagabenden gemacht, dass sie so lange arbeiten musste?«

»Ach, das gehört zu unserem Service. Wir halten abends Trainingskurse und Seminare ab. Wir arbeiten alle einen Abend die Woche. Julies Abend war der Donnerstag.«

»Ist sie immer mit dem Zug gefahren?« Lynne wusste,

diese Fragen waren bereits gestellt worden, aber sie hatte schon öfter erlebt, dass Leute eine interessante Einzelheit hinzufügten, wenn sie noch einmal gefragt wurden.

Sandra nickte. »Immer.«

»Es wundert mich, dass sie nicht mit dem Auto gefahren ist.« Auch hierauf wusste Lynne die Antwort, aber sie wollte, dass die Frau lockerer wurde und redete.

»Sie konnte nicht fahren. Sie ist fünfmal durch die Prüfung gefallen.« Sandra sah schadenfroh drein.

»Hätte sie nach ihrer Beförderung nicht einen Firmenwagen bekommen sollen?«

Sandra sah einen Moment auf ihren Bildschirm und rief ein Menü auf. Sie runzelte konzentriert die Stirn und sagte dann: »Ja, und das wurmte sie auch ein bisschen. Aber Mr. Thomas hat dafür gesorgt, dass sie das Geld für eine Netzkarte der Bahn bekam – für die gesamte Region.« Sie schaltete den Bildschirm aus. »Ich hole Ihnen jetzt die Akte. Es geht hier entlang.« Sie winkte Lynne auf die Bürotür zu. »Wir bewahren die Akten hier unten auf.«

»Haben Sie das nicht alles auf EDV?«, fragte Lynne erstaunt.

»Manches schon, das besorge ich Ihnen auch sofort, aber die Unterlagen sind hier.« Sie schloss eine Tür auf, die in einen großen, begehbaren Schrank führte, und trat an einen Aktenschrank. Sie ging die Schlüssel an dem Bund durch, den ihr Thomas gegeben hatte, und schloss auf. Dann blätterte sie rasch durch die Hängeordner. »Da haben wir's – Julie.«

»Wie war Julie eigentlich?«, fragte Lynne, nahm Sandra die Akte ab und musterte deren Inhalt.

»Sie war sehr nett.«

Sprich nicht schlecht von den Toten. »Sie scheint sehr tüchtig gewesen zu sein. Hat sie ihre Arbeit gut gemacht? Sie hat in kurzer Zeit viel erreicht, nicht wahr?« Lynne sprach im Plauderton, ganz beiläufig.

Sandra warf Lynne einen Seitenblick zu. Lynne blätterte weiter in den Papieren in der Akte. »Sie hat sich gut mit Mr. Thomas verstanden«, räumte Sandra ein.

»Gehört Thomas zu den Partnern?« Lynne las eins der Formulare aus der Akte durch.

Sandra nickte, und als sie merkte, dass Lynne nicht hersah, sagte sie: »Ja, aber er ist der Juniorpartner. Mr. Broughton ist der Senior.«

»Tja, das ist auch eine Methode, um aufzusteigen«, stimmte Lynne zu.

»Oh, ich habe nicht gemeint …« Sandra rang mit sich, ob sie Diskretion wahren oder es loswerden sollte. »Es war nichts, wissen Sie, soweit ich weiß, aber sie hat immer die besten Aufgaben bekommen, die tollsten Chancen. Früher war sie Schreibkraft, aber dann hat sie diesen Kurs gemacht und ist auf Konferenzen gegangen … und dann haben sie sie letzten August befördert. Und dann, als wir Kleinbetrieb des Jahres geworden sind, kam sie mit den Chefs auf das Foto, und wir anderen waren nur im Hintergrund zu erkennen. Es war in der Zeitung, im *Standard.* Mich konnte man nicht einmal erkennen.« Sie sah Lynne indigniert an. »Wir haben alle gearbeitet, und wir haben auch eine Prämie bekommen, aber auf diesem Bild sah es so aus, als wären es sie allein gewesen, die Chefs und Julie. Sie hätten uns richtig aufnehmen sollen, damit es jeder sieht, wissen Sie.«

»Haben Sie das alle so empfunden? Es kommt mir nicht gerade fair vor.« Aber Lynnes Frage hatte Sandra darauf aufmerksam gemacht, dass sie vielleicht zu viel ausgeplaudert hatte, und so murmelte sie nur noch, dass es eigentlich nebensächlich sei und Mr. Broughton und Mr. Thomas eben so seien. Als sie ins Büro zurückkehrten und Sandra begann, für Lynne Daten auf den Computer zu laden, sah Lynne das beanstandete Foto gerahmt an der Wand hängen. Es wirkte tatsächlich etwas unfair. Im Vordergrund standen Andrew

Thomas, ein Mann, der Peter Broughton sein musste, und zwischen ihnen, mit strahlendem Lächeln, Julie Fyfe. Im Hintergrund lächelten die anderen drei Frauen, jede an ihrem Schreibtisch sitzend, hinter ihren PCs hervor. Der Kopf der einen, wohl Sandras, wurde von Julies Ellbogen verdeckt. Unter dem Bild stand *Broughtons Siegerteam.*

Lynne nahm sich vor, Berryman darauf hinzuweisen, dass er sich eingehender nach Julie Fyfes Verhältnis zu ihren Chefs erkundigen sollte.

Im Auto fragte sie West, was er von den anderen Frauen in der Firma erfahren hatte. »Sie konnten sie nicht leiden«, erklärte er. »Sie glauben, es ist etwas mit dem Boss gelaufen, diesem Thomas.«

Lynne nickte. »Das war auch mehr oder weniger der Eindruck, den mir Sandra vermittelt hat. Was meinst du?«

»Sie war ziemlich schlau.« West zuckte die Achseln. »Könnte was dran sein, vielleicht aber auch nicht. Wir müssen auf jeden Fall herausfinden, was sich abgespielt hat.« Er griff ins Handschuhfach und fischte ein Mars heraus. »Willst du mal beißen? Wo fahren wir eigentlich jetzt hin?«

»Zu den Varneys. Wir unterhalten uns mit Mandys Mutter. Ich will mehr über diese Anrufe wissen.« West nickte. Sie hatten zuvor schon darüber gesprochen. Lynne scherte in die Schnellstraße ein und folgte der Umgehung zur anderen Seite von Moreham. Als sie die Hauptstraße verließen und durch die von altehrwürdigen Steinhäusern und Blumen gesäumten Alleen des einstigen Nobelvororts von Moreham fuhren, sagte sie: »Sprich du mit ihr, Dave. Sie mag mich nicht – findet, ich sollte zu Hause bleiben und mich um meinen Mann kümmern oder so.«

West, für den dies die erste große Fahndung in einem Mordfall war, war erpicht darauf, mehr Erfahrung zu sammeln und sich die ersten Sporen zu verdienen. Er arbeitete gern mit Lynne Jordan zusammen. Sie war stets bereit, ihn aktiv werden zu lassen. Das Auto hielt vor einer adretten Doppelhaushälfte am Ende einer Zeile, die zwischen größere viktorianische Einzelhäuser gebaut worden war. Den Vorgarten bildete eine gepflegte Rasenfläche hinter einem weißen Zaun, am einen Ende überschattet von der hohen Mauer und den wirr darüberhängenden Ästen der Nadelbäume aus dem Nachbargarten, der infolge der Belegung mit mehreren Mietparteien stark vernachlässigt war. Sie gingen zur Haustür, und West klingelte. Sie bemerkten die wackelnden Vorhänge in der anderen Haushälfte. Ein Hund bellte aufgeregt. Nach kurzem Warten ging die Tür bei vorgelegter Kette auf. »Wer ist da?« Der Hund knurrte und versuchte, die Schnauze durch den Spalt zu schieben.

Lynne trat vor, ihre Polizeimarke in der erhobenen Hand. »Detective Sergeant Jordan und Detective Constable West«, antwortete sie. »Wir haben vorhin angerufen.«

»Ach ja.« Die Stimme klang undeutlich. Die Tür wurde zurückgedrückt und dann richtig geöffnet. Erleichtert sah Lynne, dass Mrs. Varney den Hund jetzt fest hielt, ein kleines Tier, das kämpfte und bellte und mit bösen Absichten im Blick auf die beiden Beamten zustrebte. Lynne hatte Carol Varney seit dem Mord an deren Tochter nicht mehr gesehen. Damals war sie selbst unter Schock und in ihrem Kummer ordentlich und systematisch gewesen, hatte darauf bestanden, Tee zu machen und ihn in einem Porzellanservice zu reichen, mitsamt Keksen auf Spitzendeckchen. Sie hatte auf der Stuhlkante gehockt, gepflegt und beherrscht und mit sorgfältig modulierter Stimme mit den Polizisten gesprochen, während ihr Mann ihr die Hand tätschelte und immer wieder »Schon gut, Schatz, schon gut« sagte, wie ein Mantra.

Heute wirkte sie unordentlich. Ihr Haar war zottelig, und dunklere, grau melierte Haare waren vom Ansatz her nachgewachsen. Ihr Rock und ihre Bluse waren leicht zerknittert und ihr Blick glasig. Sie dünstete einen leicht chemischen Geruch aus. Sie führte sie ins Wohnzimmer. Dort sah es genauso aus, wie Lynne es in Erinnerung hatte, unberührt und peinlich aufgeräumt. Nippes standen ordentlich auf den Regalen, ein paar Bücher waren in Reih und Glied arrangiert, die Bilder hingen gerade an der Wand und alles glänzte und blitzte. Lynne fragte sich, wie viele Stunden am Tag Carol Varney mit Waschen, Staubsaugen und Abstauben verbrachte. Die beiden Beamten nahmen auf ihre Geste hin Platz. Lynne nickte West zu. Er sah unsicher zu der Frau hinüber. *Mach schon!*, dachte Lynne.

»Mrs. Varney«, begann West. »Wir möchten nur ein paar Angaben, die Sie letztes Mal gemacht haben, mit Ihnen durchsprechen. Es dauert nicht lang.« Die Frau nickte, zeigte aber wenig Interesse. West wartete einen Moment lang ab, ob sie noch etwas sagen würde. »Wegen Ihrer Mandy« – sie warf ihm einen kurzen Blick zu, als er das sagte –, »Sie sagten, dass sie seltsame Anrufe bekommen hätte. Könnten Sie mir ein bisschen mehr darüber erzählen? Erinnern Sie sich daran, wann sie begannen und was geschah, wenn ein Anruf kam?«

Carol Varney sah verständnislos drein. Lynne hakte nach: »Hat Mandy etwas über die Stimme gesagt, und hat sie Ihnen mitgeteilt, was er sagte?«

»Natürlich hat sie das. Das habe ich Ihnen doch gesagt. Es war dieser Damien.« Sie spuckte den Namen aus. »Das habe ich Ihnen gesagt.«

»Ja, das habe ich alles hier stehen.« West sah auf seine Notizen herab. »Wissen Sie noch, wann das mit den Anrufen angefangen hat? War es direkt, nachdem sie sich getrennt hatten?«

»O nein.« Da war sich Carol sicher. »Es ging praktisch los, sowie sie verlobt waren. Es war, als wäre er eifersüchtig oder so. Der rief an, um zu erfahren, ob sie zu Hause war, und legte einfach auf, wenn sie den Hörer abnahm. Dann, nachdem sie sich getrennt hatten, hat er auch angefangen zu reden, sagte Sachen wie zum Beispiel, dass er seinen Anteil am Auto wollte und sein Geld für den Ring.«

»Waren alle Anrufe so? Sie haben uns erzählt, wie es war, wenn Damien Ihre Tochter erreichte, aber gab es noch andere Anrufe? Hat er je mit Ihnen gesprochen, oder hat er noch irgendetwas anderes unternommen?«

Ihre Miene wurde jetzt lebhaft. »Allerdings. Ich bin mehrmals an den Apparat gegangen, und er hat jedes Mal aufgelegt. Und die arme Amanda – eines Abends war sie allein hier, und das Telefon klingelte und klingelte, und er legte auf, sowie sie abnahm. Das hat er in dem Moment angefangen, als sie sich verlobt hatten und es ging immer weiter. Sie war jedes Mal ganz verstört. Oft hat er sich Abende ausgesucht, an denen sie allein hier war.«

»Mrs. Varney.« West pirschte sich heran, wie Lynne wohlwollend bemerkte. »Woher wussten Sie, dass die Anrufe, bei denen wieder aufgelegt wurde, von Damien kamen?«

Sie sah ihn an. »Eins-vier-sieben-eins«, antwortete sie. »Dann habe ich die Drei gewählt und kam direkt bei ihm raus. Ich habe angefangen, ihm die Meinung zu sagen, aber er hat aufgelegt.«

»Aha.« West dachte erneut nach. »Und hat Mandy – Amanda – ihn genauso ertappt?«

»Nein, er hat es natürlich spitzgekriegt«, sagte sie. »Es war keine Nummer registriert, sagte Amanda, als sie es ausprobiert hat. Sie rief ihn beim ersten Mal zurück, um zu verlangen, dass er aufhörte, aber er ging nicht dran. Sie hat sich überlegt, sich wieder mit ihm zusammenzutun, aber ich habe ihr gesagt, dass er *verrückt* ist, und da hat sie es sich noch einmal überlegt, das kann ich Ihnen sagen.«

»Vielen Dank.« West steckte sein Notizbuch ein. »Damit sind ein oder zwei Punkte geklärt. Wenn Ihnen noch irgendetwas einfällt …«

Der lebhafte Ausdruck auf ihrem Gesicht schwand wieder. Sie schüttelte den Kopf.

Im Auto, auf dem Rückweg ins Revier, ließ sich Lynne noch einmal durch den Kopf gehen, was Mrs. Varney ihnen erzählt hatte. Mandys Verlobter – oder Exverlobter – war ganz offen und unbeirrbar gewesen, was die Anrufe betraf. »Natürlich habe ich angerufen«, hatte er bei seiner ersten Befragung gesagt. »Ich wollte mich wieder mit ihr versöhnen. Ich war gekränkt. Ich habe ihr erklärt, dass ich mein Zeug wiederhaben will, wenn sie sich so blöd anstellt. Ich habe bei Mandy nie den Hörer aufgelegt, nur wenn die alte Hexe am Apparat war. Ich hatte die Schnauze voll davon, mit *der* zu reden.« Dann fing er an zu weinen und wurde wütend auf sich selbst, weil er seine Gefühle gezeigt hatte. Er war leicht zu verhören gewesen, erinnerte sich Lynne. Es war ihr gelungen, ihn zu überrumpeln, in die Enge zu treiben und aus der Fassung zu bringen – aber seine Aussage war stets gleich geblieben. Er hatte nicht gerade das beste Alibi aller Zeiten – ein Abend zu Hause, wo er mit seinen Eltern lebte, aber die Einzelheiten stimmten und waren stichhaltig. Seine Geschichte war überzeugend. Und er hatte ein felsenfestes Alibi für den ersten Mord. Da hatte er im Krankenhaus gelegen, bewegungsunfähig mit einem gebrochenen Bein. West war es gelungen, das Datum einiger der Abende herauszufinden, an denen Mandy solche Anrufe erhalten hatte. Vielleicht könnten sie versuchen, das Alibi ihres Verlobten für diese Abende zu überprüfen, aber Lynnes persönliche Meinung war, dass er diese Anrufe nicht getätigt hatte.

»Du glaubst, es war unser Mann?«, fragte West. Lynne nickte.

Als Lynne später die Einzelheiten der vorhergegangenen Morde in den Akten nachlas, kam McCarthy ins Büro. Er sah deprimiert aus, und sie sah ihn mit fragend emporgezogenen Augenbrauen an. »Die gerichtliche Feststellung der Todesursache: *Mord durch Unbekannt.* Ich habe mit den Angehörigen gesprochen«, sagte er zur Erklärung. Lynne nickte.

»Und?« Sie hörte auf zu lesen.

»Nichts. Sie wussten nicht viel über ihr Leben. Sie hat nicht zu Hause gewohnt. *Sie war ein anständiges Mädchen,* hat ihre Mutter gesagt.« McCarthy sah auf die Unterlagen auf Lynnes Schreibtisch. »Was machen Sie denn da?«

Lynne zögerte. Sie wusste, dass McCarthy etwas gegen ihre Anwesenheit im Team hatte, aber ob es nun daran lag, dass er generell nicht mit Frauen zusammenarbeiten mochte, oder ob er speziell Lynne als Bedrohung sah, konnte sie nicht ausmachen. Doch seine Haltung war ansteckend und sie ertappte sich dabei, dass sie ihn übertrumpfen und Ideen für sich behalten wollte, bis sie Resultate zeitigten. Das war genau die Haltung, die Lücken in einer Fahndung hinterließ, Lücken, durch die der Killer schlüpfen konnte. Und genau die Haltung, die einem den Aufstieg vermasseln konnte. Sie hatte bemerkt, wie Berryman sie beide während der Besprechungen angesehen hatte. Sie hatte es nicht nötig, Spielchen zu spielen. Sie konnte auch anders Karriere machen. »Ich sehe mir noch einmal die Morde an. Ich suche nach Mustern, die wir übersehen haben könnten. Im Grunde nach irgendetwas.«

»Wohl bei der letzten Untersuchung des Tatorts eine Niete gezogen?« Sein Tonfall war ausdruckslos, aber er sah erfreut drein.

»Daran arbeite ich noch«, erklärte sie in neutralem Ton. »Hier geht es um etwas anderes.«

Sie sah das ärgerliche Glitzern in seinen Augen, doch er setzte sich an den Nebentisch. »Schauen wir's uns mal an. Wenn irgendetwas da ist, sehen vier Augen auf jeden Fall mehr als zwei.«

»Okay.« Er hatte Recht. Lynne kippte ihren Stuhl nach hinten. »Ich gehe mal durch, was wir haben, und Sie können die Einzelheiten ergänzen und mir sagen, ob Sie irgendetwas sehen, was ich nicht bemerkt habe.« Sie hielt einen Moment inne, um sich zu konzentrieren. »Gut. Lisa Griffin.« Sie zählte die Fakten des Falls auf. Lisa, das erste Opfer, verschwand auf dem Nachhauseweg von einem Besuch bei ihren Eltern in Mexborough. Sie hatte das Haus ihrer Eltern um halb neun verlassen und zu Fuß zum Bahnhof gehen wollen. Etwa hundert Meter vom Haus entfernt wurde sie von einem Nachbarn gesehen, mit dem sie einen Gruß austauschte. Dann folgte eine weitere unverbürgte Begegnung auf der Brücke über den Fluss, kurz vor dem Bahnhof, und eine Frau, auf die ihre Beschreibung passte, war gesehen worden, wie sie zur fraglichen Zeit den Bahnhof betreten hatte. Am nächsten Morgen hatte man sie kurz hinter dem Bahnhof am Bahndamm gefunden, an der Strecke nach Denaby. Es war ihnen nicht gelungen, jemanden ausfindig zu machen, der zur betreffenden Zeit im Bahnhof gewesen war. Sonntagabends war nicht viel los.

Berrymans Team hatte das Personal des Zuges befragt, mit dem Lisa hatte fahren wollen, aber die Antworten waren sehr unklar gewesen. Der Schaffner behauptete, dass in Mexborough niemand eingestiegen sei, aber die Abrechnung der Fahrkartenverkäufe und anderer Belege ergab, dass er nicht besonders sorgfältig darauf geachtet hatte, nach jedem Bahnhof zu kontrollieren.

Lisas Mann hatte sie etwa zwei Stunden, nachdem sie nach Hause hätte kommen sollen, als vermisst gemeldet. Ein Arbeiter fand sie früh am nächsten Morgen, gegen sechs Uhr. Sie war gegen Mitternacht gestorben.

Kate, das zweite Opfer, war verschwunden, als sie aus ihrer Heimatstadt Hull zurück nach Sheffield gefahren war. Sie war in Hull in den Zug gestiegen – ihre Freunde hatten sie hingebracht –, aber sie war nicht im Zug gewesen, als er in Sheffield eintraf. Ein Freund, der sie abholen wollte, hatte auf sie gewartet. Sie hatten einen gemeinsamen Kneipenabend geplant gehabt. Ihre Leiche wurde neben den Gleisen gefunden, die durch das Naturschutzgebiet bei Balby Carr verliefen, südwestlich von Doncaster. Der Zug war ziemlich voll gewesen, und einige Leute erinnerten sich daran, Kate gesehen zu haben. Lynne legte die Aussagen der Passagiere beiseite, um sie genauer zu studieren.

Mandy pendelte von Moreham nach Conisbrough zur Arbeit. »Das ist schon von vornherein schräg«, sagte Steve. »Kein Mensch arbeitet in Conisbrough.« Das war eine Übertreibung, aber Lynne wusste, was er meinte. Wie viele andere Städte hatte auch Conisbrough mit den Folgen der Rezession zu kämpfen, die die hier ansässigen Industriezweige ruiniert hatte. Sie dachte an den Ausflug, den sie einmal im Sommer mit dem Wasserbus gemacht hatte, den Fluss entlang nach Conisbrough, um das mittelalterliche Schloss zu besichtigen, das am östlichen Stadtrand stand. Ihr hatten sich vor allem Bäume und Felder eingeprägt, aber sie wusste, dass es noch eine andere Seite gab, ein sterbendes Stadtzentrum, mit Brettern vernagelte Läden, Vandalismus und zunehmende Drogenprobleme. Mandy hatte dort in der Verwaltung einer Schule gearbeitet. Eines Abends war sie nicht nach Hause gekommen. Am nächsten Tag hatte man sie kurz hinter Doncaster in der Bahnunterführung gefunden, wo die Gleise unter der M1 verliefen.

Lynne überlegte. Die Fundorte waren allesamt isoliert, von der Straße schwer zugänglich, es war mühsam, eine Person dorthin zu tragen, ob bewusstlos oder tot. Es sei denn … Sie sah zu Steve hinüber. »Fällt Ihnen das Gleiche auf wie mir?«, sagte sie. »Dass der erste Fundort anders ist?«

Er nickte. »Darüber haben wir schon gesprochen. Warum hat er sie so nahe am Bahnhof abgelegt? Wir müssen annehmen, dass er sich die anderen ein gutes Stück von ihrem Fundort entfernt geschnappt hat. Berryman hält es für denkbar, dass ihm vorher nicht klar war, wie viel Beweismaterial er am Tatort selbst hinterlässt. Dann merkt er es und sorgt dafür, dass wir den Ort nicht finden. Und was ist mit der zweiten, dieser Kate?«

»Sie muss den Zug verlassen haben.«

»Ja. Wir haben mit ihren Freunden gesprochen. Vermutlich ist sie in Doncaster ausgestiegen. Der Zug hält etwa fünf Minuten in Doncaster, also ist sie auf einen Sprung hinausgegangen, hat sich einen Kaffee gekauft, den sie im Zug trinken wollte, und ist wieder eingestiegen.«

Lynne sah auf den Stapel mit Aussagen. »Sie haben ja wohl kaum mit allen Fahrgästen aus dem Zug gesprochen.«

Steve bedeutete ihr mit einer Geste, dass man das nicht wissen könne. »Wir haben viele von ihnen ausfindig gemacht, aber ich würde jede Summe darauf wetten, dass wir nicht alle erwischt haben. Diese Züge sind wie Busse. Es ist unmöglich, die Passagiere zu registrieren. Nicht im Einzelnen.«

Lynne reckte sich. »Okay, was wissen wir? Drei seiner Opfer hat er sich nachts auf reichlich einsamen Bahnhöfen geschnappt und sie dann in einiger Entfernung davon irgendwo an der Strecke abgelegt.«

»Bei Julie sind das nur Vermutungen«, erinnerte sie Steve. »Wir haben keinen Zeugen, der mit Sicherheit sagen kann, dass sie am Bahnhof war und Moreham ist nicht wie Conisbrough oder Mexborough. Hier ist wesentlich mehr Betrieb.«

»Stimmt«, gab Lynne zu. »Aber solange es keinen triftigen Grund gibt, etwas anderes anzunehmen, können wir doch einfach davon ausgehen, dass sie den Bahnhof betreten hat, oder? Und der Bahnhof von Moreham ist abends manchmal genauso ausgestorben wie die anderen. Ich bin in letzter Zeit oft mit dem Zug gefahren.«

Steve warf ihr einen scharfen Blick zu, nickte aber nur mit widerwilliger Zustimmung. »Möglich. Aber wir haben immer noch das Problem mit Kate. Doncaster ist kein ruhiger Bahnhof. Nie. Aber kein Mensch hat etwas gesehen. Wir haben keine einzige Person aufgetrieben, die sie dort bemerkt hätte.«

Das wusste Lynne im Grunde auch. »Hat ihr Freund Alarm geschlagen? Der, der sie in Sheffield abholen wollte?«

McCarthy schüttelte den Kopf. »Sie ist die Strecke jeden Sonntag gefahren. Sie hat den gleichen Zug genommen und ist *immer* in Doncaster ausgestiegen, um sich einen Kaffee zu besorgen. Sie hat oft erzählt, dass sie es auf die letzte Sekunde ankommen ließ. Sie hatten ausgemacht, sich im Club zu treffen, falls der Zug mal ohne sie ankäme.«

»Gewohnheiten«, sagte Lynne. »Berryman meint, er belauert sie.«

»Bei Kate lief es immer gleich ab.« McCarthy fuhr sich mit der Hand übers Kinn. Er hätte eine Rasur vertragen können. »Ihren Freunden zufolge ist sie in Hull in den Zug gestiegen und hat sich den Platz gleich bei der Tür gesichert. Sie saß gern allein, also hat sie sich auf den Gangplatz gesetzt und ihre Taschen auf den Fensterplatz gestellt. Dann hat sie geschlafen, bis der Zug Doncaster erreichte. Ein Becher Kaffee zum Aufwachen, zwanzig Minuten bis Sheffield, und schon war sie bereit für den Kneipenabend.«

»Also, was ist passiert?«, sagte Lynne.

Am Freitagabend um halb zehn kam sich Debbie vor wie eine Süchtige, die soeben festgestellt hat, dass sie es ohne ihren Schuss nicht mehr aushält. Sie hatte Rob Neave vom ersten Moment an attraktiv gefunden, und das musste er bemerkt haben. Sie hatte vermutet, dass auch er sie mochte. Manchmal hatte sie sich ausgemalt, wie es wäre, mit ihm zu schlafen, eine Phantasie, die nicht in ihr Leben passte. Tja, nun hatte sie ihre Phantasie ausgelebt, doch es war ihr fast wie ein Traum vorgekommen – ein unbekannter, abgeschiedener

Ort, ein Fremder, den sie zu kennen glaubte, ein Hauch von drohender Gefahr, während die Zeit stillgestanden hatte. Doch es war real gewesen, und sie wollte, dass es wieder geschah, weiterging und sich entwickelte. Doch das würde es nicht. Noch schlimmer war aber dieses Verlustgefühl. Zuvor war er ein Freund gewesen. Jetzt war sie sich nicht mehr sicher, in diesem Sinne auf ihn zählen zu können. *Lass uns Freunde bleiben* war ihr seit jeher wie ein sinnloses Unterfangen erschienen. Sex ruinierte Freundschaften. Das wusste sie.

Er hatte sie gegen Mittag angerufen und vorgeschlagen, sich zu treffen. »Wir müssen miteinander reden«, hatte er gesagt. Gefahr erkannt, Gefahr gebannt. Sie hatten sich in einem Pub getroffen, das zehn Minuten zu Fuß vom College entfernt lag. Er fragte sie, ob sie etwas essen wolle, doch sie hatte keinen Hunger. Stattdessen tranken sie jeder ein Glas Bier. Sie wusste mehr oder weniger, was er sagen würde, daher ergriff sie die Initiative. »Das mit gestern Nacht war ein Fehler, oder?« Er nickte und fuhr sich mit der Hand übers Gesicht. Er sah krank aus. Die Maske war kurzzeitig wieder abgefallen, und der Blick müder Verzweiflung auf seinem Gesicht löste in ihr den Wunsch aus, die Hand nach ihm auszustrecken, doch sie konnte nicht.

Dann fing er an zu reden. »Es gibt ein paar Dinge, die du wissen solltest, Deborah«, sagte er. »Weißt du, dass ich verheiratet bin … verheiratet war?«

Debbie nickte. »Ja, ich … jemand hat es mir erzählt.«

»Scheiß-Gerüchteküche«, sagte er. Sie hatte ihn noch nie fluchen hören. Er wirkte wütend, nicht auf sie, sondern ganz allgemein, gegen nichts Konkretes gerichtet. Er sah sie erneut an und blickte dann auf den Tisch hinab. »Ich bin kein guter Redner, jedenfalls nicht so. Sie hat mich immer zum Reden gebracht, aber ich habe es mir wieder abgewöhnt, seit …« Er fuhr sich mit der Hand übers Gesicht und sah verblüfft drein.

»Was ist denn passiert?« Debbie fragte sich, wie viel Bitterkeit und Schmerz hinter seinem Unglück lagen. Auf seine Antwort war sie nicht vorbereitet.

»Das weiß niemand so genau. Es war einer dieser unerklärlichen Unfälle, hieß es. Niemand war schuld. Niemand hätte umkommen dürfen.«

Debbie schwieg einen Augenblick. Sie hätte es erraten müssen. »Deine Frau kam ums Leben«, sagte er.

»Angie.« Offenbar fiel es ihm schwer, ihren Namen auszusprechen. Er nahm einen Bierdeckel, drehte ihn in den Händen und musterte ihn. Seine Stimme war tonlos. »Und unsere Tochter Flora. Sie war sechs Monate alt.«

Debbie wurde ganz kalt. Das hatte sie nicht gewusst. Sie hätte es wissen müssen. Er fuhr fort: »Es hätte ihnen nichts passieren dürfen. Sie waren angeschnallt. Aber der Wagen hat eine Mauer durchbrochen und ist einen Abhang runtergestürzt. Sogar das hätten sie überleben müssen.« Er sprach ganz emotionslos, den Blick immer noch auf den Tisch gerichtet, während seine Hände sich damit beschäftigten, den Bierdeckel in zwei Hälften zu zerteilen. »Das macht es noch schlimmer.« Er hielt inne und zog die Illustration vorsichtig in einem Stück vom Bierdeckel ab. Er betrachtete sie einen Moment, rollte sie dann zusammen und warf sie in den Aschenbecher. Debbie wartete. Nach einem Moment sah er sie an, und der Ausdruck in seinen Augen weckte in ihr den Wunsch, seine Hände zu nehmen und ihn zum Verstummen zu bringen. »Der Wagen ging in Flammen auf, weißt du. Sie saßen in der Falle. Die Leute, die damit zu tun hatten, sagen, dass sie sofort beim Aufprall gestorben sind oder jedenfalls fast sofort und nichts mitbekommen hätten, aber niemand konnte es mir sicher sagen, und die Berichte sind nicht… Flora war noch auf ihrem Kindersitz angeschnallt. Angie lag zwischen den Sitzen. Der Aufprall, haben sie mir erklärt.« Debbie spürte, wie sich ihre Augen mit Tränen des Entsetzens füllten. »Nicht, Deborah«, sagte er barsch. »Lass das… bitte.«

»Es tut mir…« Deborah schluckte ihr *Es tut mir Leid* hinunter. Es war unangemessen, banal. »Das wusste ich nicht.« Es schien nichts zu sagen zu geben. Sie wollte ihn berühren, ihm dadurch zeigen, was sie fühlte, aber alles an ihm riet ihr davon ab.

»Ich kann es nicht, Deborah, ich kann nichts Neues anfangen. Gestern Nacht – eigentlich sollte es weiterführen. Aber es geht nicht. Das ist kein blödes Gerede. Du bist mehr wert als eine Nacht und dann Adieu, aber ich habe nicht mehr zu geben.«

Debbie holte tief Atem. Sie wollte etwas einwenden, wollte *Bitte* sagen und *Lass es uns versuchen.* Sie wollte dieses Treffen in die Länge ziehen, weil es das letzte war. Sicher, sie würde ihn ziemlich oft im College sehen, aber die Gespräche im Dozentenzimmer, das Bier nach der Arbeit und all die Dinge, die geschahen, wenn etwas möglich war – diese Begegnungen würden nicht stattfinden. Dafür würde er sorgen. Sie spürte, dass sie den Tränen sehr nahe war, und trat ihre Gefühle brutal nieder. Jetzt war nicht der richtige Zeitpunkt. »Es tut mir nicht Leid, dass es passiert ist«, erklärte sie. »Mir tut nur Leid…« Sie zuckte die Achseln. Ihre Stimme klang fast normal, fast kontrolliert. »Hör mal, ich gehe jetzt lieber. Geh nicht auf Distanz. Schau öfter mal rein.« Sie griff über den Tisch und berührte seine Hand. Er drückte kurz die ihre und fuhr mit dem Daumen über ihre Finger. Sie rang sich ein einigermaßen überzeugendes Lächeln ab, bevor sie ging.

Jetzt sah Debbie auf die Uhr. Viertel vor zehn. Die Zeit schleppte sich dahin. Eigentlich müsste sie übermüdet sein, eigentlich müsste sie ins Bett fallen und bis morgen früh durchschlafen, aber sie wusste, dass das nicht geschehen würde. Irgendwie musste sie ihre Gedanken abstellen. Sie streichelte Buttercup, die quer auf ihren Knien lag und die Vorderbeine in die eine und die Hinterbeine in die andere Richtung reckte. *Hoffentlich muss sie nicht überstürzt aufste-*

hen. Die kleine Katze streckte sich und krallte sich an Debbies Handgelenk fest.

Ihr fiel wieder ein, dass sie am nächsten Tag nach Goldthorpe fahren würde, nach Hause. Nach Hause, um Blumen auf das Grab ihres Vaters zu legen. Tränen begannen in ihren Augen zu brennen. *Werd bloß nicht sentimental.* Sie ging nach oben in ihr Schlafzimmer und zog ihre Aktentasche unter dem kleinen Tisch hervor, der ihr als Schreibtisch diente. Sie konnte ja ein bisschen korrigieren. Das würde sie bald in die richtige Stimmung versetzen, um schlafen zu gehen. Ihre Schlüssel klirrten gegen die Messsingschließe der Tasche. Sie hängte sie immer an den kleinen Ring, der die Schließe an Ort und Stelle hielt. Das war seltsam. Sie machte die Schlüssel *nie* los. Sie hätte schwören können, dass sie das Dozentenzimmer hinter sich abgeschlossen hatte, als sie in den Unterrichtsraum gegangen war, und doch hatten die Schlüssel auf ihrem Tisch gelegen. Vielleicht könnte sie Rob fragen... *Nein*... Sie fegte den Gedanken energisch beiseite und zog den Stapel Essays zu sich her.

Die Fotos sind verschwommen, unscharf. Manchmal lösen sich die Bilder in Schattenmuster auf, als entkäme ihm seine Beute erneut, entwischte ihm, während er sie durch seine Landschaft jagt. Seine eigenen Bilder sind wesentlich befriedigender. Am besten macht man doch alles selbst... Schwarzweiß, sie passen zu den anderen, aber sie erzählen eine Wahrheit, die den anderen fehlt. Schwarzweiß ist ideal. Schwarzweiß bringt die Schatten der dunklen Stellen heraus, das Glänzen von Zeug, das herausquillt und fließt, die Wirklichkeit hinter den kontrastarmen Bildern, die vorher das Einzige waren, was er besaß.

Man kann sich nicht darauf verlassen, dass Fotos die Wahrheit zeigen. Er hat noch eines, ein kontrastarmes, grobkörniges Bild, zerknittert und verblichen. Darauf sind eine Mutter, ein

Stiefvater und ein Kind. Die Gesichter sind schattenhaft und verschwommen. Nicht das Gesicht der Mutter, das ist abgewandt. Er kennt dieses Gesicht. Das ist echt. Sie hält einen Blumenstrauß in der Hand, sieht zum Stiefvater hinüber und lächelt, aber er weiß, dass das Lächeln der Mutter dem Kind gilt. Das Kind ist nur ein Muster in verschiedenen Grautönen, ein Muster, das ein befremdetes, großäugiges Gesicht sein könnte, verwirrt und verängstigt hinter einer Nickelbrille.

Aber jetzt beobachtet das Kind, es sieht nicht. Jetzt laufen dem Kind glänzende Spuren übers Gesicht. »Mama …?« Das Flüstern kommt von nirgendwoher und verklingt in den dunklen Winkeln des Dachs.

Es gibt noch eine andere Wahrheit, die Fotos nicht erzählen können.

Freitagabend, zehn Uhr. Rob Neave saß allein in seiner Wohnung und überlegte, ob er sich zum ersten Mal seit anderthalb Jahren ernsthaft betrinken sollte. Er hatte die Whiskyflasche geöffnet, sobald er heimgekommen war, aber nach einem Glas aufgehört zu trinken, und jetzt konnte er sich nicht entscheiden. Er nahm aufs Geratewohl ein Buch vom Tisch. Es war Debbies Lyrikband. Er verspürte einen müden Zorn. Er konnte nicht hier bleiben. Er könnte ins Pub auf der anderen Straßenseite gehen und sich stillschweigend volllaufen lassen. In dem Pub, wo er am Abend zuvor mit Debbie gewesen war … Er sah ihr Gesicht vor sich, als sie sich am Mittag unterhalten hatten. Er hatte ihr das nicht antun wollen. Auf der Suche nach Ablenkung schaltete er das Radio ein. Klaviermusik, ein Nocturne von Chopin. *Angie …*

Ein kalter Winternachmittag, ein Sonntag. Draußen war es eisig und still. Die Klaviermusik drang aus dem anderen Zimmer herüber. Er saß vor dem Kamin, ein paar Bierdosen neben sich, den Blick halb auf der Uhr. Flora saß auf seinem Knie, stieß kleine Klagelaute aus und strampelte. Er hatte mit ihr gespielt, sie zum Quieken und Lachen gebracht, aber jetzt war sie müde. Er hob sie sich auf die Schulter und wiegte sie sanft, und langsam sackte sie zusammen und lehnte sich schwer gegen ihn. Er war fasziniert von ihr, ihrer Gefügigkeit, ihrer Abhängigkeit. Er ließ sie auf seinen Schoß herabgleiten und nahm sie in die Armbeuge. Gut – eine Hand frei, um eine Bierdose aufzumachen und die Fernbedienung zu drücken.

Er hörte, wie das Klavier im Nebenzimmer verstummte, und kurz darauf kam Angie herein. »Was machst du?«, fragte sie.

»Bier trinken und« – er sah auf die Uhr – »in zehn Minuten das Spiel anschauen.« Er hörte ihr genervtes »Tss!«

Sie beugte sich über seine Schulter und streichelte das feine Haar auf dem Kopf ihrer Tochter. Er griff nach hinten und zog sie herab, wobei er sie so aus dem Gleichgewicht brachte, dass sie schließlich auf seinen Knien landete. Sie lachte, und er küsste sie und genoss das Gefühl, seine Frau und sein Kind in den Armen zu halten. So war es gewesen, als Angie schwanger war. Es war keine besonders leichte Schwangerschaft gewesen. Gegen Ende musste sie ruhen, also gingen sie nicht aus, sondern verbrachten viele Abende damit, gemeinsam auf dem Bett zu liegen, zu reden und Pläne zu schmieden, die ihnen damals als gute Pläne erschienen waren. Er empfand Flora nach wie vor als einen Teil von Angie, noch nicht ganz von ihrer Mutter getrennt, aber sich nach und nach lösend.

Angie trug ein tiefblaues, tailliertes Kleid mit einem weiten Rock, der bei ihrem Sturz hochgerutscht war. Er strich über die weiche Haut an ihren Oberschenkeln. Vielleicht konnte er das Spiel sausen lassen? Doch sie seufzte und setzte sich auf. »Ich gehe weg, weißt du noch? Jean hat mich gebeten, zu ihr zu kommen, damit ich mir das Stück ansehe, das sie spielen will. Daniel ist auch da, also nehme ich Flora mit.«

Sie stand auf und beugte sich hinab, um ihn zu küssen. »Du kannst ja den Nachmittag mit deinen primitiven Vergnügungen verbringen. Dir das Spiel anschauen, Bier trinken und dich kratzen. Bis später dann.« Sie nahm Flora auf den Arm, ignorierte deren beleidigtes Heulen und sagte: »Na, komm, Süße, jetzt wickeln wir dich und packen dich in deinen warmen Anzug.«

Zehn Minuten später waren sie weg. Er sah sie nie wieder.

Berryman erzählte ihm hinterher, dass er durchgedreht hatte, als sie ihn die Leichen nicht sehen lassen wollten. Er erinnnerte sich nicht daran. Das Auto war anscheinend auf Glatteis ins Schleudern geraten, und zwar an der schlimmsten Stelle, einer scharfen Kurve, wo das Gelände zum Wald hin steil abfiel. Sie hatten zahnärztliche Unterlagen gebraucht, um Angie zu identifizieren. Er konnte sich nicht daran erinnern, dass er durchgedreht hatte. Er konnte sich an kaum etwas aus den Tagen direkt nach dem Unfall erinnern. Für ihn gab es hohle Stille und die Stumpfheit eines Lichts, das verlischt. Es ließ ihn nicht im Finstern zurück – gegen Finsternis hätte er nichts einzuwenden gehabt –, aber sämtliche Farben waren verblichen, ihm blieben nur die Schatten. Es erinnerte ihn an damals, als er noch ein Junge war, mit zwölf oder dreizehn, und ihn jemand mit in eine Kathedrale genommen hatte. Ein riesiges Rosettenfenster hatte über ihm geleuchtet und dann war die Sonne untergegangen. Er konnte sich noch an das Gefühl erwartungsvollen Schweigens erinnern, an dunkle Flächen und Grauschattierungen, so als wäre etwas Wichtiges verschwunden, das nie zurückkehren würde.

Julie Fyfes Beerdigung fand am Samstagmorgen statt. Das Wetter, das in der Nacht, als sie starb, gewütet und gestürmt hatte, begleitete sie still zur letzten Ruhe. Sie wurde in Sheffield beigesetzt, wo sie geboren war und ihre Eltern noch lebten. Der Friedhof lag an einer der höchsten Stellen der Stadt; von dort sah man in östlicher Richtung auf die Innenstadt und in westlicher über die kahlen Bäume des Rivelin Valley. Der Himmel war bleiern, ein einförmiges Grau bis zum Horizont und die Luft war eisig. Mick Berryman stand am Friedhofstor, verfolgte den Trauerzug und dachte bei sich, dass dieser schmucklose Friedhof ganz passend war für ein Leben, das geendet hatte, bevor es richtig begonnen hatte. Was hatte Julie Fyfe getan, dass ihr ihre Zukunft genommen wurde – ihre Liebhaber, ihre Kinder, ihr Glück, ihr Schmerz – es gab keine Julie mehr, und es würde nie mehr eine geben.

Er musterte die Trauernden am offenen Grab. Ihre Eltern standen jeder für sich, die Mutter mit der Ruhe jenes Schmerzes, der Tränen weit hinter sich gelassen hat; ihr Vater mit einem Blick hilfloser Verwirrung, den Berryman schon auf anderen Gesichtern gesehen hatte. Sie konnten einander nicht helfen. Der Mensch, an den sie sich bei Kummer am häufigsten wandten, war tief in etwas verfangen, das nie – ganz – vergehen würde. Andere Angehörige von Verbrechensopfern hatten ihn bestürmt: *Haben Sie ihn?, Kriegen Sie ihn?,* als könnten Fassen, Verurteilen und Bestrafen irgendeinen Trost liefern. Berryman fragte sich, ob überhaupt etwas diese Art von Schmerz lindern konnte. Vielleicht spielte es ja doch eine Rolle. Etwas anderes hatte er ihnen ohnehin nicht zu bieten.

Nach der Beerdigung ging er auf die Eltern zu, sagte das, was er in solchen Situationen immer sagte, beteuerte, dass alles, was getan werden konnte, auch getan wurde, und man sie über die Fortschritte der Untersuchung auf dem Laufenden halten würde. Sich selbst nahm Berryman vor, dass er sich wenigstens bemühen würde, sie über eine eventuelle Verhaftung zu informieren, bevor die Presse Wind davon bekam – oder zumindest zur selben Zeit.

Er wich den Fragen aus, die ihm Journalisten stellten, die über die Beerdigung berichteten – *keine neuen Entwicklun-*

gen, wir verfolgen immer noch Spuren – und ging an den Grabsteinen vorbei ans andere Ende des Friedhofs. Er hatte eine Blume mitgebracht, eine Rose. Das Grab wucherte langsam zu. Es sah nicht danach aus, als würde sich jemand darum kümmern. Er sah auf den Grabstein. *Angela Kerridge Neave, 1968–1996. Flora Neave, 12. August 1995 – 23. Februar 1996. Die Sonne gehet auf und gehet unter.* Das war alles. Er legte die Rose auf das Grab und verließ den Friedhof.

8

Lynne Jordan nippte an einer Tasse Tee und sah den jungen Mann an, der ihr gegenüber saß. Stuart Griffin, 28, Ehemann des ersten Opfers Lisa und gesetzestreuer Bürger mit tief sitzender Abneigung gegen die Polizei. Oder zumindest gegen Mick Berryman. »Es tut mir Leid, dass ich Sie belästigen muss, Mr. Griffin«, sagte Lynne, »aber wir wüssten gern Genaueres über die Tage, bevor Ihre Frau –«

Er unterbrach sie, bevor sie den Satz beenden konnte. »Okay, einverstanden, ich habe mich ja bereit erklärt, mit Ihnen zu reden. Was wollen Sie wissen?«

»Ihrer ersten Aussage zufolge –«, begann Lynne, doch er unterbrach sie erneut.

»Meiner ersten Aussage zufolge habe ich meine Frau nicht umgebracht, ich habe Lisa nicht ermordet. Sie haben wohl meine erste Aussage komplett ignoriert.«

»Es tut mir Leid, Mr. Griffin.« Lynne würde sich nicht dafür entschuldigen, dass Berryman seine Arbeit machte. »Ich weiß, dass das alles sehr belastend für Sie ist, aber wenn Sie vielleicht ein paar Dinge noch einmal mit mir durchsprechen könnten, lasse ich Sie in Ruhe.« Sie blätterte die Seiten mit seiner Aussage durch, bis sie an die markierte Stelle kam. »Sie haben gesagt, Ihre Tochter Karen hätte von einem ›hässlichen Mann‹ gesprochen, kurz bevor …«

Bei der Erwähnung seiner Tochter runzelte er die Stirn, aber er sagte recht ruhig: »Sie hatte ein paar Albträume. Lisa wusste nicht, worum es ging, aber sie meinte, Karen glaubte, er sei in ihrem Zimmer und hatte Albträume.«

Lynne überlegte. »Hatten Lisa oder Sie irgendeine Veranlassung zu glauben, dass Karen tatsächlich jemanden gesehen hatte? Hat Lisa jemanden gesehen, der sie beunruhigte, oder jemanden, den sie nicht kannte und der ihr gefolgt ist oder um sie herumstrich?«

Er seufzte. »Das haben Sie mich alles damals schon gefragt. *Nein.* Ich weiß es nicht mehr. Was ich damals gesagt habe, wird schon richtig sein. Jetzt erinnere ich mich nicht mehr.« Er geriet ein bisschen in Aufregung, aber was er sagte, stimmte mit seiner Aussage überein. Damals hatte er rein gar nichts gewusst.

»Fällt Ihnen sonst noch etwas über diesen hässlichen Mann ein, von dem Karen erzählt hat? Hatte sie noch mehr Träume, nachdem ihre Mutter...« Nachdem er ihr anfangs ins Wort gefallen war, fiel es Lynne nun schwer, ihre Sätze zu beenden, wenn sie sich auf den Mord an Lisa bezogen.

»Natürlich hatte sie die«, erwiderte er. »Ihre Mutter war tot. Natürlich hatte sie schlimme Träume, was glauben Sie denn?«

Lynne verwünschte sich. »Es tut mir Leid, Mr. Griffin. So habe ich es nicht gemeint, ich meinte speziell über den hässlichen Mann.«

»Nein, eigentlich nicht. An weitere Träume dieser Art kann ich mich nicht erinnern.« Er sah zu Boden, scharrte mit dem Schuh über das Teppichmuster und dachte nach. Lynne unterbrach ihn nicht. Sie sah sich um und wartete. Sie konnte sich erinnern, wie dieses Zimmer vor fast zwei Jahren ausgesehen hatte, als sie zum ersten Mal dort vorbeigekommen waren, nachdem er seine Frau als vermisst gemeldet hatte. Es war – nicht makellos, aber strahlend vor Fürsorge gewesen; Tapete, Kissen und Vorhänge sorgfältig aufeinander abgestimmt, kleine Tischchen mit gerüschten Decken und Spitzendeckchen, mit Bedacht aufgestellte Figürchen. Steh- und

Tischlampen waren so angeordnet, dass sie einzelne Sessel oder Bilder beleuchteten. Es war ein Raum gewesen, den jemand mit echter Liebe und viel Stolz eingerichtet hatte. Sie hatte Griffin seinerzeit danach gefragt und versucht, ihn so ein wenig von seiner Besorgnis abzulenken. *Sie kommt bestimmt wieder, Mr. Griffin, wir bekommen oft solche Meldungen, und meistens handelt es sich um ein Missverständnis. Das ist aber ein hübsches Zimmer.* Er hatte ihr erzählt, dass Lisa nähte. *Sie hat das alles selbst gemacht* – erneuter Stolz auf seine Frau, die all das für ihn angefertigt hatte. Nun war der Glanz verschwunden. Einige der Decken lagen noch auf den Tischen, doch sie waren fleckig und verrutscht. Auf anderen Tischen sah man Ringe von abgestellten Tassen und klebrige Stellen, wo Kinderfinger hingefasst hatten. Das Sofa wies dunkle Flecken auf, und der Teppich war nicht gesaugt. Über allem lag eine Staubschicht.

Stuart Griffin stand abrupt auf. Er ging an einen Schreibtisch hinüber, der am Fenster stand, zog die oberste Schublade auf, wühlte ein paar Papiere durch und schob die Schublade wieder halb zu. »Als Karen anfing, diese Träume zu haben, hat Lisa sie dazu angehalten, Bilder zu malen, damit sie die Geschichten los wird.« Er kam mit einem großen, braunen Umschlag an seinen Platz zurück und begann den Inhalt auf dem Fußboden auszubreiten. »Die habe ich mir schon eine ganze Weile nicht mehr angeschaut«, sagte er.

Lynne sah eine Sammlung von Kinderzeichnungen, ein paar Fotos und einen verblichenen Zeitungsausschnitt. Sie nahm ihn zur Hand. »Darf ich?«, fragte sie. Er nickte und blätterte weiter durch die Zeichnungen. Es war ein Foto von Stuart, Lisa, stolz und hübsch –, Lynne erkannte sie, da sie ihr Bild jeden Tag sah –, und Karen, die vor den beiden stand, mit einem gerüschten Rock und Schleifen im Haar. Die Bildunterschrift lautete *Karen-Can,* und der kurze Artikel darunter beschrieb, wie Karen als Cancan-Tänzerin verkleidet einen Kostümwettbewerb im Kindergarten gewonnen hatte. Lynne sah auf das junge Gesicht des kleinen Mädchens und empfand Wut und ein Gefühl erschöpfter Frustration.

Stuart zog eine Zeichnung aus dem Stapel heraus, den er gerade durchsah, und zeigte sie Lynne. »Da«, sagte er. Er hielt eine Kinderzeichnung von einem Menschen empor: ein runder Kopf, an dessen Seiten die Arme herauswuchsen. Es waren noch Kreise auf dem Kopf, die eine Brille hätten darstellen können. Trotz der Kindlichkeit der Zeichnung fand Lynne, dass sie etwas Bedrohliches ausstrahlte, vor allem durch die Art, wie die eine Gestalt die andere Person auf dem Bild überragte, die wesentlich kleiner war.

»Soll das sie selbst sein?«, wollte Lynne wissen. »Karen?«

»Nein«, antwortete Stuart, »das ist Lisa, das ist Mami.«

Nach einem Augenblick fragte Lynne: »Darf ich das mitnehmen, Mr. Griffin?« Er nickte. Er sagte nichts mehr, sondern sammelte nur die Blätter vom Boden zu einem unordentlichen Bündel zusammen und brachte Lynne zur Tür. »Vielen Dank«, sagte sie und ging.

Berryman wollte, dass Julie Fyfes Chef zum Verhör aufs Revier kam. »Überreden Sie ihn dazu, Lynne. Ich will ihn außerhalb seines Territoriums befragen.« Lynne hatte Dave West mitgenommen, und indem sie bei Andrew Thomas vorbeifuhren, als seine Frau zu Hause war, konnten sie ihn dazu bringen, mitzukommen und auf dem Revier in Moreham mit Detective Chief Inspector Berryman zu sprechen.

»Er konnte uns gar nicht schnell genug aus dem Haus komplimentieren«, berichtete West Berryman fröhlich. Jetzt lehnte sich Berryman auf seinem Stuhl zurück und lauschte, während Lynne den Mann sanft nach den Informationen bedrängte, die sie von ihm haben wollten.

»Schildern Sie mir bitte noch einmal genau«, sagte sie, »was geschah, nachdem Sie Julie befördert hatten.«

Andrew Thomas sah inzwischen etwas beklommen drein, da ihm klar wurde, dass die attraktive Frau auf der anderen Seite des Tischs wesentlich weiter ausholte, als er zuerst angenommen hatte. »Ich verstehe nicht, was das mit ihrem Tod zu tun haben soll, Officer. Ich muss schon sagen …«

Hoch erfreut, dass er sich aufzuregen begann, lächelte Lynne freundlich und sagte: »Wir müssen allen Möglichkeiten nachgehen, Mr. Thomas. Das werden Sie sicher verstehen. Also, Ihren Unterlagen zufolge wurde Julie im August befördert.« Er rutschte ungeduldig auf seinem Stuhl hin und her. Sie sah ihn unverwandt an. »Es macht Ihnen doch nichts aus, diese Fragen zu beantworten, oder?«

»Nein, natürlich nicht. Es macht mir nur keinen Spaß, meine Zeit zu vergeuden.« Er musste etwa Mitte Fünfzig sein, schätzte Lynne. Ein bisschen untrainiert. Sie fragte sich, wann er ihr sagen würde, dass er mit dem Polizeichef Golf spielte. Sie lächelte weiter und ließ ihn zappeln. »Im Sommer. Ja, im August.«

»Warum gerade da?« Lynne sah auf ihre Notizen.

Er sah drein, als wollte er wieder etwas einwenden, überlegte es sich aber anders. »Sie hat gute Arbeit geleistet, sie wollte weiterkommen. Sie hat sich eine Zusatzqualifikation erworben, also fand ich – oder vielmehr fanden wir –, dass wir sie ermutigen sollten.«

»Was war das für eine Qualifikation?«

»Sie hatte sie noch nicht ganz, sondern erst damit begonnen. Eine dieser neuen Geschichten, ein Aufbaukurs in Betriebswirtschaft.« Er lockerte seinen Kragen.

Lynne zog erneut ihre Notizen zu Rate. »Aber diesen Kurs hat sie erst im November angefangen«, wandte sie ein.

Er winkte ab. »Aber sie hatte Pläne, das war die Hauptsache.«

Lynne ging weiter ihre Notizen durch. »Sie mussten sich sogar an das College wenden und sie dazu überreden, Julie als verspätete Bewerberin noch aufzunehmen, stimmt's?« Er schwieg eine Weile. »Mr. Thomas?«, hakte Lynne nach.

»Ja, schon.« Er sah jetzt leicht erhitzt aus.

Lynne wechselte das Thema. »Soweit ich weiß, fuhr Julie im Auftrag der Firma zu einer Tagung. Könnten Sie mir darüber etwas sagen?«

Er zwinkerte, verwirrt von dem Themenwechsel. »Was wollen Sie denn wissen? Das war im September, in London. Die Tagung war für Firmen gedacht, die Teilhaberschaften für ein Finanzierungsprogramm aufbauen wollten.«

»Wie lang hat die Tagung gedauert?« Lynne wusste, worauf es hinauslief, nahm aber geduldig einen Schritt nach dem anderen.

»Es waren nur zwei Tage.« Nun sah er beunruhigt drein.

»Laut dem Terminkalender Ihrer Firma, Mr. Thomas, war Julie eine Woche lang auf dieser Konferenz.« Sie ließ ihn über seine Antwort nachdenken, sagte aber, bevor er etwas erwidern konnte: »Und interessanterweise waren *Sie* zur gleichen Zeit verreist – vom dreiundzwanzigsten bis einschließlich neunundzwanzigsten.« Sie wartete. Sie hoffte, er werde es ihr jetzt einfach sagen. Sie wollte nicht den ganzen Nachmittag damit zubringen, diesem harten Brocken etwas aus der Nase zu ziehen. Sie sah ihn direkt an und wartete.

Er setzte eine verlegene Miene auf, lächelte matt und sagte: »Na ja, es hat mit alledem nichts zu tun, aber Julie und ich …« Nun kam die Geschichte heraus – hübsche, junge Angestellte, empfänglicher Chef, und dabei hatte Julie einige Vorteile für sich herausgeholt. Er konnte doch nicht so naiv sein zu glauben, sagte sich Lynne, dass sie das ignorieren und sich auf sein Wort verlassen würden, dass es nichts mit dem Mord zu tun hatte.

Sie machten eine Pause. Lynne und Berryman sprachen alles in seinem Büro durch. »Was glauben Sie, Sir? Könnte er ein Nachahmungstäter sein, der die Tat vertuschen will?«

Berryman schüttelte den Kopf. »Möglich, aber es hat sämtliche Merkmale unseres Mannes. Ich glaube zwar nicht daran, aber setzen wir diesen Knaben mal unter Druck, bis wir uns sicher sind.«

»Ob er dann noch zugänglich ist?«

Berryman lächelte grimmig. »Wenn ich den Mistkerl verhaften muss, mache ich es. Dann soll er mal versuchen, seiner Frau weiter was vorzumachen. Er ist bestimmt zugänglich.«

Am Samstagmorgen kehrten Debbie und ihre Mutter zu Fuß vom Friedhof in den Ortskern von Goldthorpe zurück. Debbie war seit dem Frühsommer nicht mehr am Grab ihres Vaters gewesen. Sie verspürte nicht oft das Bedürfnis danach – sie wusste, dass ihr Vater nicht dort war. Aber manchmal schien es ihr wichtig, einfach hinzugehen und davorzustehen, ein paar Blumen in den kleinen Metallbehälter am Grabstein zu stecken, die Inschrift zu lesen und in der Stille der Gräber an ihn zu denken. Sie erinnerte sich jetzt an ihn, wie er als junger Vater gewesen war. Direkt nach seinem Tod hatte sie den älteren, niedergeschlagenen Mann vor Augen gehabt. Mehr als einmal hatte sie geträumt, dass sie die Straße zu ihrem Haus hinabging, dem Haus, das er nie gesehen hatte, und er am Fenster stand und die Straße hinaufblickte – er war nicht tot –, aber sein Gesicht hatte so verloren und abwesend gewirkt, dass es ihr Angst machte und sie versucht hatte, zum Haus zu rennen, um nachzusehen, was los war.

Ihre Mutter, das wusste sie, ging einmal die Woche zum Friedhof, hielt das Grab von Unkraut frei und brachte frische Blumen. »Hilft das eigentlich?«, fragte Debbie unvermittelt, »zum Friedhof gehen?«

Gina gab ihr keine Antwort. Debbie sah sie an und merkte, dass sie nachdachte. »Er ist nicht dort«, erwiderte Gina nach einer Weile, »aber woanders ist er auch nicht. Ich kann ihn natürlich in dir sehen. Und ich kann mich an ihn erinnern,

Jahre voller Erinnerungen. Gleich nach seinem Tod hatte ich immer wieder das Gefühl, er wäre mit mir im Zimmer, weil ich ihn so deutlich spüren konnte, aber das ist jetzt vorbei.« Sie öffnete ihre Handtasche und nahm ein Papiertaschentuch heraus. Dann setzte sie ihre Brille ab und putzte sorgfältig die Gläser. »Ich glaube nicht, dass er noch irgendwo ist, aber er fehlt mir immer noch sehr.«

Debbie drückte den Arm ihrer Mutter. »Mir auch«, sagte sie.

Als sie durch den Ortskern zurückmarschierten, blieb Gina alle paar Meter stehen, um Bekannte zu grüßen, lokale Neuigkeiten aufzuschnappen und mit Leuten zu plaudern, die Debbie von klein auf kannten und wissen wollten, was sie derzeit machte. Debbie lächelte und beantwortete Fragen darüber, wie es ihr ging, ob sie einen festen Freund hatte, wie es im Job lief, warum sie nicht öfter nach Hause kam, ob sie einen festen Freund hatte … Mitten in einem dieser Wortwechsel stupste Gina sie an. »Hier, Debbie«, sagte sie und reichte ihr ein Stück Papier. »Hier ist der Einkaufszettel. Geh die Sachen mal holen.« Debbie flüchtete.

Goldthorpe bestand im Wesentlichen aus einer einzigen Hauptstraße. Die Geschäftsfronten zu beiden Seiten waren heruntergekommen und hätten dringend renoviert und gestrichen werden müssen. Die Läden waren überwiegend klein – im ganzen Ort gab es keine Filiale der großen Ketten. Im Supermarkt stapelten sich die Kisten mit Sonderangeboten, Dosen und Gläsern, die Kühlregale waren abgeschaltet und dienten als Lager für preisreduzierte Waren mit merkwürdigen Markennamen, die Debbie nicht kannte. Sie fand keinen der Artikel, die sie haben wollte. Sie ging wieder hinaus auf die Hauptstraße und versuchte sich zu orientieren. Ihr schien, als hätte sich jedes Mal, wenn sie herkam, etwas verändert. Das alte Kino war jetzt ein Teppichlager, wo Reste verkauft wurden. Es roch nach Teppichfliesen und Feuchtigkeit. Sie ging die Straße hinunter zur Drogerie. Aus dem Café wehten ihr Dampf und der Geruch gekochter Milch ins Gesicht und eine Gruppe Kinder drängte sich an ihr vorbei und balgte sich um ein Skateboard, das schon bessere Tage gesehen hatte. Einer von ihnen brüllte triumphierend, als er auf das Brett sprang, es in Richtung Straße herumriss und der Gruppe davonfuhr, indem er mit geschickten Hüftbewegungen steuerte. Die Gruppe drehte sich gesammelt um und jagte ihren Anführer die Straße hinauf, ohne auf Debbie oder andere Fußgänger auf dem Gehsteig zu achten.

An den Wänden waren Graffiti – in erster Linie Namenskürzel –, und manche Fenster über den Geschäften waren zerbrochen, schwarz und leer. Andere waren mit Brettern vernagelt. Debbie sah zu einem geblümten Vorhang hinauf, den man zurückgelassen hatte, verblichen und löchrig, und der halb aus einem der verlassenen Fenster heraushing. Die Gehsteige waren übersät von nassem Laub, Chipstüten, Zigarettenkippen und leeren Getränkedosen. Die Gesichter der Leute, die auf sie zukamen, wirkten fremd, müde und niedergeschlagen. Sie beobachtete eine junge Frau – etwa in ihrem Alter, es war schwer zu schätzen –, die einen Kinderwagen schob und ein Kleinkind am Arm hinter sich herzerrte. Die junge Frau blickte ausdruckslos vor sich hin. Aus dem Mund hing ihr eine Zigarette. Sie hatte Übergewicht, und ihre Schuhe waren abgetreten. Sie trug einen unförmigen Mantel, der offen über einer ausgebleichten, pinkfarbenen Strickjacke hing, und die fettigen Haare fielen ihr in die Augen. Das Kind im Wagen weinte, aber die Frau sah nicht einmal hin, sondern schob nur ungerührt weiter. Ihr Blick fiel kurz auf Debbie, doch sie zeigte kein Zeichen des Erkennens. Debbie blieb stehen, als sie an ihr vorbeiging, und tat so, als betrachtete sie das Schaufenster eines Second-Hand-Shops, während sie innerlich fror. Diese Zukunft hatte auch vor ihr gelegen wie ein drohender Abgrund und hatte sie angetrieben, etwas zu leisten und zu entkommen. Hatten ihre leichtsinnigen Studentinnen – Leanne, Rachel, Sarah – etwa Ähnliches vor sich?

An diesem Abend saßen Debbie und ihre Mutter vor dem Kamin in deren kleinem Wohnzimmer. Gina hatte nach dem Tod von Debbies Vater ein schmuckes, kleines Reihenhaus gekauft, das ideal für eine Person war. Seine Abfindung hatte nach wie vor unberührt auf der Bank gelegen. »Er wusste nicht, was er damit anfangen sollte«, hatte Gina damals gemeint. Jetzt sah sie Debbie an und sagte: »Willst du es mir erzählen?«

Debbie lief rot an. »Was?«, fragte sie wenig überzeugend.

»Das, weswegen du schaust wie drei Tage Regenwetter. Du ziehst den ganzen Tag schon ein missmutiges Gesicht. Du steckst doch nicht in irgendwelchen Schwierigkeiten, oder?« Die Miene ihrer Mutter ließ genau erkennen, was für Schwierigkeiten sie meinte.

»Oh. Nein. Keine Schwierigkeiten.« Sie würde ihrer Mutter nicht zeigen, dass sie verstanden hatte, was sie meinte. »Es ist nur – es ist nur ein …« Sie wollte eine einigermaßen ehrliche Erklärung abgeben, doch fiel ihr nicht ein, wie sie es formulieren sollte. Sie wollte nicht in die Einzelheiten gehen, weil sie sich darüber selbst noch nicht im Klaren war. »Ich habe mit jemandem aus der Arbeit etwas angefangen, und es ging mehr oder weniger von Anfang an schief. Es ist niemand daran schuld, es ist nur … na ja, jedenfalls weiter nichts.«

Ihre Mutter wartete, ob Debbie noch mehr sagen würde. »Also, du kannst jederzeit mit mir darüber reden, falls dir das hilft«, sagte sie nach einem Moment. Debbie schüttelte den Kopf. Später stritten sie sich freundschaftlich darüber, wer kochen durfte. Debbie verlor, und so konnte sie sich im Sessel räkeln, während ihre Mutter Fisch und Chips zubereitete. »Du siehst aus wie ein gerupftes Huhn«, hatte Gina erklärt, als

Debbie sich über die Wahl dieses Gerichts beschwerte. »Fisch und Chips, *richtige* Fisch und Chips tun dir bestimmt gut. Es hat doch keinen Sinn, wenn du vor Liebeskummer vergehst.«

Sie tranken ein Glas Wein und verbrachten den Rest des Abends mit Fernsehen – Gina war ein Fan der Klinikserie *Casualty* – und Plaudern. Irgendwann während der Sendung sagte Gina: »Man muss sich wirklich wundern, dass in diesem Krankenhaus überhaupt jemand überlebt.« Eine Krankenschwester bekam an der Schulter des Stationsarztes einen hysterischen Anfall, und zwei Ärzte stritten sich über ihr sich verschlechterndes Verhältnis. Mehrere Patienten erlitten einen Herzinfarkt.

»Wirkt jedenfalls interessanter als das City College«, meinte Debbie. Mit Gina fernzusehen war amüsant, falls man nicht allzu großen Wert darauf legte, die Sendung zu verfolgen. Debbie ging früh zu Bett und schlief so gut wie seit einer Woche nicht mehr.

Wie das Fell gegen seine Finger streicht. Es ist wie diese erste Berührung des Haars, und seine Hände wollen zupacken, herumzerren und reißen. Aber dann bemerkt sie seine Anwesenheit, diese erste leise Unruhe könnte sie argwöhnisch machen, sie zur Flucht bewegen. Er weiß, wann der richtige Zeitpunkt dafür gekommen ist, sich ihnen zu zeigen: wenn sie in die Enge getrieben sind, wenn es keinen Ausweg mehr gibt.

Er wartet in der Dunkelheit, und solange er wartet, erzählt er sich Geschichten. Er kennt die Geschichten, er kennt sie gut. Seine Geschichten haben leuchtende Farben, scharfe Konturen, Bilder in seinem Kopf. Er sieht, wie sie lächelt, auf ihn wartet. Sie weiß nicht, dass er da ist, aber sie wartet. Er sieht ihre Augen in der Dunkelheit, wie sie ihn beobachtet. Er sieht ihr Gesicht und sie kämpft, aber es ist zu spät, um zu kämpfen. Sie kennt ihn jetzt. Doch die Farben verblassen, die Helligkeit schwindet wie ihr Atem, erstickend, erstickt…

Aber es gibt noch andere Geschichten.

Dies ist die Geschichte von einem Kind, einem Stiefvater und einer Mutter. Diese Geschichte wird auf vergilbtem Papier erzählt, und dort, wo das Papier gefaltet ist, sind die Buchstaben verblasst. ENTSETZLICHE LISTE VON GRAUSAMKEITEN. *Diese Bilder sind nicht hell, die Konturen sind unscharf und grobkörnig. Das Kind, mit großen Augen hinter seiner Nickelbrille, verwirrt, wie es Kinder oft sind, ist inmitten einer Familiengruppe abgebildet, Mutter, Sohn und neuer Ehemann. Es ist eine Geschichte über Prügel, eine Geschichte über Verbrennungen. Die Mutter hätte ihren Sohn schützen können, aber vielleicht hatte sie Angst vor ihrem neuen Mann, vielleicht, ja fast sicher kannte sie das Ausmaß der Misshandlungen nicht.*

Er kann das vergilbte Papier in seinem Kopf sehen, kann sehen, wie die Wörter an seinen Augen vorbeilaufen, wie sie langsamer werden und zum Ende kommen. Doch die Geschichte geht weiter.

Das Seltsame war, dass es zum Teil auch schön gewesen war. Es gefiel dem Kind, mit seinem Stiefvater im Zug mitzufahren, es gefiel ihm, wenn es in die Fahrerkabine geschmuggelt wurde oder zuschauen konnte, wie der rotglühende Kessel von Männern mit nackten Oberkörpern geschürt wurde. Das wollte es auch. Es gefiel ihm, der fliegenden Asche nachzusehen, und es gefiel ihm, wenn die Züge an Häusern und Gärten vorbeiflogen und es Frauen sehen konnte, die ihre Wäsche aufhängten, Kinder, die auf den Straßen und in den Höfen spielten, die schmalen Boote auf den Kanälen und das weiße Glühen des Metalls, wenn sie nachts an den großen Stahlwerken vorbeisausten. Und wenn einige der Männer manchmal grausam waren, so gehörte das eben mit dazu, ein Mann zu sein, ein Mann, der eine riesige Schaufel schwingen konnte, als wöge sie nichts, und der sich im tiefsten Winter bis zur Taille ausziehen konnte. Manchmal war es ein Schlag ins

Gesicht, der ihm die Lippe spaltete, manchmal ein Tritt, aber immer war es rasch und unpersönlich. Manchmal war es auch nicht das Kind, sondern etwas anderes, wie das eine Mal, als sie eine Katze in den Kessel warfen und es gleichermaßen entsetzt und fasziniert zusah.

Aber das war später. Es lernte, sich zu wappnen, wenn der Stiefvater heimkam und nach diesem starken Zeug roch, das in den Augen brannte. Manchmal kam er nachts ins Zimmer des Kindes, nachdem die Mutter zu Bett gegangen war. Das Mondlicht schien durchs Fenster und spiegelte sich in dem Spiegel auf der Kommode. Er schnippte das Nachtlicht aus, das auf einer Untertasse neben dem Bett brannte. Das Kind hatte Angst vor der Dunkelheit. »Halt's Maul«, sagte er, wenn das Kind weinte. Und später: »Halt's Maul, du kleiner Scheißer, sonst geht's dir wie der Katze.«

Und dann waren da noch die anderen Male. Wenn die anderen Männer ins Haus kamen. »Er kann heute Abend mitkommen«, sagte der Stiefvater zur Mutter.

»Mama …«, sagte das Kind dann.

»Geh schon. Du solltest dankbar sein. Mir ist noch kein Kind untergekommen, das einem geschenkten Gaul so genau ins Maul schaut wie du.«

Und dann gingen sie, und er sah all die Dinge vorbeiziehen und all die Haltestellen, aber eigentlich sah er sie gar nicht richtig, weil am Ende der dunkle Ort käme. Beim ersten Mal hatte er geweint und der Stiefvater hatte gesagt: »Schau mich nicht so an, du kleiner Scheißer.« Es war schwarz und eng dort, und der Gestank war grässlich. Hände wurden ihm über den Mund und um die Kehle gehalten, sodass er kaum atmen konnte. Dann sagte der Stiefvater: »Wenn du irgendwem davon erzählst, kommst du in den Heizkessel.« Wenn er nach Hause kam, schimpfte die Mutter über den Schmutz an seinen Kleidern, seinem Gesicht und seinen Händen. »Also wirklich«, sagte sie dann, »kannst du ihn nicht sau-

ber halten, Charlie?«, und der Stiefvater knurrte: »Halt's Maul. Blöde Fotze.«

Wenn sie hereinkam, um ihm gute Nacht zu sagen, hob sie seine Kleider auf, sah auf seine Hosen und sagte: »Ach, du bist doch schon zu groß, um so eine Schweinerei zu machen.« Dann begann er: »Mama …«, aber sie sah ihn nicht an. Ihr Gesicht war ausdruckslos, und sie redete weiter. »Reinlichkeit kommt gleich nach Gottesfurcht, was Hänschen nicht lernt, lernt Hans nimmermehr …« Sie hielt ihm die Hand vor die Augen. »Nichts Böses sehen«, flüsterte sie. Er hatte gelernt, seine Kleider zu verstecken, wenn er an einem dieser speziellen Abende unterwegs gewesen war. Die Mutter lag oft schon im Bett, wenn sie zurückkamen. »Irgendwie bin ich manchmal so müde«, sagte sie dann am nächsten Tag.

Er mag diese Geschichte nicht. Er erzählt sich eine andere Geschichte, eine bessere, aus der Zeit, als der Stiefvater nicht mehr da war. Die Züge. Er schwänzte jeden Tag die Schule und beobachtete die Züge, und manchmal sprang er auf und fuhr die Regionalstrecke ab. Er lernte schnell, welche Züge regelmäßig auf der Strecke verkehrten, wo sie anhielten, wo sie langsamer wurden und wo sie warteten. Er erinnert sich an die Katze. Oft ging er mit seinem Geld in die Tierhandlung – die Mutter gab ihm immer Geld – und kaufte eine Maus. Mäuse waren am besten, weil sie klein waren und lange Schwänze hatten. Einen Shilling und Sixpence kosteten die. Er hatte ein geheimes Versteck an der Bahnlinie, wo er eine Kerze anzünden und die Maus an ihrem Schwanz über die Flamme halten konnte. Es gefiel ihm, dabei zuzusehen, wie sie die Beine krümmte und versuchte, an sich selbst hochzuklettern. Sie starben alle.

Der Stiefvater kam wieder nach Hause. Aber das Kind war nicht mehr da, nicht richtig, nicht wie früher. Die Mutter nahm den Stiefvater wieder auf. Lass ihn, der ohne Sünde ist … Mein ist die Rache. Der Stiefvater fiel die Treppe hinun-

ter und brach sich das Genick. Feuer ist besser für Ungeziefer, aber im Notfall tut es auch eine Fußangel.

Die Katze reibt sich an ihm. Ungeziefer. Doch er hat Wichtigeres zu tun.

Debbie verließ Goldthorpe am Sonntagabend und nahm den Zug nach Sheffield. Gina brachte sie trotz Debbies Protesten zum Bahnsteig. »Es ist zu kalt«, wandte sie ein. »Geh nach Hause. Ich komme schon klar.« Aber es klang nicht überzeugend. Der Bahnhof war still und fast menschenleer, abgesehen von einem einzigen anderen Fahrgast, der im Dunkeln am entgegengesetzten Ende des Bahnsteigs wartete.

»Ich bleibe hier.« Gina duldete keinen Widerspruch. »Solange dieser Verrückte frei rumläuft, lasse ich dich nicht allein auf dem Bahnhof stehen.« Sie zog sich den Schal fester um den Hals und erschauerte. »Er ist ein bisschen dünn«, gestand sie.

Es war nach acht Uhr, als Debbie nach Hause kam. Sie rief nach Buttercup, die normalerweise zur Begrüßung heranraste, sobald sie die Tür aufschloss. Sie entdeckte die Katze zusammengekauert hinter dem Sofa, ihrem Zufluchtsort nach einem Besuch beim Tierarzt. Debbie nahm sie auf den Arm und streichelte sie, während sie ins Haus hineinging. »Was hast du denn, du dummes Ding?«, fragte sie. Es war kalt, und das Erste, was sie tat, war, den Gasofen anzuzünden, sich davor zu stellen und zu warten, dass die Kälte den Raum verließ. Buttercup löste sich aus ihren Armen und begann, auf und ab zu stolzieren und nach Futter zu verlangen. »Du hast doch was zu fressen bekommen«, sagte Debbie. Ihre Nachbarin Jill fütterte Buttercup absolut zuverlässig, wenn Debbie verreist war.

Das Haus wirkte seltsam, als wäre sie wesentlich länger weggewesen als nur einmal über Nacht. Debbie sah sich um.

Ihr Tagebuch lag auf dem Tisch – das hatte sie doch sicher aufgeräumt, bevor sie fuhr. Sie schrieb zwar nicht viel Persönliches hinein, aber sie wollte nicht, dass Jill es las. Sie sah sich erneut im Zimmer um. Die Schublade, in der sie ihre Fotos aufbewahrte, war nicht richtig zu. Vielleicht hatte Jill einen Schnüffelanfall bekommen. Sie war ein bisschen neugierig, was Debbie betraf, und behielt stets im Auge, wer kam und ging. Das war es, was das Haus seltsam wirken ließ: Dinge waren berührt und verstellt worden und befanden sich nicht an ihrem Platz. Debbie ärgerte sich, wollte aber Jill nicht zur Rede stellen. Sie wollte keinen Streit mit ihrer Nachbarin, und wenn der Preis für ein friedliches Nebeneinander und Buttercups Betreuung ein bisschen Schnüffeln war, dann ertrüge sie das eben – aber nächstes Mal würde sie alles wegsperren. Das wäre deutlich genug.

Als sie am Montag wieder in die Arbeit ging, fühlte sie sich wesentlich besser. Sie brachte ihren Morgenkurs mit Leichtigkeit hinter sich, bestärkt von den Studenten, die darauf bestanden, dass man in der letzten Woche vor Weihnachten keine ernsthafte Arbeitsmoral mehr von ihnen erwarten durfte. Am Ende des Vormittags kam sie aus dem Klassenzimmer, die Haare voller Glitter, den die Studenten im ganzen College versprühten, und einen Stapel Weihnachtskarten in der Hand. Die fröhlichen Abschiedsgrüße der Studenten, die sie erst nach Weihnachten wieder sehen würde, hatte sie noch in den Ohren. Vielleicht würde Weihnachten ja doch erträglich.

Ihr Oberkurs am Nachmittag hatte keine Lust zum Arbeiten. Sie nörgelten wegen der Benotung herum und wirkten zerstreut. Damit hatte sie schon halb gerechnet und sie wunderte sich, dass sie überhaupt erschienen waren, aber die Einzige, die fehlte, war erstaunlicherweise Sarah. Als weihnachtliche Geste veranstaltete sie ein Quiz mit ihnen und irgendwie trug diese kleine Spielerei dazu bei, ihre Laune zu heben. Am Ende des Unterrichts ging sie ins Dozentenzimmer zurück und fühlte sich so wohl wie schon lange nicht. Sie bedauerte es, dass Sarah nicht da gewesen war und fragte sich, was ihr zugestoßen sein mochte. Normalerweise kam sie immer.

Ihre gute Laune verschaffte ihr den Mut, Rob Neave anzurufen, um ihn nach ihren Schlüsseln zu fragen – vielleicht hatte er sie ja gefunden und auf ihren Schreibtisch gelegt oder so. Vielleicht hatte sie sie in seiner Wohnung verloren... sie steuerte ihre Gedanken weg von diesem gefährlichen Grund. Als sie in seinem Büro anrief, meldete sich Andrea, die Verwaltungsangestellte. »Er ist nicht da«, erklärte sie. »Ich erwarte ihn erst nächste Woche wieder.« Als ihre Hochstimmung im Handumdrehen schwand, wurde ihr klar, dass es keine gute Idee war, Kontakt zu ihm aufzunehmen. Sie hatte die Schlüssel als Vorwand benutzt, um ihn anzurufen – das musste sie sich wohl eingestehen. Es war vermutlich ganz gut, dass er jetzt weg war und erst wiederkäme, wenn das College schon Ferien machte, und sie ihn erst nach Weihnachten wieder sehen würde. Sie konnte sich nicht immer davor schützen, verletzt zu werden, aber sie konnte sich zumindest darum bemühen, es zu vermeiden.

Sie wollte noch eine Stunde arbeiten, bevor sie nach Hause ging, und holte die Mappe mit den Korrekturen hervor, die jedes Mal, wenn sie sie ansah, dicker zu werden schien. Sie machte sich gerade an die Arbeit, als das Telefon klingelte, ein langer Ton, der besagte, dass der Anruf aus dem Haus kam. Vielleicht war Rob doch da, vielleicht hatte Andrea es ihm ausgerichtet... Sie nahm den Hörer ab und vernahm das Zittern in ihrer Stimme, während sie versuchte, ihren Atem zu kontrollieren, aber die Verbindung brach ab. Debbie wurde wütend auf sich selbst, weil sie sich Hoffnungen gemacht hatte und der Schmerz der Enttäuschung nun umso schlimmer war. Was hätte es schon ausgemacht, wenn er es gewesen wäre? Was hätte er schon Umwälzendes sagen können? Der Apparat klingelte erneut und sie zwang sich zu warten und es noch ein paarmal läuten zu lassen, bevor sie abnahm. »Hier Deborah Sykes.« Erneut wurde aufgelegt. Genervt schüttelte sie den Kopf. Ihre mühsam errungene Gelassenheit kam ihr unecht und hohl vor, und ein Gefühl von Depression und Beklommenheit begann sich in ihr auszubreiten. Auf einmal erschien ihr die Vorstellung, zu korrigieren, unerträglich. Sie würde nach Hause gehen. Sie stopfte die Mappe mit den Arbeiten in die Tasche, zog ihren Mantel an und ging. Als sie die Tür des Dozentenzimmers schloss, klingelte das Telefon erneut.

Tim Godber wollte Journalist sein – nicht einer, der freiberuflich ein paar Beiträge liefert, sondern Kolumnist bei einer überregionalen Zeitung. Und der erste Schritt auf dieser Laufbahn war eine Stelle als fest angestellter Journalist bei einem solchen Blatt. Und die Abkürzung dorthin war eine große Geschichte, eine, die seinen Namen dort bekannt machen würde, wo es etwas nützte. Okay, schrieb er eben Artikel für das miese Lokalblatt, aber das war ihm nicht gut genug. Jetzt steckte er in einer großen Geschichte, steckte mitten drin, und er konnte sich nicht entscheiden, wie er sie nutzen sollte. Artikel über den Würger wurden von allen möglichen Leuten verfasst – aus allgemein menschlicher Sicht, unter psychologischen Gesichtspunkten oder mit lokalem Einschlag – *Der Mörder, der in den Straßen einer verwahrlosten Metropole umgeht* –, aber dafür brauchte man seine spezielle Kenntnis der lokalen Gegebenheiten nicht. Er hatte versucht, sich in Mick Berrymans Zirkel einzuschmeicheln. Sie hatten zwar ein paar gemeinsame Bekannte, aber Berryman hielt Distanz zur Presse, und Tim hatte das Gefühl, dass seine Story über Debbie ihm die Tour vermasselt hatte. Ihm war nicht klar gewesen, dass dieser Scheiß-Neave

Berryman um den Finger wickeln konnte. Irgendetwas lief zwischen Neave und Debbie, da war er sich sicher, und er hatte sich zum Ziel gesetzt, es herauszufinden.

Ein paar Minuten lang malte er sich aus, wie es wäre, Glück zu haben und den Würger zu finden, beim nächsten Mord dabei zu sein – natürlich nicht wirklich *dabei*, aber vielleicht die Person zu sein, die der Würger zu kontaktieren beschloss, mit Sprüchen wie: *Das nächste Opfer ist… Diesmal haben sie mich nicht gekriegt… Ich bin der Abgesandte Gottes.* Er sah die Fotos vor sich – er selbst, wie er ernst und mit besorgtem Blick am Telefon saß, seine Artikel auf dem Bildschirm des Computers. Eine wichtige Kontaktperson hatte er. Er *wusste*, dass Debbie den Würger gesehen hatte. Sämtliche journalistischen Instinkte sagten ihm das. Und seit seinem Artikel hatte der Killer Debbie gesehen. Bestimmt verfolgte er die Presse. Das taten sie immer. Tim brauchte eine auffällige Beziehung zu Debbie, die ihm die Aufmerksamkeit des Mörders einbrachte. Wie… Er begann zu planen, was er schreiben würde, wenn er – ein Journalist – die Polizei zum Würger führte.

Im Grunde, so dachte Tim, brauchte er einen besseren Spitznamen. »Der Würger« war einfach einfallslos und primitiv. Er begann mit Namen zu spielen, die er verwenden konnte, wenn er seine große Geschichte verfasste. Der Augenmann, der Herr der Augäpfel, Blickexpress – nein, das brächte er nie am Justitiar vorbei – etwas, das einprägsam, aber zugleich schaurig und beängstigend war. Es war ein großer Fehler von ihm gewesen, sich mit Debbie zu überwerfen. Am besten schmierte er ihr jetzt ein bisschen Honig ums Maul. In letzter Zeit wirkte sie recht niedergeschlagen.

Er ging auf das Kabuff zu, das sie sich mit Louise Hatfield teilte, und überlegte, ob eine kleine Fachsimpelei nicht ein Ansatzpunkt sein könnte. Eine Studentin lungerte in der Nähe des Dozentenzimmers herum, die schlaksige Blonde, die eine Zeit lang in seiner Mediengruppe gewesen war. Sie stand vor der Tür, kaute an einem Fingernagel und sah unentschlossen drein. Er fing ihren Blick auf und lächelte. »Hallo« – er überlegte angestrengt – »Sarah. Sie sehen ein bisschen verloren aus.« Als sie sich umdrehte, um ihn anzusehen, bemerkte er, dass sie seitlich im Gesicht einen blauen Fleck und dazu noch eine geschwollene Lippe hatte. Sie sah aus, als wäre sie in einen linken Haken gelaufen.

Sie erwiderte sein Lächeln, sah ihm aber nicht direkt in die Augen. »Ich war auf der Suche nach Debbie. Ich konnte heute Nachmittag nicht in den Unterricht kommen, und ich muss sie sprechen«, erklärte sie nach einer Weile. Sie sah ein bisschen angespannt aus, ein bisschen nervös.

Er war sich ziemlich sicher, dass sie eine von Debbies Nieten war. *Versuch dich mit ihr gut zu stellen!* Er lächelte erneut, diesmal gewürzt mit einem Hauch Bedauern. »Ich auch. Ist sie denn nicht da?« Das Mädchen schüttelte den Kopf und wich zurück, als wollte sie gehen. Tim hielt sie auf. »Soll ich ihr etwas ausrichten?« Das wäre die Gelegenheit, die er brauchte, um mit Debbie ins Gespräch zu kommen. *Komm schon, Herzchen, gib mir eine Nachricht für das Fräulein.*

»Es ist nichts Besonderes …« Ganz offensichtlich hatte sie etwas auf dem Herzen, und Tim hatte das Gefühl, dass sie es jemandem anvertrauen wollte. Tja, er war ja nicht umsonst Journalist – selbst wenn er nur Freiberufler war. Er hoffte, er bekäme keine Schilderung privater Querelen zu hören, die mit den Schrammen in ihrem Gesicht zu tun hatten.

»Mir kommt es aber nicht so vor, als ob es nichts Besonderes wäre, Sarah. Gehen Sie mit mir eine Tasse Kaffee trinken und schütten Sie mir Ihr Herz aus.« Er lächelte warmherzig, wobei er versuchte, ihren Blick aufzufangen, da er wusste, dass ihn viele Studentinnen attraktiv fanden, und als sie leicht rosa anlief, dachte er *jawohl* und sah sie beruhigend und teilnahmsvoll an.

Er ging mit ihr in sein Zimmer – es war näher und ruhiger, aber doch von genug Menschen umgeben, um unproblematisch zu sein – und spendierte ihr eine Cola aus dem Automaten. Er rechnete mit einer traurigen Geschichte über einen gewalttätigen Freund oder Vater, aber in Wirklichkeit war ihm Sarahs Mitteilung wesentlich nützlicher, als er sich hätte träumen lassen. Er lauschte mit ruhigem Interesse, während sie ihm von dem Mann erzählte, der ihr aufgefallen war, weil er Debbie letzte Woche einmal einen ganzen Tag lang im College beobachtet hatte. »Er ist ihr gefolgt, da bin ich mir sicher. Ich habe ihn immer wieder gesehen. Ich habe gewartet, um es Debbie zu erzählen, aber…« Tims Herz schlug schneller. *Das war's! Wie konnte er es benutzen, wie geheim halten…*

»Was für ein Mann? Fangen Sie noch mal von vorne an, und erzählen Sie mir die ganze Geschichte.« Er lauschte, während ihm Sarah von dem Mann im blauen Kittel berichtete, den sie dabei beobachtet hatte, wie er Debbie auf Schritt und Tritt gefolgt war.

»Das hat mich beunruhigt. Ich wollte es ihr sagen, aber…«

»Wie sah er denn aus, dieser Mann?« Tim ließ seine Stimme leicht besorgt, aber nicht erschrocken klingen. Er lauschte weiter, während sie schilderte, woran sie sich erinnern konnte. Sie hatte ihn *zuerst* für einen Hausmeister gehalten. Einen, den sie nicht kannte. Aber er arbeitete nichts, er tat nur so. Massig – untersetzt, nicht groß –, eine Brille mit dicken Gläsern. Weiter nichts. Sie hatte ihn nicht besonders deutlich sehen können – er hatte auf Distanz geachtet.

Nun musste Tim seine Sache gut machen. Er versuchte, das Kichern in seiner Stimme zu unterdrücken, dann ließ er es deutlicher hören und schließlich lachte er laut heraus, während das Mädchen vor Verwirrung rot anlief. »Tut mir Leid«, sagte er. »Es war ganz richtig, sich Sorgen zu machen, aber es steckt nichts dahinter. Wir hatten eine Qualitätskontrolle laufen, weiter nichts, und sie folgen einem und beobachten alles, was man tut. Einer dieser Prüfer kommt sich vor wie auf der Baustelle und trägt diese dämliche Kluft. Hinter mir war er auch ein paar Tage her. Debbie lacht sich tot, wenn ich ihr das erzähle…« *Gut.* Das rote Gesicht des Mädchens drückte aus, wie peinlich ihr das Ganze war. Er schenkte ihr einen nachsichtigen, verständnisvollen Blick. »Ach so, Sie wollen sicher nicht, dass ich etwas verrate«, sagte er sanft. »Hören Sie, das war ein durchaus verständlicher Irrtum« – wieder dieses nicht ganz unterdrückte Lachen –, »aber wenn Sie nicht wollen, dass ich jemandem davon erzähle, tue ich es auch nicht.«

Als sie ging, äußerte sie allen Ernstes Dankbarkeit dafür, dass sie Tim vor Debbie begegnet war. Außerdem rutschte ihr heraus, dass sie an jenem Abend vor dem College auf Debbie gewartet hatte, aber Debbie mit »diesem Sicherheitsmann« weggegangen sei. *Erwischt!* Jetzt hatte Tim alle Karten in der Hand. Er musste sich nur noch überlegen, wie er sie ausspielte.

Sarah machte sich auf den Heimweg. Heute Abend hatte sie Zeit, nach Hause zu fahren, etwas zu essen und sich ein Weilchen auszuruhen, bevor sie zur Arbeit ging. Im Kopf rechnete sie ihre Finanzen durch. Wenn sie ihrem Dad diese Woche vierzig Pfund gab, könnte er die Sachen für Weihnachten kaufen. Dann hätte sie immer noch genug Geld, um ein Geschenk für Lee zu besorgen, etwas für ihren Dad und etwas für Nick. Damit hätte sie auch einen Grund, ihn anzurufen. Sie biss sich auf die Lippe. Sie hatten auf Adams Party Streit bekommen – oder Schlimmeres. Nick war zu spät gekommen, und Adam hatte sie in einer Ecke neben der Tür warten sehen. Die Erinnerung ließ sie die Stirn runzeln. Adam war betrunken gewesen und hatte ihr einen Kuss gegeben – zur Feier seines Geburtstags. Es hatte nichts zu bedeuten gehabt. Nur war Nick in diesem Moment aufgetaucht und wütend geworden.

Er hatte sie nicht schlagen wollen, da war sie sich sicher, aber er war eben so wütend gewesen. Sie hätte es sich denken können. Er hatte ihr keinerlei Gelegenheit gelassen, die Sache zu erklären, aber wenn sie ihn wegen seines Weihnachtsgeschenks anrief, würde er ihr vielleicht zuhören. Am Vierundzwanzigsten arbeitete sie mittags, aber sie konnte ihm auf dem Nachhauseweg etwas kaufen und hätte dann immer noch Zeit, um den Truthahn – falls sie ihn am Tag zuvor besorgte, musste er bis dahin aufgetaut sein – und die Kartoffeln zuzubereiten.

Am Busbahnhof drängten sich die Leute mit ihren Weihnachtseinkäufen. An ihrer Haltestelle stand allerdings niemand, was bedeutete, dass gerade ein Bus abgefahren sein musste. Sie sah auf die Uhr. Fünfzehn Minuten bis zum nächsten.

Ihre Gedanken schweiften ab, zu all den Dingen, die sie brauchten, und sie beschloss, lieber einen Einkaufszettel zu schreiben. Vielleicht sollte sie doch selbst einkaufen gehen. Bekümmert kaute sie an ihrem Finger. Ihr Vater würde das Auto nehmen, aber es passte ihm nicht, wenn man ihm sagte, was er holen sollte, und dann wäre an Weihnachten nicht alles da, und es gäbe Streit … Wenn sie am College ein bisschen mehr schwänzte, konnte sie unter der Woche eine Menge schaffen. Sie konnte morgens hingehen, dann ab zwölf Uhr arbeiten und danach alles nach Hause schaffen. Das könnte klappen. Und ihrem Dad würde es nichts ausmachen, das Bier zu besorgen. Sie trat nervös von einem Fuß auf den anderen. Jemand stand hinter ihr in der Schlange. Er dünstete einen säuerlichen, ungewaschenen Geruch aus. Sie trat ein Stückchen vor, um Abstand zu gewinnen.

Ihr Bus kam an die Haltestelle, und sie stieg ein, während sie weiter überlegte. Sie war sich der Körpermasse des Mannes hinter ihr vage bewusst, als er in den Bus drängte. Sie hielt den Blick auf ihre Hände gerichtet, als er am Schaffner vorbeiging, und hoffte inständig, dass er sich nicht in ihre Nähe setzte, doch er verschwand die Treppe hinauf.

Nacht. Eine Zeit, um zu warten und zu beobachten. Er schaltet das Deckenlicht aus und drückt einen Schalter neben den Gleisen. Die Lichter funkeln über seiner Landschaft – Straßenlampen, Bahnhofsbeleuchtung, Leuchtsignale. Es ist ja so schön. Er lässt die Züge an den Rand der Anlage fahren, dorthin, wo die Strecken abrupt enden, kurz vor dem Güterbahnhof. Güterbahnhof hat er keinen aufgestellt. Aber seine Gedanken kreisen darum, kreisen um den Ort, der nicht da ist.

Der Güterzug rast durch den Bahnhof von Moreham, kündigt sich lediglich durch das Rattern der Gleise und ein Sirren im Maschendrahtzaun an. Sein Gewicht und seine Kraft lassen die Reisenden still halten, sein Rhythmus hämmert beim Warten auf sie ein, während sie ihm nachsehen, wie er in der Ferne verschwindet.

Der Stiefvater ist inzwischen weg. Das Gesicht der Mutter ist abgewandt, und das Kind kauert in einer Ecke, macht sich klein, tut so, als wäre es nicht da. »Wie schärfer als der Schlange Zahn…« Sie sieht das Kind nicht an. »Wer die Rute spart…« Aber die Mutter zerrt, reißt, verletzt nicht. Es gibt noch einen dunklen Ort, kalt, hart und feucht. »Bis du es begriffen hast… geh mir aus den Augen…« Die Bestie lauert in den finsteren Ecken und wartet darauf, sich das Kind schnappen zu können, es zu verschlucken. Das Kind weiß, dass die Bestie da ist. Es schließt die Augen und lässt sich von der Dunkelheit übermannen. Der Stiefvater kommt durch die Tür, während das Kind daliegt und wartet. Das Nachtlicht flackert neben dem Bett. Der Stiefvater schnippt es aus. Glänzende Spuren auf dem Gesicht des Kindes, hell im Mondlicht. Das Gesicht der Mutter ist leer und abgewandt. Sie lächelt, lächelt den Stiefvater an, erstarrt auf dem Foto. »Mama…?« Eine Stimme in der Dunkelheit. Die Bestie fasst zu und packt das Kind. Es kennt diese Stimme nicht. Es gibt keine Stimmen in der Dunkelheit, nicht mehr und nie wieder.

9

Der Freitag hatte Neave den Rest gegeben. Nachdem er mit Debbie im Pub gewesen war, war er ins Personalbüro gegangen und hatte erklärt, dass er aus dringenden Gründen eine Woche Urlaub brauchte. Als nicht dem Lehrkörper angehörender Mitarbeiter konnte er seinen Jahresurlaub nehmen, wann er wollte. Diese Entscheidung in letzter Minute würde zwar nicht gern gesehen werden, aber das war ihm gleichgültig. Er wusste, dass er ohnehin bald aufhören würde. Die Ereignisse der Woche hatten ihn zu diesem Entschluss gebracht. Er würde Mortons Angebot annehmen, bei ihm in Newcastle einzusteigen. Sobald er zurückkäme, würde er seine Kündigung abgeben. Diese Entscheidung ging ihm schon seit Tagen durch den Kopf und nun fiel sie ihm ganz leicht, und daran, wie er sich jetzt fühlte, merkte er, dass es die richtige Entscheidung gewesen war. Er konnte mit dem weitermachen, was anstand. Er wusste, dass im College jetzt, vor Weihnachten, weniger Betrieb herrschte und sämtliche Vorkehrungen für die letzte Woche getroffen waren. Er legte eine Nachricht für den Leiter der Hausmeisterei in die interne Post und ging. Um neun Uhr am Samstagmorgen war er auf dem Weg nach Norden.

Ursprünglich hatte er vorgehabt, auf schnellstem Weg ans Meer zu fahren und ein paar Tage an der Küste zu verbringen, aber die niedrigen, schlammigen Felsen bei Hornsea und Withernsea, die flache Landschaft Humbersides, waren nicht nach seinem Geschmack. Er fuhr immer weiter nach Norden und machte schließlich an der felsigen Küste Northumberlands Halt. Dort verbrachte er Samstag und Sonntag, fuhr ein Stück die Küste hinauf und wanderte über die Felsen am Meer zu den Ruinen von Dunstanburgh Castle, ging am Strand vor der steinigen Küste der Budle Bay entlang, sah zu, wie die grauen Wellen der Nordsee auf den Sand klatschten, und horchte auf das Kreischen der Seevögel, die hoch in der Luft über ihm kreisten. Er wohnte in einem Hotel, das nah am Meer lag. Bei Nacht hörte er, wie sich die Wellen unaufhörlich an der Küste brachen, und die sanfte Monotonie ließ ihn einschlafen. Er träumte nichts.

Nach zwei Tagen wurde er unruhig und verspürte das Bedürfnis nach etwas Abgelegenerem, Wilderem, und so fuhr er erneut weiter nach Norden, bis ins schottische Grenzland, und landete schließlich an der Steilküste von St. Abb's Head. Er fand ein Zimmer in einer weitläufigen Pension in Coldingham Sands. »Normalerweise haben wir um diese Jahreszeit gar keine Gäste«, hatte seine Wirtin mit freundlichem Lächeln gesagt, aber sie überließ ihn sich selbst und servierte lediglich jeden Morgen ein herzhaftes Frühstück, das er gar nicht wollte. Der Haushund, ein schwarzer Labrador mit gefräßigem Maul, wurde zu einem unsichtbaren Gefährten im Esszimmer und verputzte alles, was sonst übrig geblieben wäre.

Er wanderte auf Küstenwegen an Schwindel erregenden Steilhängen über der See entlang. Eines Nachmittags parkte er sein Auto an einem Weg hinter einem Bauernhof und ging über ein Feld, das sich zuerst sanft, dann steiler neigte und schließlich dort, wo der Weg auf den Felsrand traf, senkrecht nach unten abfiel. Der Weg hing über einer sechzig Meter hohen Felswand, an deren Fuß die Wellen schäumten und leckten. Eine Weile stand er da und sah zu, wie sich die See hob und senkte. Er wusste, eine Lösung lag hier direkt vor ihm, ein Weg, der aus dem ganzen sinnlosen Chaos hinausführte. Er war es alles leid, hatte keine Kraft mehr. Lange stand er da und betrachtete die See.

Der Pfad ging weiter, schmal und tückisch; er führte zu einem Felsvorsprung hinab, auf dem die Ruinen einer Burg standen. Er dachte kurz über die Gründe dafür nach, warum jemand am Rand des Meeres eine Burg gebaut hatte, hier, wo die Landschaft eine Festung bildete, die weitaus uneinnehmbarer war als alles, was Menschenhand zu erschaffen vermochte. Von seinem Standort aus konnte er die kahle, felsige Küste entlangblicken. Dabei fielen ihm Köpfe im Wasser auf, die auf den Wellen tanzten. Seehunde. Er blieb stehen und sah ihnen eine Stunde lang zu, und dann, weil das Licht langsam nachließ, machte er sich auf den Rückweg. Es war Zeit zu gehen.

Am Montag kehrte er nach Moreham zurück, zwei Tage vor Weihnachten. Das College war die Weihnachtswoche über geschlossen, aber seine Gedanken verfielen sofort wieder in den alltäglichen Trott und ihm wurde klar, dass er etwas Wichtiges übersehen hatte. Die Folgen jener Donnerstagnacht waren nicht nur persönlicher Natur, und er war – ehrlich gesagt – vor ihnen davongelaufen. Er hatte sich von Debbie ablenken lassen und gar nicht mehr auf den Vorfall geachtet, der das ganze wüste Chaos erst ausgelöst hatte – der Eindringling auf der Wendeltreppe. Der eventuelle Eindringling auf der Wendeltreppe. Er versuchte sich vorzustellen, was geschehen sein konnte, das Debbie erschreckt hatte. Dabei hatte er sie nicht einmal danach gefragt – jedenfalls nicht richtig. *Versuch, nächstes Mal mit deinem Hirn zu denken, Neave.*

Das College mochte ja geschlossen sein, aber er hatte trotzdem Zugang, und die Hausmeister waren ohnehin täglich im Haus. Er konnte hineingehen und sich umsehen. Er parkte auf dem leeren Parkplatz, schloss den Haupteingang des Broome-Baus auf und ging hinein. Les Walker und Dave trugen gerade Aktenschränke aus dem Aufzug. Ein Mann, den er nicht kannte, half ihnen dabei. Er blieb stehen, um mit Dave zu sprechen und zu hören, ob es wichtige Neuigkeiten gab. »Schönen Urlaub gehabt?«, fragte Dave.

Neave zuckte die Achseln. »Es war eigentlich kein Urlaub.« Ihm war nicht danach, sich näher zu äußern. »Neuer Kollege?«

»Ja, er hat letzte Woche angefangen. Ersatz für Steve Benson. Von der Zeitarbeitsfirma.« Neave war verärgert. Die Fluktuation an ungelernten Kräften war hoch, und andauernd arbeiteten neue Leute im College. Theoretisch sollte er informiert werden, bevor irgendjemand eingestellt wurde. In der Praxis geschah dies aber bei befristeten Einstellungen oder Aushilfskräften fast nie. Es war nichts als eine zusätzliche Belastung. Sie besprachen im Einzelnen, wie das College über Weihnachten in Schuss gehalten werden sollte, dann stieg Neave die Treppe hinauf, um ins Informatikzentrum zu gehen. Es war abgesperrt, und als er die Tür aufmachte, wurde ihm angesichts der leeren Stille unbehaglich zu Mute. Der Raum roch fremd, unbenutzt. Das Licht, das an diesem Winternachmittag durch die Fenster hereinkam, war matt, und er musste die Deckenbeleuchtung einschalten.

Er durchquerte den Raum zu der alten Feuertür und öffnete sie. Er versuchte, sich an Debbies Worte zu erinnern. »Ein Windstoß hat die Tür zugeschlagen.«

Hier herrschte keine Zugluft, obwohl es draußen windig war. Okay. Er schob eine der schweren Kisten, die auf dem Treppenabsatz lagerten, so hin, dass die Tür nicht ganz zufallen konnte, dann stieg er die Stufen hinab zu der Tür am unteren Ende. Sie war mit einem Yale-Schloss gesichert und zusätzlich verriegelt. Er schob die Riegel zurück – sie bewegten sich leicht und geräuschlos – und schloss die Tür auf. Ein Luftwirbel fegte um ihn herum, und die Tür zwei Etagen weiter oben knallte gegen die Kiste, die sie offen hielt.

Es war dunkel gewesen. Als er auf Debbies verzweifelte Schreie reagiert und die Tür aufgemacht hatte, war es gewesen, als öffnete man die Tür zu einem schwarzen Loch. Kein Wunder, dass sie verängstigt gewesen war. Das Licht hatte nicht funktioniert. Das fiel ihm nun wieder ein. Es musste aber funktioniert haben, als Debbie ihre Studenten auf die Treppe geführt hatte. Sie hätte sie nicht im Finstern die Stufen hinabgehen lassen. Er wusste, dass die Schalter mangelhaft waren und sich das Licht oben nicht mehr einschalten ließ, wenn es unten jemand ausschaltete, aber jetzt ging es überhaupt nicht mehr. Die Reparatur stand vermutlich bei irgendjemandem auf dem Plan, aber mit niedriger Dringlichkeit. Er sah zu der Lampe hinauf. Die Fassung sah seltsam aus. Indem er wieder ein Stückchen die Stufen hinaufging, konnte er die Birne erreichen. Er schraubte sie heraus, steckte sie ein und leuchtete mit der Taschenlampe in die Fassung. Sie war beschädigt worden. Jemand hatte die Drähte herausgerissen. Sie war unbrauchbar und wahrscheinlich gefährlich. Und es war kein zufällig entstandener Schaden.

Also war jemand da gewesen, jemand, der dafür gesorgt hatte, dass das Licht nicht funktionierte, jemand, der die untere Tür geöffnet hatte, damit die Zugluft die Tür oben zuschlug. Jemand, der die vernünftige Deborah in Angst und Schrecken versetzt hatte. Wer? Und was hatte der Betreffende auf der Wendeltreppe zu suchen? Neave ging zum Telefon und rief Berryman an. Der saß bis nach Weihnachten fest. Sie vereinbarten, sich am Siebenundzwanzigsten zu treffen. »Ich kann dir sagen«, seufzte Berryman. »Zwei Kinder unter drei und die Schwiegereltern im Anmarsch. Ich würde gleich morgen mit dir tauschen.«

Neave hörte, wie Berryman eine Pause machte, als ihm klar wurde, was er da gesagt hatte, und sie besprachen rasch den Treffpunkt. »Also dann am Freitag gegen acht im Broomegate.«

Weihnachten hieß Feiern. Debbie versuchte es. Sie ging auf Partys und kam früh wieder nach Hause. Sie zog mit Freunden durch die Nachtlokale und setzte sich mitten am Abend ab. Fiona, ihre gute Freundin aus der Studienzeit, war genervt und besorgt. »Was ist denn los? Postsemestrale Stressstörung? Komm schon, Debbie, es ist Weihnachten!« Debbie begriff nicht, warum sie jegliche Fähigkeit verloren hatte, sich zu amüsieren. Es konnte nicht allein mit Rob zusammenhängen. Es war ein schlimmes Semester gewesen – harte Arbeit und Unsicherheit, der Zwischenfall am Bahnhof, Tim Godbers Artikel, dieses merkwürdige Gefühl einer Bedrohung, das sie immer noch nicht hatte abschütteln können, und – na gut – Rob. *Reiß dich zusammen, Frau.*

Sie versuchte es erneut. An diesem Abend ging sie mit Fiona und Brian aus, einem anderen Studienfreund. Sie fühlte sich bleiern und müde. Nach zwei Stunden wollte sie heimgehen und sagte der Gruppe, die inzwischen auf acht Personen angewachsen war, dass sie sich ein Taxi rufen würde.

Brian kam aus dem Club, um mit ihr zu warten. Debbie hätte fast protestiert, aber als sie draußen im Dunkeln stand und immer wieder rempelnde Gruppen junger Männer vorbeikamen, die sich gegenseitig den Gehsteig entlangschubsten, und in der Ferne Schreie, Kreischen und das Geräusch von zersplitterndem Glas zu hören waren, war sie froh über die Gesellschaft. Brian schob die Hände in die Taschen und zog die Schultern hoch, um sich vor der Kälte zu schützen, während er nach einem Taxi Ausschau hielt. »Was ist denn los, Debbie?«, fragte er nach einer Weile.

Debbie schüttelte den Kopf. Es war zu kompliziert, um es zu erklären. Brian bedrängte sie nicht, und so warteten sie schweigend, bis ein Taxi kam. Debbie gab ihm einen hastigen Kuss und stieg ein, indem sie sich an zwei Leuten vorbeischob, die sich vordrängeln wollten. »Fröhliche Weihnachten«, sagte sie.

»Das bezweifle ich«, gab er mit düsterem Blick zurück und winkte ihr zum Abschied.

Debbie bezahlte das Taxi – fünf Pfund, die sie sich eigentlich nicht leisten konnte – und betrat ihr Haus. Es machte einen kalten Eindruck. Buttercup kauerte wieder hinter dem Sofa und wirkte ängstlich und nervös. Als Debbie sie hervorlockte, wand sie sich mit hellwachen, weit aufgerissenen Augen um die Stuhlbeine. Debbie nahm sie auf den Arm. Es herrschte eine merkwürdige Stille im Haus, als hätte ein lautes Geräusch soeben aufgehört und dieses Gefühl von Leere hinterlassen, das einem in den Ohren rauscht. Debbie runzelte die Stirn. Es war seltsam. Irgendetwas stimmte nicht. Sie ging in die Küche und öffnete den Kühlschrank, um Buttercup etwas Milch zu geben. In diesem Moment merkte sie, woher die merkwürdige Stille kam. Der Kühlschrank war ausgeschaltet. Das Geräusch seines Motors war ziemlich konstant, da es ein altes und nicht sehr leistungsstarkes Gerät war. Sie konnte es nicht begreifen. Wie hatte sie denn das fertig gebracht? Sie drückte den Schalter, und der Kühlschrank fing brummend zu laufen an und brachte sämtliche Flaschen darin zum Klirren. Er musste den ganzen Abend aus gewesen sein. Sie sah nach den Sachen im Gefrierfach, doch schien alles noch tiefgefroren zu sein – seltsam, da sie schließlich mindestens drei Stunden weg gewesen war. Gott sei Dank war es draußen kalt. Sie ging ans Telefon, um zu erfahren, wer ihr letzter Anrufer gewesen war. Manchmal rief Gina an, bevor sie ins Bett ging, aber wer immer auch angerufen hatte, hatte keine Nummer hinterlassen.

Am Heiligen Abend war Debbie in Goldthorpe und flitzte auf dem Markt herum, um in letzter Minute noch die Sachen zu besorgen, die Gina vergessen hatte. »Wir müssen doch nicht mit allen Schikanen feiern«, hatte Debbie protestiert, als sie merkte, dass Gina ein komplettes Weihnachtsfest im traditionellen Stil plante. »Wir sind ja nur zu zweit.«

»Umso mehr Grund, etwas Besonderes zu machen.« Gina kochte Brotsoße, und die Küche war erfüllt vom Duft nach Nelken und Zwiebeln. »Du hättest ja auch jemanden mitbringen können, darauf musste ich gefasst sein.« Debbie durchschaute die Flankentaktik und überging sie. »Und Jean und David kommen am zweiten Feiertag, und sie wollen bestimmt kalten Truthahn.«

»Also braten wir ihn am ersten Feiertag, damit sie ihn am zweiten kalt essen können. Mum...« Gina eilte in die Küche zurück, um Rumpasteten aus dem Ofen zu nehmen. »Mum!«, rief Debbie genervt, als sie die Reihen von Pasteten sah, die ihre Mutter gebacken hatte.

»Schimpf du ruhig, Fräuleinchen«, sagte Gina. »Nächste Woche kommt halb Goldthorpe auf Rumpasteten und Früchtekuchen vorbei. Also. Es ist acht Uhr. Trinken wir ein Glas Sherry.«

Debbie und ihre Mutter setzten sich in das gemütliche Wohnzimmer, das von den Lichtern am Baum erhellt wurde, und plauderten. Debbie erinnerte sich an Weihnachten als Kind, den ungebrochenen Zauber und die Vorfreude, den würzigen Duft aus der Küche, die Lichter am Baum, den geheimnisvollen Berg mit Geschenken, die darauf warteten, ausgepackt zu werden, und ihren Vater, ebenso aufgeregt wie sie, der ihr mit dem Brief an den Weihnachtsmann half, und den leeren Strumpf am Fußende, wenn sie zu Bett ging, der jedes Mal ausgebeult und voll war, sobald sie am Morgen aufwachte. Während sie daran dachte, fühlte sich Debbie zum ersten Mal seit einer halben Ewigkeit wieder entspannt und froh.

Sie schenkte sich noch einen Sherry ein und bot Gina auch einen an. »Nein, für mich nicht. Du trinkst mehr, als dir gut tut, weißt du, Debbie.«

»So viel auch wieder nicht«, wandte Debbie ein und dachte bei sich, dass Gina vermutlich Recht hatte. »Das liegt nur daran, dass du nicht genug trinkst.«

»Einen Sherry an Weihnachten und meinen Schlaftrunk«, bestätigte Gina. Sie hatte ihre Schlafstörungen vor Jahren mit einem Schuss Rum in einer Tasse Kakao behoben, und es war Teil ihres abendlichen Rituals geblieben. Bevor sie es sich abends gemütlich machte, goss sie die Milch in den Topf und mischte Kakao, Zucker, Milch und Rum in ihrer Tasse zu einer cremigen Mixtur zusammen, damit alles bereitstand, wenn sie zu Bett ging.

Am ersten Feiertag besuchte Debbie morgens das Grab ihres Vaters und brachte Christrosen mit. »Ich habe Probleme, Dad«, sagte sie, als sie die Blumen arrangierte, die Stängel kürzte und sie in den kleinen Behälter am Grabstein steckte. »Irgendetwas stimmt nicht, und ich weiß nicht, was.« Sie wusste nicht, was sie sich davon erwartete. Ihr Vater war nicht dort. Als sie zurückkam, hatte Gina das Essen im Ofen und das Geschenk für Debbie lag auf dem Tisch und wartete darauf, ausgepackt zu werden. Es war ein Kleid aus feinem, tiefblauem Jerseystoff, das Gina geschneidert hatte.

»Darin siehst du sicher wunderbar aus«, sagte Gina. »Es ist genau deine Farbe. Es passt zu deinen Augen. Sowie ich den Stoff gesehen habe, wusste ich, dass er genau das Richtige für ein Kleid für dich ist.« Gina schenkte ihr außerdem eine Flasche Whisky – *vom Weihnachtsmann* stand auf dem Etikett.

»Ich dachte, du hättest gesagt, ich trinke zu viel«, meinte Debbie und sah auf die Flasche.

»Ja, aber das macht es einem leicht, ein Geschenk für dich zu kaufen.« Gina öffnete eine Schachtel Pralinen von ihrer Nachbarin. »Weißt du, was?«, sagte sie und sah sich im Zimmer um, »ich mag Weihnachten wirklich gern.«

Später am Abend fragte Gina: »Du bist immer noch bekümmert, stimmt's Liebes?« Sie saß vor dem Kamin und strickte. Irgendwie hatte sie immer etwas in Arbeit. Debbie konnte sich nicht erinnern, ihre Mutter je untätig dasitzen gesehen zu haben.

Debbie seufzte und nickte. Es hatte nicht viel Sinn, Gina die Geschichte verschweigen zu wollen. Irgendwann würde sie ohnehin alles erfahren. Und außerdem drängte es sie, darüber zu reden. Sie schilderte ihr die nackten Tatsachen und wartete auf den Kommentar ihrer Mutter.

»Er hat Frau und Kind auf einen Schlag verloren? Der arme Mann.« Gina war schockiert. »Tja, ich würde nicht allzu sehr auf das achten, was er angeblich will und was nicht. Vermutlich ist er nicht ganz bei Sinnen.« Sie überlegte. »Damit will ich aber nicht gesagt haben, dass du dich auf die Sache einlassen sollst.« Sie schwieg einen Moment, während sie eine schwierige Stelle ihres Musters strickte.

»Ich glaube, da habe ich keine große Wahl«, erwiderte Debbie. »Er hat ganz klar gesagt, was er will. Oder vielmehr, was er nicht will.«

»Über wen spricht er denn am meisten? Oder wer fehlt ihm am meisten? Die Frau oder das Kind?«

Debbie war von der Frage überrascht, doch die Antwort darauf fiel ihr nicht schwer. »Seine Frau«, sagte sie.

»Klingt mir nach einem Mann, der in seinem Leben nicht allzu viel Liebe abbekommen hat.« Gina hörte auf zu stricken und steckte die Nadeln in das Wollknäuel. »Mit dem handelst du dir Scherereien ein, Debbie. Pass auf dich auf. Also, ich gehe jetzt ins Bett. Ich mache mir nur noch meinen Schlummertrunk, dann bin ich weg.« Ein paar Minuten später kehrte sie zurück, eine Tasse in der Hand, aus der der vereinte Duft von Schokolade und Rum aufstieg. »Bleib nicht zu lange auf, du siehst müde aus.«

Debbie lachte. »Mum, ich bin sechsundzwanzig.«

»Ja, und ich bin immer noch deine Mutter, vergiss das bloß nicht.« Sie drückte Debbie an sich, gab ihr einen Kuss und stieg die schmale Treppe hinauf. Etwas später saß Debbie immer noch da und dachte über Ginas Worte nach. Wahrscheinlich hatte sie Recht. Sie hatte sich ja selbst gefragt, wie leicht es sein würde, eine Beziehung zu jemandem zu haben, der das erlebt hatte, was Rob erlebt hatte. Trotzdem dachte sie, dass da noch etwas anderes sein musste. Er sprach nie von seiner Kindheit, erwähnte nie Eltern oder Verwandte und verschanzte sich unerkannt und unangreifbar hinter dieser Maske. Gina hatte höchstwahrscheinlich Recht, doch das half Debbie kein bisschen.

Sarah legte zum fünften Mal ihren Stift beiseite und trat in die Wohnzimmertür. »Mach mir 'ne Tasse Tee, Herzchen«, verlangte ihr Vater aus seinem Sessel vor dem Fernseher.

»Kann das nicht Lee machen? Ich schreibe gerade meinen Aufsatz.« Sarahs Bruder saß auf dem Fußboden und drückte die Knöpfe seiner neuen Playstation. Bei Sarahs Worten sah er auf.

»Kann kein' Tee machen«, sagte er.

»Ja, Herzchen, mach du's, er kann's nicht richtig.« Ihr Vater lächelte sie leutselig an. Sarah wollte erneut protestieren, doch als sie sah, wie seine Augen schmal wurden, hob sie seine Tasse vom Boden auf und ging wieder in die Küche. Die Spüle war voller schmutzigem Geschirr und der Tisch ein einziger Sauhaufen. An einer Ecke, die sie freigeräumt hatte, hatte sie ihre Bücher und Papiere liegen, da sie hoffte, ihren Essay für Debbie fertig zu bekommen. Er war zu Semesterbeginn fällig, und sie musste die ganze Woche arbeiten.

Sie setzte den Kessel auf und versuchte, den roten Faden im Kopf zu behalten. Ihr war ein guter Gedanke gekommen und sie wollte ihn das gesamte Gedicht hindurch verfolgen – etwas über die Methoden, mit denen der Dichter ein Gefühl von Angst und Bedrohung schuf … nein, jetzt war es weg. Sie goss Wasser in die Teekanne. Ihr Vater hatte den Tee am liebsten aus der Kanne. Heute war er zufrieden mit ihr. Sie hatte zum Abendessen Würstchen mit Pommes gemacht, was er mochte, und außerdem einen Obstkuchen mit dieser Füllung, die er gern hatte, die mit Pudding. »Das war sagenhaft, Herzchen, echt. Du wirst noch eine richtig gute Köchin.« Sie fragte sich, was sie mit dem kalten Truthahn machen sollte. Den würde er nicht essen. Vielleicht konnten sie und Lee ihn als Sandwichbelag nehmen.

Doch nach dem Abendessen ging es los: »Wo ist denn das Fernsehprogramm?« – »Schaff Lee hier raus, er raubt mir den letzten Nerv!« – »Bring mir mal die Zeitung«, während sie am Tisch saß und versuchte, an ihrem Aufsatz zu schreiben. So war es immer; er begriff das mit dem College einfach nicht. Sie schenkte Tee ein, gab Milch und Zucker dazu und rührte um. Dann brachte sie ihn ihrem Vater. »Danke, Herzchen«, sagte er geistesabwesend, den Blick auf den Bildschirm gerichtet. Bald, in etwa einer halben Stunde, musste sie zur Arbeit gehen, und die Küche war immer noch nicht aufgeräumt. Seufzend legte sie ihre Bücher beiseite und begann Wasser ins Spülbecken laufen zu lassen.

Nick wollte sie nach der Arbeit abholen. Sie hatte ihn wie geplant wegen seines Geschenks angerufen. Er hatte sich gefreut, war nett gewesen und hatte sich sogar für Freitagabend entschuldigt. *Du darfst mich eben nicht eifersüchtig machen,* hatte er gesagt, und sie hatte sich – irgendwie – geschmeichelt gefühlt. Er hatte eingewilligt, sie abzuholen. Dann konnte sie ihm sein Weihnachtsgeschenk geben. Es steckte fertig verpackt in ihrer Handtasche. Es wäre zwar schön gewesen, wenn sie es ihm direkt an Weihnachten hätte geben können, aber – sie versuchte sich Nick und ihren Vater zusammen vorzustellen. Beklommen runzelte sie die Stirn. Ihre Überlegungen wurden vom Gebrüll ihres Vaters unterbrochen: »Mach die Tür zu, Sarah, bei dem Krach kann ich meine Sendung nicht verstehen!« Sie schlug die Tür zu und begann den Tisch abzuräumen.

Eine halbe Stunde später verließ sie eilig das Haus in Richtung Bushaltestelle. Es war dunkel, und wie gewöhnlich funktionierte nur jede zweite Straßenlaterne. Allerdings kam aus vielen Fenstern der Schein der Weihnachtsbeleuchtung. Sie hörte, wie auf dem Gehsteig jemand hinter ihr herging, ein Stück weiter weg. Sie blickte sich um, konnte aber niemanden sehen. Sie wartete an der Bushaltestelle und sah auf die Uhr. Zurzeit, während der Feiertage, hatten die Busse oft Verspätung, doch dieser kam mehr oder weniger pünktlich über den Hügel gefahren. Als sie ihr Fahrgeld bezahlte, stieg jemand ein, der im Dunkeln an der Mauer gewartet hatte. Erneut stieg ihr dieser Geruch nach ungewaschenem Körper in die Nase. Sie sah sich um, als sie zu ihrem Sitzplatz ging, aber der Betreffende verschwand soeben die Treppe hinauf.

Berryman wartete am Freitagabend am Tresen der Broomegate Tavern, wie er und Neave es verabredet hatten. Zurzeit ging er dort öfter hin als ins Grindstone. In den Pubs im Stadtzentrum waren zu viele Leute, die er beruflich kannte, als dass er dort hätte abschalten können. Er wollte Neaves Meinung zu einigen Dingen hören, die Lynne Jordan ermittelt hatte. Sie hatte interessantes Material zu Tage gefördert. Ob es etwas nützen würde, stand auf einem anderen Blatt … Berryman war es langsam leid, das Gefühl zu haben, dass die Fahndung kurz vor dem Durchbruch stand, nur um dann festzustellen, dass sie schon wieder in einer Sackgasse gelandet waren. Er war sich sicher, dass die Lösung irgendwo in den Erinnerungen der Angehörigen zu finden war, bei den Menschen, mit denen die Opfer vor ihrem Tod zusammengelebt hatten. Nun war es an ihm und seinem Team, die ausschlaggebenden Fakten aufzuspüren und zu verfolgen. Er kippte gerade sein zweites Bier, als Neave zur Tür hereinkam.

Die Weihnachtswoche neigte sich ihrem Ende zu, und im Pub herrschten Lärm und Hochbetrieb, aber sie fanden einen

Tisch in einer unzugänglichen Ecke, wo sie sich unterhalten konnten. Neave erkundigte sich nach dem Stand der Ermittlungen und lauschte kommentarlos, als ihm Berryman die neuesten Entwicklungen vortrug. Nach einer Weile sagte er: »Du glaubst also, dass er sie vorher ausspioniert?«

Berryman nickte. »Aus zwei Gründen. Erstens: Man hat ihn nie dabei beobachtet, wie er sich ein Opfer geschnappt hat. Er kann nicht jedes Mal so verflucht viel Glück haben. Also muss er in der Lage sein, sich Zeit und Ort auszusuchen. Zweitens: Es ist möglich, dass einige der Opfer von jemandem verfolgt oder auch angerufen wurden. Lisa« – Berryman nannte die Frauen inzwischen fast nur noch beim Vornamen. Er hatte das Gefühl, sie zu kennen – »Lisas kleine Tochter hat angefangen, von einem *hässlichen Mann* zu reden, und zwar genau in den paar Wochen, bevor ihre Mum ermordet wurde. *Irgendetwas* hat ihr Angst eingeflößt. Sie hat auch ein Bild gemalt. Es hat so etwas... Und Mandy hat Anrufe bekommen. Ihre Mutter behauptet, es war der Freund, aber der war's nicht, jedenfalls nicht immer – das haben wir nachgeprüft. Ich habe Lynne Jordan jetzt auf die anderen angesetzt. Du kennst doch Lynne?«

»Das hast du mich letztes Mal schon gefragt.« Neave gab sich unverbindlich. Er fand nicht, dass es Berryman etwas anging. Lynne war eine ausgesprochen unabhängige Frau. »Okay, ich habe auch etwas, was dich interessieren könnte.« Er erzählte von Debbies Erlebnis im College und davon, was er bei seinen Nachforschungen entdeckt hatte. Er sah, wie sich Berrymans Miene verdüsterte.

»Warum, verdammt noch mal –«, begann er, doch Neave fiel ihm ins Wort.

»Okay, ich weiß, aber jetzt sage ich es dir ja.«

Berryman begann ihn nach Einzelheiten auszufragen, und Neave schilderte ihm die Ereignisse jenes Donnerstagabends und wie er am Montag vor Weihnachten die Wendeltreppe untersucht hatte. »Du hast niemanden gesehen oder gehört? Aber irgendjemand hat diese Tür von innen entriegelt?« Berryman überlegte. »Und der Schaden an der Lampe – es ist die Fassung, nicht die Birne? Und diese Sykes ist mit zu dir gekommen …« Berryman ging nicht näher darauf ein, aber es lag etwas in seinem Tonfall. »Und du hast sie seitdem nicht mehr gesprochen?«

»Nein, seit dem Freitag nicht mehr. Und da haben wir nicht über die Treppe geredet.«

»Hat aus ihrer Aktentasche irgendetwas gefehlt?«

»Sie hat nichts erwähnt.«

»Hat sie nachgesehen?«

»Nicht sofort, nicht solange sie mit mir zusammen war.«

»Und sie hat auch seitdem nichts vermisst?«

»Sie hat nichts gesagt.« Neave begriff, dass Debbie ihm sowieso nichts hätte sagen können, daher fügte er hinzu: »Ich bin am Samstag weggefahren. Sie hat mich nicht mehr gesehen.«

Berryman dachte darüber nach. »Glaubst du, das könnte unser Mann sein?« Neave zuckte die Achseln. »Warum?«, bohrte Berryman weiter. »Warum sollte er jetzt hinter jemandem her sein? Es ist zu früh. Und was sollte er am Fuß dieser Treppe wollen? Ich sag dir was: Ich wüsste keine bessere Methode, um ein paar Computer aus dem Haus zu schaffen. Es gab vorher schon Probleme mit Diebstählen. Es ist diese Tür, die auf die kleine Gasse hinausgeht, oder nicht, da beim Parkplatz?« Neave nickte. »Hast du deine eigenen Leute überprüft? Klingt mir ganz nach jemandem aus dem Haus. Die Feuertreppe runter, zur Hintertür raus, zuriegeln kann man ja später. Der Betreffende hatte vermutlich die Hosen voll, als das halbe bescheuerte College anfing, auf der Feuertreppe herumzuturnen. Ein Eindringling auf der Feuertreppe ist noch lange kein Verfolger.«

Darüber hatte Neave auch schon nachgedacht. Er wusste,

dass Berryman Recht haben könnte, und ihm fielen keine überzeugenden Gründe ein, warum er sich irren sollte. Außer… Berryman leerte sein Glas. »Magst du noch eins?«, fragte er.

»Meine Runde.« Neave ging zur Bar. Die Schankkellnerin, eine große Blonde, lächelte ihm schüchtern zu, und ihm fiel ein, dass er sie schon im College gesehen hatte. Sie musste dort Studentin sein. Sie hatte einen abklingenden Bluterguss auf der Wange, und eine Lippe war leicht geschwollen. Er bestellte die Getränke und erwiderte ihr Lächeln, als er ihr das Geld gab. Sie lief rosa an und ließ Bier über den Glasrand schwappen.

»Entschuldigung«, sagte sie.

»Schon gut. Schenken Sie einen Spritzer nach?« Neave sah auf den Inhalt der Gläser, der eindeutig nicht bis an den Eichstrich reichte. Sie lief noch dunkler an und zapfte sorgfältig etwas Bier in jedes Glas. Er sah auf ihr Gesicht, während sie sich auf den Inhalt der Gläser konzentrierte. *Nicht dein Problem, Neave.* Er zwinkerte ihr zu und trug die Gläser an den Tisch. Berryman hatte weiter überlegt.

»Pass auf. Ich schicke jemanden, der sich mal im College umsieht. Mal schauen, was wir finden. Hast du diese Lampenfassung berührt?« Neave schüttelte den Kopf. »Ich bin noch nicht davon überzeugt, dass was dran ist, aber ich sorge dafür, dass die Sache untersucht wird. Noch was?«

Neave nahm einen Zettel aus seiner Brieftasche und gab ihn Berryman. »Ich habe mir aufgeschrieben, wer an diesem Abend anwesend war. Das sind die Studenten, die in diesem Raum waren. Die meisten sind vor sieben gegangen, aber ein paar waren länger da, und die hier sind geblieben, bis geschlossen wurde.« Er wies auf Namen, die neben der Sperrzeit von einundzwanzig Uhr standen.

Berryman sah es sich an. »Sarah Peterson. Richard Fury. A. Mellors. Na gut, ich lasse sie von jemandem befragen, wenn das College wieder offen ist. Es kann auch nicht schaden, noch mal mit dieser Sykes zu reden – Steve hat sie zwar schon befragt, aber ich schicke jemanden vorbei. Und vielleicht brauche ich auch etwas von dir, je nachdem, was wir finden.« Er wehrte Neaves Protest mit einer Geste ab. »Sei nur froh, dass du nicht mehr unter mir arbeitest. Eine Zeugin zu bumsen bringt dir heutzutage eine Disziplinarstrafe ein.«

Sarah stellte Gläser in die Spülmaschine und sah auf die Uhr. Schon fast halb zwölf, und sie war noch lange nicht fertig. Sie fühlte sich unbehaglich. Sie hatte den Sicherheitsmann aus dem College gesehen und ihn wegen des Mannes fragen wollen, der Debbie gefolgt war. Ihr war zwar nach dem Gespräch mit Tim Godber wesentlich wohler gewesen, aber im Lauf der Woche war ihre Besorgnis wieder gewachsen und sie war sich nicht mehr sicher. Sie hatte den Mann gesehen und Tims Erklärung schien ihr einfach nicht zutreffend. Der Sicherheitsmann wüsste bestimmt, was zu tun war. Sie hatte gehofft, dass er noch einmal an die Bar käme, doch es wurde immer später, ohne dass er auftauchte, und sie konnte nicht raus, um ihn anzusprechen. Maggie, die Wirtin, die normalerweise hinter der Theke mit anpackte, wenn viel Betrieb war, lag mit einer Grippe im Bett, und die anderen von der abendlichen Thekenmannschaft, Jacquie und Pete, waren ebenso überlastet wie Sarah, sodass niemand Zeit für eine Pause hatte.

Nick hätte inzwischen da sein müssen. Er hatte gesagt, um elf. Sie sah erneut auf die Uhr. Tony kam hinter dem Tresen hervor. »Alles klar, Sarah? Wie kommst du nach Hause? Willst du ein Taxi?«

Sarah schüttelte den Kopf. »Nick holt mich ab«, sagte sie und zog die nächste Ladung Gläser über den Tresen.

»Er wird noch ausgesperrt, wenn er sich nicht beeilt.« Tony sah zu, wie die letzten Gäste das Pub verließen. »Gute

Nacht. Gute Nacht. Okay, Pete, schließ die Tür ab – machen wir, dass wir fertig werden.«

Jacquie knallte zwei Aschenbecher auf den Tresen. »Das war's dann, Sarah. Brauchst du da hinten noch Hilfe?«

Das Lokal war mittlerweile leer, und Sarah stellte die letzten Gläser in die Maschine.

»Willst du was trinken?« Tony und Pete, der Barman, konnten es kaum erwarten, bis die Gäste das Pub verließen, blieben aber oft selbst noch, um sich nach der Sperrstunde einen Drink zu genehmigen.

»Nick wartet bestimmt schon«, entschuldigte sich Sarah.

»Okay.« Tony lud Nick nie ein, bei diesen nächtlichen Gelagen mitzumachen, forderte allerdings manchmal Jacquies Freund Dave dazu auf. »Dann zieh mal los, Sarah. Ich mache hier alles fertig. Geh hinten raus, ich habe schon zugesperrt.«

Sarah holte ihren Mantel, sah in den Spiegel, rieb ein bisschen Abdeckstift über den verblassenden Bluterguss und fuhr sich mit dem Kamm durchs Haar. Sie wollte sich eigentlich mehr Zeit nehmen, aber sie wagte nicht, Nick länger warten zu lassen. Eilig ging sie zur Hintertür hinaus und außen herum zum Vordereingang, wo er stehen musste. Es war niemand da. Sie blickte die Straße hinauf und hinab. Sie war leer, abgesehen von einem Mann, der im Finstern an der Bushaltestelle gegenüber wartete. Sie kaute an ihrem Finger und fragte sich, was sie tun sollte. Nick hatte elf Uhr gesagt. »Ich komme um elf. Sorg dafür, dass für mich noch ein Drink drin ist. Und sieh zu, dass du pünktlich fertig wirst, ich habe keine Lust, den ganzen Abend dort herumzuhängen.« Sie sah erneut auf die Uhr. Es war schon nach Viertel vor zwölf. Jetzt würde er nicht mehr kommen. Tränen stiegen ihr in die Augen.

Sie könnte zurück ins Pub gehen und sich ein Taxi rufen, aber sämtliche Türen waren verschlossen. Sie müsste läuten, und dann würde Maggie aufwachen und die Kinder vielleicht auch. Tony sähe sie mit ihren roten Augen und sie käme sich blöd vor. Erneut kaute sie unentschlossen an ihrem Fingernagel. Ein Stück die Straße hinauf stand eine Telefonzelle. Wenn sie funktionierte, konnte sie von dort ein Taxi rufen. Doch dann fiel es ihr ein. Sie hatte nicht genug Geld für ein Taxi. Wieder sah sie auf die Uhr. Wenn sie es schnell hinüber zur Headlands Road schaffte, könnte sie den Nachtbus noch erwischen. Das hatte schon mal geklappt. Wenn sie auf der Straße entlangging, würde sie ihn verpassen, aber sie konnte ja den Fußweg zur Brücke nehmen, dann wäre sie in fünf Minuten dort.

Auf dem Fußweg war tagsüber viel los. Es war ein grüner Streifen in städtischer Umgebung, wo das Gelände zwischen hohen Mauern zu einer Brücke über einen Fluss abfiel. Am Ufer wuchsen Büsche und Bäume, und es könnte gefährlich sein, auf den glitschigen Stellen entlangzugehen. Der größte Teil des Weges lag im Dunkeln, nur am anderen Ende, kurz bevor der Weg wieder auf die Hauptstraße stieß, stand eine Laterne, doch der Mond schien hell. Sarah erschauerte. Langsam wurde es kalt.

Sie überquerte die Straße und ging die Stufen am Anfang der Passage hinab, die zur Brücke hinabführte. Wenn sie schnell ginge, bräuchte sie keine fünf Minuten. Sie beschleunigte ihre Schritte. Der Wind frischte auf, und die Wolken jagten über den Himmel und zogen über den Mond. Der Weg verschwand in der Finsternis.

Sarah hastete durch die Schatten und folgte dem Weg hinab. Der Mond tauchte immer wieder zwischen den dahinrasenden Wolken auf und verschwand wieder. Sie schaute sich um. Der Weg war nicht beleuchtet, aber sie glaubte zu sehen, wie sich ein Stück hinter ihr im Dunkeln etwas bewegte. Ihr Herz machte einen Satz und begann schneller zu schlagen. *Sei nicht albern,* schalt sie sich. Sie würde an etwas anderes denken, an ihren Essay, und sich ihre Gedanken über das Gedicht in Erinnerung rufen. Sie hatte es mehrmals gelesen, um den Aufsatz für Debbie richtig hinzukriegen.

Wie einer, der einsam die Straße zieht
Vor Angst und Schauer schwer

Sarah ging schneller und begann zu keuchen. Sie wollte jetzt nicht an das Gedicht denken. Die Büsche waren am Wegrand höher und stießen über ihr aneinander. Ein Zweig streifte ihr Haar und ihr Herz setzte einen Moment lang aus. Wo war die Brücke, wo war das Licht? Jetzt konnte es nicht mehr weit sein. Der Weg vor ihr war finster. Sie sah sich nicht um. Hinter ihr war nichts als Dunkelheit.

Noch einmal sich wendend, weiter zieht
Und wendet sein Haupt nicht mehr

Inzwischen wünschte sie, sie wäre auf der Straße geblieben. Ein kalter Wind blies ihr ins Gesicht und ließ sie frösteln. Sie schlang den Mantel fester um sich, doch das Frösteln wollte nicht aufhören. Der Wind fuhr jetzt in die Büsche und erzeugte ein Rauschen und Rascheln, als striche ein großes Tier durchs Unterholz. Ihre Schritte wurden schneller, bis sie fast rannte.

Denn siehe, er weiß, der erzböse Feind
Stapft ihm auf den Fersen einher.

Sie stieß einen Laut aus, der zwischen Schluchzen und einem Lachen lag. Morgen könnte sie für Debbie einen guten Essay über das Gedicht schreiben. Der Fluss lag nun vor ihr, sie konnte die zusätzliche Kälte in der Luft fühlen, die Feuchtigkeit eines Ortes, den die Sonne nie erreichte. Wo war das

Licht? Natürlich, man konnte es ja erst sehen, wenn man die Brücke überquert hatte. Der Wind rauschte durchs Unterholz, übertönte das Geräusch ihres Atems und fegte ihr ins Gesicht, sodass sie fast umgefallen wäre. Sie stolperte und fing sich keuchend wieder. Sie musste weitergehen. Die Straße kam gleich nach dem nächsten Hügel. Sie konnte das Glitzern des Wassers zwischen den Ufern sehen und die Brücke. Nur noch da hinüber, und dann könnte sie das Licht sehen, die Straße. Der feuchte Geruch des Flusses war widerlich. Er stach ihr faulig und verdorben in die Nase. Normalerweise roch er nach einem Regenguss nicht so, sondern nur im Sommer, wenn er wenig Wasser führte.

Eine Wolke zog über den Mond, und die Brücke lag im Finstern. Eine Schwärze, die fast wie ein massiver Block wirkte. Der Geruch war jetzt intensiv, beißend und Ekel erregend. Sarahs Füße fühlten sich bleiern an. Sie trat auf die Brücke, und die Dunkelheit vor ihr verdichtete sich. Der Geruch wurde überwältigend. Kalte Hände packten sie um die Kehle und zogen sie hinein.

10

Debbie blieb bis Montag in Goldthorpe. Fiona veranstaltete am Abend eine Party, und sie war in besserer Partylaune als vor Weihnachten. Sie fuhr am helllichten Vormittag und überzeugte Gina davon, dass kein Grund bestand, sie zu dieser Tageszeit zum Zug zu begleiten. Es war kalt, aber heiter und sonnig, und sie merkte, wie sich ihre Stimmung hob, als sie die Straße entlangging und sich an der Ecke noch einmal umdrehte und Gina zuwinkte.

Nicht einmal der Bahnhof mit seinem verrußten Beton-Funktionalismus konnte ihr die Laune verderben und sie begann sich auf den Abend zu freuen. Außerdem, so gestand sie sich ein, freute sie sich mittlerweile auch auf den Semesterbeginn, wenn sie zu ihren Studenten und Kollegen zurückkonnte. Sie empfand einen leisen Schmerz, als sie daran dachte, Rob zu begegnen, doch dann sagte sie sich, dass es umso leichter würde, je eher sie ihre Beziehung wieder in freundschaftliche Bahnen lenkte. Sie wollte nicht weiter darüber nachdenken. Als sie auf dem Bahnsteig stand und auf ihren Zug wartete, sah sie in den blauen, wolkenlosen Himmel empor. Das Leben war gut, im Großen und Ganzen war es sehr gut. Obwohl es kalt war, wärmte ihr die Sonne das Gesicht, und sie lächelte.

Die Rückfahrt führte sie durch ländliche Gegenden, Städte und Dörfer. Manchmal sah sie auf weiß bereifte Felder hinaus und manchmal auf Momentaufnahmen aus dem Leben anderer Menschen – ein kleiner Junge, der in seinem Garten auf einem neuen Fahrrad herumschwankte, eine Frau, die in der Sonne Wäsche aufhängte, eine Gruppe von Kindern, die auf dem Gehsteig Skateboard fuhr. In der sonnigen Kälte wirkten sogar die Industrieruinen weniger brutal, weniger hässlich. Die Zeichen von Verfall und Vernachlässigung – Müllberge und verlassene Autos – waren mit glitzerndem Raureif überzogen. *Weihnachtsdekoration,* dachte Debbie. *Sogar hier gibt es Weihnachtsdekoration.* Als der Zug in den Bahnhof von Sheffield einfuhr, sammelte sie ihre Sachen zusammen und reihte sich in die Schlange an der Zugtür ein, um sich die Illusion von Geschwindigkeit zu gönnen. Sie wollte nach Hause.

Sie ging auf einen Sprung in den Zeitschriftenladen am Bahnhof, um sich eine Zeitung zu besorgen. Als sie sich gerade anstellen wollte, um den *Guardian* zu bezahlen, stach ihr ein Foto auf der Titelseite des Lokalblatts ins Auge. Sie nahm die Zeitung zur Hand und betrachtete es genauer, musterte die Überschrift und las immer wieder die ersten Zeilen des Artikels. Nachdem das erste Herzklopfen sie beinahe in die Knie hätte sinken lassen, spürte sie Kälte, fühlte nichts, fühlte diese seltsame Leere, die sie auch beim Tod ihres Vaters empfunden hatte. Sarah Peterson starrte ihr lächelnd von der Titelseite der Zeitung entgegen, und das Bild brachte ihre unaufdringliche Attraktivität zur Geltung. *Das ist ein gutes Foto, Debbie...* Die Überschrift lautete: *Morehamer Studentin ermordet.* Der Artikel war kurz. Sarahs Leiche war am Freitag gefunden worden – es musste also bereits gestern etwas in der Zeitung gestanden haben. Die Polizei erklärte, dass sie kein Opfer des Eisenbahnmörders sei. Ein Mann half der Polizei bei ihren Ermittlungen.

»Möchten Sie die bezahlen?« Das Mädchen an der Kasse sah Debbie genervt an.

Debbie starrte sie an. »Oh. Ja.« Sie kramte nach ihrer

Geldbörse und fummelte mit den Münzen herum, während die Schlange hinter ihr ungeduldig vorwärts drängte. Gedankenverloren überquerte sie die Straße vor dem Bahnhof, stieg den Hügel neben der ehemaligen technischen Hochschule hinauf und ging durch den Fußgängertunnel unter der Schnellstraße, die das Stadtzentrum in zwei Hälften zerschnitt. Der Obdachlose, der immer am anderen Ende des Tunnels saß, befand sich an seinem gewohnten Platz. Debbie starrte ihn im Vorübergehen ausdruckslos an und registrierte erst später, dass sie nicht wie üblich stehen geblieben war, hallo gesagt und ihm ein Pfund gegeben hatte.

Im Stadtzentrum waren viele Leute unterwegs. Sie schienen alle auf Debbie zuzuströmen, sodass sie stehen bleiben musste, ausweichen und ihnen aus dem Weg gehen. Sie wollte nur noch nach Hause. Das helle Licht ließ alles grell und hässlich aussehen. Sie wollte ihre Tür hinter sich zumachen und versuchen, über das Geschehene nachzudenken.

Sie betrat das Haus, begrüßte geistesabwesend Buttercup, die ihr als Willkommensgruß eine Maus aus Katzenminze brachte, und warf Mantel und Taschen auf einen Stuhl. Sie ging in die Küche und setzte Wasser auf. Als der Tee fertig war, nahm sie eine Tasse mit ins Wohnzimmer, setzte sich hin und zog die Zeitung aus der Tasche. Sie las den Artikel noch einmal durch und konnte es kaum glauben. *Sarah!* Die traurige, friedfertige Sarah, die sich so viel Mühe gab und es allen recht machen wollte. Warum brachte jemand Sarah um? Sie sah erneut auf die Zeitung. *Ein Mann hilft der Polizei bei ihren Ermittlungen.* Sie ging nach oben und holte ihre Aktentasche hervor. Darin steckte eine Mappe mit unkorrigierten Arbeiten ihres Oberkurses. Sarah hatte letzte Woche – Debbie dachte nach – nein, da hatte sie keinen Aufsatz abgegeben; Sarah war in der letzten Sitzung nicht da gewesen, ihr Aufsatz stammte vom Freitag davor. Sie blätterte die Arbeiten durch, die sie korrigieren musste: Rachel, Chris, Leanne – das war eine Überraschung –, Kirsty, Sarah – da war er. Sie sah auf Sarahs letzten Essay herab, einen Essay über den Symbolismus in Coleridges Ballade »Der alte Seefahrer«.

Die Ballade vom alten Seefahrer wurde von Samuel Taylor Coleridge verfasst und handelt von einem Mann, der einen Albatros erschießt. Er erzählt einem Hochzeitsgast davon. Coleridge verwendet viel Symbolismus in diesem Gedicht, zum Beispiel…

Debbies Augen brannten und sie begann, hektisch zu blinzeln. Sie hatte sich so gewünscht, dass Sarahs letzter Essay gut wäre. Sie las weiter. Es war eine unstrukturierte Mixtur aus erzählenden Passagen, Kommentaren, die Debbie als ihre eigenen erkannte und die ihr hier fast wortgleich wieder vorgekaut wurden, und einigen Zitaten aus dem Gedicht, die von untergeordneter Bedeutung waren. Zum Schluss schrieb Sarah: *Am Ende ist der Seefahrer unversehrt. Er kommt nach Hause, aber er muss seine Geschichte anderen Leuten erzählen. Aber der Albatros ist trotzdem tot, und er ist ins Meer gefallen. Eigentlich erinnert sich niemand an ihn.* Seltsame Früchte hatte diese Diskussion getragen – Sarahs eigene Gedanken, schlecht ausgedrückt, aber die ihren. Es würde keine weiteren geben. Das Telefon klingelte und sie eilte nach unten. Es war Louise. »Hast du es schon gehört?«, fragte sie. Debbie erzählte ihr, dass sie sich am Bahnhof eine Zeitung gekauft hatte. »Ich kann es nicht fassen«, sagte Louise. »Ich habe das Mädchen zu Semesterende noch im College gesehen. Sie hat sich ganz vertraulich mit Tim Godber unterhalten.«

»Mit Tim? Sie kennt Tim doch gar nicht. Wann war das?«

»Am Montag. Abends. Ich weiß es, weil ich gerade aus einer dieser Besprechungen mit Davis kam und miserable Laune hatte. Debbie, dir muss es ja schrecklich gehen. Ich kannte das Mädchen kaum, aber du hattest sie doch unter deine Fittiche genommen.« Louise war betroffen.

»Das ist aber seltsam. Sie war an diesem Montag nicht im Unterricht. Hör mal, Louise, weißt du sonst noch was? In der Zeitung stand nicht viel, außer dass es so klingt, als hätten sie bereits jemanden. Ich kann es einfach nicht begreifen.« Debbie dachte an jenen Montag zurück. Sie war früh nach Hause gegangen. Wozu war Sarah ins College gekommen?

Wie üblich wusste Louise eine ganze Menge. »Es war ihr Freund, heißt es. Ein unangenehmer Zeitgenosse und ein ziemlicher Tyrann. Offenbar hat er sie kurz vor Weihnachten grün und blau geschlagen. Die Studenten haben von nichts anderem geredet. Übrigens kenne ich ihren Vater, und der ist genau so schlimm. Die arme Sarah. Man hat sie auf diesem Stück Ödland unten am Fluss gefunden, weißt du, droben am Broomegate.«

Debbie kannte den Fußweg. Im Sommer war es ein angenehmer Ort, ein unerwarteter Flecken Grün zwischen all den viktorianischen Reihenhäusern, nicht unähnlich der Gegend, wo Debbie wohnte. Doch im Winter, im Dunkeln, wäre es dort verlassen und bedrückend – ein einsamer Ort zum Sterben.

Sie blieb neben dem Telefon stehen und fragte sich, was sie als Nächstes tun sollte, als es an der Tür klingelte.

Lynne Jordan war erst seit vier Jahren in Sheffield, doch wusste sie mittlerweile, dass man Reihenhäuser, die auf die Straße hinausgingen, von hinten betrat. Sie klingelte und wartete zusammen mit West, ob jemand da war. Es war ihr zweiter Besuch. Sie waren vor ein paar Stunden schon einmal da gewesen und versuchten es nun auf gut Glück erneut, da sie in der Gegend waren. Berryman hatte ihr in allen Einzelheiten von Neaves Geschichte berichtet, und sie war richtig wütend auf ihn – im Grunde genommen auf alle beide. Auf Berryman, weil er sie nutzlos herumgehetzt hatte, und auf Neave wegen seines langen und – durch ihn – unerklärten

Schweigens. Sie wollten schon ein zweites Mal auf die Klingel drücken, als sich ein Schlüssel im Schloss drehte und die Tür aufging.

Lynne lächelte. »Deborah Sykes?«, sagte sie, und als die Frau, die die Tür aufgemacht hatte, nickte, stellte sie sich und West vor. »Können wir Sie sprechen?«, fragte sie.

Die Frau, Deborah Sykes, sah ein bisschen verständnislos drein, als wäre sie in Gedanken ganz woanders, doch sie trat einen Schritt zurück und bat sie herein. Lynne musterte sie genau, als Deborah sie durch die Küche ins Wohnzimmer führte und aufforderte, Platz zu nehmen. Feingliedrig, blass. Eine dunkle Haarwolke. »Möchten Sie eine Tasse Tee oder irgendwas?« Eine ruhige Stimme, einheimisch. Wieder eins von Neaves Elfenkindern. Lynne, die selbst einmal Englischlehrerin hatte werden wollen, bis ihr klar wurde, was für ein sinnloses Unterfangen das war, hatte Neaves Frau ein paarmal gesehen und ihr – ausschließlich für den Hausgebrauch – den Spitznamen »La belle dame sans merci« verliehen. Er hatte sich als überaus zutreffend erwiesen. Sie hatte gesehen, wie Neave, in einem düsteren gedanklichen Ödland gefangen, zu einem fahlen Schatten des Mannes wurde, der er früher war, des Mannes, den sie kennen gelernt und gemocht hatte, als sie bei der Polizei von Moreham angefangen hatte. *O was nur fehlt dir, Rittersmann?* Die Worte huschten ihr durch den Kopf. Deborah Sykes hatte wieder zu sprechen begonnen. »Geht es um Sarah?«

»Sarah?«, fragte Lynne.

»Sarah Peterson. Das Mädchen …«

»Das Weihnachtsmädchen«, sagte West.

Lynne fiel ein, dass das junge Mädchen, das nach Weihnachten ermordet worden war, Studentin am City College gewesen war. »Nein, es geht nicht um Sarah. Kannten Sie sie?«

»Ja. Sie war eine Studentin von mir.« Gesenkter Kopf, das Haar verdeckte das Gesicht. Sie war tief betroffen.

Lynne versuchte, in sanftem Ton zu sprechen. »Es tut mir Leid. Es ist wirklich kein günstiger Zeitpunkt, aber ich muss Sie unbedingt sprechen.« Sie rechnete nicht damit, auf irgendetwas von Interesse zu stoßen – weder sie noch Berryman hatte Neaves Interpretation vom Einbruch im College überzeugt –, aber falls etwas dahinter steckte, ließ sich das vermutlich einfacher herausfinden, solange die Frau von diesem Todesfall verstört war.

»Schon gut. Es war nur einfach ein Schock für mich. Man rechnet nicht damit …«

»Nein, natürlich nicht. Ich möchte mit Ihnen über Donnerstag reden.« Sie sah auf ihre Notizen. »Donnerstag, den Zwölften. Den Abend von Donnerstag, dem Zwölften.« Sie hielt den Blick auf ihre Aufzeichnungen gerichtet, doch sie sah, wie die Frau errötete. »Wir wissen, dass im College möglicherweise ein Einbruch stattgefunden hat. Können Sie mir einfach nur erzählen, was geschehen ist?« Sie machte sich Notizen, während Deborah sprach. »Sie haben also niemanden gesehen?«, wiederholte sie, als die Geschichte beendet war.

»Nein, aber Rob, Rob Neave, hat gesagt, dass die Tür nicht verriegelt war. Wenn jemand da war, konnte er unten hinausgehen.«

»Sie sagten, Sie hätten Schritte gehört. Sind Sie sich da sicher?« Lynne versuchte herauszufinden, wie gut sie sich auf die Aussage dieser Frau verlassen konnte.

Deborah Sykes warf ihr ein kurzes Lächeln zu, und Lynne fand sie langsam sympathisch. »Damals war ich mir sicher, aber ich war kurz zuvor auf dieser Treppe gewesen und habe die Studenten mit Gespenstergeschichten zum Gruseln gebracht. Normalerweise bin ich nicht so schreckhaft, und ich höre sonst auch keine Geräusche im Dunkeln, aber in dem Moment war ich empfänglich für solche Dinge wie selten. Aber *irgendetwas* habe ich mit Sicherheit gehört. Das habe ich mir nicht eingebildet.«

Auf jeden Fall eine vernünftige Frau. Lynne kam jetzt zum heiklen Teil. »Sie haben Ihre Tasche unten an der Treppe vergessen. Hat irgendetwas daraus gefehlt, als Sie sie wiedergefunden haben?«

Deborah überlegte einen Moment und schüttelte dann den Kopf. »Nein, ich hatte nur meine Geldbörse. Nicht, dass viel drin gewesen wäre. Aber nein, es hat nichts gefehlt.«

»Haben Sie sofort nachgesehen?«

»Nein, nicht sofort.« Sie führte es nicht weiter aus, und Lynne gab ihr neun von zehn Punkten für Taktgefühl.

»Wann haben Sie nachgesehen? Als Sie nach Hause kamen?«

»Ich bin nicht nach Hause gefahren. Ich habe bei einem Freund übernachtet. Aber ich hätte es am nächsten Morgen gemerkt, wenn etwas gefehlt hätte.«

Volle Punktzahl. Lynne fand es witzig und beschloss, dass sie dieses letzte Häppchen Information nicht um jeden Preis herauskitzeln musste. Nachdenklich musterte sie Deborah. »Seit dieser Artikel in der Zeitung erschienen ist…« Sie sah, wie Deborah angesichts dieses neuen Themas, das zweifellos auch problematisch für sie war, erneut errötete. »Hatten Sie irgendwelche ungewöhnlichen Anrufe, den Eindruck, dass Ihnen jemand folgt, oder gab es sonst etwas, das Sie beunruhigt hätte?«

Deborah schüttelte den Kopf. »Der andere Polizist…« Sie suchte nach dem Namen.

»Steve McCarthy?«, half Lynne.

Deborah nickte. »Ich glaube ja. Er hat mich das alles schon gefragt. Gibt es einen Grund für…?«

»Hören Sie, Deborah, das ist die reine Routine. Aber Sie gelten jetzt als jemand, der den Würger gesehen hat. Ich glaube, wir haben Ihnen bereits damals gesagt, dass Sie vorsichtig sein sollen.«

Deborah verzog das Gesicht. »Ich habe nichts Brauchbares gesehen, das ist ja das Dumme. Ich war so wütend, als dieser Artikel erschien.« Sie sah Lynne an, die ihr zunickte. Deborah Sykes kam ihr nicht wie jemand vor, der auf Aufmerksamkeit erpicht war.

»Und Ihnen ist nichts Ungewöhnliches aufgefallen, rein gar nichts?«

»Nur die Besuche von Polizisten, die mir raten, vorsichtig zu sein.«

Lynne lachte und steckte ihr Notizbuch ein. »Ich glaube zwar nicht, dass Sie sich allzu große Sorgen machen müssen, Deborah, aber es kann nicht schaden, auf Nummer sicher zu gehen.« Sie erhob sich. »Falls Ihnen noch irgendetwas einfällt, oder wenn irgendwas geschieht, was Ihnen Sorgen macht, können Sie mich unter dieser Nummer erreichen.«

Deborah nahm die Karte, die Lynne ihr hinhielt. »Wer hat Ihnen das mit Donnerstag erzählt?«

»Es wurde gemeldet«, antwortete Lynne ausweichend. »Wir hielten es für nötig, der Sache nachzugehen.« Sie nahm an, dass Deborah ganz genau wusste, wer mit Berryman gesprochen hatte. Doch hier war nichts zu finden, das auf den Mörder gewiesen hätte.

Ungeziefer – Feuer und Schlingen, das nimmt man für Ungeziefer. Es ist wichtig, das Geschöpf zu schützen, das man jagt, es heil, geschmeidig und bereit zur Jagd zu halten, zum Ausbluten – warmes, lebendiges Blut, kein kaltes, totes – und zum Töten. Er sitzt an seiner Anlage und grübelt einen Moment lang über der Szene. Er drückt einen Hebel. Ein Zug fährt langsam in den Bahnhof von Moreham ein und hält an. Kann er sich selbst wiederholen? Moreham wäre am einfachsten. Er drückt erneut den Hebel und verstellt die Weichen. Der Zug fährt von Moreham ab und weiter durch Mexborough, Conisbrough, Doncaster, Kirk Sandall, Goole… schwieriger. Er muss nachdenken.

Bis jetzt war er sehr erfolgreich, aber er weiß um die Gefahren der Selbstzufriedenheit. »Man soll den Tag nicht vor dem Abend loben«, hat seine Mutter immer gesagt. Eine Jagd ist nur dann erfolgreich, wenn man etwas erlegt – wenn die Trophäe errungen und der Jäger sicher wieder zu Hause ist. Trotzdem – ein erfolgreicher Anfang ist ein gutes Omen für ein erfolgreiches Ende. Der geübte Jäger verfolgt die Fährte seiner Beute, weiß, wo sie ist und wohin sie läuft, kennt die beste Zeit und den besten Ort, um die Falle aufzustellen und zuschnappen zu lassen. Der geübte Jäger kann seine Beute überall finden und sie stellen, wo immer sie sich auch zu verstecken suchte.

Und jetzt hat er ein paar phänomenale Waffen in seinem Arsenal. Einen Bund Schlüssel, von denen ein paar in seiner Handschrift markiert sind, und ein paar nicht, noch nicht. Und einige fotokopierte Seiten aus einem Tagebuch, das ein paar Monate zurückreicht. 20. Juli: Institutsfest, 19.30 Theatersaal. TG abgeschleppt!!! 30. Juli: zu Mum, 12.30. Einkaufsbummel. Nicht vergessen: schwarzes Oberteil für heute Abend kaufen. 5. November: Brian, Chris usw., Feuerwerksparty bei Katy. 10. RN im Pub!!! 11. Dezember: DS McCarthy … *Daten von Feiertagen, Termine von Verabredungen, Telefonnummern und Adressen.*

Er drückt erneut Knöpfe auf der Schalttafel, und erneut setzen sich die Züge in Bewegung, alle zugleich, alle aufeinander abgestimmt. Er schließt die Augen und kann ihr Rattern auf den Schienen hören, das Echo ihrer Signalhörner, während sie die Dunkelheit durchschneiden und dann in ihr verschwinden. Sie lassen die Dunkelheit hinter sich. Er kennt die dunklen Orte, kennt sie gut. Und sie wird sie auch kennen lernen, bald, zur rechten Zeit.

Also Moreham.

11

Nachdem Weihnachten endlich vorüber war, konnte sich Neave um Pete Mortons Angebot kümmern. Sie hatten kurz darüber gesprochen, als er beschlossen hatte, am City College aufzuhören. Eine Partnerschaft in einem Sicherheitsdienst einzugehen war zwar nicht gerade das, was er sich vorgestellt hatte, aber Morton hatte bei Neaves Anruf davon gesprochen, dass er auch Ermittlungsaufträge übernehmen sollte. »Vieles überschneidet sich. Da ist zum Beispiel eine Anwaltskanzlei, die immer wieder zu mir kommt, weil die Leute wissen, dass sie bei mir Ergebnisse sehen. Außerdem berate ich einige große Firmen. Es ist nicht die miese Seite der Branche, es geht nicht darum, Jungs in Nachtclubs zusammenzuschlagen, es ist eine gute Arbeit, und sie bringt gutes Geld.« Es klang interessant. Höchste Zeit, dass er aus Moreham verschwand. Er hätte schon vor zwei Jahren wegziehen sollen.

Fast hätte er die Zeitung übersehen. Meist beachtete er das Lokalblatt gar nicht, und die Geschichte hatte, falls sie es überhaupt in die überregionalen Blätter geschafft hatte, wenig Aufmerksamkeit erregt. Ganz als würden jeden Tag Achtzehnjährige ermordet. Tja, vermutlich war es so. Es war das Foto, das ihm ins Auge stach, obwohl er sie nicht auf Anhieb erkannte. Er las die Geschichte und dachte zuerst, es sei wieder der Würger gewesen. Er betrachtete das Mädchen auf dem Foto und erinnerte sich an sie – das Mädchen hinter der

Theke im Broomegate. Später am selben Abend ermordet. Er ließ den Abend noch einmal Revue passieren und versuchte sich an Gesichter im Pub zu erinnern, an Leute, mit denen er gesprochen haben könnte, als ihn der Name auf etwas brachte. Er zog seine Brieftasche heraus und blätterte die verschiedenen Zettel darin durch. Ja. Er studierte die Namensliste. Er glaubte sich recht erinnert zu haben. Sarah Peterson, die Studentin, die am Abend jenes Donnerstags als Letzte das Informatikzentrum verlassen hatte, eine der Studentinnen, mit denen Berryman reden wollte.

Er wählte Berrymans Nummer, doch der saß in einer Besprechung. Er ließ ihm ausrichten, dass er zurückrufen solle, und marschierte anschließend ruhelos im Raum auf und ab und überlegte, was er tun sollte. Schließlich ging er erneut ans Telefon und wählte Lynne Jordans Nummer – die ihres Handys. Als sie sich meldete, konnte er Straßenlärm hören. Sie war irgendwo unterwegs. »Lynne?«, sagte er.

»Oh. Hallo, wie geht's? Du hast mich direkt vor dem Busbahnhof erwischt. Ich verstehe kein Wort.« Sie klang recht fröhlich.

»Hör mal, Lynne, hast du einen Moment Zeit? Kannst du dich mit mir treffen? In etwa einer Stunde?«

Schweigend überlegte sie einen Moment lang. »Lieber ein bisschen später. Ich bin um drei fertig – na ja, eigentlich nicht, aber ich will ein paar Sachen in der Bibliothek nachschlagen, also kann ich ein paar Minuten für dich erübrigen.«

Sie verabredeten, sich in der Cafeteria des Bibliotheksgebäudes zu treffen. Neave sah auf die Uhr – halb zwei. Er war gereizt und ungeduldig. Er machte sich ein Specksandwich und aß es, während er auf und ab tigerte und darauf wartete, dass Berryman zurückrief. Als um halb drei noch kein Anruf gekommen war, fiel ihm ein, dass Berryman ja die Nummer seines Handys hatte, und er machte sich auf den Weg zu seiner Verabredung.

Die Cafeteria war eine dieser Lokalitäten mit stapelbaren Plastikstühlen, in denen es penetrant nach Dampf und getragenen Kleidern roch. Ohne Begeisterung rührte er Zucker in eine Tasse hellbeigen Kaffees, als Lynne zur Tür hereinkam. Ihr kurzes braunes Haar glitzerte von Regentropfen, und ihr Gesicht war von der Kälte gerötet. Sie winkte ihm zu und trat an die Theke, um sich etwas zu trinken zu holen. Klüger als Neave, hatte sie Cola gewählt. Sie sah auf seine Tasse. »O Gott, Neave, was hat denn da drin sein Leben ausgehaucht?« Er freute sich, sie zu sehen, und bemühte sich nicht, das Lächeln zu unterdrücken. Sie grinste zurück. »Also. Weshalb die Eile? Wo brennt's?«

Er spürte, wie ihn erneut Beklommenheit überkam, und er rieb sich mit der Hand übers Gesicht. »Nirgends, hoffe ich. Hör mal, dieser Mord an Sarah Peterson…« Er sah, wie sie die Stirn runzelte, doch rasch gab er ihr sein Gespräch mit Berryman wieder und erklärte ihr, dass Berryman sich bereit erklärt hatte, Sarah wegen des Einbruchs am Donnerstag zu befragen. »Es ist ein zu großer Zufall, Lynne. Ist ihm klar, dass es dasselbe Mädchen ist?«

Lynne sah ihn an. »Ich weiß von der Geschichte am Donnerstag. Berryman hat mich zu dieser Sykes geschickt, damit ich mit ihr darüber rede.« Sie hielt inne und überlegte. »Soweit ich weiß, hat kein Mensch mit der Peterson gesprochen. Berryman weiß, wer sie ist. Aber das bringt uns nicht weiter.«

»Jemand hat sie umgebracht.«

»Ja. Und wir saßen in den Startlöchern, bereit loszulegen, sowie wir es erfahren hatten. Aber es hat nicht dazugepasst, und die Obduktion hat das bestätigt. Es war kein Würger-Mord. Zumindest war es nicht *der* Würger. Es deutet alles auf ihren Freund hin. Sie hat das Pub in Eile verlassen, um ihn zu treffen, weil er vor verschlossenen Türen stand. Ein oder zwei Wochen vorher hatten sie Streit – ihre Freundinnen haben darüber gesprochen. Andauernd ist sie im College mit

Blutergüssen, blauen Augen und dergleichen aufgetaucht.« Durch eine Geste demonstrierte sie ihren Abscheu.

»Das reicht nicht.«

»Stimmt. Es lässt ihn als möglichen Täter erscheinen, aber weiter nichts. Auf jeden Fall war er dort, das steht fest. Er hat gegen die Tür des Lokals gehämmert, ist vom Wirt zusammengestaucht worden und hat sich dann stinkwütend auf die Suche nach ihr gemacht. Als sie ihn gefasst haben, hat er das auch noch abgestritten. Es besteht kaum ein Zweifel.«

»Ist das endgültig? Wollen sie ihn unter Anklage stellen?«

Lynne war sich nicht sicher. »Wenn sie können, schon. Sie verhören ihn immer noch – er packt brav aus.«

»Wenn sie sich so verflucht sicher sind, warum wurde er dann noch nicht unter Anklage gestellt?« Neave ließ nicht locker.

»Herrgott, Neave. Es ist doch nicht mein Fall.«

»Und die Gerichtsmedizin?«

»Nicht viel, soweit ich gehört habe. Logisch, sonst hätten sie ihn schon angeklagt. Das ist erst der Anfang. Sie haben eben die Daten noch nicht.« Lynne nippte an ihrer Cola und verzog das Gesicht. Neave wechselte das Thema.

»Und was hat Deborah gesagt?«

Lynne schilderte ihm in groben Zügen Debbies Aussage. »Es gibt keinen Grund, warum jemand dort unten hätte sein sollen, noch dazu jemand, der es auf sie abgesehen hat. Und Hinweise auf etwas anderes gibt es nicht. Wir haben sie gewarnt, Neave, sie weiß, dass sie vorsichtig sein muss. Im Moment habe ich keine Ahnung, was wir sonst tun könnten.«

Er schüttelte den Kopf. »Es ist ein zu großer Zufall, dass ausgerechnet die Peterson ermordet wurde.«

Lynne verhehlte ihren Ärger nicht. »Ich gebe zu, dass es ein ziemlicher Zufall ist. Wir behalten die Sache im Auge, das habe ich dir ja schon gesagt. Ich mag keine Zufälle. Was sollen wir denn sonst tun?«

Die Antwort folgte prompt. »Mehr, als ihr im Moment tut.«

Lynne wusste, wann sie Tacheles reden musste. Es war eine der Eigenschaften, die sie zu einer guten Polizistin machten. »Jeder fasst dich mit Glacéhandschuhen an, Neave. Alle glauben, dass du es nicht mehr packst, seit das mit Angie und dem Baby passiert ist. Du hast die Panik, weil du etwas mit dieser Frau angefangen hast, und jetzt bildest du dir ein, dass sie sterben muss. Du glaubst, sie wird ermordet werden. Und Berryman hört auf dich, weil du früher mal ein prima Bulle warst. *Früher mal.* Aber jetzt nervst du.« Das machte ihn noch wütender, sie sah es ihm an. Er war ganz weiß geworden, und sein Gesicht wirkte verkrampft. Sie hatte ihn nicht unbedingt aufbringen wollen, aber es musste einmal gesagt werden, und niemand außer ihr hatte den Mumm dazu. Sie sah weg und hob ihr Glas an die Lippen.

Einen Augenblick lang dachte sie, er würde gehen. Sie merkte ihm an, dass er angestrengt um Beherrschung rang. »Okay. Tut mir Leid. Du hast Recht. Nur – ich glaube, es ist irgendwas im Busch. Pass auf, ich gehe jetzt. Du musst ja noch arbeiten.« Doch sein Tonfall klang überhaupt nicht, als ob ihm irgendetwas *Leid* täte. Sie fürchtete, diesen einen Satz würde er ihr nie verzeihen.

Als Lynne wieder ins Revier zurückkam, saß Steve McCarthy an seinem Schreibtisch und ging einen Stapel Aussagen durch. »Irgendetwas Interessantes?«, fragte sie. Ihre Begegnung mit Neave hatte sie deprimiert, und sie sehnte sich nach Ablenkung.

Er sah sie nicht an. »Aussagen von Fahrgästen aus Kate Claremonts Zug. Ich suche die Antwort auf diese Frage.« Als sie nicht reagierte, warf er ihr einen Blick zu. »Wo ist Kate aus dem Zug ausgestiegen?«, rief er ihr in Erinnerung.

Lynne sah ihm über die Schulter. »Haben Sie was gefunden?«

»Ich weiß nicht genau. Wir sind doch davon ausgegangen, dass sie in Doncaster ausgestiegen ist, stimmt's?« Lynne nickte. »Wir haben die Aussage ihrer Freunde, die besagt, dass sie das häufig getan hat. Aber sehen Sie sich das mal an.« Er schob ihr ein paar Blätter hin. »Das sind alles Leute, die aussagen, dass sie Kate im Zug gesehen haben. Wir wissen, dass sie in Hull eingestiegen ist. Ihre Freunde haben gewartet, bis der Zug abfuhr. Außerdem behaupten mehrere Leute, dass sie ihnen aufgefallen wäre. Dieser Typ« – er schwenkte Lynne eine Aussage entgegen – »hat sie gesehen, als er in Ferriby eingestiegen ist. Ein anderer ist in Goole zugestiegen. Er sah sie auch. Diese Frau ist in Thorne Nord ausgestiegen. Sie sagte, sie musste ihre Tasche über eine schlafende Frau heben. Das war Kate – derselbe Platz, dieselbe Beschreibung. Das war's. Danach hat sie niemand mehr gesehen.«

Lynne sah auf die Landkarte. »Tja, der nächste Halt ist Doncaster, also würde es ja passen.«

»Nein«, widersprach McCarthy. »Es ist ein Bummelzug. Er muss auch in Kirk Sandall gehalten haben. Sehen Sie her.«

»Warum hätte sie dort aussteigen sollen?« Lynne betrachtete den Bahnhof am Rande des – was? Dorfes? Städtchens? Es wirkte wie ein nichts sagender Ort. Warum hätte jemand wie Kate in Kirk Sandall den Zug verlassen sollen? »Und wenn doch? Was sagt uns das dann?«

»Es würde das Problem mit Doncaster lösen. Er schnappt sie sich nicht an belebten Bahnhöfen.«

»Okay, aber es ist reine Spekulation. Nichts weist darauf hin, dass sie von ihrer üblichen Gewohnheit abgewichen ist.«

»Es ist aber etwas passiert. Es gab eine Verzögerung.« Er sah Lynne an, um sich zu vergewissern, dass sie ihm zuhörte. Sie lauschte ohne ein Wort. »Ich habe mir die Aussage des Schaffners angesehen. Er sagt, es hätte eine kurze Verzögerung von ein paar Minuten gegeben, weil eine der Türen klemmte und nicht zuging. Wir wissen, dass auf dieser Fahrt etwas Ungewöhnliches passiert ist, und das ist das Einzige, was ich finden konnte. Ich gehe noch einmal sämtliche Aussagen durch, um zu prüfen, ob noch etwas anderes vorgefallen ist. Etwas, was Kate zum Aussteigen veranlasst hat.«

Lynne hatte angebissen. »Ich helfe Ihnen.« Er nickte und schob ihr einen Stapel Blätter hin. Beide fingen an zu lesen.

Lynne versuchte sich auf eine weitere Schilderung der Fahrt von Hull nach Sheffield zu konzentrieren, diesmal von einem Passagier, der von Thorne nach Doncaster gefahren war, als McCarthys Stimme sie aufschreckte. Sie vernahm die unterdrückte Erregung in seinem Tonfall. »Lynne!« Sie wirbelte auf ihrem Stuhl herum, die Aussage, die sie soeben gelesen hatte, noch in der Hand. »Hören Sie sich das mal an.« Er begann vorzulesen. »›*Als wir in Sandall anhielten, dachte ich, sie hätten Doncaster ausgerufen, und stieg aus, doch das war's gar nicht, also bin ich wieder eingestiegen.*‹ Dieser Mann saß auf dem Platz vor Kate.« Er sah Lynne an.

»Kate dachte, es sei Doncaster? Jemand hat sie überlistet? Wie?«

McCarthy beugte sich zu ihr. »Überlegen Sie mal, Lynne. Kate sitzt direkt neben der Tür. Sie hat sich immer einen Platz an der Tür gesichert, haben ihre Freunde gesagt. Einen Sitz wie im Flugzeug: an der Tür, direkt am Gang, und ihr Gepäck auf dem Fensterplatz. Sie hat geschlafen und ist in Doncaster immer ausgestiegen, um sich einen Kaffee und eine Zeitung zu holen.«

»Und das wusste er …« Lynne überlegte. »Jemand ruft ›Doncaster‹, sie wacht auf, es ist dunkel … Konnte er sich sicher sein, dass sie darauf hereinfallen würde?«

»Ich würde sagen, die Chancen standen gut. Sie musste schnell sein, wenn sie innerhalb von fünf Minuten aus- und wieder einsteigen wollte. Vermutlich war sie darauf programmiert, genau dann aufzuwachen, und als sie das Wort hörte, muss sie aus dem Schlaf geschreckt sein. Womöglich handelte sie ganz automatisch.«

Lynne ging an die Landkarte hinüber und sah sich die Nadeln an, die die Leichenfundorte sowie die Stellen markierten, an denen die Frauen zuletzt lebend gesehen worden waren. Falls McCarthy Recht hatte, wäre Kate die Einzige, die hinter Doncaster geschnappt worden war. Sie sah auf Kirk Sandall und auf den kleinen See östlich von Balby Carr, wo Kate gefunden worden war. Dann musterte sie erneut die ganze Karte. »Steve!«, sagte sie. »Sehen Sie sich das mal an!«

Jetzt war sich Neave nicht mehr sicher. Er war wütend auf Lynne, vertraute aber auf ihr Urteilsvermögen – in mancher Hinsicht mehr als auf Berrymans. Seine Vermutungen hatten tatsächlich sehr wenig Grundlage. Er wusste nicht, was er als Nächstes tun sollte, und dieses Gefühl von Unsicherheit war ihm fremd. Er könnte zu Debbie gehen und in Erfahrung bringen, was ihrer Meinung nach los war. Aber das hatte Lynne bereits getan und erklärt, dass nichts los war. Er schreckte davor zurück, Debbie auszuhorchen. Es würde Punkte anreißen, die er eigentlich abgeschlossen wissen wollte. Er hatte vor, sich soweit wie möglich von ihr fern zu halten, wenn das Semester wieder begann, aber wenn er schon mit ihr reden musste, so wäre es im College günstiger.

Nach seinem Treffen mit Lynne ging er zur Arbeit. Er brauchte Ablenkung. Im College herrschte Ruhe. Die Hausmeister waren zwar alle da, aber Studenten und Dozenten würden erst im neuen Jahr wiederkommen. Die Ruhe, die stillen Flure und Klassenräume entsprachen seiner Stimmung. Er spazierte durchs College, sah sich um und fühlte sich in das Haus ein. Im Nordbau, wo der größte Teil der Verwaltung untergebracht war, herrschte am meisten Betrieb. Er blieb stehen und plauderte ein Weilchen mit der Empfangsdame, wehrte Fragen danach ab, wie er Weihnachten verbracht hatte, und ließ sich berichten, was in seiner Abwesenheit vorgefallen war. Sie sprach kurz von der toten Studentin, aber in nüchterner Weise. Sie hatte das Mädchen nicht gekannt. »Das geht einem gleich ganz nahe, was?«, sagte sie. Neave nickte zustimmend, obwohl er in Wirklichkeit nicht fand, dass es einem nahe ging. Wenn es einem erst einmal nahe ging…

Im Moore-Bau herrschte Grabesstille. Neave traf keinen Menschen auf seinem Rundgang, und das kleine Büro, das als Empfangsbereich diente, war abgesperrt und verwaist. Er fragte sich, weshalb das Gebäude überhaupt offen war, und nahm sich vor nachzufragen, ob es nicht verschlossen sein sollte, bis die Dozenten wieder da waren.

Die langen, hohen Flure im Broome-Bau ließen ihn an Debbie denken. Er sah sie vor sich, wie sie rasch durch die zunehmende Düsternis schritt, mit den Studenten lachte und mit großäugiger Überzeugung Gespenstergeschichten erzählte. Er war ihr eines Tages begegnet, als sie mit einer ihrer Klassen unterwegs war, und hatte aus diskreter Distanz zugehört, wie sie der fasziniert schweigenden Gruppe eine Geschichte erzählte – irgendeinen Unsinn über mysteriöse Gestalten, die in verschlossene Räume eindringen. Sie würde eine hervorragende Schwindlerin abgeben. Er erinnerte sich an ihr vor Entsetzen weißes Gesicht, als sie auf der Wendeltreppe eingeschlossen gewesen war. Hier brach er seine Überlegungen ab, ging aber hinauf ins Informatikzentrum, um sich die Treppe noch einmal anzusehen.

Verwundert stellte er fest, dass die Sekretärin an ihrem Tisch saß und am PC arbeitete. Sie sah auf, als er hereinkam, offenbar ebenso erstaunt wie er. »Ach, hallo«, sagte sie. »Hatten Sie schöne Weihnachten?«

»Hallo« – rasch durchforstete er sein Hirn und kam auf ihren Namen –, »Sheila. Ich hatte nicht damit gerechnet, dass jemand hier sein würde.«

»Wenn ich diesen Papierkram nicht erledige, solange Ruhe herrscht, schaffe ich ihn überhaupt nicht mehr«, erklärte sie. »Wollten Sie hier drin etwas arbeiten? Ich störe Sie doch nicht, oder?«

»Nein, überhaupt nicht. Sie könnten mir sogar bei etwas helfen. Würden Sie mir die Anwesenheitsliste vom zwölften Dezember, abends, zeigen? Ich brauche die letzten anderthalb Stunden.« Er hatte die Einträge bereits gesehen, aber er wollte sie sich noch einmal anschauen. »Hatten Sie an dem Abend Dienst?«

Sheila schüttelte den Kopf und sagte dann: »Moment mal, ja, doch. Ich habe diesen Abend übernommen, weil jemand krank war.«

»Ich weiß, dass es schon eine Weile her ist, aber Sie sind doch eine gute Beobachterin, Sheila. Sagen Sie mir, was Ihnen zu den Leuten einfällt, die an diesem Donnerstag hier waren.« Er zeigte ihr die Anwesenheitsliste, und sie nannte ihm die Studenten, an die sie sich erinnern konnte, aber sie kannte nur wenige derer, die an diesem Abend da gewesen waren.

Sie fuhr mit dem Finger die Liste herunter und versuchte, sich jeden einzelnen in Erinnerung zu rufen. »Der kam nur rein, um eine Arbeit abzugeben … an den kann ich mich nicht erinnern … die hatte einen Termin bei David Matthews … und dann diese Sarah, die war bis zum Schluss da. Das war in etwa alles, glaube ich.« Der Name schien ihr nichts zu sagen.

»Kam irgendjemand später, gegen Ende?«

Sie runzelte die Stirn. Ihre Miene hellte sich auf, als es ihr einfiel. »Debbie Sykes hat gegen acht, Viertel nach acht eine Gruppe Studenten hereingeführt. Sie sind zur Feuertür hinausgegangen – die Computer haben sie gar nicht benutzt.«

»Noch jemand nach Deborah?« Dass sie sich an Debbie erinnerte, war gut – es würde Sheila helfen, den Abend in ihrem Gedächtnis zu verankern. Sie schüttelte den Kopf. Niemand nach Debbie. Er sprach mit ihr das System für die

Benutzung des Raums durch, wie Leute an- und abgemeldet wurden und wie man überwachte, wer an die Geräte ging. Es war ein simples System, aber es schien zu funktionieren. »Mich tragen Sie nicht ein, wenn ich komme«, sagte er. »Ist das üblich?«

»Ach, die Mitarbeiter tragen wir nicht ein. Na ja, die Dozenten schon, aber die Techniker und Hausmeister gehen die ganze Zeit ein und aus. Die schreiben wir nicht auf.«

Jetzt musste er Acht geben, dafür sorgen, dass sie ihm eine genaue Antwort gab. »Können Sie sich daran erinnern, ob irgendjemand aus diesem Personenkreis am Donnerstag hereinkam? Vielleicht nachdem Deborah Sykes ihre Studenten hergebracht hat?«

Sie überlegte erneut. »Das fällt mir nicht unbedingt auf, wenn mich der Betreffende nicht anspricht. Ich glaube, einer der Hausmeister könnte hereingekommen sein. Sie schloss die Augen und versuchte, es sich bildlich vorzustellen. »Ich kann mich wirklich nicht erinnern«, sagte sie und schüttelte bedauernd den Kopf.

»Danke, Sheila, das hilft mir durchaus. Sagen Sie mir Bescheid, wenn Ihnen noch etwas einfällt.«

Sie lächelte ihn an. »Gibt es ein Problem? Ich meine, gab es ein Problem?«

Sinnlos, jemanden zu verschrecken. »Nein, ich sehe mir nur ein paar Räume an. Ich halte es zum Beispiel nicht für besonders klug, dass Sie abends allein hier sind.«

Sie nickte, lehnte sich vertraulich über den Tisch und senkte die Stimme. »Ich arbeite normalerweise nicht abends, aber Elaine sagt, früher wären hier alle möglichen Typen reinspaziert. Es ist besser geworden, seit sie einige Eingänge geschlossen haben. Aber besonders angenehm ist es nicht. Man hat keine Unterstützung, falls es Ärger gibt.«

Er zögerte. »Mal sehen, was ich tun kann«, versprach er. »Ich will nur noch einen Blick auf die Feuertreppe werfen, okay?« Sie lächelte ihn kurz an und wandte sich wieder ihrem Bildschirm zu.

Die Wendeltreppe wirkte, als hätte niemand die Tür geöffnet, seit er vor Weihnachten hindurchgegangen war. Die defekte Lampenfassung baumelte immer noch unrepariert herab. Er fragte sich, ob Berryman sein Versprechen gehalten hatte, die Fassung untersuchen zu lassen. Neave überlegte kurz. Falls derjenige, der das Licht zerstört hatte, der landläufige studentische Rowdy war, fänden sich Fingerabdrücke auf der Fassung. War es jemand anders gewesen, wäre die Fassung vermutlich abgewischt worden. Zumindest das musste er herausfinden.

Berryman sah auf die Landkarte, die ihm Lynne zeigte. »McCarthy meint, Kate könnte hier aus dem Zug gestiegen sein«, sagte sie und wies auf Kirk Sandall. »Und jetzt sehen Sie mal.« Mit dem Finger fuhr sie die Strecke westlich von Kirk Sandall nach und dann eine Strecke für Güterzüge, die davon abzweigte. Die Gütertrasse verlief südwestlich, an der Zeche bei Armthorpe und an Bessacarr vorbei, und mündete in einer anderen Gütertrasse direkt an dem See, wo Kates Leiche gefunden worden war.

McCarthy beugte sich über die Karte. »Und sehen Sie mal, hier, Sir«, sagte er und lehnte sich über Lynne. »Hier – Mandy.« Berryman sah auf den Punkt, auf den er zeigte, die Gütertrasse, die ganz in der Nähe der Stelle lag, wo der Mörder die Leiche von Amanda Varney deponiert hatte. »Und«, fuhr McCarthy fort, »schauen Sie sich mal das Nebengleis bei Rawmarsh an. Von der Abzweigstelle dort gehen Gütertrassen weg.«

»Das kann kein Zufall sein.« Lynne trat von der Karte weg. »Wir glauben, der Mann könnte Lokführer bei einer der Gütertransportfirmen sein und die Züge dazu benutzen, sich auf den Bahnstrecken zu bewegen.«

»Okay.« Das fand Berryman schlüssig. »Zumindest sollte man dieser Spur nachgehen. Aber da ist immer noch Lisa, vergessen Sie das nicht. Außerdem haben Sie das Hauptproblem noch nicht gelöst. Er kann nicht die Züge fahren und gleichzeitig Frauen an Bahnhöfen umbringen, oder? Einen Zug kann man nicht einfach eine halbe Stunde lang irgendwo abstellen, bis man ihn wieder braucht.« Er sah die beiden an. »Na los, irgendetwas muss dahinter stecken. Überlegen Sie. Was treibt er?« Lynne schüttelte in stummer Frustration den Kopf.

»Gut. Sie beide wenden sich jetzt an die Gütertransporteure. Alle, die auf diesen Strecken Transporte durchführen. Lassen Sie sich Uhrzeiten und Daten nennen sowie Mitarbeiter – jeden, der die Zeitpläne kennt.«

Der Semesterbeginn ging mit einem Wetterwechsel einher. Nach der eisigen Dezemberkälte brachte der Januar grauen Himmel und Regen. Tagsüber wurde es kaum hell, und die Stunden zogen sich in grauer Trübheit dahin, bis das wenige Licht in der spätnachmittäglichen Dämmerung erlosch. Das Wetter schien sich auch auf die Stimmung der Leute übertragen zu haben, die wieder ans City College kamen. Die Studenten, die sonst für Lärm, Farbe und Licht sorgten, waren matt und apathisch – entweder mürrisch und arbeitsunwillig oder völlig von Arbeit überlastet. Sie verknüpften das allgemeine Gefühl von Finsternis, das über dem College lastete, mit dem Wissen, dass eine aus ihren Reihen gestorben war, ermordet, nur zwei oder drei Kilometer vom College entfernt.

Als Debbie auf den Broome-Bau zuging, sah sie zu den dunklen Fenstern auf, die auf sie herabblickten, und fühlte sich an dieses bedrohliche Gefühl erinnert, das sie letztes Semester verfolgt hatte. Sie war froh, als sie mit Louise zusammenstieß, die sich mit Schachteln, Tüten und einer

Aktentasche die Treppe hinaufkämpfte. »Ferienarbeit«, erklärte sie atemlos. »Für den Fall, dass mir die Beschäftigung ausgegangen wäre.« Debbie nahm ihr eine Schachtel und zwei Tüten ab und stieß mit der Schulter eine der Doppeltüren auf, die in das Gebäude führten. Sie ließen ihre Last auf den Tisch fallen, der in der Eingangshalle stand.

»Ich wusste, dass ich nicht hätte versuchen sollen, das ganze Zeug auf einmal anzuschleppen«, gestand Louise mit einem Blick auf den Stapel. »Aber zweimal zum Parkhaus zu marschieren war mir einfach zuwider. Heute bin ich mit dem obersten Parkdeck dran«, fügte sie hinzu.

»Du hättest einen der Hausmeister fragen können. Komm schon, schaffen wir alles ins Dozentenzimmer.« Debbie balancierte eine der Tüten oben auf einer Schachtel.

»Ich habe nur Les gesehen, und ich wollte nicht für den Leistenbruch verantwortlich sein.« Louise sah Debbie über die Schulter. »Da kommt die Rettung. Rob, Sie helfen uns doch beim Tragen, oder?«

Debbie war unvorbereitet. Sie drehte sich um und sah ihn im Eingang stehen. Er warf ihr ein neutrales Lächeln zu und sah Louise an. »Ich würde mir nicht allzu sehr den Kopf darüber zerbrechen, ob sich Les einen Bruch hebt. Der passt schon auf, dass er kein Risiko eingeht. Wo wollen Sie das Zeug denn hinhaben?«

»Fürs Erste ins Dozentenzimmer, vielen Dank. Hatten Sie schöne Weihnachten?« Louise begann die Sachen in Tüten und Schachteln aufzuteilen.

»Dann gehe ich mal vor und schließe dort auf.« Debbie schnappte sich ein paar Tüten und floh. Als ihr Blick kurz dem Robs begegnet war, stieg in ihr die Erinnerung daran auf, wie er ihr im Feuerschein in die Augen gesehen hatte, und sie merkte, dass sie rot wurde. Sie saß bereits an ihrem Schreibtisch und ging die Post durch, als er mit den Schachteln zur Tür hereinkam, gefolgt von Louise, die die Tüten und ihre

Aktentasche trug. Er stellte die Schachteln auf Louises Schreibtisch.

»Wunderbar, vielen Dank«, sagte Louise. »Ich sortiere dann alles in der Mittagspause. Und, was gibt's Neues am City College?« Sie zog ihren Mantel aus und wickelte sich den Schal vom Hals.

»Immer das Gleiche. Ich muss los, ich habe eine Besprechung.« Er nickte Debbie wortlos zu und ging. Debbie starrte kampfbereit auf ihre Post und wartete auf Louises Kommentar.

»Na, also …« Louise hängte ihren Mantel auf. »Wer ist denn dem auf den Schlips getreten?«

»Wahrscheinlich hat er einfach viel zu tun«, sagte Debbie und starrte mit leerem Blick auf das Schreiben in ihrer Hand.

»Wahrscheinlich«, stimmte Louise ihr zu. »Übrigens, das da ist nur ein verspäteter Weihnachtsgruß von unserem Rektor.« Debbie sah sie an. »Du schienst so gefesselt davon, ich meine ja nur.« Louise zog eine Augenbraue hoch und wandte sich ihrer eigenen Post zu.

Endlich hatte Debbie den Stapel auf ihrem Schreibtisch durch. Es gab sehr wenig, was wichtig gewesen wäre, abgesehen von einem Rundschreiben, in dem sämtliche Mitarbeiter an diesem Tag zur Mittagszeit zu einer Versammlung im großen Hörsaal im Nordbau gebeten wurden. Dazu kam ein zweites Schreiben von Peter Davis, in dem er sein *tiefes Bedauern über die jüngste Tragödie* ausdrückte und die Gelegenheit wahrnahm, die Mitarbeiter daran zu erinnern, dass sie sich vertraglich verpflichtet hatten, nicht ohne ausdrückliche Erlaubnis des Rektors mit der Presse zu sprechen. Es nannte außerdem Zeit und Ort der Beerdigung. *Kollegen, deren Veranstaltungen diese Studentin besucht hat, können teilnehmen, falls sie zu diesem Termin keine Lehrverpflichtungen haben. Ein Vertreter des College wird auf jeden Fall zugegen sein.* Stundenpläne kümmerten Debbie nicht. Sie würde auf jeden Fall hingehen. Sie hörte Louises verächtliches Schnauben und sah zu ihr hinüber. »Er hat die Seele eines Buchmachers«, sagte Louise. »*Falls sie zu diesem Termin keine Lehrverpflichtungen haben,* Herrgott. Du willst doch hingehen, Debbie, oder?«

»Ja. Natürlich.« Debbie war froh über Louises Unterstützung.

»Tja, dann geh. Halten wir es inoffiziell, falls du zu diesem Termin wirklich unterrichten musst. Ich lasse mir eine Ausrede einfallen. Hast du das Schreiben über die Personalversammlung heute Mittag bekommen?«

Debbie nickte. »Was glaubst du, worum es geht?« Es war ungewöhnlich, dass der Rektor zu Jahresbeginn eine Personalversammlung einberief. Normalerweise beschränkte er dies auf den Beginn des akademischen Jahres, wo das gesamte Kollegium zu einer aufmunternden Ansprache und einer von Louise so bezeichneten Orgie der Selbstbeweihräucherung der Collegeleitung zusammengetrommelt wurde.

»Schlechte Neuigkeiten, fürchte ich.« Louise runzelte die Stirn. »Ich habe noch nichts gehört, aber ich glaube, die Gewerkschaft hat für später eine Versammlung geplant.«

Debbie vertagte dieses Problem, nahm ihren Unterrichtsordner heraus und fragte sich, was sie an diesem Morgen mit ihrem Oberkurs anfangen sollte. Es kam ihr nicht richtig vor, einfach wie gewohnt weiterzumachen, aber sie konnten auch nicht zweieinhalb Stunden damit zubringen, über Sarah zu reden. Sie beschloss, mit der Ballade »Der alte Seefahrer« weiterzumachen. Sie waren mit dem Gedicht fast fertig, und das Gefühl von Frieden und Erlösung, das dessen Ende vermittelte, wäre ganz passend. Sie hatten schon bald Prüfungen. Sie mussten arbeiten.

Im Kurs herrschte gedämpfte Stimmung. Die Studenten taten zwar, was Debbie von ihnen verlangte, reagierten aber so, als wäre jener Funken von Interesse geschwunden, der diese Gruppe immer so lebendig und unberechenbar gemacht hatte. Debbie konnte es verstehen. Sie hatte zu Beginn der Sitzung ein paar Worte über Sarah gesagt, aber nach der Pause erklärte sie: »Ich würde gern Blumen im Namen der ganzen Klasse schicken, nicht nur von mir. Wer möchte denn auf der Karte unterschreiben?« Sie hatte am Wochenende eine Karte gekauft, die sie jetzt aus der Tasche zog und in der Gruppe herumgehen ließ, damit alle unterschreiben und noch ein paar Worte hinzufügen konnten. Sie war bereits zu dem Schluss gekommen, dass der Unterricht für diesen Morgen gelaufen war, und als sie die Karte geschrieben und für Blumen gesammelt hatten, gab sie ihnen etwas zu lesen auf und sagte, dass sie gehen könnten.

Leanne blieb noch einen Moment länger. »Sarah hat Sie vor Semesterende gesucht. Sie sagte, sie müsste Ihnen etwas mitteilen.« Sie sah Debbie fragend an.

»Ich habe sie nicht gesprochen.« Debbie schüttelte verwirrt den Kopf. Leanne zuckte die Achseln und folgte Rachel und Adam den Flur hinab. Debbie schloss das Klassenzimmer ab und marschierte den im winterlichen Dämmerlicht liegenden langen Korridor entlang. Einen Moment lang hatte sie das Gefühl, es sei jemand hinter ihr, doch als sie sich umdrehte, war alles menschenleer.

Der Hörsaal füllte sich nach und nach mit Menschen. Das Licht über den Sitzreihen war düster im Vergleich zu der hell erleuchteten Bühne mit ihren Vortragspulten und der Leinwand. Debbie kam mit Louise, und sie hielten Ausschau nach freien Plätzen zwischen den etwa zweihundert Leuten, die in verschiedenen Funktionen am College beschäftigt waren. Die meisten Mienen waren beklommen oder finster. Debbie sah Tim Godber ziemlich weit hinten am Ende einer Reihe sitzen, wo er sich rasch davonmachen konnte. Er winkte ihr zu und machte eine hektische Geste, dass sie kommen und sich neben ihn setzen sollte. Sie ignorierte ihn. Wenn Tim ihr etwas zu sagen hatte, konnte er herkommen und es ihr mitteilen. Sie und Louise durchquerten den Saal und setzten sich hinter Trish. »Worum geht es?«, fragte Louise. Trish wusste immer Bescheid.

Louise hatte Recht gehabt. Es gab schlechte Neuigkeiten. Die Finanzlage war schlecht, die Kosten stiegen, und es sah danach aus, als wären Entlassungen unvermeidlich.

Debbie fiel es schwer, sich auf die Worte des Rektors zu konzentrieren. Sie wollte nicht daran denken, welche Konsequenzen es für sie persönlich hätte, wenn sie ihren Job verlor. Sie lauschte allerdings aufmerksam genug, um mitzubekommen, dass man noch etwa einen Monat lang umstrukturieren würde, bevor Entscheidungen fielen, Kündigungsschreiben versandt und Einsprüche angehört werden würden. Am besten bewarb sie sich gleich woanders. Hier in South Yorkshire waren die Aussichten auf Arbeit ganz schlecht. Sie würde umziehen müssen. Und ihr Haus? Zumindest verkauften sich Häuser wie das ihre noch. Wie lange würde es dauern, bis sie einen Job fand? Die meisten Stellen begannen im September. Was könnte sie in der Zwischenzeit tun?

Die Leute um sie herum waren im Begriff aufzubrechen, und sie merkte, dass die Versammlung vorüber war. Stimmengewirr erhob sich, als alle anfingen, die Folgen dieser Maßnahme zu diskutieren. Jemand berührte sie am Arm und sie zuckte zusammen. Sie sah sich um. Tim Godber signalisierte ihr, draußen vor dem Hörsaal auf ihn zu warten. Vielleicht war es wichtig. Vielleicht ging es um Sarah. Er hatte sie in der letzten Woche noch gesehen, Debbie nicht.

Er holte sie in der Nord-Cafeteria ein. »Hast du Zeit für einen Kaffee?« Er sah ein bisschen zerknirscht drein, ein bisschen unsicher. Debbies lästige Weichherzigkeit war geweckt.

»Ich weiß nicht. Weshalb willst du mich denn sprechen?«

»Brauche ich dafür einen Grund?« Er lächelte verhalten. »Ich möchte mich entschuldigen.«

Das klang zwar verlogen, aber Debbie brachte es nicht übers Herz, ihn abzuweisen, wenn er sich schon Mühe gab und erklärte sich zu einem Kaffee bereit. »Ich habe aber nur eine Viertelstunde Zeit.«

Sie setzten sich an einen Tisch. Der Raum war groß, hatte einen Fliesenboden und neigte zum Hallen. Gespräche waren schwierig, es sei denn, man saß direkt neben der Person, mit der man sprach. Debbie zog es vor zu schreien und schob ihren Stuhl etwas zurück, als Tim seinen vorrückte. Sie sah Stoff für eine Farce vor sich, falls sie und Tim in ein Jagd- und Fluchtspiel um den Tisch herum verfielen, doch er respektierte ihren unausgesprochenen Wunsch und beugte sich stattdessen über den Tisch zu ihr. »Es tut mir wirklich Leid, Debbie«, begann er. »Ich habe nur die Story gesehen und mich darauf gestürzt. Ich wollte mich damals schon entschuldigen, wusste aber nicht, wie.«

»*Tut mir Leid* trifft die Sache meistens ganz gut.« Debbie ließ ihn nicht so leicht davonkommen.

»Ja, okay. Sei nicht so hart, Debbie, das passt nicht zu dir. Du klingst wie deine gorgonenhafte Kollegin.«

Debbie fühlte sich einerseits an Louises Stelle beleidigt, vermutete aber andererseits, dass es Louise freuen würde, wenn sie erführe, dass Tim sie für eine Gorgo hielt. »Gut, du hast dich entschuldigt, ich nehme deine Entschuldigung an. Ist das alles?«

Sie merkte, dass sie ihn verärgert hatte, doch er beherrschte sich. »Ich wollte sagen, wie Leid es mir um deine Studentin Sarah tut. Ich kannte sie nicht richtig – aber ich habe sie einmal unterrichtet. Sie war letztes Jahr in meiner Mediengruppe. Eine Zeit lang.«

»Louise hat mir erzählt, dass du vor Semesterende mit ihr gesprochen hast«, sagte Debbie. Sie war ziemlich erstaunt, als

Tim daraufhin ganz konsterniert dreinsah. Es schien ihr eine seltsame Reaktion zu sein. Vielleicht hatte Louise sich getäuscht – oder vielleicht lag es nur daran, dass er Louise nicht mochte. »Sie war nicht im Unterricht, weißt du, und da habe ich gedacht, ob sie mich gesucht hat.«

Tim starrte mit gerunzelter Stirn in seine Tasse. Er sah auf. »Nein, nein, es war im Grunde nichts. Na ja, sie hat dich gesucht, um dir zu erklären, warum sie nicht im Unterricht war. Sie hatte Angst, du könntest böse auf sie sein, also habe ich ein paar beruhigende Worte darüber verloren, was für ein netter Mensch du bist.«

Letzteres war eindeutig gelogen. Es wunderte Debbie, dass Sarah das so belastet hatte, dass sie ins College gekommen war. Sie hatte früher auch schon Stunden versäumt. Das passierte bei allen Studenten von Zeit zu Zeit. Debbie machte ihnen deswegen nur selten Ärger – ihr war klar, unter welchem Druck sie standen. »Sonst wollte sie nichts?«

»Weiter hat sie mir nichts erzählt«, antwortete Tim leichthin. »Ich will nicht behaupten, dass sie sonst nichts auf dem Herzen hatte, aber wenn ja, so hat sie es mir nicht verraten.«

Das würde passen. Wenn Sarah irgendwelche Probleme hatte, müsste sie mit jemandem reden, dem sie vertraute. Es hatte Debbie fast zwei volle Jahre gekostet, ihr Vertrauen zu gewinnen – sie würde sich nicht ohne weiteres an Tim wenden. Debbie schüttelte den Kopf. Es war ein Rätsel, und zwar eines, das sie gerne gelöst hätte – sie hatte das Gefühl, Sarah irgendwie im Stich gelassen zu haben. Vielleicht hatte sie mit anderen Studenten gesprochen. Sie sah zu Tim hinüber. »Ist sie dir aufgeregt vorgekommen oder besorgt?«

»Nein, eigentlich nicht. Sie wollte dir nur sagen, warum sie nicht da war.«

Das klang nicht glaubwürdig. Tim hatte ja eingangs gesagt, dass Sarah ängstlich gewirkt hatte. Eine Strähne von Debbies Haar war aus ihrer Verankerung entkommen, und sie wickelte sie sich um den Finger. Im Moment konnte sie nichts tun. Sie wechselte das Thema: »Was sagst du zu der Versammlung? Was hältst du von alledem?«

»Ach, es ist das Übliche. Lass ihnen die Wahl, es richtig oder falsch zu machen, und sie entscheiden sich regelmäßig für das Falsche. Mich juckt das nicht. Meine Arbeit hier wird immer mehr. Wenn sie mir kündigen wollen, bringt sie das in Schwierigkeiten. Außerdem habe ich noch Pläne.«

»Ich muss gehen.« Debbie hatte genug von Tim. Sie nahm ihre Tasche und erhob sich. Er sprang auf.

»Ich begleite dich hinüber«, erklärte er. Debbie fiel nichts ein, womit sie ihn davon hätte abhalten können. Sein Zimmer befand sich im selben Gebäude wie ihres. Als sie darauf warteten, die Straße überqueren zu können, sah Debbie Rob von der anderen Seite kommen. Er bemerkte sie und warf ihr wieder dieses recht verschlossene Lächeln zu. Debbie sah Tim an und ertappte ihn dabei, wie er sie forschend musterte. Sie merkte, wie ihr Gesicht schon wieder rot anlief. *Mist.* Als sie die Stufen zum Broome-Bau hinaufstiegen, fragte Tim: »Hast du Lust, mal etwas trinken zu gehen?«

»Nein.« Da war sich Debbie sicher. Sie wollte keine Diskussion darüber anfangen, und sie wollte sich auch nicht erweichen lassen. »Ich habe jetzt Unterricht. Tschüs, Tim.«

Tja, es hätte besser, aber definitiv auch schlechter laufen können. Er hatte es geschafft, dass er und Debbie wieder miteinander sprachen. Jetzt musste er noch ihre Gereiztheit und Feindseligkeit überwinden. Er hatte auf einen Abend bei ein paar Gläsern Wein gehofft, hinterher vielleicht in ein Nachtlokal oder einen Happen essen gehen, um ihre Ein-Aus-Beziehung wieder aufleben zu lassen. Tim machte sich keine großen Sorgen. Er konnte Debbie auch wieder um den Finger wickeln. Doch nun zu den anderen Problemen. Er hätte auf diese Frage nach der Peterson gefasst sein müssen. Natürlich hatte ihn diese adleräugige Kuh sehen müssen! Und was lief zwischen Debbie und Neave? Die Begegnung vor dem College hatte nicht allzu freundschaftlich gewirkt. Mit ein bisschen Glück war es vorbei, was es auch gewesen war – wenn es überhaupt etwas gewesen war.

Er setzte sich an seinen Schreibtisch und überlegte. Er wollte unbedingt diese Riesenstory. Berryman konnte ihn kaltstellen, aber er hatte eine echte Information, und niemand außer ihm wusste Bescheid. Jemand belauerte Debbie, und er konnte sich gut denken, wer dieser Jemand war. Er hatte eigentlich noch einmal mit dieser Peterson sprechen wollen, aber nun war sie ja umgebracht worden. Das hatte ihn zuerst beunruhigt – er hatte befürchtet, dass der Würger sie sich geschnappt hätte. Als sich herausstellte, dass es der Freund gewesen war und er umsonst erschrocken war, hatte er sich geärgert. Natürlich war es eine schreckliche Tragödie, aber andererseits war er sich nicht sicher gewesen, wie lange er ihr den Mund verschlossen hatte. Sie konnte nicht besonders helle gewesen sein, schließlich war sie auf seinen Trick hereingefallen, aber bestimmt hätte sie die Sache in absehbarer Zeit irgendjemandem erzählt. Tja, jetzt nicht mehr. Aber er brauchte mehr Information, er brauchte etwas mit Substanz, bevor er seine Story schreiben konnte. Er würde Berryman blamieren. Er sah die Schlagzeile schon vor sich. *Polizeistümper pfuscht bei Würger-Morden.*

Tim hatte seine Weihnachtsferien zu nutzen gewusst. Er hatte viel Zeit mit einem Freund verbracht, der sich mit Computern auskannte, und sich ausgiebig mit dem Durchforsten einiger nicht ganz öffentlicher Akten befasst. Das Ergebnis war, dass er – mehr auf Grund guten Urteilsvermögens als aus Glück – eine Sachbearbeiterin kennen gelernt hatte, die bei der örtlichen Polizei arbeitete, genauer gesagt, in Berrymans Team. Er hatte sie noch nicht auf den Fall angesprochen, aber er hatte vor, sich heute Abend heranzutasten, sie nach mehreren Drinks zu fragen, wie die Ermittlungen vorankamen, und zu sehen, wie sie darauf reagierte. Sie war reizlos, rundlich, ruhig. Er war sich relativ sicher, dass sie ihm geben würde, was er wollte. Er lächelte. Es müsste ein Kinderspiel werden.

Die ersten Tage nach den Ferien waren immer schwierig, aber dieser spezielle Semesterbeginn war noch schlimmer gewesen als die meisten zuvor. Schon am Mittwoch waren Louise und Debbie erschöpft, und in beinahe unausgesprochener Übereinstimmung beendeten sie den Tag um sechs Uhr in einem Weinlokal im Stadtzentrum. »Dan sagt, ich werde langsam zur Alkoholikerin«, sagte Louise düster. »Er hat vermutlich Recht.«

»Das sagt meine Mum auch«, gestand Debbie. »O Gott, was für eine Woche. Am Montag hatte ich den Oberkurs. Ich wusste nicht, was ich zu ihnen sagen sollte.«

Sie redeten eine Weile über Sarah, aber Debbie war erleichtert, als das Gespräch sich den Problemen am City College zuwandte.

»Du solltest wirklich zusehen, dass du von hier wegkommst«, riet ihr Louise. »Selbst wenn deine Stelle sicher wäre – und du brauchst dir ja von mir nicht erklären lassen, was los ist –, hier kommst du nicht weiter. Du musst mehr Erfahrungen sammeln, Verantwortung übernehmen, an ein Institut gehen, wo man dich schätzt.«

»Ich weiß.« Nach und nach war Debbie dies klar geworden. »Aber mir ist der Gedanke zuwider, von hier wegzuziehen. Ich habe ein Haus, Freunde, mein Leben – ich bin hier glücklich.«

»Es geht mich ja nichts an, aber im Moment kommst du mir nicht besonders glücklich vor.« Louise musterte sie. »Du bist schon eine ganze Weile niedergeschlagen, und gegen Ende des letzten Semesters hast du richtig fertig ausgesehen.

Ich glaube sogar, ich kann das Problem beim Namen nennen. Rob Neave, stimmt's?«

Debbie merkte, wie sie rot wurde. »Ist es derart offensichtlich?«, fragte sie, wütend auf sich selbst.

Louise zog eine Augenbraue hoch. »Ich bin vielleicht keine geprüfte Beziehungsberaterin«, begann sie, »aber wenn zwei Leute, die eigentlich recht gut miteinander ausgekommen sind, in Gegenwart des anderen auf einmal völlig verklemmt wirken, dann ziehe ich meine Schlüsse.« Sie sah Debbie an und fügte in ernsterem Ton hinzu: »Ich hoffe, du weißt, was du tust.« Debbie starrte in ihr Weinglas. »Du kannst mir natürlich sagen, ich soll mich um meinen eigenen Kram kümmern«, sprach Louise weiter. »Wirst du vermutlich auch. Aber ich mache mir Sorgen um dich.«

Debbie seufzte. »Ich habe etwas mit Rob angefangen, aber irgendwie hat es aufgehört, bevor es überhaupt richtig losging. Es waren einfach die falschen Voraussetzungen zur falschen Zeit, sonst wäre es nie passiert.«

»Ach, ich glaube doch«, sagte Louise. »Es war eine Katastrophe, die schon seit Wochen auf ihren Ausbruch gewartet hat. Hör mal, in meiner Eigenschaft als neugierige Freundin und Vorgesetzte habe ich mich umgehört und ein bisschen alten Klatsch gesammelt.« Sie unterband Debbies Protest mit einem Blick. »Du glaubst vermutlich, es ginge dich nichts an, aber du solltest es wissen. Rob Neave ist ein attraktiver Mann, da stimme ich dir zu, aber er hat ein hartes Leben hinter sich. Er ist schwer angeschlagen, glaube ich.«

»Ich weiß das von seiner Frau und seiner kleinen Tochter«, warf Debbie ein. »Er hat es mir erzählt. Deshalb ist er ja auch …«

Louise nickte. »Das habe ich auch schon herausgefunden«, sagte sie. »Aber da war noch ein bisschen mehr, falls du es hören willst.« Widerstrebend nickte Debbie. »Tja, zunächst einmal ist er in einer Reihe von Kinderheimen aufgewachsen, was nicht unbedingt die beste Basis ist. Nicht dass ich ihm daraus einen Vorwurf mache, verstehst du? Aber ich habe mit Claire gesprochen – sie ist mit einem ehemaligen Kollegen von Rob verheiratet. Offenbar waren ihr Mann und Neave viel zusammen, haben gemeinsam die üblichen Männergeschichten durchgezogen. Frauen, Alkohol, du weißt schon. Claire sagt, dass sämtliche Frauen hinter Neave her waren, aber sie hielt ihn für einen herzlosen Mistkerl. Das war, bevor sie und Mick geheiratet haben – sie war nur Verwaltungsangestellte, keine Beamtin, aber sie hat eine Menge mitgekriegt.«

»Das ist doch ewig her«, wandte Debbie ein.

»O ja«, stimmte Louise ihr zu. »Ich gebe dir nur ein paar Hintergrundinformationen. Tja, anscheinend wurde das alles anders, als Neave seine Frau kennen lernte. Er war wie ausgewechselt, sagt Claire. Er ging nicht mehr aus, wollte nicht mehr mit seinen Kumpeln ins Pub und traf sich nicht mehr mit Kollegen. Das ist etwas ganz Wichtiges bei der Polizei – eine Art gegenseitiges Stützsystem. Man hält sich am liebsten an seinesgleichen, daher kam das bei seinen Kollegen nicht gut an. Claire sagt, ihr war das ganz recht – es bremste Mick stark genug, sodass sie ihn sich im Vorübergehen schnappen konnte –, aber es hat einigen Groll ausgelöst.«

»Ich weiß, dass er immer noch nicht darüber hinweg ist. Ich glaube auch nicht, dass er das je schaffen wird.«Debbie dachte an sein Gesicht, als er an jenem Freitag im Pub mit ihr gesprochen hatte.

»Claire hat mir das hier gezeigt. Ich habe sie gefragt, ob ich es mir ausleihen darf.» Louise nahm einen Umschlag aus der Tasche. »Es ist vor gerade mal zwei Jahren gemacht worden.« Sie zog ein Foto aus dem Umschlag und reichte es Debbie. Es zeigte ein Paar an einem Strand. Es schien einer dieser schönen Tage zu Winterbeginn zu sein, denn das Licht war strahlend und glitzerte auf dem Meer, doch die Sonne stand tief am Himmel, und die beiden trugen Handschuhe und Schals. Der

Mann stand hinter der Frau, hatte die Arme um ihre Taille geschlungen und lachte jemandem hinter der Kamera zu. Sie lehnte sich an ihn, eine Hand über den Augen, wodurch diese von einem schattigen Streifen verdeckt wurden. Das helle Licht schien sämtliche Farbe aus ihr gebleicht zu haben, außer aus ihrem Haar, das rotgolden loderte. Debbie versuchte, sich eine Vorstellung vom Gesicht der Frau zu machen, doch es gab nichts zu sehen, nur dunkle Stellen. Rob Neave und seine Frau. Er wirkte so jung, so glücklich. Louise nahm es ihr wieder ab. »Erst zwei Jahre her, und es hat ihn dermaßen verändert«, sagte sie. »Siehst du, was ich meine?«

Debbie sah es allerdings. Sie blickte Louise abwartend an. Louise nahm ihr das Bild wieder ab, musterte es noch einmal und fuhr fort: »Er war außer Stande, auch nur ansatzweise damit fertig zu werden, glaube ich, der arme Kerl. In einem Kinderheim lernt man nicht viel über Beziehungen. Was man lernt, ist, wie man überlebt. Und genau das tut er.« Sie sah Debbie an und sagte unverblümt: »Du musst auch überleben.« Sie schob das Foto wieder in den Umschlag. »Du kannst dir nicht vorstellen, was ich für eine Mühe hatte, das alles aus Claire herauszulocken, ohne dass sie mitbekam, weshalb ich es wollte. Als ich sie um das Foto bat, dachte sie – glaube ich –, ich wäre selber scharf auf ihn.«

Debbie musste es wissen. »Wie war sie? Seine Frau, meine ich.«

»Ich weiß nicht. Ich bin ihr nie begegnet. Ich bin nicht in diesen Kreisen verkehrt. Claire mochte sie nicht – meinte, sie wäre künstlerisch, bohemehaft. Anders ausgedrückt, nicht Claires Typ. Sie war Musikerin. Hat Geige gespielt, glaube ich, und das sehr gut, soweit ich gehört habe. Sie war in ihrem letzten Jahr an der Universität, als sie Rob kennen lernte. Mick hat sie als verschroben bezeichnet, hat das aber nie weiter erklärt. Ich weiß nicht, was er sonst von ihr hielt. Eins musste Claire ihr allerdings lassen: Sie war schön.«

Seltsamerweise tat ihr diese Einzelheit weh. Debbie konnte sich damit abfinden, dass diese Frau im Gegensatz zu ihr eine begabte Künstlerin war, aber die Vorstellung, dass sie schön war, war schwerer zu verwinden.

»Ich bin einfach das Letzte«, erklärte sie Louise. »Ich bin eifersüchtig auf sie. Sie ist tot, ihr Kind ist tot, und ich bin eifersüchtig.«

»Du bist auch nur ein Mensch.« Louise hatte kein Verständnis für Selbstzerfleischung. »Worauf bist du denn speziell eifersüchtig? Dass er in sie verliebt war? Das zeigt zumindest, dass er dazu fähig war, und ich kann dir sagen, zuvor hätte Claire das nie für möglich gehalten.«

Debbie verzog das Gesicht. »Offen gestanden darauf, dass sie schön war«, gestand sie. »Ich habe dir doch gesagt, dass ich das Letzte bin.«

»Ja, das bist du, aber das ist völlig normal. Ich wäre jetzt auch ein bisschen ratlos, wenn du grün vor Neid auf ihre musikalischen Talente wärst, aber dass sie schön war, sollte dir doch kein Problem bereiten.« Louise sah Debbie einen Moment lang an. »Ich will mich nicht einmischen. Ich finde nur, dass du wissen solltest, worauf du dich einlässt.«

»Ich glaube nicht, dass es noch etwas gibt, worauf ich mich einlassen könnte.« Debbie seufzte. »Ich habe dir doch gesagt, es war vorbei, bevor es richtig angefangen hat.«

»Ach, da wäre ich mir nicht so sicher«, meinte Louise.

Gina Sykes saß vor ihrem Kamin und las Zeitung. Das Haus wirkte unerträglich still. An manchen Abenden kam es ihr leer vor; dann legte sie Musik auf oder schaltete den Fernseher ein, um sich die Illusion von Gesellschaft zu verschaffen. Aber heute Abend störte sie die Stille. Es war eine Art lauernder Stille. Sie gefiel ihr nicht. Immer wieder warf sie einen Blick über die Schulter, da sie dachte, jemand sei zur Tür hereingekommen. Sie sah auf die Uhr. Es war Mitternacht. Vielleicht sollte sie einfach ins Bett gehen. Die Zutaten für ihren Schlummertrunk standen allesamt in der Küche bereit, die Tasse, in der Kakao mit etwas Milch und ein wenig Rum zu einer Creme verrührt war, und die Milch im Topf, die nur noch erhitzt werden musste. Sie trank ihren Kakao gern im Bett und las dann, bis ihr die Augen zufielen. Sie entzündete das Gas unter der Milch und blieb daneben stehen, damit sie nicht kochte. Der Geschmack von gekochter Milch verdarb den Geschmack des Kakaos. Als die Milch zu dampfen begann, goss sie sie über den Kakao in ihrer Tasse und rührte um, damit er sich auflöste. Der Geruch des Alkohols war sehr stark. Sie mochte den Duft von Rum. Er erinnerte sie an Weihnachten.

Weihnachten mit Gerry und Debbie, als sie noch klein war. Debbie hatte Weihnachten geliebt. Es war jeden Weihnachtsmorgen dasselbe gewesen, das aufgeregte Flüstern von der Schlafzimmertür her – *War er schon da? War er da?* – und Gerrys genervtes Schnauben, wenn er auf den Wecker sah. Sie konnte sich an die Zermürbungstaktik – *War er jetzt da?* – in sorgsam berechneten Zeitabständen erinnern, bis die ersehnte Erlaubnis, den Strumpf aufzumachen, erteilt wurde. Debbie liebte Geschenke, immer noch. Gina nickte. Das neue Kleid war genau das Richtige für Debbie gewesen. Dieses Blau war die ideale Farbe.

Sie stellte ihr Getränk zusammen mit ihrem Buch und den Teeutensilien für den Morgen auf ein Tablett und ging dann nach oben in ihr Schlafzimmer. Sie lag im Bett, schlürfte ihren Schlummertrunk und blätterte geistesabwesend die Seiten ihres Buches um. Sie musste immer noch an Debbie denken. Dieser Mann – Gina hatte seinetwegen Bedenken. War es das, was Debbie so unglücklich machte? Waren es die Probleme in der Arbeit? Ihre Gedanken schweiften ab. Sie trank weiter aus ihrer Tasse. Heute Abend war sie wirklich großzügig mit dem Rum gewesen, vielleicht hatte sie aber auch nicht genug

Kakao genommen. Sie trank die Tasse leer. Eigentlich hätte sie sich jetzt die Zähne putzen müssen, aber sie war so schläfrig, dass sie sich nicht die Mühe machen wollte. Sie fühlte sich regelrecht beschwipst. Sie machte das Licht aus und schlief ein.

Auf einmal war sie hellwach. Instinktiv, wie sie es immer tat, wenn sie plötzlich aufwachte, fasste sie auf Gerrys Bettseite hinüber, aber natürlich war er nicht da. Was hatte sie geweckt? Ihr Kopf schmerzte, und alles drehte sich, als hätte sie eine ganze Flasche Rum getrunken, nicht nur einen Schuss. Sie horchte. Sie vernahm ein Geräusch aus dem Nebenzimmer, aus dem Zimmer, in dem Debbie immer schlief, wenn sie über Nacht blieb. Gina runzelte die Stirn. War Debbie hier geblieben? Sie schüttelte den Kopf, um ihn frei zu bekommen. Nein, natürlich nicht. Erneut hörte sie das Geräusch, wie – Sie konnte es nicht identifizieren, rhythmisch und leise, aber unüberhörbar. Sie war zu benebelt, um Angst zu haben. Sie schwang die Beine über die Bettkante und steckte die Füße in die Hausschuhe. Ihr Blick wurde nicht richtig klar. Leise und mit Hilfe der Straßenlampe vor ihrem Fenster überquerte sie den schmalen Absatz oben an der Treppe, stieß die Tür zum Nebenzimmer auf und machte Licht.

Er kniete auf dem Fußboden neben dem Bett. Er hatte diese Urlaubsfotos von Debbie vor sich, auf denen sie im Bikini abgebildet war, seine Hose stand offen, und er … Sein Gesicht wandte sich ihr zu. Seine Miene, zuerst träge und leer, verwandelte sich in eine zornige und verblüffte Grimasse. Gina holte Luft, als er schnell aufstand, und ihr, noch bevor sie etwas sagen oder tun konnte, die Faust gegen die Schläfe hieb.

Er ist zornig. Er ist Risiken eingegangen, um diesen Schlüssel zu benutzen, und jetzt ist er entdeckt worden, gesehen und … Dabei hat er nicht mal etwas Brauchbares gefunden.

Er dachte, er hätte ihr genug Wodka in die Milch gekippt, um sie die ganze Nacht auszuschalten. Er blickte auf die bewusstlose Frau auf der Treppe. Sie ist betrunken und widerlich. Wird sie sich erinnern? Er kann das Risiko nicht eingehen. Er packt die Fotos wieder in die Schublade, wo er sie gefunden hat, und macht das Licht aus. Er betrachtet die Treppe, steil und schmal, wie sie es in diesen Häusern immer sind. Klein und mickrig. Wie die Mutter, so die Tochter. Sie liegt auf halber Höhe der Treppe. Er steigt hinab und sieht sie an. Obwohl er sie verletzt hat, hat er ihre Haut nicht beschädigt, und ihr Haar ist dicht genug, um zu verbergen, dass sie von einem Fausthieb getroffen wurde – Glück, aber er nutzt es. Sie stöhnt. Er atmet jetzt schneller. Er mag es nicht, wenn er gehetzt wird, nicht, wenn er nichts geplant hat. Denk nach. Er weiß, was er zu tun hat. Er weiß, wie er es anstellen muss. Er greift nach ihr…

Sie rollt die restlichen Stufen hinunter, und ja, ihr Kopf hängt lose herab. Er folgt ihr. Er fühlt ihren Puls. Schwach, rasend, schwindend, schwindend… Es erregt ihn. Es erinnert ihn an eine Jagd. Aber jetzt ist nicht die Zeit dafür.

Er wartet, bis er sicher weiß, dass sie tot ist. Manche Leute wären vielleicht in Panik geraten, aber der Jäger weiß, wie er mit unerwarteten Ereignissen umzugehen hat. Hat er irgendwelche Spuren hinterlassen? Wenige, wenn überhaupt welche. Werden sie überhaupt danach suchen? Er sieht auf die Uhr. Halb zwei. Er beschließt, alles so zu lassen, wie es ist. Er weiß, wann er bleiben und wann er gehen muss. Er schleicht sich zur Haustür hinaus, zieht sie hinter sich zu und sperrt das Yale-Schloss zweimal ab. Ihm fällt keine Methode ein, wie er sie verriegeln könnte. Es ist eine dunkle, sternenlose Nacht. Wahrscheinlich wird ihn niemand sehen, aber er bleibt in dem unbeleuchteten Durchgang, bis er ein Stück vom Haus weg ist.

12

Am Donnerstag spätnachmittags bemühte sich Debbie darum, bei ihrem Tutorenkurs Interesse für die bevorstehende Bewerbung an der Universität zu wecken. Um diese Zeit hatte sie stets ihren Tiefpunkt, da sie wusste, dass noch einige Stunden Arbeit vor ihr lagen und sie erst nach zehn nach Hause kommen würde. Sie teilte die Gruppe gerade nach Fächern auf, als Sheila, die Institutssekretärin, in den Raum trat. Debbie unterbrach sich mitten im Satz und ging leicht verblüfft zu Sheila hinüber. »Einen Moment bitte«, sagte sie zu ihrer Klasse, und das leise Getuschel, das sie ohnehin schon gestört hatte, wurde lauter, als die Studenten begriffen, dass sie eine inoffizielle Pause bekommen hatten.

»Entschuldigen Sie die Störung«, sagte Sheila, »aber könnten Sie ins Zimmer von Peter Davis kommen?«

Debbie wunderte sich, dass Sheila deswegen ihren Tutorenkurs unterbrochen hatte. »Ja, sicher, sagen Sie ihm, ich komme in« – sie sah auf ihre Uhr – »einer halben Stunde, wenn ich diesen Haufen nicht vorher ermordet habe.«

»Nein, er will, dass Sie sofort kommen. Er hat gesagt, Sie sollen Ihre Studenten in die Bibliothek schicken.« Sheila deutete mit einer Geste an, dass sie keine Ahnung hatte, was los war.

»Okay.« Debbie dachte angestrengt nach. Sie hatte nichts verbrochen, was eine derartige Vorladung gerechtfertigt hätte – *verlassen Sie Ihre Klasse* war wirklich ernst. Sie fragte sich, ob sie ihren Gewerkschaftsvertreter mitnehmen sollte. »Okay«, sagte sie noch einmal, diesmal lauter. »Aufgrund eines Zwischenfalls müssen wir heute früher Schluss machen.« Sie ignorierte den ironischen Beifall, der sich daraufhin erhob. »Ich möchte, dass Sie hinüber in die Bibliothek gehen und sich den Rest der Sitzung mit den UCAS-Handbüchern beschäftigen. Ich erwarte, dass *jeder* bis nächste Woche eine Auswahl von Instituten zusammengestellt hat.« Sie hörte, wie Matthew Price Darren Wilde die Namen berühmter Gefängnisse zuflüsterte: »Wormwood Scrubs, Strangeways, Wakefield High Security«, und dachte, dass er wahrscheinlich Recht hatte, während sie eilig die Treppe zum Büro des Institutsleiters hinaufstieg.

Als sie durch die Tür trat, sah sie Peter Davis, Louise und zwei Polizisten. Sie starrte die Gruppe einen Moment lang an, und als ihr die Bedeutung dieser Szene klar wurde, machte ihr Magen einen Satz. »Was ist passiert?«, fragte sie. Ihre Stimme schien von weither zu kommen, aber sie fühlte sich ganz ruhig, ganz distanziert.

»Miss Sykes?« Die Beamtin trat einen Schritt auf sie zu. »Ich habe leider eine schlechte Nachricht für Sie. Es geht um Ihre Mutter, Gina Sykes. Sie hatte einen Unfall …«

Da wusste Debbie, dass Gina tot war. Sie nickte. Ihr war ganz kalt, und alles war kristallklar. »Was ist passiert?«

Die Polizistin sagte etwas von einem Sturz, etwas über eine Nachbarin und einen Krankenwagen, ein paar andere Dinge, die Debbie sich anhörte, zu denen sie nickte und die sie nicht aufnahm. Sie begriff, dass ihre Mutter bereits tot gewesen war, als man sie ins Krankenhaus brachte. »Ich muss dorthin«, sagte sie. »Ins Krankenhaus. Ich muss sie sehen.«

Die Polizistin nahm sie am Arm. »Fühlen Sie sich dazu im Stande? Wir fahren Sie hin.« Sie war ruhig und tüchtig. Debbie war froh darum.

Louise sagte: »Ich begleite dich, Debbie. Keine Sorge, ich

komme mit und tue, was nötig ist.« Debbie nickte erneut. Sie brauchte jetzt Louises gesunden Menschenverstand. Peter Davis sagte etwas in der Richtung, dass es ihm Leid täte und dass sie sich wegen ihrer Klassen nicht den Kopf zerbrechen solle, und zappelte nervös im Hintergrund herum. Sie lief aus dem Büro, während die Polizistin immer noch ihren Arm hielt. Erstaunt stellte sie fest, dass sie diese Stütze tatsächlich brauchte. Louise folgte ihr. »Ich hole deine Sachen, Debbie, und fahre mit dem Auto hinterher. Ich bin gleich im Krankenhaus.« Sie fragte bei dem anderen Beamten nach: »Moreham General?«

Als sie die Treppe herunterkamen, sah Debbie Rob Neave aus dem Aufzug treten. Seine Augen weiteten sich erstaunt bei ihrem Anblick. Debbie nahm wahr, dass Louise stehen blieb und mit ihm sprach, während sie weiter die Treppe hinabging. Die Frau von der Polizei hielt nach wie vor ihren Arm, und der Mann folgte. *Es muss aussehen, als wäre ich verhaftet worden.* Debbie fand das witzig und hätte einen Moment lang am liebsten gekichert. Nichts war real, es wirkte alles ganz weit weg. Sie hörte Louises eilige Schritte auf den Stufen. »Ich komme gleich nach«, rief Louise und rannte aufs Dozentenzimmer zu.

Im Krankenhaus schien sich auf einmal alles schneller zu bewegen, Leute kamen und gingen, sprachen mit ihr und stellten Fragen. Die Polizistin deutete an, dass man die Tote identifizieren müsse. Debbie sagte: *Ja, ja.* Jemand reichte ihr eine Tasse Tee. Dann stand eine Schwester neben ihr. »Sind Sie sicher, dass Sie jetzt dazu im Stande sind?«, fragte sie. Debbie nickte und ging mit ihr einen Flur hinab. Zuerst kam ein Aufzug, dann weitere Türen, und schließlich stand sie neben einem Bett mit einer zugedeckten Gestalt darauf.

Die Worte schossen Debbie in den Kopf: »Dunkel, Ödnis, Tod, das, was nicht ist.« Ihr wurde erst bewusst, dass sie laut gesprochen hatte, als sie den Blick der Krankenschwester bemerkte. »Es ist ein Gedicht«, erklärte sie. Die Schwester nickte, ohne den Blick von ihr zu wenden. Dann zog sie sachte das Leintuch von dem Gesicht auf dem Bett, und die Zeit lief ruckartig wieder an.

Debbie hatte an ihre Mutter gedacht, an die Tage, die sie über Weihnachten zusammen verbracht hatten, an das Buch, das sie ihr zu Weihnachten geschenkt hatte und wie sie sich darüber gefreut hatte. Und sie hatte darüber nachgedacht, dass ihre Mutter jetzt tot war, doch die Gedanken wollten irgendwie nicht verschmelzen, sondern verliefen auf parallelen Schienen in ihrem Kopf. Sie sah sich das Gesicht an. Es war wächsern-weiß und um die Lippen herum bläulich. Der Unterkiefer hing schlaff herab, die Augen waren halb geschlossen und leer. Ihr Haar, ihre üppigen dunklen Locken, wirkten matt und leblos. Leblos. Natürlich. Es war ihre Mutter, und doch konnte sie sich nichts vorstellen, was ihrer Mutter weniger ähnelte. Sie würde der Telefongesellschaft mitteilen müssen, dass sie sich nun keine Gedanken mehr wegen der schadhaften Leitung zu machen brauchten. Sie würde … Ihre Gedanken kamen mahlend zum Stillstand. Sie wusste nicht, was sie als Nächstes tun sollte.

Die Polizistin tauchte neben Debbie auf. »Ist das Ihre Mutter Gina Sykes?«, fragte sie leise.

»Ja«, bestätigte Debbie.

Dann saß sie mit Louise im Auto. Sie erinnerte sich, mit einem Mann gesprochen zu haben, jemandem von der Polizei, wie ihr eine Schwester sagte, der ihr schilderte, was geschehen war. Sie begriff nicht viel. »Es hat den Anschein, als wäre Ihre Mutter in der Nacht aufgestanden und die Treppe hinuntergefallen. Hat sie immer etwas getrunken, bevor sie zu Bett ging?«

»Sie trank oft Kakao mit einem Schuss Rum«, antwortete Debbie.

»Vielleicht hat sie es ein bisschen übertrieben«, mutmaßte

der Mann. Er schien nicht zu hören, was Debbie sagte. »Wir untersuchen die Angelegenheit, Miss Sykes, aber es sieht nach einem Unfall aus, einem tragischen Unfall.«

»Was hat er gemeint?«, fragte Debbie Louise später im Wagen.

»Ich glaube, er hat gemeint, dass sie betrunken war«, antwortete Louise.

Als sie bei Debbie ankamen, war es dunkel. »Möchtest du über Nacht mit zu mir kommen?«, fragte Louise. »Du kannst gern in unserem Gästezimmer schlafen. Ich würde ja auch hier bleiben, aber ich kann Dan nicht erreichen, um ihm Bescheid zu sagen.« Im Haus war es kalt. Louise ging zum Gasofen hinüber, um ihn anzuschalten.

»Nein, lass«, sagte Debbie.

Louise schaute sie an. »Okay«, sagte sie nach einer Weile. »Ich hole dir etwas. Du siehst entsetzlich aus. Du bist kreidebleich.«

»Ich … ich möchte nur einen großen Whisky. Im Küchenschrank steht eine Flasche.« Ginas Weihnachtsgeschenk an Debbie. Gina betrank sich nie. Louise holte die Flasche hervor und schenkte zwei Gläser ein.

»Was ist jetzt mit heute Nacht?«, fragte Louise noch einmal.

Debbie blickte sich um. Sie wollte zuhause sein, nicht irgendwo anders. Sie wollte nicht in einem fremden Bett aufwachen und Dans verlegenes Mitleid ertragen müssen. Sie wollte allein sein und an ihre Mutter denken – und an ihren Vater. Was hätte er gedacht? Wie wäre er damit fertig geworden? Sie war wütend auf ihn, weil er nicht da war. Sie brauchte ihn. »Ich glaube wirklich, ich würde lieber hier bleiben. Danke.«

Louise war besorgt. »Bist du dir sicher, dass das eine gute Idee ist? Hör mal, ich kann auch so bei dir bleiben. Ich melde mich später bei Dan. Er kommt nach Mitternacht nach

Hause. Dann rufe ich ihn an. Oder ich bitte eine Nachbarin, ihm einen Zettel hinzulegen.«

»Nein, ehrlich, ich möchte allein sein. Wirklich, Louise.« Debbie war entschlossen, und widerwillig gab Louise nach.

»Na gut, einverstanden, aber trink noch ein Glas und leg dich dann ins Bett. Schütt genug von dem Zeug in dich rein, dass du die ganze Nacht weg bist. Ich ruf dich morgen früh an.« Sie füllte Debbies Glas noch einmal und begann, ihre Sachen zusammenzusammeln. »Ich melde mich ...«, sagte sie und hielt einen Moment lang inne. »Ich rufe dich morgen früh an.«

Debbie wartete, bis Louise weg war, und setzte sich dann hin. Allein zu sein war ihr wichtig erschienen, aber jetzt wusste sie nicht mehr, was sie eigentlich hatte tun wollen. Sie leerte ihr Glas und schenkte es wieder voll. Sie nahm es in die Hand, ging in die Küche hinüber und kippte die Hälfte in einem Schluck hinunter. Sie spürte, wie der Whisky sie langsam zu wärmen begann. Ihr Gesicht fühlte sich nass an, und sie merkte, dass sie weinte. Sie hatte aber nicht das Gefühl zu weinen. Die Tränen schienen ihr einfach übers Gesicht zu strömen. Sie kehrte wieder ins Wohnzimmer zurück und stellte ihr Glas auf den Tisch. Es war leer. Sie betrachtete es und fragte sich, ob sie noch mehr trinken sollte. Dann füllte sie es erneut.

Das Haus wirkte dunkel und still. Allein sein schien ihr nun doch keine so gute Idee mehr. Sie sollte ins Bett gehen, Louise hatte Recht, aber sie wollte nicht die Treppe in diese dunkle Leere hinaufgehen. Außerdem war es keine Leere. Dort oben wartete etwas auf sie. Dinge, die sie beobachteten. Dunkle Dinge, die aus finsteren Ecken sprangen. Sarah auf ihrem einsamen Fußweg, ihre Mutter auf der finsteren Treppe. Da gab es Zusammenhänge, die sie nicht genau erkennen konnte. Sie trank den Whisky aus und schenkte nach. Vielleicht wenn sie das Licht einschaltete – aber das wollte sie nicht, wollte nicht im grellen Schein dasitzen, offen sichtbar sein, während sie draußen aus der Dunkelheit Dinge anstarrten. Sie konnte zwar die Vorhänge zuziehen, aber dann wüssten sie, dass sie da war. Es war sehr kalt. Sie saß im Sessel, trank noch mehr Whisky und zog die Beine unter sich, um sich zu wärmen. Fröstelnd saß sie da und starrte in die Dunkelheit.

Einige Zeit später – wie viel später, wusste sie nicht genau – klingelte es. Debbie schüttelte den Kopf, um ihn klarzubekommen, und stand auf. Sie schwankte ein bisschen, bis sie auf den Beinen war. Es war schwer im Finstern. Es klingelte noch einmal. »Ja, ich komme ja schon«, murmelte sie. Es war kalt. Die Heizung war nicht an. Sie ging in die Küche und blinzelte zur Tür hin. »Wer ist da?« Es kam nicht allzu deutlich heraus. Sie merkte, dass ihr wieder die Tränen übers Gesicht rannen, und sie wischte sie weg.

»Rob. Rob Neave. Lass mich rein.«

Einen Augenblick lang stand sie da und überlegte verwirrt, dann nahm sie den Schlüssel vom Haken an der Tür und versuchte ihn ins Schlüsselloch zu stecken. Die ersten paar Mal verfehlte sie es, doch beim dritten Versuch bekam sie die Tür auf. Blinzelnd stand sie da, während er um sie herum in die Küche trat und hinter sich die Tür schloss. »Rob«, sagte sie. »Weißt du schon … woher weißt du …« Sie wusste nicht, wie sie es ausdrücken sollte.

»Louise hat mir gesagt, dass du ganz allein bist. Ich halte das nicht für besonders klug. Komm, Debs, komm und setz dich.« Er führte sie ins Wohnzimmer zurück, drückte sie auf einen Sessel und reichte ihr die Kleenex-Schachtel. Sie merkte, dass sie schon wieder weinte, und wischte sich erfolglos das Gesicht. »Ich habe etwas zu trinken mitgebracht, aber ich glaube, das brauchst du nicht.«

Er machte die Heizung an und verließ den Raum. Sie hörte seine Schritte auf dem Weg und dann das Klappen der Wagentür. Kurz darauf kam er mit einer Reisedecke wieder und legte sie ihr um die Schultern. »Es ist kalt hier drinnen. Du bist ganz erfroren.« Debbie versuchte etwas zu sagen, aber es kam nichts Zusammenhängendes heraus. Sie hörte, wie er im Zimmer umherging, die Vorhänge zuzog und die Tür schloss. Die umheimliche Leere schien nun weiter weg zu sein. Sie war ja so müde.

Sie schloss die Augen und lehnte sich im Sessel zurück, während sie die Wärme des Ofens und der um sie gelegten Decke spürte. Sie versank in Schwärze, und dann war sie auf einmal wieder hellwach und sah das Gesicht ihrer Mutter vor sich, den klaffenden Mund und die bläulichen Lippen. »Ist das Ihre Mutter Gina Sykes?« *Ja, ja, ja!* Sie riss die Augen auf, und da war sie wieder in ihrem eigenen Haus. Hinter ihr rumorte jemand in der Küche, und das Deckenlicht war aus. Wer war es? Louise? Nein, Louise hatte sie ja weggeschickt.

Rob kam aus der Küche herein und sah sie an. »Ich dachte, das könntest du heute Nacht vielleicht gebrauchen.« Er lächelte sie an und hielt ihre Wärmflasche in der Hand.

»Rob«, sagte sie. Sie hatte ihn irgendetwas fragen wollen, konnte sich aber nicht entsinnen, was.

»Na komm.« Er half ihr beim Aufstehen. »Es ist schon nach Mitternacht. Du musst versuchen, etwas zu schlafen.« Schlafen. Sie hatte Angst vorm Schlafen. Er führte sie hinüber zur Treppe. »Komm schon, Debs, du musst dich hinlegen.« Er hatte Recht, das wusste sie. Sie konnte nicht stehen. Er sah auf die Whiskyflasche, als er sie an dem kleinen Tisch mit ihren Fotos vorbeibugsierte. »Hast du das alles heute Abend getrunken?« Sie schüttelte den Kopf. Sie wusste es nicht. Sie konnte sich nicht erinnern. Sie versuchte sich umzudrehen, um nach dem Foto von Gina zu greifen, aber er manövrierte sie entschlossen auf die Treppe zu. »Halt dich am Geländer fest, Debs.« Er stieg neben ihr die Stufen hinauf, wobei er sie mit einem Arm gegen das Geländer stützte und mit der anderen Hand ihren Arm fest hielt. Das konnte sie deutlich spüren.

Dann lag sie auf ihrem Bett, und der Raum drehte sich. »O Gott.« Sie setzte sich auf. »Mir wird schlecht.« Er hielt ihr den Kopf, als sie sich in den Papierkorb übergab. »Reiner Whisky«, sagte er. »Danach fühlst du dich morgen besser.«

»Tut mir Leid, tut mir Leid.« Sie fröstelte, und ihre Zähne schlugen aufeinander.

»Trink das.« Er drückte ihre Hände um ein kühles Glas. Sie nippte an dem Wasser und merkte, wie die Übelkeit ein wenig nachließ. »Versuch ein bisschen mehr zu trinken, Debs. So viel du kannst. Sonst fühlst du dich morgen früh beschissen.« Es war ihr egal. Sie spürte, wie ihr erneut Tränen über die Wangen liefen, dann legte sie sich hin, doch es war zu warm. Sie warf die Bettdecke beiseite, und jemand legte sie wieder über sie, dann begann sich der Raum wieder zu drehen, zuerst langsam und dann schneller, bis sie in die Dunkelheit stürzte und weg war.

13

Debbie fühlte sich grässlich. Der Kopf tat ihr weh, und ihr war übel. Einen Moment lang hatte sie Wärme und Behaglichkeit empfunden, dann war sie ganz aufgewacht und hatte das Grauen hinter ihrem rein körperlichen Elend gespürt. Sie war betrunken gewesen. Etwas Schreckliches war geschehen. Mühsam setzte sie sich auf und hielt sich den Kopf, um ihn daran zu hindern, sich selbst entzweizuhämmern. Speichel schoss ihr in den Mund, und sie schaffte es gerade noch ins Badezimmer, bevor sie sich übergeben musste. Sie dachte, es sei vorüber, als die Übelkeit sie ein zweites Mal überkam und sie über der Toilettenschüssel hing und trocken würgte, einen widerlichen Geschmack im Mund und ein saures Brennen im Magen. Sie kauerte sich auf den Fußboden, hielt sich am Sitz fest und atmete tief durch, während sie darauf wartete, dass Übelkeit und Kopfschmerz nachließen. Jetzt wusste sie, was geschehen war. Sie trauerte um ihre Mutter, zusammengesunken auf dem Fußboden im Badezimmer, nachdem sie sich sinnlos betrunken hatte. Gina, so überlegte sie, hätte das nicht verwundert. *Ich will zu meiner Mum!*

Langsam bekam sie ihre Gefühle in den Griff. Alle behaupteten, dass Weinen einem gut täte, dass Weinen einem half, es – was auch immer *es* war – loszuwerden. Nach dem Tod ihres Vaters war es Debbie so vorgekommen, als bekäme man vom Weinen lediglich geschwollene Augen, eine rote Nase und ein nasses Gesicht. Man fühlte sich davon keinen

Deut besser. Sie zog Bilanz. Es war später Vormittag – sie hatte lange geschlafen. Sie trug ein T-Shirt und ein Höschen. Vage erinnerte sie sich daran, dass jemand sie zu Bett gebracht hatte. Sie wusste nicht mehr genau, wer es gewesen war, oder ob sie sich an einen Traum erinnerte. Sie stellte sich unter die Dusche und ließ sich vom Wasser wecken und erfrischen. Eine kalte Dusche sollte doch gut sein gegen einen Kater, aber sie fühlte sich immer noch reichlich mies. Die Wärme des Wassers war tröstlich. Sie wickelte ihr Haar in ein Handtuch, zog ein frisches Sweatshirt und eine Jeans an und ging nach unten.

Der Ofen brannte auf kleiner Flamme. Rob saß davor und blätterte ihren *Othello* durch. Er sah sie prüfend an und fragte: »Schlimm?«

Debbie nickte. »Bist du über Nacht geblieben?«

»Hab die Nacht in diesem Sessel verbracht.« Er lächelte, aber seine Augen wirkten müde, und er war unrasiert.

Sie wusste nicht, was sie sagen sollte. »Danke. Fürs Kommen, meine ich. Ich habe mich komplett betrunken. Es tut mir Leid.«

Er zuckte die Achseln. »Das Beste, was du tun konntest. Louise hat sich Sorgen um dich gemacht. Sie hatte Recht. Du hättest nicht allein bleiben sollen. Willst du etwas essen?» Debbie schauderte, und er grinste mitfühlend. »Dachte ich mir. Hör mal, ich habe deine Anrufe entgegengenommen. Louise hat angerufen – ich habe gesagt, du schläfst noch. Sie meldet sich später noch mal. Die Polizei will dich sprechen. Sie kommen heute Nachmittag vorbei, es sei denn, du fühlst dich nicht dazu im Stande.« Debbie sah ihn an. »Ich würde sobald wie möglich mit ihnen sprechen«, meinte er.

»Ich weiß nicht.« Ein Gefühl konfuser Trostlosigkeit überkam sie. »Ich weiß nicht, was ich tun will. Ich weiß auch nicht, was ich tun soll.«

Er stand auf. »Trink eine Tasse Tee und nimm etwas gegen

den Kater.« Das war zwar nicht das, was sie gemeint hatte, aber es schien ihr ein guter Rat zu sein, daher nickte sie, als er ihr anbot, Tee zu machen, und ließ sich in den zweiten Sessel sinken. Ihr Glas und die Whiskyflasche waren weg. Vermutlich hatte er beides fortgeräumt. Buttercup lag im Tiefschlaf auf dem Teppich vor dem Kamin, also musste Rob sie gefüttert haben. Ihr Blick schweifte von den Fotos auf dem Tisch ab. Sie würde sie sich später ansehen. Ihre Augen fühlten sich schon wieder nass an, und sie grub die Nägel in die Handflächen. Weinen nutzte nichts.

Bei der Einsatzbesprechung an diesem Morgen brachte Lynne erneut die Verbindung zu Deborah Sykes zur Sprache. »Darf ich mich mal erkundigen, was wir damit angefangen haben?«, fragte sie vorsichtig.

»Ich habe jemanden losgeschickt, der sich die Treppe im College angesehen hat«, antwortete Berryman. »Dort war nichts, was nach unserem Mann ausgesehen hätte, es sei denn, Sie rechnen eine defekte Lampenfassung dazu. Brauchbare Fingerabdrücke waren nicht zu finden. Ich behaupte ja immer noch – falls jemand auf dieser Treppe war, dann hatte er es auf etwas aus dem College abgesehen. Ich habe mit ihrem Sicherheitsdienst gesprochen«, fügte er hinzu, wobei er sich überlegte, dass ein Plausch beim Bier wohl zählte und Neave ohnehin wusste, was er zu tun hatte.

Er sprach weiter. »Ich habe immer noch einen Beobachtungsauftrag wegen der ermordeten Studentin laufen, aber wie Sie wissen, sieht es nicht nach unserem Mann aus. Lynne, warum fragen Sie das?« Er interessierte sich für Lynnes Meinung. Sie hatte einen guten Instinkt.

»Es ist nur, weil jetzt ein zweiter Todesfall mit Deborah Sykes zusammenhängt.« Lynne war sich unsicher. »Es kam heute Morgen im Tagesbericht. Eine Gina Sykes ist drüben in Goldthorpe bei einem Sturz ums Leben gekommen. Man hat sie am Donnerstagnachmittag gefunden, aber es ist in der Nacht davor passiert. Ich habe mich erkundigt. Sie ist Deborah Sykes Mutter.« Sie zuckte die Achseln und signalisierte so, dass sie weiter nichts dazu sagen konnte.

Das Interesse war rege. »Arbeitet Peter Cave an dem Fall?« Berryman versuchte sich zu erinnern, wer in Goldthorpe saß.

»Bringt ja ziemlich viel Unglück, diese Deborah«, murmelte McCarthy Lynne ins Ohr.

»Ich melde mich bei ihm und sage ihm, dass wir vielleicht eine Verbindung haben. Lynne, Sie haben doch mit ihr gesprochen. War da etwas, irgendetwas – Anrufe, jemand, der ihr gefolgt ist, *irgend*etwas?«

Lynne schüttelte den Kopf. »Ich habe sie gezielt danach gefragt. Und Steve hat sie gewarnt.«

McCarthy nickte. »Ihr war nichts dergleichen bewusst. Ich habe ihr geraten, aufzupassen und vorsichtig zu sein.«

Berryman zog vor Frustration ein finsteres Gesicht. »Okay. Und sonst?«

Andere Teams lieferten ihre Berichte ab. Sie waren immer noch mit weiteren Erkundigungen im Zuge der Haus-zu-Haus-Befragung beschäftigt und versuchten, einige Kontaktpersonen von Julie Fyfe zu sprechen. »Wir haben eine Nachbarin verloren«, sagte jemand. »Sie ist im November umgezogen. Rebecca Wilcox. Sie ist ausgewandert, nach Australien. Zumindest ist sie zunächst dorthin geflogen.«

Berryman sah in seinen Notizen nach. »Sie ist am Zwanzigsten abgereist, stimmt's? Wann hat sie das Land verlassen?«

»Am Einundzwanzigsten. Ich versuche immer noch, eine Adresse zu ermitteln.«

Berryman überlegte. »Sie ist etwa in Julies Alter, oder? Ich setze die Kollegen in Melbourne darauf an. Wir brauchen jemanden, der mit ihr redet. Okay. Sonst noch was?« Niemand wusste etwas Neues beizusteuern. Lynnes Team ermittelte bei den Gütertransporteuren, studierte Fahrpläne und versuchte, irgendwelche bedeutsamen Einzelheiten über die Mordnächte herauszufinden. »Es ist schwer, an die Lokführer heranzukommen«, erklärte sie jetzt. »Sie arbeiten in verschiedenen Schichten. Bis jetzt haben wir nur Nieten gezogen, aber es gibt noch eine Menge Leute, die wir befragen müssen.«

»Beeilen Sie sich«, sagte Berryman. »Setzen Sie mehr Leute ein, falls nötig. Ich brauche Ihnen ja nicht zu sagen, wie wichtig es ist.« Er sah McCarthy an. »Nehmen Sie Kontakt zu den Kollegen in Goldthorpe auf. Schildern Sie ihnen, warum wir interessiert sind. Sorgen Sie für enge Zusammenarbeit.« Lynne kehrte an ihren Schreibtisch zurück, dachte über die Verbindung nach Goldthorpe nach und schloss mit sich selbst Wetten darüber ab, wie lange es dauern würde, bis sich Neave bei ihr meldete.

Neave wusste nicht genau, wie er die Sache am besten anpacken sollte. Er konnte zu Berryman gehen und versuchen, ihm Informationen zu entlocken. Er konnte es auch bei Lynne Jordan probieren. Sie hätte ein offenes Ohr, und wahrscheinlich wäre sie bereit, ihm einige Details zu verraten. Oder war sie immer noch sauer auf ihn? Sie hatte nicht versucht, ihn zu erreichen, aber nach dem Zwischenfall in der Bibliothek war das kaum verwunderlich. Außerdem hätte sie alle Hände voll zu tun. Berryman verlangte seinem Team das Äußerste ab, das wusste er.

Er griff zum Telefon und wählte Lynnes Nummer.

Sie meldete sich fast sofort und wirkte nicht überrascht, von ihm zu hören. Er schilderte ihr rasch, was er wollte. Er überlegte, ob er sein langes Schweigen erklären sollte, entschied sich aber dagegen. »Du traust dich was, Neave«, sagte sie, als er fertig war. »Du verfolgst die Sache immer noch, nach allem, was ich zu dir gesagt habe? Und jetzt willst du, dass ich Peter Cave auf die Füße trete, weil eine alte Schachtel sich betrunken hat und die Treppe runtergefallen ist?«

»Ja, okay, ich hätte nicht fragen sollen. Aber ich kann niemand anders fragen, Lynne, und ich muss es wirklich wissen. Es ist wichtig.«

»Es mag dich überraschen, aber wir gehen der Sache bereits nach. Es besteht zwar kein offensichtlicher Zusammenhang, aber wir sind nicht so dumm, dass wir keinen suchen würden.«

Es entstand ein kurzes Schweigen. »Okay. Tut mir Leid. Neulich konnte ich dich ja nicht direkt überzeugen.«

»Diesmal auch nicht. Die Wahrscheinlichkeit ist gering, aber wir forschen nach, okay?«

»Danke, Lynne. Eines noch: Lass mich wissen, was *du* davon hältst, wenn du die Akte studiert hast. Sag mir, wenn es dir unverdächtig vorkommt.«

»Einverstanden.« Sie klang resigniert. »Wo kann ich es dir übermitteln? Sollen wir uns irgendwo treffen?«

»Das ist im Moment ein bisschen schwierig, Lynne. Ruf mich kurz an, wenn du was hast, und dann sehen wir weiter. Einverstanden?«

»Herrgott, Neave, dafür bist du mir aber was schuldig. Ich ruf dich an.« Sie legte auf. Lynne machte sich nicht die Mühe mit Bis-balds und Adieus. Er fragte sich, ob sie wirklich wütend auf ihn war. Er glaubte es nicht – ein bisschen sauer, aber das konnte er ihr nicht übel nehmen.

Er hatte sich unter einem Vorwand von Debbie verabschiedet und war gegangen, als er den Streifenwagen vor ihrem Haus halten sah. Er wollte mit Lynne reden, bevor er mit Debbie über ihre Mutter sprach, und er wollte, dass Debbie ohne seine Einmischung mit dem Team sprach, das den Tod von Gina Sykes untersuchte. Aus seinen eigenen Erfahrungen mit dieser Art von Ermittlungen wusste er, dass Debbie als potenzielle Verdächtige in Betracht gezogen werden würde, falls irgendwelche Probleme auftauchten. Er fuhr sich mit der Hand übers Gesicht und zog eine Grimasse. Er brauchte eine Rasur. Und er musste sich entscheiden, was er tun sollte.

Er sollte kurz im College anrufen. Er hatte zwar telefonisch mitgeteilt, dass er außer Haus arbeitete, was im Grunde auch stimmte, doch wäre es nicht schlecht, wenn er sich kurz sehen ließ. Nicht dass es allzu wichtig gewesen wäre. Er hörte ohnehin zum Monatsende auf.

Es gab nichts, was ihn am City College gehalten hätte. Er sammelte seine Post zusammen, bat Andrea, ihn anzurufen, falls sich irgendetwas Dringendes ergab, und war bereits wieder auf dem Weg zum Auto, als sein Handy klingelte. Es war Berryman, und er wollte ihn sofort sprechen. »Ich will, dass du herkommst und mir genau erklärst, warum du deine Nase in Pete Caves Fall in Goldthorpe steckst.«

Neave erwog, Berryman zu sagen, dass er nicht mehr sein Untergebener sei, hielt es aber für günstiger zu kooperieren, und so erschien er zwanzig Minuten später in Berrymans Büro. Berryman kannte die Umstände von Gina Sykes Tod bereits. Was er wissen wollte, war, was Neave damit zu tun hatte. »Ich bin allem nachgegangen, was du mir gesagt hast, und es ist nichts dabei herausgekommen«, erklärte er. »Wir ignorieren es nicht, aber es hat nicht oberste Priorität. Falls irgendetwas an der Sache in Goldthorpe faul ist, erfahren wir das von Pete Cave. Sie führen die Ermittlungen durch, klar? Denen hat gerade noch gefehlt, dass du ihnen auf die Füße trittst. Und uns brauchst du auch nicht auf die Füße treten. Ach, und erwarte nicht von Lynne Jordan, dass sie die Drecksarbeit für dich erledigt.«

Neave wartete ab, bis Berryman fertig war. »Okay«, sagte er freundlich. »Aber wie denkt man denn über den Fall in Goldthorpe? Gibt es ein Problem?«

Er sah zu, wie Berryman zwischen einem Tobsuchtsanfall

und der alten Verbundenheit aus der Zeit schwankte, als sie noch Kollegen waren. Er wusste, was die Oberhand gewinnen würde. Berryman vertraute nach wie vor auf sein Urteilsvermögen. »Es sieht wie ein Unfall aus«, sagte er nach einem Moment. »Laut Obduktion war sie betrunken. Ihr Blutalkohol war hoch. Kein Anzeichen für einen Einbruch, kein Anzeichen für einen Kampf, nichts, was den Nachbarn aufgefallen wäre. Deine Freundin scheint ein gutes Alibi zu haben – nicht von dir, sonst würde ich jetzt nicht mit dir reden –, und der Fall ist noch nicht abgeschlossen, aber es sieht ziemlich eindeutig aus.«

Neave überlegte. Auf den ersten Blick wirkte das überzeugend. Aber er wollte selbst hinfahren und abwarten, was er empfand, wenn er den Schauplatz vor sich sah. Dann wäre er sich selbst klarer darüber, was passiert war und was nicht. »Wann ist das Haus denn wieder zugänglich?« Er sah Berrymans Miene. »Deborah wollte es wissen«, log er.

»Ich weiß nicht. Bald vermutlich. Ich tue, was ich kann, okay? Und zwar, weil ich deinem Urteilsvermögen traue, obwohl ich mir nicht sicher bin, ob du momentan überhaupt irgendwas klar beurteilen kannst.« Es klopfte an der Tür, und Lynne Jordan steckte den Kopf herein.

»Der Bericht aus dem Labor ist da, Sir«, sagte sie. Sie warf einen Blick in Neaves Richtung, und als Berryman in seiner Schreibtischschublade herumzuwühlen begann, wackelte sie mit den Augenbrauen und zog eine Grimasse. Neave grinste. Mit lautlosen Lippenbewegungen sagte sie: *In meinem Zimmer* und hielt fünf Finger in die Höhe.

Berryman sah auf und sagte: »Haben Sie die Akte? Gestern war sie noch hier drin.«

»Ja, Sir. Ich habe sie wieder zu den anderen gelegt. Soll ich sie Ihnen holen?«

»Legen Sie sie mir auf den Schreibtisch. Und geben Sie mir den Bericht.« Er streckte die Hand aus. Lynne reichte ihm den Bericht und ging. Berryman sah Neave an. »Tja, das war's«, sagte er. »Das ist alles, was ich dir sagen kann. Wenn du noch etwas für mich hast…« Er zuckte die Achseln. Neave nickte und ging. Er konnte sich glücklich schätzen, dass er so viel erfahren hatte, das war ihm klar. Jetzt würde er mal hören, was Lynne wollte.

Lynne saß am Schreibtisch des Zimmers, das sie mit drei anderen Beamten teilte. Es war ein kleines Zimmer, vollgestellt mit Schreibtischen, Aktenschränken und einem Kleiderständer, der der Tür im Weg stand. Sie lächelte, als sie Neave sah, und zog ihre Schreibtischschublade auf. »Tut mir Leid, dass ich dich bei Berryman in Misskredit gebracht habe«, sagte sie, ohne besonders zerknirscht zu klingen. »Irgendwas Erfreuliches?« Sie zog ein paar Aktendeckel aus ihrer Schublade und begann, deren Inhalt auf dem Schreibtisch auszubreiten.

Neave zuckte die Achseln. »Hängt ganz davon ab, was sich tut. Wie kommst du denn mit den Würger-Fällen voran?«

»Gar nicht. Wenn noch ein Mord passiert und wir ihn nicht schleunigst fassen, rollen Köpfe. Das ist amtlich, und einer davon ist der von Berryman. Schau mal. Das wollte ich dir zeigen. Es könnte dich überzeugen. Das sind die vier Opfer.« Sie zeigte ihm die Fotos der vier Frauen. »Nichts Auffälliges an ihnen, außer, dass sie alle jung waren, oder? Er ist weder speziell hinter Blondinen oder Brünetten her, noch hinter kleinen oder dicken Frauen – nur hinter jungen Frauen. Und jetzt sieh dir die an.« Sie breitete die Fotos der Leichen aus. »Da, man kann ein Muster erkennen. Er tut jeder das Gleiche an, stimmt's? Was du nicht sehen kannst, steht im Bericht.« Neave betrachtete die Fotos, musterte die Verstümmelungen, das Ausmaß der Würgemale an den Hälsen, die Hinweise auf sexuelle Gewalt und die nebenbei entstandenen Verletzungen – Blutergüsse und Schürfwunden am ganzen Körper. Die Bilder waren grauenhaft, die Berichte noch schlimmer, und ihm wurde flau im Magen. Er hatte vergessen, wie es sein konnte. »Nichts davon fand sich im Fall Peterson oder Sykes. Peterson wurde zwar erwürgt, aber das war manuelle Strangulation, und der Mörder trug Handschuhe. Keine Verstümmelung, keine sexuelle Gewalt, und die Leiche wurde direkt am Tatort gefunden. Der Pathologe ist sich ganz sicher – keine signifikanten Ähnlichkeiten. Und die Sykes – das sieht nach einem Unfall aus. Etwas hat sie aufgeschreckt und zum Aufstehen veranlasst, aber sie ist die Treppe hinuntergefallen, weil sie zu tief ins Glas geguckt hat. Das passiert einer Menge Leute, aber die meisten haben mehr Glück.«

Das sah Neave auch alles, und er hatte diese Punkte bereits mit sich selbst abgehandelt. Mörder wie der Würger arbeiteten nach einem Muster. Sie konnten zwar ihre Vorgehensweise ändern, aber die Verstümmelungen, die sexuelle Gewalt – das würde bleiben. Darum ging es ja. Er konnte sich den Fakten nicht verschließen. Der Würger war noch nicht bereit, wieder zu morden, und er mordete nicht auf diese Art. Trotzdem war ihm unwohl. Er blätterte den Inhalt der Akte noch einmal durch. »Wenn ich Recht habe, dann waren diese beiden, Peterson und Sykes, rein zweckgerichtete Morde. Sie waren nicht das Eigentliche. Vielleicht hat Peterson ihn gesehen. Berryman wollte sie befragen. Und Sykes – was, wenn er in ihr Haus eingebrochen ist?« Er bemerkte Lynnes Miene. »Okay, ich weiß, dass kein Einbruch stattgefunden hat. Und ich weiß nicht, warum er eingebrochen sein soll. Aber es gefällt mir nicht.«

Lynne kam um den Tisch herum und blickte über seine Schulter auf die Akten herab. »Im Moment ist alles noch ein bisschen dürftig, was?« Sie nahm ein Blatt nach dem anderen heraus und studierte es. Neave sah einen Zeitungsausschnitt – *Karen-Can* – und einen Ausschnitt über die Auszeichnung zum Kleinbetrieb des Jahres. »Ich möchte nur etwas nachschauen«, sagte Lynne. »Pass auf, ich behalte alles im Auge. Ich lasse dich wissen, was läuft, okay?« Sie packte die Akten wieder zusammen und klemmte sie sich unter den Arm, während sie auf die Tür zuging. Neave folgte ihr.

Neave beschloss, wieder zu Debbie zu fahren. Sie hatte zwar vorhin eine tapfere Miene aufgesetzt, dabei aber blass und krank ausgesehen. Vermutlich fühlte sie sich nach den heutigen Ereignissen miserabel. Er wusste, was gewaltsame Todesfälle nach sich zogen. Er musste dafür sorgen, dass sie heute Nacht nicht allein war – er konnte sie ja zu einer Freundin fahren oder so. Sein Geist wollte sich nicht auf dieses Problem konzentrieren, und so dachte er stattdessen an den Tod der Studentin und den Eindringling auf der Treppe. Zählte er eins und eins zusammen und kam dann insgesamt auf sechseinhalb? Hatte Lynne mit ihrer Analyse seiner Motive richtig gelegen? Er ärgerte sich immer noch über das Gespräch seinerzeit, also hatte sie vielleicht einen wunden Punkt getroffen. Er wusste es einfach nicht mehr. Er fuhr auf einen Sprung an seiner Wohnung vorbei, um sich zu rasieren und umzu-ziehen. Er wollte gerade wieder gehen, als er innehielt, umdrehte und ein paar Übernachtungssachen in eine Tasche stopfte. Für den Fall des Falles, für den Notfall.

Es wurde langsam dunkel, als er an ihrer Tür klopfte. Debbie schien sich zu freuen, ihn zu sehen. Sie sah besser aus als in der Nacht zuvor, aber noch lange nicht gut. Sie war bleich und hatte gerötete Augen. Ihr Haar, sonst so akkurat gebändigt, war ungekämmt aus dem Gesicht gestreift. Er folgte ihr ins Wohnzimmer. Das Telefon war ausgesteckt, und ein Haufen Fotos aus einer Mappe lagen verstreut auf dem Tisch. »Die waren eine Ewigkeit hier«, sagte sie, womit sie die Polizisten meinte, die gekommen waren, als er vor Stunden gegangen war. »Und das Telefon hat gar nicht mehr aufgehört zu klingeln.« Sie drückte den Nacken gegen ihre Hand, um die Verspannung ein wenig zu lockern.

»Wer hat denn angerufen?« Er wurde hellhörig.

»Freundinnen von Mum. Die Lokalzeitung. Meine Freunde. Irgendwann hatte ich die Nase voll.« Sie sah auf die Fotos auf dem Tisch herab. »Ich war einfach …« Ihre Stimme versagte.

Er nahm die Bilder in die Hand und betrachtete sie. Eine Frau mit Debbies Zigeunerlocken und einem kleinen Mädchen an der Hand. Beide blinzelten ins Sonnenlicht. Ein junger Mann mit demselben kleinen Mädchen, auf diesem Bild besser als kleine Debbie erkennbar. Da war sie wieder, gehalten zwischen beiden Erwachsenen, und alle lächelten in die Kamera. Mit Familien kannte er sich nicht aus. Er hatte nur so kurze Zeit eine gehabt. Er sah erneut auf das Foto von Debbie und ihrem Vater herab, einem jungen Mann, der mit hingerissenem Stolz auf seine Tochter blickte. Wäre es ihm mit Flora genauso gegangen? Sie war ihm ein solches Rätsel gewesen. Erneut verspürte er den altbekannten Schmerz seines Verlustes, diesmal nicht wegen Angie, sondern wegen der Tochter, die er nie richtig hatte kennen lernen können und die er doch hätte kennen sollen. Er sah auf. Debbie musterte ihn. Er suchte nach einem Thema. »Hast du schon was gegessen?«

Sie schüttelte den Kopf. »Ich hab keinen Hunger.«

Er sah sie an. »Ich hole dir was. Du fühlst dich besser, wenn du etwas gegessen hast.« Sie hatte keine Einwände, also ging er in die Küche. Er wollte von ihr weg, bis der Moment vorüber war. Er sah in den Kühlschrank und die Schränke. »Es ist nicht viel da«, rief er. »Ich mache dir mal fürs Erste ein Sandwich, einverstanden?« Sachte hielt er die aufdringliche Katze in Schach, die zwischen seinen Füßen aufgetaucht war, und sah sich das Brot an. Es war frisch genug für ein Sandwich und Käse war auch da. Das würde zunächst genügen.

Debbie trat in die Küchentür und beobachtete ihn. Die Katze stellte sich auf die Hinterbeine und kratzte an ihrem Knie. Sie hob sie hoch und legte sie sich an die Schulter.

»Danke, dass du wiedergekommen bist«, sagte sie zögernd. Sie nahm ein Stück Käse von der Arbeitsfläche und gab es der Katze. »Sie mag Käse«, sagte sie.

Er hielt den Blick auf seine Hände gerichtet. Dass sie nichts gegessen hatte, wunderte ihn nicht. Er wusste noch gut, wie schnell einem der Appetit verging – in den Wochen nach Angies Tod hatte er eine Menge Lebensmittel weggeworfen. Vermutlich war es der Alkohol, der ihn am Leben erhalten hatte. Er dachte an die Spezialsandwiches, die Lynne gern zubereitete: knuspriger Speck, schmelzender Brie, grüner Salat, das Ganze in ein heißes Brötchen gequetscht. So etwas würde Debbie gut tun. In letzter Zeit hatte sie ganz schön abgenommen. Ihre Magerkeit hatte ihn schockiert, als er sie vergangene Nacht halb die Treppe hinaufgetragen hatte. Er sah erneut zu ihr hinüber – ihre Bemerkung war erst jetzt zu ihm durchgedrungen. »Schon gut«, sagte er in neutralem Ton.

Sie setzte die Katze ab und zupfte sich abwesend Haare vom Hemd. »Das wäre nicht nötig gewesen.«

»Ich wollte aber.« Er schnitt das Sandwich entzwei, legte es auf einen Teller, zog einen Hocker unter der Arbeitsfläche hervor und drückte Debbie darauf. »Jetzt iss das.«

»Magst du denn nichts?« Sie riss ein Stück Brot von dem Sandwich ab und steckte es in den Mund.

»Ich habe schon gegessen. Ich besorge mir später noch was.« Er sah zu, wie sie mit dem Sandwich spielte. Hunger hatte sie eindeutig keinen, wollte ihn aber nicht beleidigen, indem sie es liegen ließ. Ein paarmal setzte sie zum Sprechen an, unterbrach sich aber sofort wieder. Nachdem sie die Hälfte gegessen hatte, bekam er Mitleid mit ihr und sagte: »Hör auf, wenn du keinen Hunger hast. Iss später noch ein bisschen.«

Sie hörte auf, so zu tun, als versuchte sie zu essen. »Du weißt, was es für ein Gefühl ist, oder?«, sagte sie.

»Allerdings.« Er wollte, dass es locker klang, aber es kam mit einer gewissen Bitterkeit heraus.

»Tut mir Leid«, sagte sie. »Ich wollte nicht …«

Er versuchte, sich etwas einfallen zu lassen, mit dem er den Moment überbrücken und auf das Unpersönliche, Praktische zurückkommen konnte, aber in seinem Hirn herrschte Leere. Sie stand auf. »Hast du vor, heute Nacht hier zu bleiben?« Sie sah ihm nicht ins Gesicht, sondern nach unten auf ihre Hände, wo sie einen Ring immer wieder um den Finger drehte.

Er musste eine Entscheidung treffen. »Ich finde, du solltest nicht allein bleiben.« Der Klang seiner Stimme kam ihm okay vor, sachlich, hilfsbereit. »Ich könnte dich zu einer Freundin fahren.«

»Nein, ich will hier bleiben. Und ich will, dass du hier bleibst.« Debbie holte tief Luft. »Ich meine, du brauchst nicht auf diesem Sessel zu schlafen, weißt du. In meinem Bett ist jede Menge Platz. Wenn du willst.«

Sie bürdete ihm die Entscheidung auf. Das Dumme war, dass er genau wusste, was er wollte, es seit dem Moment gewusst hatte, in dem er die Tasche gepackt hatte. Schweigend sah er sie einen Moment lang an. Sie begegnete seinem Blick noch immer nicht, sondern drehte weiter an dem Ring an ihrem Finger. »Ich bin keine gute Wahl«, sagte er. Er streckte die Hand nach ihr aus, nahm eine Haarsträhne und klemmte sie ihr hinters Ohr. »Deborah …«, begann er. Sie fasste seine Hand und hielt sie sich ans Gesicht.

Nun sah sie ihn an. »Nur für jetzt«, sagte sie. »Nur für den Moment. Lass uns einfach nicht an alles Weitere denken.« Sie brauchte den Trost ebenso wie er. Eine große Woge der Erschöpfung überrollte ihn, und er legte die Arme um sie und vergrub sein Gesicht in ihrem weichen, üppigen Haar. Er dachte an die Steilküste bei St. Abb's Head, die Felsen, die sechzig Meter tief zu den um die Klippen schäumenden Wellen abfielen, und fragte sich, ob dies nicht eine andere Art von Vergessen war.

Die Mutter lächelt und lächelt. Er glättet das Bild mit der Hand. Der Mond scheint durchs Fenster und taucht ihr Gesicht in Licht und Schatten. Er wartet, ruhig, still, während die suchenden Augen ihn streifen, innehalten, schwanken… und weg sind.

Ruhig und still. Durch dicke Brillengläser starrt er auf das Bild, seine massige Gestalt vornübergebeugt. Der Nachtwind rüttelt die Bäume, und der Vollmond füllt sein Fenster mit kaltem Licht.

Debbie lag im Bett, nickte immer wieder ein und wachte wieder auf. Sie war müde, wollte einschlafen, sich noch ein bisschen länger an den letzten Stunden festklammern. Neben ihr lag Rob und schlief. Sie konnte seinen Atem spüren, langsam und regelmäßig. Ihr war warm und wohlig, und obwohl ihr Kummer noch da war, war er jetzt ein wenig gelindert. Sie konnte ihn tiefer in ihrem Bewusstsein treiben lassen, ohne ihn unterdrücken und bekämpfen zu müssen, bis er schmerzhaft hervorbrach. Sie drehte sich um, und Rob schlang einen Arm um ihre Taille, zog sie eng in seine Wärme und murmelte ihr etwas ins Ohr, nun ebenso langsam und entspannt, wie er zuvor drängend und zielbewusst gewesen war.

Er hatte sie auf dem Bett festgehalten, sie gestreichelt und geküsst, sie mit Händen und Mund berührt, sie gebeten, nein, von ihr verlangt, ihm zu sagen, was ihr gefiel, wie es sich anfühlte und ob sie es so mochte. »Sag's mir«, flüsterte er und: »Das ist gut, oder nicht, das magst du doch«, und es hatte gestimmt, und sie sagte ihm, dass es ihr gefiel, bis sie nicht mehr sprechen konnte. Sie fragte sich, ob sie nun Schuldgefühle haben sollte, doch sie dachte, dass Gina es verstanden und vermutlich gutgeheißen hätte. Solche Momente waren für die Lebenden, und zum ersten Mal in ihrem Leben war Debbie bewusst, dass sie mit Sicherheit sterben würde.

14

Debbie wachte früh auf. Leise schlüpfte sie aus dem Bett, da sie Rob nicht wecken wollte, und ging nach unten. Sie machte sich eine Tasse Tee und fütterte Buttercup, die mit der katzentypischen Begabung, eine gute Gelegenheit zu erkennen, miauend zwischen ihren Beinen aufgetaucht war. Sie saß in der Küche, zog ihren Morgenmantel eng um sich, um die Wärme zu halten, und trank den Tee, indem sie vorher auf ihn blies, damit er abkühlte. Es war erst sechs und noch dunkel. Sie stellte das Radio an und hörte sich die Frühnachrichten an. Sie fühlte sich seltsam leer. Es war, als befände sie sich in einem Kokon. Irgendwo lauerte ein Gefühl von Dringlichkeit, doch es war außerhalb ihrer selbst, zwar nah bei ihr, aber es berührte sie nicht. Sie starrte auf die Fliesen an der Küchenwand. Schlichte, weiße Keramik. Das Fugenweiß wurde langsam fleckig. Sie mussten geputzt werden. *Schlichtes Weiß ist bei Fliesen das Beste,* hatte Gina immer gesagt. Die Fliesen in der Küche in Goldthorpe waren weiß. Die Fliesen in dem alten Haus, wo Debbie den größten Teil ihres Lebens verbracht hatte, waren blau gewesen. Sie konnte sich an sie erinnern. Tiefblau und ab und zu eine gelbe Blume. Debbie dachte früher immer, die Blume sei ein Feuer; blaue Fliesen mit Feuern darin, deren Glasur mit dem Alter Risse bekam. Ihr Vater sagte stets, er werde neue Fliesen verlegen. Er kam nie dazu. Gina hatte die Fliesen in Goldthorpe selbst verlegt. Sie hatte Debbie gezeigt, wie man es machte. *Die*

Fliesen müssen gerade liegen, sagte sie, *kümmere dich nicht um die Wand. Die ist nie gerade.* Damit hatte sie Recht behalten. Debbie lächelte und schüttelte sich dann. Fast wäre sie eingenickt, und jetzt war ihr Tee kalt.

Sie sah auf die Uhr. Viertel vor sieben. Sie machte eine frische Kanne, stellte sie mit Tassen und einem Kännchen Milch auf ein Tablett und trug sie nach oben.

Rob schlief immer noch. Sie blieb einen Moment in der Tür stehen und musterte ihn. Seltsamerweise sah er im Schlaf älter aus, als wäre die Person, die er der Welt präsentierte, ein jüngerer Mann, vielleicht eine jüngere Version seiner selbst. Vielleicht wurde er wieder – oder versuchte es zumindest – zu dem gut aussehenden, leichtsinnigen jungen Mann, der er Louises Beschreibung nach gewesen war, bevor er – ihr Hirn stolperte über den Namen – bevor er Angie kennen gelernt hatte.

Sie stellte das Tablett neben dem Bett ab, und er wachte auf. Einen Moment lang sah er verständnislos drein, doch dann schien er alles in sich aufzunehmen, den Raum und Debbie, die auf dem Bett saß. Er sah auf die Uhr, stieß »O Gott!« hervor und rieb sich mit einer Hand die Augen. »Du hast mich geschafft, Sykes«, sagte er. »Normalerweise bin ich um die Zeit schon auf und davon.« Er grinste sie an, und sie merkte, wie ihr Gesicht warm wurde. Er setzte sich auf, lehnte sich gegen die Kissen und nahm die Tasse entgegen, die sie ihm hinhielt. Er legte den Arm um sie, und sie ließ sich neben ihn auf die Kissen sinken. Es war behaglich, freundschaftlich. Schweigend lagen sie ein paar Minuten da, dann sah er sie an, diesmal mit ernsterer Miene. »Hör mal, Debs, es gibt da etwas, worüber ich mit dir reden muss.«

Debbie spürte, wie etwas Kaltes nach ihrem Magen griff, und schalt sich ärgerlich, nicht so dumm zu sein. Sie hatten eine Abmachung getroffen. Er blickte sie immer noch an. »Denk genau nach«, sagte er. »Die letzten paar Wochen. Ist dir irgendjemand aufgefallen, der dir gefolgt wäre, gab es merkwürdige Anrufe, oder ist jemand herumgelungert? Irgendetwas in der Art?« Das kam unerwartet, und Debbie starrte ihn einen Moment lang nur an. Er wartete und musterte sie immer noch. Er meinte es ernst, er wollte eine Antwort.

»Nein …« Sie überlegte. Was das wirklich wahr? Sie konnte sich an das Gefühl der Bedrohung erinnern, das sie in den letzten paar Semesterwochen verfolgt hatte – doch das war nur ein Gefühl gewesen, und es war verflogen, seit dem neuen Semester verschwunden. »Nein«, wiederholte sie, diesmal überzeugter. »Warum?« Sie dachte an die Polizistin, die vorbeigekommen war und ihr ähnliche Fragen gestellt hatte, und merkte, wie ihr kalt wurde.

»An diesem einen Donnerstag«, fuhr er fort. »Du glaubtest, jemanden auf der Treppe gehört zu haben. Ich habe nach meiner Rückkehr darüber nachgedacht, was wohl an diesem Abend geschehen ist. Der Mann, den du am Bahnhof gesehen hast – man hat ihn nie gefunden. Und der Betreffende könnte diesen Zeitungsartikel gelesen haben. Ich habe mit dem Fahndungsleiter gesprochen – Berryman – und mit noch jemandem, den ich kenne …«

»Detective Sergeant Jordan?«, fragte Debbie.

»Ja.« Er sah auf seine Tasse und stellte sie ab. »Niemand konnte einen Zusammenhang erkennen. Ich glaubte, sie hätten Recht, und beließ es dabei. Dann wurde diese Studentin ermordet, und jetzt …«

»Was hat Sarah damit zu tun?« Aber Debbie konnte sich erinnern, dass sie das Gefühl gehabt hatte, es gäbe da einen Zusammenhang, als sie nach dem Tod ihrer Mutter betrunken vom Whisky war und allein.

»Sie war an jenem Abend im Informatikzentrum. Womöglich hat sie jemanden gesehen, der zu der Treppe ging. Berryman hatte vor, sie zu fragen.« Er fuhr sich mit der Hand übers Gesicht. »Ich weiß es einfach nicht«, sagte er erneut.

Debbie schloss die Augen. »Sie hat am Ende des Semesters nach mir gesucht.« Das Gefühl des Grauens, die eisige, nagende Angst begann in den Kokon einzudringen. »Glaubst du …?« Sie empfand nur noch Überdruss. *Ich will darüber nicht reden!* Dann versuchte sie es erneut. »Und du glaubst, meine Mutter …?«

»Ich weiß nicht, was ich glauben soll«, sagte Rob nach einem Moment, den Blick nach wie vor auf sie geheftet. »Es gibt nichts Konkretes, woran man es festmachen könnte. Sarahs Freund – es deutet alles auf ihn hin. Und bei deiner Mutter sieht es momentan ganz einfach nach dem Offenkundigsten aus: ein Unfall.« Er legte ihr den Arm enger um die Schultern und fuhr ihr mit der Hand durchs Haar. »Aber es kann nicht schaden, auf Nummer sicher zu gehen. Sei einfach ein bisschen vorsichtiger. Bis es vorüber ist, so oder so, fahr nicht allein, wenn die Züge leer sind. Warte nicht am Bahnhof, wenn wenig los ist. Versuch jemanden bei dir zu haben. Folge keiner festen Routine – ändere Zeiten und Arten der Fortbewegung.«

»Aber wenn du Recht hast«, wandte Debbie ein, und das kalte Gefühl verstärkte sich, »dann ist das, was geschehen ist, meine Schuld. Wenn ich nicht gewesen wäre …«

Er seufzte. »Hör mal, es ist ganz normal, dass du so empfindest«, sagte er. »Ich weiß das, ich habe so etwas schon öfter gehört, aber damit lenkst du dich bloß ab. Es hindert dich daran, über das Eigentliche nachzudenken. Was auch geschehen ist, du hast es nicht getan. Sei nicht albern, Debs.«

Sie schwieg einen Moment lang. Sie begriff zwar, was er meinte, aber ihre Schuldgefühle konnte er damit nicht zerstreuen. Sie fühlte sich wirklich verantwortlich für Ginas Unfall. Und Sarah hatte sie sprechen wollen, doch sie war nicht da gewesen. Logik und Gefühle passten nicht immer zusammen. Vielleicht glaubte er, sie täten es.

Die nächsten paar Tage ließ sie sich treiben. Es gab einiges zu erledigen, und sie erledigte es. Sie fuhr nach Goldthorpe hinaus, um für die Ermittlungsbeamten das Haus ihrer Mutter zu überprüfen. Sie fragten sie, ob irgendetwas fehlte oder am falschen Platz stand. Sie sah nach Ginas wenigen Wertsachen, ihrem Schmuck, ihrem Porzellan, ihrem Fernseher – es war alles da. Im Grunde besaß sie kaum etwas. Gina hatte sich von so vielem getrennt, als sie das Haus aufgab, das sie mit ihrem Mann geteilt hatte. Debbie sprach Ginas allabendliche und ihre alltäglichen Gewohnheiten mit ihnen durch, ihre Freundinnen und ihre Arbeit. Es schien nichts zu geben, was den offenkundigen Tatsachen widersprochen hätte – Gina hatte zu viel getrunken und war die Treppe hinuntergefallen. Sie war zweifellos zu Bett gegangen: Ihre leere Tasse hatte auf dem Nachttisch gestanden, ihr Buch – Debbies Weihnachtsgeschenk – hatte auf dem Boden neben dem Bett gelegen, und die Bettdecke war zurückgeschlagen. Die einzige kleine Abweichung vom Gewohnten war, dass die Riegel an der Hintertür offen waren, obwohl die Tür abgesperrt war, und zwar doppelt, was massiv gegen einen Einbruch sprach. Detective Inspector Cave fragte Debbie, ob irgendjemand außer ihr Schlüssel zum Haus besaß. Nein, niemand. Vor allem durch die Fragen, die er stellte, erinnerte er Debbie sanft daran, dass sie mit den Gewohnheiten ihrer Mutter nicht mehr richtig vertraut war. Debbies überzeugte Behauptung, dass Gina nicht trank – und sie wusste, dass ihre Mutter nicht trank – wurde von den Beweisen eindeutig widerlegt. Die Analyse bei der Autopsie hatte einen hohen Alkoholspiegel ergeben, der in etwa fünf Gläsern Schnaps entsprach. Nicht genug, um sie in einen Vollrausch zu versetzen, aber mehr als genug, um sie beschwipst und wackelig zu machen.

Rob blieb da. Jeden Morgen, wenn er ging, fragte er sie, ob er abends wiederkommen sollte, und sie sagte immer: »Ja.« Sie sprachen über nichts, was über den jeweiligen Tag hinausging. Es war, als nähmen sie beide Debbies anfängliche Einschränkung – *nur für jetzt* – wörtlich. Sie wusste, sie lebte in einem Kokon der Unwirklichkeit. Das wirkliche Leben – Arbeit, Freunde, die Trauer um ihre Mutter – lauerte ein paar Tage weit weg, aber sie sperrte es aus ihren Gedanken aus.

Lynne Jordan war sich dessen bewusst, dass der Mann auf ihre Beine starrte. Ja, er versuchte es gar nicht zu verhehlen, sondern schien zu wollen, dass Lynne es bemerkte, so aufdringlich war er. Sie glaubte nicht, dass es eine ungeschickte Anmachmethode war. Er war seit Beginn des Verhörs arrogant gewesen – das Wort *anmaßend* war ihr in den Sinn gekommen. Sie stellte ihn sich vor, wie er mit Windeln in einem Laufstall saß. »Diese Lieferung findet also jeden Monat statt?«, fragte sie.

»Nein, Lady«, sagte er mit übertriebener Geduld. »Am Ende des Monats, in dem sie bestellen. Das ist nicht jeden Monat.«

»Aha.« Er sah schon wieder auf ihre Beine. Den Teufel würde sie tun und ihren Rock herunterziehen oder ihm zeigen, dass sie auch nur im Geringsten verlegen war. *Widerlicher Sack.* »Aber diese Bestellungen treffen eine Weile vorher ein?«

»Es gibt einen Vertrag«, antwortete er im selben Ton. »Es wird alles im Voraus geregelt.«

Lynne nahm sich vor, sich die Verträge anzusehen, dann nahm sie bewusst die Beine auseinander und schlug sie hoch oben wieder übereinander, sodass ihr Rock gegen die Schenkel spannte. Sie warf dem Mann ein strahlendes Lächeln zu, dessen Unaufrichtigkeit offensichtlich war, beugte sich vor und sagte: »Berichten Sie mir von der Lieferung am fünften.« Der Abend, an dem Julie umgekommen war. Er sah ein bisschen beklommen drein. Sie wartete einen Moment und schenkte ihm dann erneut das strahlende Lächeln. »Gibt es ein

Problem, Mr …« Demonstrativ sah sie in ihre Notizen, obwohl sie seinen Namen in Wirklichkeit wusste. »Mr. Glenn.«

»Ich hab den Zug runtergefahren, wir haben ausgeladen, ich bin zurückgefahren.« Er versuchte, die Kontrolle wieder an sich zu reißen.

Lynne bedachte ihn mit seinem eigenen Ton übertriebener Geduld. »Ich meinte, ein wenig ausführlicher, Mr …. Glenn. Ich brauche Ihre genaue Routine, und ich muss wissen, ob Sie an diesem Abend irgendetwas Ungewöhnliches gesehen haben, etwas, was aus dem Rahmen fiel.« Sie war müde.

»Also, was denn zum Beispiel?« Sie sagte sich, dass er nicht absichtlich abblockte. Er war nur dumm.

»Haben Sie irgendjemanden auf oder neben den Gleisen gesehen? Haben Sie irgendwo angehalten? Ist irgendetwas geschehen, das normalerweise nicht geschieht? Erinnern Sie sich?«

»Hören Sie, *Lady*«, sagte er. »Man hält einen Güterzug nicht einfach an, wissen Sie. Man nimmt keine Passagiere auf, man hält nicht an Bahnhöfen. Man hält nur, wenn das Signal gegen einen ist.«

»Und war es das?« Lynne fragte sich, ob es irgendeinen Grund gab, aus dem sie ihn Berryman als Verdächtigen unterjubeln und ihm ausgesprochen unangenehme vierundzwanzig Stunden verschaffen konnte. *Vermutlich nicht.*

»Das Signal? Nur in Moreham. Dort fährt um dreiundzwanzigdreißig ein Zug durch, daher halten sie einen in Moreham an.«

Lynne wurde hellhörig. Sie ging in Gedanken zurück zum Obduktionsbericht über Julie. *Todeszeitpunkt gegen Mitternacht …* »Werden Sie immer in Moreham aufgehalten?«

»Züge verkehren nach Fahrplänen«, erwiderte er. »Wenn es einmal passiert, passiert es auch wieder.« Jetzt wusste Lynne endlich, wo sie zu suchen anfangen musste.

Die Wirklichkeit schloss sich am Tag der gerichtlichen Untersuchung wieder um Debbie. Für sie war es eine sonderbare Formalität, die nichts mit ihrer Mutter zu tun hatte, aber sie wollte es hinter sich bringen, um eine Art Schlusspunkt zu setzen. Gegenüber den Beamten, die Ginas Tod untersuchten, hatte sie darauf beharrt, dass ihre Mutter nicht betrunken war, obwohl die Ergebnisse der Obduktion dem eindeutig widersprachen. Es kam ihr so vor, als hätte dieser Punkt allein ihre Glaubwürdigkeit zunichte gemacht, als gelte sie nun als die Tochter, die nicht zugeben wollte, dass ihre Mutter einen Fehler gemacht hatte.

Anscheinend war Ginas Verhalten in den Tagen vor ihrem Tod normal gewesen. Sie hatte am Mittwoch nicht gearbeitet, aber am Tag davor war keinem ihrer Kollegen etwas Außergewöhnliches an ihr aufgefallen. An diesem Mittwoch, dem letzten Tag ihres Lebens, hatte sie Nachbarn getroffen und war einkaufen gegangen. Am Nachmittag hatte sie das Grab ihres Mannes besucht. Eine Freundin war ihr begegnet, als sie gegen sechs, halb sieben wiederkam, und hatte ausgesagt, dass sie ein wenig bedrückt gewirkt hätte. Rob teilte Debbie mit, dass vermutlich auf Unfalltod erkannt werden würde.

Letztlich blieb es ergebnislos. Die Polizei erklärte, die Ermittlungen seien noch nicht abgeschlossen, und so wurde alles aufgeschoben, in der Schwebe gelassen. Rob holte sie ab und fuhr rasch vom Gerichtsgebäude weg, bevor jemand Debbie ansprechen konnte. Sie merkte, wie der Kokon um sie herum abbröckelte und sie mit einer unklaren Angst zurückließ, und zum ersten Mal seit dem Tag, als ihre Mutter umgekommen war, weinte sie.

Rob fuhr in die Haltebucht, sobald sie aus der Stadt heraus waren, und wartete. Er drehte das Fenster herunter, ließ die kalte Luft durch den Wagen wehen und lehnte seinen Arm auf die Türkante. Er sagte nichts, sondern betrachtete die winterliche Landschaft, bis sich Debbie wieder gefangen hatte.

Debbie schnäuzte sich und wischte sich mit einem Knäuel aus Taschentüchern die nassen Augen. Weinen nutzte nichts. »Was heißt das? Was gibt's noch zu ermitteln?«, fragte sie nach einer Weile. Ihre Stimme versagte, und sie biss sich fest auf die Lippen.

Rob schüttelte den Kopf. »Ich weiß es nicht. Es bedeutet nicht, dass sie etwas entdeckt hätten, wodurch sie eine Verbindung herstellen könnten. Es heißt einfach, dass sie die Sache noch nicht abgeschrieben haben.« Er stützte jetzt beide Arme aufs Lenkrad und sah sie an. »Lass uns rausfahren. Zum Haus deiner Mutter. Vielleicht finden wir was.«

Debbie schluckte. Sie hatte ein flaues Gefühl im Magen. Seit ihrem Besuch mit der Polizei war sie nicht mehr in dem Haus in Goldthorpe gewesen, und da war es ihr mehr wie ein Bühnenbild erschienen als wie das Haus, das sie so gut kannte. Rob saß ruhig da und wartete, bis sie eine Entscheidung traf. »Ja. Einverstanden. Machen wir's.« Er nickte und wendete das Auto, um in die Richtung zurückzufahren, aus der sie gekommen waren.

An der Straße ins Dearne Valley, die alte Bergbauregion, fand sich eine seltsame Mischung aus alter Industrie, neuer Industrie, kleinen Grubendörfern und Bergwerkssiedlungen sowie Landstrichen, die so malerisch waren wie der stark frequentierte und umfassend geschützte Peak District im Westen. Doch inzwischen wurde die Landschaft von neuen Straßen überzogen; die alten Schächte wurden vom Tagebau verdrängt, der das Land bloßlegte und sich kaum lohnte. Trotzdem war Debbie froh, diese Strecke auf der Straße zurückzulegen, nicht mit dem Zug. Wenn sie mit dem Zug in Goldthorpe ankam, hatte Gina oft am Bahnsteig auf sie gewartet und einen Bummel über den Markt vorgeschlagen oder eine Kuriosität im Trödelladen mit ihr bestaunen wollen. Goldthorpe auf dem Straßenweg anzusteuern hatte nichts mit Gina zu tun.

Das Haus wirkte dunkel und verlassen, als stünde es schon weit länger leer als eine Woche. Debbie sah die Vorhänge am Nebenhaus wackeln und ging zur Vordertür hinein. Der Geruch, der sie begrüßte, war vertraut und fremd zugleich. Sie erkannte den schwachen, würzigen Duft, den sie als Kind immer mit zu Hause und später auch mit diesem Haus verbunden hatte. Darüber lag nun der Geruch nach Kälte und die kaum wahrnehmbare feuchte Ausdünstung eines Hauses, das seit einiger Zeit leer und ungeheizt ist. Schon jetzt begann es unbewohnt zu wirken, als verblassten die Spuren ihrer Mutter.

Rob musterte das Haus mit den Augen eines Polizisten, was Debbie beängstigend und verstörend fand. Er betrachtete beide Türen und fragte Debbie, wie Gina normalerweise abends alles abschloss. »Die Tür war nicht verriegelt«, sagte er, »aber das haben sie schließlich auch dem Alk zugeschrieben.« Er runzelte die Stirn. Anscheinend machte ihm nicht nur das Ergebnis der gerichtlichen Untersuchung Kopfzerbrechen. Debbie stand im Wohnzimmer, betrachtete die vertrauten Gegenstände und fragte sich, was sie mit ihnen anfangen sollte.

Neave untersuchte die Küche und besah sich erneut den hinteren Zugang zum Haus. Es wäre sehr leicht gewesen, sich unbeobachtet hier hereinzuschleichen. Nichts wies darauf hin, dass es tatsächlich jemand getan hatte. Er musterte die Tür. Die Riegel klemmten. Das Yale-Schloss war ein gutes, das sich zweimal abschließen ließ. Er versuchte sich zu erinnern. Es war zweimal abgeschlossen gewesen, als man Gina Sykes gefunden hatte. Hätte sie sich auch mit diesen klemmenden Riegeln abgemüht?

Er ging ins Wohnzimmer und betrachtete die Flaschen im Büfett. Nur Sherry. Der Rum stand in der Küche, gleich neben dem Herd. Er sah in die Küchenschränke. Fast hätte er es übersehen. Ganz hinten in dem einen Schrank, hinter ein paar Kochbüchern versteckt, stand eine 35cl-Flasche Wodka. Sie hatte ein frisches, neues Preisetikett von einem der großen Supermärkte und war halb leer. Er runzelte die Stirn und rief nach Debbie, die im anderen Zimmer war. »Was hat deine Mutter getrunken?«

»Rum«, rief sie zurück.

»Und was hast du getrunken, wenn du hier warst?«

»Normalerweise Sherry. Oder Wein, wenn ich welchen gekauft habe. Warum?«

»Nichts.« Die Frage war, wer den Wodka versteckt hatte. Wenn Gina Sykes eine heimliche Trinkerin war, dann entspräche die offen dastehende Flasche Rum in der Küche und die versteckte Flasche Wodka einem zu erwartenden Muster. Er betrachtete das Preisetikett auf dem Rum. Es wirkte verblichen und alt. Die Flasche stammte aus einem Spirituosenladen, der zu einer bekannten Kette gehörte. Neave war sich ziemlich sicher, dass es in Goldthorpe einen solchen Laden gab. Das könnte er herausfinden. Allerdings wusste er, dass der Supermarkt, aus dem der Wodka kam, keine Filiale in Goldthorpe unterhielt. Die nächste wäre vermutlich in Mexborough. Auch dies passte ins Bild – kauf deinen Sprit nicht in den Läden am Ort. Wenn Gina Sykes eine heimliche Trinkerin gewesen war, wüsste Debbie dann darüber Bescheid?

Debbie streifte durchs Haus. Alles war genau so, wie Gina es hinterlassen hatte: ein Buch auf dem Tisch neben dem Sofa, die Fernsehzeitschrift am Tag ihres Todes aufgeschlagen. Trauer und Verzweiflung wallten in ihr auf – sie wollte am liebsten aus dem Haus verschwinden, es verlassen und jemanden bitten, herzukommen und alles mitzunehmen.

Die Vitrine. Darin stand das gute Teeservice, das, soweit Debbie wusste, nie benutzt worden war. Es war ein Hochzeitsgeschenk gewesen. Sie fragte sich, was sie damit anfangen sollte. Wenn sie es nahm, wäre es binnen eines Jahres zerbrochen, es sei denn, sie ließ es wiederum jahrzehntelang unbenutzt, bis ihr Kind oder Freunde oder entfernte Verwandte es ebenso ratlos betrachteten wie sie jetzt. Vielleicht konnte sie es verschenken. Das Einzige, was sie momentan wollte, waren die Fotos, die Erinnerungen an ihr gemeinsames Leben als Familie, eine kleine Sammlung, die Gina in ihrer Schublade im Gästezimmer aufbewahrt hatte.

Sie ging nach oben und betrachtete dabei die steile, gewundene Treppe, die jemanden, der stürzte, weiß Gott den Tod bringen konnte. Im Schlafzimmer lagen Ginas Kleider ordentlich auf dem Stuhl, und die Bettdecke war zurückgeschlagen, so als wäre jemand gerade aufgestanden. Debbies Weihnachtsbuch lag mit der Vorderseite nach unten auf dem Boden.

Sie stieß die Tür zu dem Zimmer auf, in dem sie geschlafen hatte, als sie hier war. Das Bett war gemacht, aber unbenutzt. Sie ging zu der Kommode hinüber, in der die Fotos aufbewahrt wurden, und zog die oberste Schublade auf. Ein Bild rutschte oben vom Stapel herab. Debbie griff danach, erwischte es aber nicht, sondern stieß dabei noch ein paar weitere zur Seite. Eine Hülle, aus der lose eingelegte Fotos ragten, war oben in die Schublade gelegt worden. Gina musste die Bilder betrachtet und sie dann in Eile weggeräumt haben. Debbie runzelte die Stirn. Gina brütete nicht über Fotos, so wie es Debbie manchmal tat. Welche hatte sie sich denn angesehen? Die von ihrem letzten Urlaub in Irland, dem letzten Urlaub, den sie als Familie zusammen gemacht und bei dem sie Caitlin besucht hatten. Da war ihr Vater, vor Caitlins Haus, und blinzelte in die Sonne. Auf einmal hatte Debbie ein gestochen scharfes Bild ihrer Mutter vor sich, wie sie sein Grab besuchte, dann in das leere Haus zurückkam und sich Fotos ihres toten Mannes ansah. Ihre Augen fühlten sich heiß an und schwer.

Sie nahm das Foto zur Hand, das zu Boden gefallen war. Dabei fiel ihr etwas auf. Unter der Kommode lag noch ein Foto. Sie fasste danach und zog es hervor. Es stammte von demselben Stapel. Debbie in diesem Bikini, für den sie eigentlich hätte verhaftet werden müssen. Das Foto sah zerknittert und geknickt aus. Sie streckte die Hand aus, um es zu glätten, zog sie aber wieder zurück. Da war es wieder, dieses kalte Gefühl von Schrecken und Bedrohung, als würde etwas Fremdes sie beobachten.

15

Lynne Jordan saß am Tisch im Archiv des *Moreham Standard* und spulte den Mikrofilm vor, während sie durch den Bildbetrachter sah. Seitenweise Zeitungsartikel rasten an ihren Augen vorbei. Sie verlangsamte die Geschwindigkeit ein wenig und versuchte, das jeweilige Datum zu erkennen, während es über den Bildschirm sauste. Da! Sie hielt den Film an und spulte ihn dann langsam ein paar Seiten zurück. Da waren Bild und Artikel – die Griffins mit ihrer Tochter. Die Überschrift *Karen-Can* und der kurze Artikel. Es war genau derselbe wie der, den sie bei ihrem letzten Gespräch mit Stuart Griffin gesehen hatte. Sie notierte sich das Erscheinungsdatum des Artikels und drückte den Knopf, um eine Kopie zu ziehen. Sie spulte den Film zum Anfang zurück und legte ihn wieder in seine Schachtel. Dann sah sie noch einmal in ihren Notizen nach. Die jüngeren Ausgaben waren noch nicht verfilmt, aber die, nach der sie suchte, vielleicht schon. Sie musterte die Daten auf den Schachteln – ja. Sie nahm die letzte Schachtel vom Regal und legte den Film in das Sichtgerät ein. Wieder spulte sie vor und verringerte die Geschwindigkeit, als sie näher an das Datum herankam, das sie interessierte. Sie prüfte das Datum auf dem Bildschirm – zu weit vorn. Sie spulte ein paar Seiten zurück, und da war es: *Broughtons Siegerteam.* Sie machte eine Kopie und verglich das Datum mit ihren Notizen. Genau.

Jetzt kam der schwierige Teil. Sie wandte sich wieder den

Filmschachteln zu und ging in der Zeit zurück, bis noch drei Schachteln blieben, die sie durchsehen musste. Sie seufzte, legte den ersten Film ein und drückte auf »Vorspulen«. Die Zeitungsseiten zogen vorüber. Sie kam ans Ende der Rolle, ohne sie angehalten zu haben. Ihr wurde klar, dass sie sich nicht konzentriert hatte. Sie spulte wieder zurück und ging den Film noch einmal durch. Immer noch nichts. Vor oder zurück? Sie sah erneut auf ihre Notizen und holte sich eine andere Schachtel vom Regal. Frühere Ausgaben. Sie wiederholte den gleichen Vorgang mit diesem Film, hielt ihn aber diesmal beim zweiten Durchlauf an und musterte einen bebilderten Artikel genauer. Kates Gesicht war zwar klein, aber genau zu erkennen: Herausfordernd sah sie den eleganten Mann an, der neben ihr abgebildet war. Die Überschrift lautete: *Studenten aus Sheffield protestieren bei Minister*, und die Bildunterschrift: *Studentenvertreterin Katherine Claremont überreichte heute in Sheffield dem Sprecher des Bildungsministeriums eine Petition.* Ja! Lynne merkte, wie ihre Spannung stieg. Und jetzt die Nächste. »Komm schon, Mandy«, sagte sie. »Zeig mir, wo du bist.«

Die nächste Stunde war frustrierend. Ihre Augen schmerzten davon, auf den Bildschirm zu starren, und es fiel ihr zunehmend schwerer, die Konzentration aufzubringen, um die entsprechenden Bilder zu erkennen, während sie an ihren Augen vorbeiflogen. Vielleicht war gar kein Bild nötig? Vielleicht nur eine Erwähnung in einem Artikel…? Nein, es musste ein Foto sein. Sie rieb sich das Gesicht und dachte nach. Sie war sechs Monate zurückgegangen – das war mit Sicherheit zu weit. Hatte sie es übersehen? Möglich war es, aber sie hatte die Filme inzwischen dreimal durchlaufen lassen. Sie verschwendete ihre Zeit. *Denk nach, Frau!*

Sie überflog noch einmal ihre Notizen über Mandy. Amanda Varney, 21. Angestellte in einer kleinen Firma. Daran war nichts Besonderes oder Bemerkenswertes. Lebte mit ihrer Mutter zu Hause, hatte einen Hund. Hatte der Hund irgendetwas Interessantes getan? Das würde sie überprüfen. Allein stehend. War verlobt gewesen und hatte die Verlobung gelöst. Der Freund war verärgert. Es waren Anrufe gekommen. Lynne dachte darüber nach. Da war nichts, was das Interesse der Presse auf sich gezogen hätte. Sie tippte mit dem Daumennagel gegen die Zähne. Ginge es schneller, wenn sie sich noch einmal mit Mandys Mutter unterhielt, oder wäre es besser, sich noch etwa eine Stunde mit dem Film abzuplagen? Wann hatte Mandy Geburtstag? Nein, das war fast neun Monate vor ihrem Tod gewesen. Vermutlich zu lange her. Aber irgendetwas gab Lynne keine Ruhe mehr. Sie saß ruhig da und ließ ihren Verstand arbeiten. Ja. Wann hatte sich Mandy verlobt? Im Februar, zwei Monate vor ihrem Tod. Und was hatte ihre Mutter noch mal von einem Foto gesagt? Lynne machte sich wieder über ihre Mikrofilm-Rollen her und zog die heraus, die den Spätwinter umfassten. Diese Fotos waren kleiner, daher ließ sie die Seiten langsamer durch das Gerät laufen. Und da war es. In der Lokalzeitung, das Foto, von dem Mrs. Varney gesagt hatte, dass es so gut sei. Unter der Überschrift *Echte Liebespaare lieben den Frühling!* waren Fotos von sechs Paaren abgebildet. Und da war Mandy und lächelte den unscheinbaren jungen Mann an ihrer Seite gewinnend an. Es war wirklich ein gutes Foto!

Es konnte einfach kein Zufall sein. Jedes Opfer war kurz vor seinem Tod in der Zeitung abgebildet gewesen. Bei Lisa waren es exakt sechs Wochen gewesen. Bei Kate war die Zeitspanne länger – etwas über sieben Wochen. Mandys Verlobung war am achtzehnten März verkündet worden. Sechs Wochen später wurde sie ermordet. Doch das Schema setzte sich nicht fort. Die Geschichte über die Firma Broughton erschien am dreizehnten August. Julie war Anfang Dezember ermordet worden, fast siebzehn Wochen später. Warum diese Diskrepanz? Lynne sammelte ihre Sachen zusammen, um wieder ins Revier zu fahren. Ihre Müdigkeit war nun verflogen, und ein Adrenalinstoß trieb sie an. Vielleicht war das der Durchbruch, den sie brauchten.

Das Adrenalin führte sie in Berrymans Büro, wo sie zu ihrem Ärger Steve McCarthy vorfand, der die Informationen mit ihm durchsprach, die bei den jüngsten Haus-zu-Haus-Befragungen ermittelt worden waren. Berryman sah sie an. »Lynne?« Er schien nicht in Stimmung zu sein, sich unterbrechen zu lassen.

»Tut mir Leid, Sir, aber es ist wichtig. Es ist…« Sie holte ihre Mappe mit den Fotokopien heraus. »Ich habe mir die Unterlagen noch einmal angesehen und bin auf etwas gestoßen.« Sie breitete die Bilder auf dem Tisch aus und wies auf das jeweilige Datum, das sie auf jedem einzelnen markiert hatte. Sie merkte, wie sich die Atmosphäre im Raum veränderte, als die beiden Männer begriffen, was sie ihnen da zeigte.

»Wo liegt der Zusammenhang?« Berryman ließ Lynne zu Ende sprechen und wollte wissen, was sie vermutete – sofort. »Dreht es sich nur um die Lokalzeitung, oder gibt es noch eine andere Verknüpfung?«

»Ich weiß nicht.« Lynne hatte darüber nachgedacht. »Bis jetzt haben wir keine weiteren Übereinstimmungen, aber…«

»Fotografen? Journalisten?«

»Das überprüfe ich. Die Artikel wurden von verschiedenen Mitarbeitern verfasst. Und was die Fotografen angeht – eins der Bilder wurde von einer Angehörigen eingeschickt.« Sie wies auf Mandys Verlobungsbild. »Den anderen muss ich noch nachgehen.«

»Schicken Sie jemanden aus Ihrem Team los. Er soll mit jedem sprechen, der mit diesen Artikeln zu tun hatte.« Berryman presste sich die Finger gegen die Stirn. Er dachte einen Moment lang nach und sah erneut Lynne und McCarthy an. »Übersehen wir hier irgendetwas?«

Nach einem Moment sagte McCarthy: »Deborah Sykes.« Lynne verfluchte sich selbst. Sie war allzu sehr auf die Vergangenheit fixiert gewesen, hatte zu sehr damit triumphiert, dass sie diesen Zusammenhang gefunden hatte. Sie hatte nicht vorausgedacht. Und McCarthy war als Erster darauf gekommen. Das Bild von Deborah, vor etwa fünf Wochen. *Ich sah das Gesicht des Würgers.*

Berryman schaute sie an. »Was meinen Sie?«, sagte er.

Lynne und McCarthy wechselten einen Blick. »Es ist noch zu früh für die Nächste«, sagte Lynne langsam und nachdenklich. »Ich würde nicht alles daran festmachen – er hat sein Schema ja bereits abgewandelt. Aber wir wissen, dass bei Lisa und Mandy das Nachstellen fast sofort nach Erscheinen der Bilder in der Zeitung angefangen hat. Das habe ich überprüft«, fügte sie in Erwiderung auf Berrymans unausgesprochenen Kommentar hinzu. »Lisa hat in ihrem Tagebuch etwas über Karens ›Albträume‹ notiert. Sie fingen ein paar Tage nach Erscheinen des Fotos an. Mandys Freund ist nicht für alle diese Anrufe verantwortlich, jedenfalls nicht für die am Anfang. Als ich mit Deborah gesprochen habe, habe ich sie nach Anrufen gefragt, nach Personen, die ihr gefolgt sind, irgendetwas, das ungewöhnlich oder unpassend war. Aber nichts dergleichen.«

»Aber ihre Mutter …« McCarthy klang ebenso unsicher, wie Lynne zu Mute war.

»Es passt nicht ins Schema. Warum? Keine der anderen Familien wurde belästigt. Nur, wenn sie mit dem Opfer zusammenlebten. Ich weiß nicht.« Sie schüttelte den Kopf und sah Berryman an.

»Ich spreche noch mal mit Pete Cave«, erklärte er. »Damit er sein Team in Alarmbereitschaft hält und sich weiter darum kümmert. Und was läuft im Fall Peterson?«

»Sie haben ihren Freund unter Anklage gestellt. Manders meint, er bricht bald zusammen. Er glaubt, er könnte ein Geständnis ablegen und auf Totschlag plädieren, auf plötzlichen Kontrollverlust.« McCarthy stand in Verbindung mit dem Team, das den Tod von Sarah Peterson untersuchte.

Berryman nickte. »Vielleicht müssten sie die Sache noch mal neu angehen. Geben Sie ihnen Bescheid, Steve. Und was ist mit dieser Sykes? Es muss noch mal jemand mit ihr reden. Aber ich will nicht, dass sich die Geschichte mit den Fotos herumspricht.«

»Anscheinend wohnt Rob Neave momentan bei ihr«, sagte Lynne, was ihr einen erstaunten Blick von McCarthy eintrug. Es ärgerte sie, wie perfekt die Klatschmaschine funktionierte. »Er behält sicher alles im Auge.«

Berryman schnaubte mit übellauniger Zustimmung. »Mir rückt er garantiert auch wieder auf den Pelz. Wenigstens ist sie in guten Händen. Aber veranlassen Sie, dass jemand hinfährt und mit ihr spricht. Ich sage Cave Bescheid.«

Die neue Möglichkeit einer Verbindung zu den jüngsten Morden war das Erste, was Berryman bei der Einsatzbesprechung erwähnte. In den Augen seiner Mitarbeiter sah er die gleiche Frustration, die er selbst empfand. Es war alles zu nebulös, und es musste alles erst nachgeprüft werden, damit man es berücksichtigen oder gegebenenfalls ausschließen konnte.

Lynne Jordan wusste ihnen Erfreulicheres zu berichten. Die Fotos zu finden war das Ergebnis eines Geistesblitzes gewesen. Die Ermittlungen bei den Gütertransporteuren hatten Lynne und Dave West Stunden mühsamer Kleinarbeit beschert: Befragungen, das Vergleichen der Ergebnisse und die Verarbeitung weiterer Informationen. Doch es hatte sich gelohnt. »Wir haben festgestellt«, erklärte Lynne und bemühte sich, das säuerliche Lächeln auf McCarthys Miene zu übersehen, »dass bestimmte Züge, Güterzüge, in den fraglichen Nächten vor Signalen angehalten haben. Wir können die Angaben für diese Termine bestätigen, da es Stoppstellen für fahrplanmäßig wiederkehrende Züge waren. Jeder, der die Fahrpläne kennt, weiß darüber Bescheid. Und diese Stopps liegen alle innerhalb einer Stunde der geschätzten Todeszeiten.« Sie trat an die Landkarte. »Hier – Julie. Um halb zwölf ist ein Zug durch den Bahnhof von Moreham gefahren. Er hat kurz vor dem Bahnhof gehalten, weil ein Stück weiter die Strecke hinauf ein anderer entgegenkam. Und hier – Kate. Zwei Stunden nach ihrem Verschwinden ist bei Kirk Sandall ein Zug von der Hauptstrecke auf die Gütertrasse abgezweigt, wenn Steve Recht hat. Er wurde an diesem Signal angehalten. Und es gibt einen Zug, der zur richtigen Zeit für Mandy durch Conisbrough fährt. Er wartet kurz vor der Unterführung auf den Intercity. Aber ausschlaggebend ist für mich das hier.« Sie wies auf eine Seite aus dem Bericht. »In der Nacht, als Lisa umkam, sollte ein Zug durch Mexborough fahren. Normalerweise tut er das auch. Doch er wurde in letzter Minute aufgehalten – sie hatten einen Maschinenschaden. Er ist dann mit etwa zwei Stunden Verspätung durchgefahren, daher hat er auch nicht an den Signalen gehalten, wie er es normalerweise getan hätte.«

Es herrschte Schweigen, während das Team Lynnes Worte verarbeitete. McCarthy runzelte die Stirn. »Sie wollen sagen, wir haben es mit einem Tramper zu tun?«

»Ja, nur dass er nicht darum bittet, mitgenommen zu werden.« Lynne fürchtete McCarthys Entgegnung, aber er nickte nur.

»Sie sind schon tot, wenn er sie in den Zug hievt?« Das war Curran, einer aus McCarthys Team.

»Ich nehme es an«, sagte Lynne.

»Das ist eine tierische Plackerei«, meinte McCarthy, »eine Leiche von den Gleisen zu einem dieser Waggons hochzuheben.«

»Ja.« Das hatte Lynnes Überlegungen anfangs auch im Weg gestanden. »Aber das ist etwas anderes. Es waren Züge, die entweder ausschließlich oder zum Teil aus Flachbettwaggons bestanden. Es ist machbar. Dave und ich haben es ausprobiert.« Sie grinste widerwillig über das Gelächter, das daraufhin ertönte. »Ein starker Mann wie Dave«, fuhr sie fort, »kann eine Person meiner Größe auf einen dieser Waggons hieven. Dann ginge es nur noch darum, selbst hinaufzukommen und sich festzuhalten. Er könnte notfalls auch einen Gurt oder Haken verwenden.«

»Und wie kommt er wieder runter?« Berryman kannte Lynnes Überlegungen, aber er wollte, dass die anderen sie auch hörten. »An einem anderen Haltepunkt?«

»Ich glaube nicht, Sir, nicht unbedingt. Wenn Sie sich die Fundorte ansehen, so sind dort überall Kurven, Signale oder Hindernisse. Die Lokführer fahren an diesen Stellen ziemlich langsam, langsam genug, dass man es riskieren kann, herunterzuspringen.

»Wenn er die Tote mit sich herunterstößt, landet er sowieso weich«, fügte West hinzu. Schweigen trat ein, als sie an die nach dem Tod entstandenen Verletzungen dachten, die der Pathologe einem möglichen Sturz zugeschrieben hatte.

»Okay«, sagte Berryman. »Wenn das stimmt, muss er die Fahrpläne kennen wie seine Hosentasche und die Strecken genauso. Was für einen Kerl suchen wir also?«

»Einen Angestellten oder ehemaligen Angestellten eines Gütertransporteurs, einen Eisenbahner oder ehemaligen Eisenbahner.« McCarthy sah vielsagend drein. »Einen Eisenbahnfan oder -freak.«

»So schlimm ist es auch wieder nicht«, meinte Berryman, der es schlimm genug fand. »Er ist ein Einheimischer – oder hat Verbindungen hierher. Wir haben ein Profil, aber vergessen Sie nicht, das sind nur Vermutungen. Ignorieren Sie einen möglichen Verdächtigen nicht, nur weil er dem Profil nicht entspricht. Wir haben Indizien, die darauf hinweisen, dass er von großer Statur ist. Das muss er sein, um die Taten zu begehen, und diese Sykes hat ja auch gesagt, dass er massig war. Er könnte eine Brille tragen. Wir haben das Bild, das Lisas Tochter gezeichnet hat. Lynne, Steve, ich möchte, dass Sie sich beide daransetzen. Ich will ein paar Namen. Okay. Noch Fragen?«

Gut eine Woche nach dem Tod ihrer Mutter ging Debbie wieder zur Arbeit. Die Welt des Colleges drehte sich ganz normal weiter, und Debbie wurde nahtlos in den Alltag von Unterricht, Korrekturen und Sitzungen eingegliedert. Der Oberkurs freute sich, Debbie wieder zu sehen. Das lag zum Teil daran, dass Louise Debbie vertreten hatte, solange sie nicht da war, und Louise war berüchtigt dafür, dass sie in ihren Klassen den Drachen mimte. Doch wie Debbie klar wurde, lag es auch daran, dass sie sie mochten, die Arbeit mit ihr genossen und Mitgefühl mit ihr hatten.

»Okay«, sagte sie, um den Unterrichtsbeginn zu signalisieren. »Gehen wir den Zeitplan noch einmal durch. Die Prüfungen sind im Juni. Ich will Ihre Hausarbeiten Ende dieses Monats haben.« Sie sah auf, als aus verschiedenen Ecken des Raums Stöhnen ertönte. »Ich weiß, dass einige von Ihnen mit diesem Termin Schwierigkeiten haben werden, also machen Sie sich bitte *sofort* an die Arbeit. Wir müssen noch ein Buch besprechen – *Der Report der Magd* –, wenn Sie also noch nicht mit Lesen angefangen haben, wird's jetzt höchste Zeit. Ich habe hier ein paar Blätter zum Thema Theokratien, religiöse Staaten, die Sie bitte bis Montag lesen. Wir müssten am Schluss noch genug Zeit zum Wiederholen haben.« Sie merkte, wie sie wieder in den täglichen Trott verfiel, spürte die Sicherheit zu wissen, was sie machte und dass sie es gut machte. Sie freute sich auf die nächsten Wochen.

Die erste Begegnung mit den Kollegen war schwierig, weil ihr alle sagen wollten, wie Leid ihnen das mit ihrer Mutter tat. Der Trauerfall machte sie verlegen, und Debbie wusste im

Grunde nicht, was sie zu ihnen sagen sollte. Sie war jedes Mal froh, wenn das erforderliche Ritual vorüber war. Ihr fiel auf, dass mancher in ein leeres Zimmer huschte, wenn er sie kommen sah, bei einer Begegnung ihrem Blick auswich und es nicht über sich brachte, das Unaussprechliche auszusprechen. Sie ließ sich davon nicht verdrießen.

Zu ihrer Überraschung gehörte Tim Godber nicht dazu. Sie sah ihn erst am Montag ihrer ersten vollen Arbeitswoche, der letzten Januarwoche. Der Unterricht am Morgen war kein Problem gewesen. Die Studenten kamen aus einem anderen Kurs, fühlten sich Debbie nicht verbunden und wussten vermutlich gar nicht, was vorgefallen war. Sie machte rasch einige Übungen fürs Examen mit ihnen durch und erinnerte sie an den Termin, an dem sie ihre Hausarbeiten fertig haben mussten. Sie funktionierte wie ein Automat.

Gegen Mittag ging sie wieder ins Dozentenzimmer. Ihr Schreibtisch quoll über von Papieren. Louise hatte versucht, alles so zu sortieren und aufzuteilen, dass es bei Debbies Rückkehr keinen allzu beängstigenden Stapel darstellte, doch es war immer noch eine ganze Menge, was sie durchsehen musste. Sie legte die Arbeiten ihrer Morgenklasse, die sie noch korrigieren musste, in eine Mappe, um sich am Wochenende daranzusetzen, und versuchte gerade den Papierkram in verschiedene Stufen von Dringlichkeit aufzuteilen, als Tim in ihr Zimmer kam. »Debbie«, sagte er.

Sie freute sich nicht allzu sehr, ihn zu sehen. »Hi, Tim. Wenn du Louise suchst, die ist in einer Besprechung.«

»Ich wollte dich sprechen. Ich wollte dir sagen, wie Leid mir das mit deiner Mutter tut.«

Es war nett von ihm, deshalb extra vorbeizukommen. Debbie nickte verbindlich. »Danke, Tim. Es war ein entsetzlicher Schock. Aber alle sind unheimlich nett gewesen.«

»Kann ich irgendetwas für dich tun?« Er sah sie besorgt an; anscheinend war es ihm ernst damit.

»Nein, es ist alles erledigt, vielen Dank. Aber danke für das Angebot.« Debbie hatte den Eindruck, ihre Ablehnung betrübte ihn. Vielleicht betrachtete er das als einen Weg, um die Sache mit dem Artikel wieder gutzumachen.

»Triffst du dich abends mit Bekannten? Kommst du unter Leute? Lass dich doch von mir auf einen Drink einladen.« Hoffnungsvoll sah er sie an und setzte diesen Pseudo-Armesünderblick auf, den er ihr gegenüber immer benutzte, wenn er sich für kleine Fehltritte entschuldigte.

»Oh.« Debbies Alarmglocken klingelten. Sie wollte ihn nicht kränken, aber sie hatte keine Lust, mit ihm irgendwohin zu gehen. »Danke«, sagte sie nach einer zu langen Pause, »aber ich habe zurzeit eine Menge Arbeit. Vielleicht ein andermal?«

Er sah ein bisschen verstimmt drein, trug es aber mit Fassung. »Okay. Darf ich dich dann zum Mittagessen einladen?«

Debbie lachte. Er war hartnäckig, aber sie konnte wirklich nicht. »Ich habe viel zu viel zu tun«, sagte sie. Damit schien er sich abzufinden und blieb noch ein Weilchen zum Plaudern da, bevor er ging. Debbie machte sich wieder an ihren Papierkrieg. Was würde wohl geschehen, so fragte sie sich, wenn sie den ganzen Haufen in den Müll warf?

Tim Godber war im Verwaltungstrakt des City College und sprach mit Jean Glossop aus der Personalabteilung. Sie verstanden sich gut, und es lohnte sich, den Kontakt zu ihr zu pflegen. Trotz seiner selbstbewussten Worte war Tim nämlich keineswegs davon überzeugt, dass seine Stelle nicht in Gefahr war, und er wollte ein paar Sicherheitsleinen auslegen. »Ich denke ohnehin daran, meine Stunden zu reduzieren«, erklärte er, als er es geschafft hatte, das Gespräch auf die Collegekrise zu richten. Jean konnte zwar indiskret sein, aber sie mochte es nicht, wenn man sie ausquetschte. Tim wusste aus vergangener Erfahrung, dass er ihr Brücken bauen musste, dann würde sie ihm vielleicht Dinge verraten, die er wissen musste.

»Ach?« Jean ordnete gerade Personalunterlagen. »Warum denn das, Tim? Sie werden uns fehlen.«

»Ich habe so viele freiberufliche Aufträge. Eigentlich höchste Zeit, diese Entscheidung zu teffen.« Eine Übertreibung, aber sie konnte nützlich sein, wenn sie der Institutsleitung zu Ohren kam. Die menschliche Natur neigte dazu, das behalten zu wollen, was woanders geschätzt wurde. »Entweder bin ich Journalist, oder ich bin Lehrer. Im Grunde meines Herzens bin ich, glaube ich, Lehrer, aber man muss eben dahin gehen, wo es Arbeit gibt.«

»Das stimmt.« Jean sah niedergeschlagen drein, und Tim kam in den Sinn, dass ihr Job auch in Gefahr sein könnte. Irgendwie gehörte sie zu der großen Masse von Leuten im College, deren Aufgabe es war, Papier hin- und herzubewegen. Er hatte nicht das Gefühl, dass der Laden ohne sie schlechter laufen würde.

Er lächelte ihr zu. »Tja, egal, was passiert, *Sie* brauchen sich ja keine grauen Haare wachsen zu lassen.«

»Wie kommen Sie denn darauf?« Der Blick, mit dem sie ihn bedachte, ließ ihn befürchten, dass er sein Blatt überreizt hatte.

Er rang sich eine erstaunte Miene ab. »Personalabteilung. Das College kommt doch nicht ohne eine ordentliche Personalfachkraft aus.«

»Ach was, nicht?« Sie wandte sich wieder ihren Akten zu.

»Jean? Sie sind doch nicht in Gefahr, oder? Tut mir Leid, das wusste ich nicht. Da schwatze ich von meinem Job, und dabei sind Sie …« Er fragte sich, ob er den Arm um sie legen sollte, fand aber, dass das alles zu sehr komplizieren würde. Es war besser, wenn sie auf kameradschaftlichem Fuß blieben.

»Ach, ich weiß nicht. Ich bin eben beunruhigt. Alle anderen machen sich irgendwie davon, aber ich weiß nicht, ob ich woanders einen so gut bezahlten Job finden könnte. Jedenfalls nicht hier in der Gegend.« Sie schloss den Aktenschrank und starrte aus dem Fenster. Die Haut um ihre Augen war leicht gerötet. »Mit den Kindern ist es ganz schön schwierig. Wir haben nur mein Gehalt, wissen Sie. Ich wüsste nicht, wie ich mit weniger auskommen sollte.«

Tim zwang sich, geduldig zu lauschen und beruhigende Laute von sich zu geben, als sie ihm das Lamento der allein erziehenden Mutter vortrug. Er brächte sie im Handumdrehen wieder auf Kurs. Nachdem sie sich die Augen gewischt und sich entschuldigt hatte, tätschelte er ihr die Schulter. »Kaffee«, sagte er. »Ich mache Ihnen eine Tasse.« Er stellte den Wasserkocher an und nahm zwei Tassen vom Tablett. »Aber Sie wissen es nicht?«, fragte er. »Sie haben nichts Definitives gesehen?«

»O nein.« Sie putzte sich die Nase. »Sie halten sich sehr bedeckt. Ich weiß, dass sie das Kollegium in den Geisteswissenschaften unter die Lupe genommen haben – aber keine Sorge, Tim, Ihre Kurse wollen sie ausweiten.«

Er goss Wasser in die Tassen. »Zucker?«

»Geben Sie etwas von dem Süßstoff rein. Danke.« Sie nahm ihm die Tasse ab und lächelte dankbar. »Ehrlich, Tim, ich glaube, Ihr Job ist sicher. Sie brauchen das Unterrichten nicht aufzugeben, wenn Sie nicht wollen.«

»Na, da bin ich aber erleichert.« Tim dachte darüber nach. Wenn er das Vollzeit-Gehalt noch ein weiteres Jahr bezöge, könnte er seine freiberufliche Arbeit so weit ausbauen, dass er aussteigen konnte. Wenn er danach nie wieder einen Studenten sah, bräche ihm das garantiert nicht das Herz.

Jean redete immer noch. »Es hat mich nur betrübt, dass Sie gesagt haben, Sie wollten aufhören. Trish Allen geht und Rob Neave auch …«

Tim wurde hellhörig »Das mit Trish wusste ich nicht«,

sagte er vorsichtig. »Aber es wundert mich nicht. Sie sucht schon seit einiger Zeit eine Stelle an einer Uni. Von Rob Neave habe ich allerdings gehört. Wo geht er noch mal hin? Ich hab's vergessen.«

»Er hat nicht viel gesagt. Sie wissen ja, wie er ist. Ich wusste gar nicht, dass er es überhaupt jemandem erzählt hat. Er hat einen Job in Newcastle.« Jean nippte an ihrem Kaffee. »Er hört in zwei Wochen auf.«

»Ach ja.« Tim wartete einen Moment, doch es kam nichts mehr. »Ich habe das Gerücht gehört, dass Debbie Sykes auch aufhört, aber zu mir hat sie nichts gesagt.«

Jean sah erstaunt drein. »Also, ihre Kündigung hat sie noch nicht eingereicht. Ich glaube allerdings, dass sie ein paar Bewerbungen verschickt hat, weil sie aus Barnsley nach Referenzen gefragt haben, aber schließlich war da ja die schreckliche Geschichte mit ihrer Mutter.«

»Also«, sagte Tim, »ich kann mir nicht vorstellen, dass Debbie aus South Yorkshire wegzieht.« Sein Besuch im Personalbüro war nützlicher gewesen, als er erwartet hatte. Er sah auf die Uhr. »Ich muss los. Halten Sie die Ohren steif, ja?« Vor Jeans dankbarem Lächeln schloss er die Tür.

Seine Klasse hatte er diesen Morgen abgeschüttelt, indem er ihnen eine inoffizielle Lesepause verordnet hatte. Er hatte gemerkt, dass er sich das ab und zu erlauben konnte, solange er es nicht übertrieb. Bis jetzt hatte ihn noch niemand erwischt.

Er war ein- oder zweimal mit Lizzie aus gewesen, seiner molligen Polizei-Sachbearbeiterin, und es hatte sich als sehr vorteilhaft erwiesen. Er hoffte darauf, heute einige von diesen Vorteilen nutzen zu können. Auch die anderen Vorteile waren es wert gewesen. Wie viele Frauen, die sich für unattraktiv hielten, war sie sehr empfänglich für sexuelle Zuwendung und erwies sich als leidenschaftliche und phantasievolle Geliebte. Tim mochte mollige Frauen, obwohl magere Supermodels besser für sein Image waren.

Seine Gespräche mit Lizzie hatten ihn darauf gebracht, das Archiv der Lokalzeitung aufzusuchen. Als etablierter freier Mitarbeiter war es ihm ein Leichtes, dort Zutritt zu erhalten. Lizzie war diskret und sprach nur selten über ihre Arbeit. Er hatte ihr diese Information entlockt, indem er über Lynne Jordan, den weiblichen Detective Sergeant im Würger-Fall, gesprochen hatte. Wie erwartet, war Jordan bei den Büroangestellten nicht allzu beliebt. Tim hatte sie einmal in seiner Eigenschaft als Journalist kennen gelernt und fand sie herrisch und anmaßend. Lizzie hatte davon gesprochen, dass Jordan mit einigen Fotos angekommen sei und sehr zufrieden mit sich gewirkt hätte. Er hatte Lizzie aufgezogen – *War sicher Pornographie für die Vorgesetzten, Bondage für Berryman* –, und schon hatte sie ausgeplaudert, dass die Fotos aus der Lokalzeitung stammten.

Der nächste Schritt war gewesen, sich an die Bibliothekarin im Archiv heranzumachen. Auf eine glücklich gestellte Frage hin hatte sie ihm verraten, welche Mikrofilme mitgenommen worden waren. Sie sagte zwar nicht, dass die Polizei sie geholt hatte, aber Tim war sich anhand der Daten ziemlich sicher, dass es genau das war, worüber sich Jordan so gefreut hatte. Er ging an die Regale, um zu sehen, was fehlte, und nun befand er sich in der Stadtbücherei, um herauszufinden, was sie so begeistert hatte.

Er brauchte zwei Stunden, aber als er fertig war, lief ihm ein Schauer der Erregung den Rücken hinunter. Er hatte dieselbe Rechnung angestellt wie Lynne Jordan, er wusste, welcher Zeitrahmen vorlag. Nun besaß er Kopien der Fotos: *Karen-Can; Broughtons Siegerteam; Studenten aus Sheffield protestieren bei Minister; Echte Liebespaare lieben den Frühling!* Er wunderte sich über die Diskrepanz beim Foto von Julie Fyfe. Die anderen Bilder waren sechs bis acht Wochen vor dem Mord erschienen. Weshalb die Lücke?

Er besaß noch ein weiteres Bild. Es stammte von vor sechs

Wochen. Er glaubte, dass Lynne Jordan womöglich die Bedeutung dieses letzten Fotos nicht erkannt hatte – aber schließlich verfügte er ja auch über Informationen, die sie nicht hatte. Er musterte es. Debbie lächelte. *Ich sah das Gesicht des Würgers.* »Als ob ich das nicht wüsste, Herzchen«, murmelte er vor sich hin.

Neave musste einige Entscheidungen treffen, hatte aber keine Lust dazu. Wie unüberlegt er zu Debbie gerast war, als Louise ihn angerufen hatte, erstaunte ihn. Er hatte es fast instinktiv getan – wenn er darüber nachgedacht hätte, hätte er die Folgen vorausgesehen. Und was getan? Vermutlich dasselbe. Jetzt lebten sie praktisch seit zwei Wochen zusammen. Er spürte bereits, wie sich die Ranken der Abhängigkeit – seiner eigenen, nicht ihrer – durch ihn wanden. Er ertappte sich dabei, wie er an sie dachte, wenn er nicht bei ihr war, daran, wie sie aussah, wie sie empfand und was sie sagte. Es wurde ihm ein Bedürfnis, bei ihr zu sein – und das wollte er nicht.

Seine Gedanken wanderten zu einem anderen Problem, und er zog seine Schreibtischschublade auf. Das zerknitterte Foto eines Teenys im Bikini. Er hatte es in eine Plastikhülle gesteckt, aber Debbie hatte es angefasst, und er auch, bevor sie ihm sagte, wo sie es gefunden hatte und weshalb sie es ihm zeigte. Er fuhr sich mit der Hand übers Gesicht und versuchte sich zu konzentrieren. Er hätte es Berryman übergeben sollen, aber – eine Schublade, aus der Fotos quollen, eine Frau, die womöglich durcheinander war, ein unbemerktes Foto auf dem Fußboden, auf das man trat und das man versehentlich unter ein Möbelstück stieß. Es hatte nichts zu bedeuten. Er konnte sich vorstellen, was Berryman sagen würde. Er legte die Hülle wieder in die Schublade. Er würde das Foto später vorbeibringen. Auf einmal kam ihm ein Gedanke. Der Dienstweg. Er sollte sich besser an Cave wenden. Genau, er würde es morgen in Goldthorpe abgeben.

Er schob diese Überlegungen beiseite. Seine Pläne standen fest. Er würde das City College in vierzehn Tagen verlassen, und dann blieben ihm etwa vier Wochen, bis er endgültig droben in Newcastle zu sein hatte. Er musste sich losmachen, er musste es ihr sagen, und er musste dafür sorgen, dass jemand auf sie aufpasste, jemand, der die – zugegebenermaßen ungewisse – Bedrohung ernst nahm. Er war da gewesen, hatte aufgepasst und war wachsam gewesen. Es hatte keinen Hinweis auf irgendjemanden gegeben, keine Bedrohung, keine Gefahr. Trotzdem wäre er nicht überzeugt, dass Debbie in Sicherheit war, bis der Würger gefasst war oder bis er auf die einzige Art, die ihm zu Gebote stand, gezeigt hatte, dass Debbie nicht sein Ziel war.

Er würde den Prozess der Loslösung dadurch einleiten, dass er heute Abend in seine Wohnung zurückkehrte, anstatt bei ihr zu übernachten. Er würde sie nach Hause fahren, aber sie hatten vereinbart, dass sie für den Rest der Woche darauf achten würde, immer jemanden bei sich zu haben, wenn sie den Zug nahm. Von den Mitarbeitern des City College fuhren genug mit dem Zug, um das machbar erscheinen zu lassen. Er musste mit der Gewohnheit brechen, jede Nacht bei ihr zu bleiben. Die Donnerstagabende waren etwas anderes. Neave kannte den Bahnhof an Werktagsabenden. Er war menschenleer. Die Pendler fuhren zwischen fünf und sechs, die Einkäufer untertags und am frühen Abend. Leute aus Moreham, die abends in Sheffield ausgehen wollten, fuhren zwischen acht und neun. Kein Mensch fuhr um halb zehn von Moreham nach Sheffield. Am Donnerstagabend würde er sie nach Hause bringen. Und dann …? Er fuhr sich mit der Hand übers Gesicht. Es war ein einziges Chaos. Er wusste nicht, was er tun sollte.

Nun, da sich langsam alles zusammenfügte, wurde Tim klar, dass er klug planen musste. Was wollte er aus der Sache herausholen? Er wollte seine Story, er wollte mit dem Knüller des Jahrzehnts allen zeigen, dass er Berryman übertrumpft hatte. Er wusste, wer das nächste Opfer des Würgers sein sollte. Das Problem war nur, wie konnte er seine Geschichte aufbauen? Er brauchte den Beweis, dass Debbie von dem Killer ins Visier genommen worden war, und sein einziger Beweis – naja, sein einziges Indiz – war weg. Das hätte er ohnehin nicht verwenden können. Die Tatsache, dass er es verschwiegen hatte, hätte nicht gut zu dem heroischen Bild gepasst, das er von sich präsentieren wollte. Er dachte über die Schlagzeilen nach – er genoss es, sich selbst in die Schlagzeilen zu bringen – *Journalist nimmt es mit Mörder auf.* Er musste den Verfolger zu Gesicht bekommen, er musste Debbie nahe genug rücken, um alles beobachten zu können, aber nicht so nah, dass der Mörder ihn wahrnähme. Er runzelte die Stirn und ließ sich die Möglichkeiten durch den Kopf gehen. Wo und wann würde der Würger wohl zuschlagen? Garantiert am Bahnhof. Das machte die Donnerstagabende zu einem höchst gefährlichen Zeitpunkt. Würde der Würger Debbie am Bahnhof beobachten? Im Grunde musste er das. Er musste ja über ihre Schritte Bescheid wissen.

Das erinnerte ihn an eine andere Komplikation. Kürzlich hatte er auf dem Parkdeck in seinem Auto gesessen, und sie war mit Neave aus dem College gekommen. Tim hatte zugesehen, wie sie in Neaves Auto stieg, beobachtet, wie sie miteinander redeten und einander ansahen, und verfolgt, wie das Auto vom Parkplatz gefahren war. Er hatte sich geirrt, als er gedacht hatte, da liefe nichts. Und das würde seiner Geschichte im Weg stehen. Wenn Debbie ihr Verhaltensmuster änderte, wenn sie nicht mehr mit dem Zug fuhr, wenn ihre Bewegungen nicht mehr vorhersagbar wurden… Dagegen würde er etwas unternehmen müssen.

Debbie musste wieder den Zug nehmen. Sie würde ja nicht allein fahren. Etwas sagte ihm, dass sie auf der Hut war, dass etwas sie gewarnt hatte. Genau, *er* würde derjenige sein müssen, der sie zum Bahnhof brachte und dann … Er begann Pläne dafür zu entwerfen, wie er Debbie begleiten und trotzdem unsichtbar sein konnte, wie er beobachten und fotografieren konnte – *das* wäre vielleicht eine Story –, um das letzte Puzzleteilchen für seinen Artikel zu ergattern. Er begann, die Geschichte zu formulieren. *Der mutige Journalist Tim Godber* – klänge *Timothy* besser, ernsthafter? – *setzte sein Leben aufs Spiel …* Genau das war der Haken. Angenommen, nur mal angenommen, der Würger fiel über Debbie her. Lizzie hatte ihm so viel gesagt, wie sie konnte. Sie war entrüstet gewesen, als er ihr erzählt hatte, dass Berryman ihm Informationen vorenthielt. Tim wusste, dass der Würger laut den Ermittlungen ein großer, starker Mann war. Er müsste sich absichern.

Sich im Hintergrund halten, im Finstern. Und wenn der Killer schon da war, wartete? Dann hätte Tim sein Handy bei sich – *Hilfe, Polizei, am Bahnhof wird gerade eine Frau überfallen.* Mit etwas Glück würde ihn der Mörder nicht sehen, aber falls doch …

Er sah auf die Dose Reizgas herab. Er würde Ärger bekommen, weil er es besaß, aber würde ihn jemand dafür anklagen – es wagen, ihn anzuklagen –, den mutigen Journalisten, der als Einziger nach dem nächsten Opfer des Würgers Ausschau gehalten hatte? Der von Berryman kaltgestellt worden war – und von Neave? Er sah die Bilder und Schlagzeilen schon vor sich. *College-Dozent schaltet den Würger aus.* Er wäre ein Held.

Und Debbies Retter. Dafür wäre sie ihm dankbar.

Bei der morgendlichen Einsatzbesprechung herrschte eine gespannte Atmosphäre. Die Ermittlungen schienen Fortschritte zu machen, aber es war die langsame, kaum wahrnehmbare Bewegung von Routine und Papierkrieg, und dieser Weg hatte sie bereits in mehrere Sackgassen geführt. »Was für Fortschritte?« Wollte Steve McCarthy wissen und verlieh damit der Erschöpfung des Teams Ausdruck.

Berryman sah ihn nachdenklich an. »Das hängt davon ab, was Sie als Fortschritt bezeichnen, Steve. Wir haben Fingerabdrücke, die vermutlich vom Täter stammen. Wir haben eine Vorstellung davon, wie er die Frauen findet, und wir haben deutliche Hinweise darauf, dass er ihnen nachstellt. Wir erkennen eine Art Zeitplan. Wir glauben zu wissen, wie er sie auf den Bahnstrecken transportiert, und damit haben wir einen Anhaltspunkt dafür, wo wir nach ihm suchen müssen. Namen und Adresse haben wir allerdings nicht, das gebe ich zu. Wollten Sie uns darauf aufmerksam machen?«

»Nein, Sir.« McCarthy wurde rot und wich Lynne Jordans Blick aus. Die restlichen Teammitglieder warteten, für den Fall, dass Berryman noch mehr zu sagen hatte.

»Wie laufen die Ermittlungen bei den Gütertransporteuren?«

»Wir lassen rund um die Uhr Leute daran arbeiten. Nach und nach bekommen wir Namen möglicher Verdächtiger. Wir werden Unmengen von Befragungen durchführen müssen.« Das wusste Berryman. McCarthy ging einige der Namen durch. »Die waren alle zur richtigen Zeit am richtigen Ort – weitere Anhaltspunkte haben wir nicht. Sie kennen sich mit den entsprechenden Fahrplänen aus, sie sind Einheimische, und sie waren am entsprechenden Termin nicht im Dienst. Keiner von ihnen hat Vorstrafen. Mehr wissen wir erst, wenn wir mit ihnen gesprochen haben. Heute fangen wir an. Das sind aber nur diejenigen, die noch beschäftigt sind. Die Liste der früheren Angestellten habe ich gerade erst bekommen.« Alle wussten über die Kündigungen Bescheid. Alle wussten, wie lang diese Listen sein würden.

»Wie weit sind Sie zurückgegangen?«

»Fünf Jahre.«

»Was haben Sie an Einzelheiten?« Berryman war sich sicher, dass die Unterlagen über die Mitarbeiter nicht die Infomationen bargen, die sie suchten.

»Wir haben Leute, die Hintergrundinformationen besorgen können. Über jeden, der in Frage kommt. Und dann machen wir mit denen weiter, die eigentlich nicht in Frage kommen.« Seine Geste deutete an, wie groß der Aufwand war.

»Okay. Ein ganzes Team kümmert sich um die erste Auslese, Steve. Bleiben Sie am Ball. Ich muss Ihnen ja nicht erst sagen, wie wichtig es ist. Gut, noch Fragen? Ja, Dave?«

Dave blätterte in seinem Notizbuch. »Was fangen wir mit den Angaben über den Zeitrahmen an?«

Berryman ging die Zeiten noch einmal durch, wies auf die Datumsangaben auf den Fotos, die in der Zeitung erschienen waren und den sechs- bis achtwöchigen Abstand zwischen Bild und Mord. »Wir haben es mit einem Intervall von sieben Monaten, sechs Monaten und dann acht Monaten zu tun. Ab Mai wäre ein weiterer Mord zu erwarten, falls der Zeitrahmen wirklich ein ausschlaggebender Faktor ist. Das hieße, dass Frauen, die ab Ende Februar auf Fotos im Moreham Standard abgebildet sind, potenzielle Opfer wären. Allerdings macht mir der Bruch dieses Schemas Sorgen. Warum hat er Julie Fyfe nicht im September überfallen? Alles, was wir ermittelt haben, sagt uns, dass er das hätte tun müssen.«

»Vielleicht konnte er nicht.« McCarthy lehnte sich auf seinem Stuhl zurück.

»Wir wissen, dass sie in der ausschlaggebenden Woche verreist war«, erklärte Berryman. »Mit ihrem Chef. Was wir nicht wissen, ist, warum er danach noch mal zehn Wochen gewartet hat. Und warum er seinen Termin geändert hat. Ist ihm die letzte Woche im Monat wichtig, oder ist sie einfach nur bequem für ihn?« Diese Frage hatten sie sich bereits zuvor gestellt. War es ein Arbeitsrhythmus, war er ein Schichtarbeiter, der gegen Monatsende Freizeit hatte? Geschah etwas, was die Morde in diesem Zeitraum vereinfachte? Niemand hatte irgendetwas Vielversprechendes aufgetan.

»Kein Mensch scheint viel über sie zu wissen«, sagte Lynne und kam damit auf Julie zurück.» Sie war mit niemandem aus der Arbeit besonders befreundet…«

»Außer mit Thomas«, fiel ihr West ins Wort.

»Wenn du das befreundet nennen willst«, meinte Lynne. »Und er konnte uns auch nicht viel über ihr Leben sagen. Aber genau solche Einzelheiten sind es, die wir gern über diese zehn Wochen erfahren würden.«

»Inwieweit können wir uns darauf verlassen, dass er bei seinem Zeitschema bleibt?« Das war wieder West.

Berryman schüttelte den Kopf. »Gar nicht. Wir haben nicht genug Informationen. Die Fachleute sagen, dass er seine Bedürfnisse nach einem Mord für einen gewissen Zeitraum befriedigt hat. Dann muss er es wieder tun, und er braucht das komplette Ritual. Das Nachstellen gehört dazu. Aber eigentlich wäre zu erwarten, dass die Abstände zwischen den Morden kürzer werden. Das liegt hier nicht vor. Ich will, dass jemand die Zeitfrage im Fall Julie Fyfe untersucht. Sprechen Sie mit den Angestellten bei Broughtons. Wir müssen wissen, ob es innerhalb dieser zehn Wochen irgendetwas gibt, das uns erklärt, warum der Mörder sie so lange in Ruhe gelassen hat.«

Er lässt die Züge vor und zurück fahren. Er ist wütend, voller Groll.

Es ist so nah am Termin, so nah, und sie hat sich verändert. Zuerst war sie nicht da, und jetzt ist sie zwar da, jedoch nie allein. Er hat sie beobachtet, aber vorsichtig, im Verborgenen und von ferne. Vor und zurück, vor und zurück. Schon einmal hat er seine Pläne ändern müssen. Aber der Hase ist dem Hund noch nie entkommen. Die lässt er nicht entwischen…

Es bleibt so wenig Zeit. Aber…. wenn erst mal… Er hat so viel Zeit, so viel Mühe in diese Jagd investiert. Alles ist fertig, alles stimmt. Er sieht auf das Bild und dreht die Stecknadeln herum, die es auf dem Brett festhalten, je eine an den Stellen, wo die Augen waren und eine, wo der Mund ist. Dann schaut er auf den Kalender. Neumond – es wird dunkel sein und der Himmel mit etwas Glück – hat er nicht immer Glück gehabt? – bewölkt, an dem Abend, an dem sie allein am Bahnhof stehen müsste. Und wenn sie nicht zu ihm kommt, so weiß er, wo er sie findet. Es muss klappen. Es wird klappen.

16

Es war seltsam, allein im Haus zu sein. Debbie war ein bisschen befremdet gewesen, als Rob sie nach Hause gebracht und dann erklärt hatte, dass er nun in seine Wohnung zurückfahren werde. »Ich habe einiges zu erledigen«, sagte er ausweichend. Debbie hatte nicht protestiert. Dadurch, dass in ihrem Verhältnis zu ihm sie die Bedürftige, die Hilflose war, fühlte sie sich im Nachteil. Zuerst war sie handlungsunfähig und verängstigt gewesen – wodurch eigentlich? Durch das, was auf der Treppe passiert war. Diese Episode verwirrte sie jetzt, und sie gewöhnte sich langsam an den Gedanken, dass sie es sich eingebildet hatte. Aber was auch geschehen war, sie hatte sich als die klassische Jungfer in Nöten präsentiert, und die erotische Aufladung daraus hatte sie – ob nun glücklicher- oder unglücklicherweise, wusste sie nicht – miteinander ins Bett getrieben. Dann war sie allein gewesen und hatte getrauert. Sie war für Robs Beistand dankbarer, als sie sagen konnte, aber sie wusste, dass Dankbarkeit und Bedürftigkeit keine gute Basis für eine Beziehung waren, und sie wusste – oder glaubte zu wissen –, dass sie diese Beziehung wollte. Sie musste das bestehende Gleichgewicht verändern.

Also hatte sie fröhlicher gelächelt, als ihr zu Mute war, und gesagt: »Okay, dann sehen wir uns morgen in der Arbeit.« Er hatte einen Augenblick gezögert, bevor er gefahren war, zum Sprechen angesetzt und dann innegehalten.

»Gut. Dann bis morgen, Debs.« Er hatte sie schnell umarmt und war verschwunden, während sie mit einem etwas unsicheren und beklommenen Gefühl zurückblieb. *Reiß dich zusammen, Deborah!* Sie ging im Haus umher, zog Vorhänge zu, sammelte Sachen zusammen, die liegen geblieben waren, und betrachtete das Haus mit neuen Augen. Buttercup tauchte zu ihren Füßen auf, rieb sich an ihren Beinen und versuchte sie zum Stolpern zu bringen.

»Ach, jetzt bin ich dir wohl wieder gut genug«, sagte Debbie spitz und nahm das Tier hoch. Buttercup wand sich in ihren Armen und legte sich laut schnurrend über Debbies Schulter. »Launisch, launisch«, schalt Debbie sie. Wenn Rob da war, folgte ihm Buttercup mit dem unfehlbaren Katzeninstinkt für den Katzenhasser – oder zumindest jemanden, den Katzen kalt ließen, korrigierte Debbie – auf Schritt und Tritt, hüpfte ihm aufs Knie, starrte ihm mit bebenden Barthaaren und hauchigem Schnurren in die Augen und demonstrierte so schamlos ihre Verehrung. Und es funktionierte. Bei einer Katze funktionierte es einfach. Zuerst hatte er das Tierchen noch beiseite geschoben, dann ignoriert, bis er es gestreichelt und schließlich Debbies Gewohnheit angenommen hatte, mit dem Tier zu reden. *Siehst du?*, schien Buttercup zu sagen und musterte Debbie mit wohlwollender Verachtung. *Es ist ganz leicht.*

»Das ist ja gut und schön«, führte Debbie die Debatte fort, »aber ich habe meinen Stolz, und der geht *dir* komplett ab.« Buttercup schnurrte nur noch lauter und rieb ihre pelzige Wange an Debbies Gesicht. Mit dem Tier auf den Armen schloss sie ihren Rundgang durchs Haus ab und fragte sich, was sie mit dem Abend anfangen sollte. Sollte sie Fiona anrufen? Oder Brian? Oder alle beide? Sie stellte fest, dass ihr eigentlich nicht nach Gesellschaft zu Mute war, aber es machte sie nervös, den Abend allein zu verbringen. Es wäre das erste Mal seit dem Abend nach Ginas Tod. Ihr fiel ein, dass sie viel zu tun hatte. Die zu korrigierenden Arbeiten in ihrer Aktentasche lagen ihr schwer auf der Seele. Wenn sie das heute Abend erledigte, hätte sie am Wochenende vielleicht ein bisschen Freizeit.

Doch als sie oben an ihrem Schreibtisch saß, überkamen sie Unruhe und Beklommenheit. Der Gedanke an die dunklen Räume unten machte sie nervös. Hatte sie die Türen abgesperrt? Die Vorhänge zugezogen? In der Stille begann sie sich einzubilden, sie höre jemanden außen ums Haus herumgehen – oder war es drinnen, unten im Dunkeln? Irgendwann stand sie an der Schlafzimmertür, wartete und lauschte.

Auf einmal ertönte ein Klappern, und Buttercup schoss an ihr vorbei mit erhobenem Schwanz und gesträubtem Fell, und Debbie stieß den Atem aus, von dem sie erst jetzt merkte, dass sie ihn angehalten hatte. Katzen. Sie hatte sich von einer Katze erschrecken lassen. Danach wurde ihr klar, dass Arbeiten ausgeschlossen war. Sie setzte sich unten vor den Fernseher. Aber sie kontrollierte sämtliche Türen und ließ die Lichter an.

Steve McCarthy und Ian Curran sahen gerade die Unterlagen und Sachen durch, die die letzten Überreste von Julie Fyfes Leben darstellten, als Lynne wieder ins Büro kam. Die Unterlagen bestanden aus Aussagen von Arbeitskollegen, Freunden und Verwandten, den genauen Ergebnissen der Obduktion sowie Beschreibungen und Fotos vom Tatort. Die Sachen umfassten die Kleider, die sie getragen, und die Habseligkeiten, die sie bei ihrem Tod bei sich gehabt hatte. Lynne blieb stehen, um die beiden zu fragen, ob sie ihnen helfen sollte. Sie wollte noch einmal über den Fyfe-Mord nachdenken. McCarthy arbeitete sich methodisch durch die Aussagen. Curran, jung und weniger abgehärtet gegen die Gewalt, mit der ihn sein Beruf konfrontierte, fiel es schwerer, sich mit dem Tod einer so jungen und so hübschen Frau abzufinden. Noch dazu so einem Tod. Sein Blick wanderte immer wieder zu den Fotos von der Obduktion zurück. McCarthy warf Lynne einen argwöhnischen Blick zu, wies aber auf die Schachteln mit Julies Sachen. »Die haben wir uns noch nicht angesehen«, sagte er. Lynne hätte lieber die Aussagen studiert, doch sie begann, erneut den Inhalt der Handtasche durchzugehen – eine Geldbörse, ein Adressbuch, ein Kalender – alles gewissenhaft aufgelistet. Lynne öffnete die Börse: ein wenig Bargeld, ihre Bahn-Dauerkarte, die noch fast ein Jahr gültig war, ein Bibliotheksausweis vom College und ein Organspenderausweis. Welche Ironie, dachte Lynne.

Curran half McCarthy bei den Aussagen. »Von ihren Nachbarn kam nicht viel«, erklärte er.

McCarthy sagte: »Sie hatte noch nicht lange dort gewohnt. Und ihre Nachbarn waren neu.« Er sah die anderen an. »Sie ist Anfang April dort eingezogen. Die Nachbarn, die direkt nebenan wohnen, sind erst Ende November eingezogen. Also hatten sie nicht viel Zeit, um sich kennen zu lernen.«

»Und wer hat vorher dort gewohnt?«

McCarthy las die Angaben genauer durch. »Rebecca Wilcox. Genauso alt wie Julie.«

»Hat irgendjemand mit ihr gesprochen?« Einer jungen Frau hätte sich Julie wahrscheinlich eher anvertraut als dem Ehepaar mittleren Alters, das das Haus jetzt gemietet hatte.

McCarthy sah immer noch in die Unterlagen. »Es fällt mir nicht mehr ein, aber da war irgendwas … ja. Sie ist nach Australien gegangen. Berryman hat schon versucht, dort Kontakt zu ihr aufzunehmen.«

Lynne überlegte. Warum diese zehnwöchige Lücke? Irgendetwas entging ihr da. McCarthy grübelte auch darüber nach. Ausdruckslos starrte er auf die Tischplatte, ganz in Gedanken versunken. *Sie war im September verreist. Sie war umgezogen. Sie war befördert worden. Ihre Nachbarin war weggezogen.* Lynne untersuchte noch einmal die Geldbörse, die sie sich bereits angesehen hatte. Die Bahn-Dauerkarte, eine Jahreskarte, wäre am dreißigsten November des folgenden Jahres zur Verlängerung fällig geworden. Sie musterte die beiden anderen. »Sie hatte sich gerade eine Dauerkarte für die Bahn gekauft«, sagte sie, »oder ihre alte verlängert.« Sie und McCarthy sahen einander an, dann griff Lynne nach dem Telefon, während McCarthy hastig die Akte aufschlug. Curran sah verblüfft drein.

Lynne wartete immer noch darauf, dass die Angestellte von der Fahrkartenausgabe sie zurückrief, als ihr McCarthy ein Blatt Papier entgegenschwenkte. Sie sah ihn mit hochgezogenen Augenbrauen an, und er hielt ihr einen triumphierend gereckten Daumen hin. Dann klingelte das Telefon. »Ja, genau, Fyfe, das stimmt. Die Adresse stimmt auch. Wirklich? Und an welchem Datum? Vielen Dank.« Sie sah die anderen an. »Julies Dauerkarte ist Ende September abgelaufen. Sie hat sich erst Mitte November eine neue besorgt. Aber die Frau, mit der ich bei Broughtons gesprochen habe, meinte, sie hätte anlässlich ihrer Beförderung als Dreingabe die Bahn-Dauerkarte bekommen.«

McCarthy hielt ihr eine Rechnung hin, die er in den Unterlagen gefunden hatte. »Hier steht es. Sie hat für eine Zehnmonatskarte bezahlt.«

Lynne überlegte. »Sie haben ihr das Geld gegeben, das hat man mir gesagt. Sie haben ihr das Geld für ein Jahr gegeben und sie hat eine Karte für zehn Monate gekauft.« Sie sahen sich an.

»Sie ist in diesen zehn Wochen nicht mit dem Zug gefahren«, sagte McCarthy, »und schon ist ihre tägliche Routine futsch.«

»Aber er wartet«, sagte Lynne. »Weil er weiß, dass sie wiederkommen wird.« Berryman hatte Recht, dachte sie, er stellt ihnen wirklich nach.

Was Debbie nach ihrer Rückkehr in die Arbeit unter anderem auffiel, war, dass das Gefühl von Bedrohung und düsterer Vorahnung rund ums College, das sie belastet hatte, eindeutig verschwunden war. Vielleicht brauchte sie nun, da etwas wirklich Schlimmes passiert war, keine Gefahr mehr zu empfinden. Die Wirklichkeit hatte die Phantasie überholt.

Nach ihrem morgendlichen Unterricht ging sie ins Dozentenzimmer zurück, da sie Louise zu treffen hoffte. Sie hatten abgemacht, sich bei Sandwiches und Kaffee zu unterhalten. Doch als sie dort ankam, saß Tim Godber an ihrem Schreibtisch, und Louises Stuhl war leer. »Hi«, begrüßte er sie. »Louise hat mich gebeten, dir auszurichten, dass sie heute Mittag eine Besprechung mit Pete Davis hat. Als Überbringer der Nachricht dachte ich mir, ich bleibe mal da und warte ab, ob eventuell ein Kaffee drin ist.«

Debbie überlegte schnell. »Danke, Tim, aber ich bin mit jemandem verabredet. Ich bin sowieso schon spät dran. Nimm dir ruhig einen Kaffee.«

Er blieb sitzen und sah ihr zu, wie sie ihre Bücher und Mappen verstaute. »Genießt du es noch ausgiebig?«, fragte er.

»Was meinst du denn?« Sein Ton hatte etwas an sich, das ihr nicht gefiel.

»Ach, komm schon, Debbie, es hat sich doch längst herumgesprochen, weißt du. Du und dein Fremdenlegionär oder was er auch ist.«

Debbie merkte, wie sie rot anlief. »Das geht dich nichts an, Tim«, entgegnete sie, wobei sie sich bemühte, den Zorn aus ihrer Stimme herauszuhalten.

»Natürlich nicht. Habe ich auch nur ein Wort gesagt? Ich dachte nur, du genießt es noch möglichst ausgiebig, bevor er geht. Da wünsche ich dir viel Glück.«

Debbie erstarrte. »Bevor er geht?« Sie sah Tim direkt an und glaubte, ein Triumphieren in seinen Augen zu sehen.

»Tja, er haut doch in vierzehn Tagen ab oder nicht? Auf

und davon ins wilde Newcastle oder sonst wohin, dachte ich. Oder habe ich mich da getäuscht?« Jetzt sprach er ganz beiläufig, als handelte es sich um etwas weithin Bekanntes.

Debbie wurde am ganzen Körper kalt. *Rob ging weg? Nach Newcastle?* Sie spürte Tims Blick, wie er die Wirkung seiner Worte abschätzte. Ihr Mund war trocken. Ihr war, als hätte man ihr etwas hart in den Bauch gerammt. *Sag doch was!* »Ich hätte nicht gedacht, dass es allgemein bekannt ist«, sagte sie, und ihre Stimme klang ihr in den eigenen Ohren fremd.

»Ach, das macht schon seit geraumer Zeit die Runde«, sagte Tim leichthin.

Debbie legte die zu korrigierenden Arbeiten in ihre Freitagsmappe ein und konzentrierte sich auf ihre Handgriffe. »Wie sich doch alles herumspricht«, brachte sie nach einem Moment heraus. Sie warf ihm einen kurzen Blick zu und entdeckte einen befriedigten Ausdruck auf seinem Gesicht. Das reichte. Sie konnte Tims Anwesenheit nicht mehr ertragen. »Ich muss gehen. Ich bin spät dran. Und ich muss absperren.« Sie wartete ungeduldig, als er sich lässig aus ihrem Stuhl erhob und auf die Tür zuschlenderte. »Bis bald, Debbie«, sagte er fröhlich, als er ging.

Debbie setzte sich auf den Stuhl, den er soeben geräumt hatte. Sie war eher zornig auf Tim, und obwohl sie es zu verdrängen suchte, regte sich langsam ähnliche Wut auf Rob. Er hatte sie ins Messer laufen lassen. Er hätte es ihr sagen sollen. Es hatte keinen Sinn, hier herumzusitzen. Sie musste mit ihm sprechen, und zwar sofort. Wenn sie den ganzen Nachmittag damit zubrachte, über der Sache zu brüten, bekäme sie überhaupt nichts mehr geregelt. Sie versuchte sich einzureden, dass Tim vermutlich etwas falsch verstanden hatte oder nur gehässig war, aber sie wusste sofort, dass er die Wahrheit sagte. Er gab nie Informationen weiter, wenn er sich nicht sicher war.

Sie sah auf die Uhr. Ihr blieb noch eine Stunde bis zu ihrem nächsten Kurs. Genug, um loszuziehen und Rob zu suchen. Sie überquerte die Straße zum Moore-Bau und ging den Flur zu seinem Büro entlang, einem kleinen Zimmer neben dem größeren Raum, wo Andrea und das Empfangspersonal arbeiteten. Andrea saß an ihrem Schreibtisch und warf Debbie einen ausdruckslosen Blick zu, als sie vorbeimarschierte. Robs Tür stand offen, und er saß an seinem Tisch und trommelte mit den Fingern, während er etwas auf dem Bildschirm vor ihm las. Die Tischplatte war leer, abgesehen von einem Ordner, der aufgeschlagen neben der Tastatur lag. Er drückte eine Taste, und der Bildschirm veränderte sich. Sie klopfte mit den Fingern an die offene Tür, um ihm kundzutun, dass sie da war. Er wirkte erfreut, sie zu sehen. »Debs!« Er zeigte auf einen Stuhl und stand auf, um die Tür hinter ihr zuzustoßen. »Alles in Ordnung?« Er schlug den Ordner zu und schob ihn zur Seite. »Papierkrieg. Das ist es, was ich an diesem Job hasse.« Er wartete darauf, dass sie ihm sagte, warum sie gekommen war.

»Ja. Ich auch.« Sie rang sich ein Lächeln ab. Sie wollte keinen Streit. Wenn er wegging, so war das sein Recht. Sie hatten sich zu nichts verpflichtet – *nur für jetzt,* sie hatte es selbst gesagt. Aber er hätte es ihr mitteilen sollen. »Pass auf, ich kann nicht darum herumreden. Stimmt es, dass du das City College in zwei Wochen verlässt und in Newcastle anfängst?«

Seine Miene wurde auf der Stelle ausdruckslos. Er drückte ein paar Tasten auf seiner Tastatur und sagte: »Ja, mehr oder weniger. Ich gehe in etwa einem Monat nach Newcastle.« Er sah sie nicht an.

»Das heißt, es ist … Es hat nie Aussicht auf irgendeine Zukunft bestanden, oder?« Ihre Stimme klang ruhig, wie sie es wollte, doch unter der Oberfläche konnte sie die Wut spüren.

Zerstreut betrachtete er den Bildschirm. Sie wartete. »Ich hätte es dir sagen sollen«, räumte er ein.

»Ja.« Debbie wand sich eine abtrünnige Haarsträhne um den Finger. Ihr Zorn wallte nun langsam auf, aber ob er sich gegen Tim richtete oder gegen Rob, weil er sie Tims Bosheit schutzlos ausgesetzt hatte, oder gegen sie selbst, weil sie so dumm war, wusste sie nicht. Ihre Stimme klang scharf. »Hättest du es doch. Ich musste es von Tim Godber erfahren.« Er sah erstaunt drein, sagte aber nichts. »Wer weiß es denn sonst noch?«, bohrte Debbie, während sie sich gleichzeitig sagte: *Hör auf, hör auf, wütend zu sein.* »Alle außer mir, nehme ich an.«

»Niemand«, erwiderte er ruhig. »Eigentlich dürfte es niemand wissen. Ich habe vor Weihnachten meine Kündigung bei der Personalabteilung eingereicht.« Er sah sie an. »Debs, wir waren uns einig …«

Sie merkte, wie ihre Wut anschwoll. »Ich weiß, worüber wir uns einig waren. Das gibt dir aber nicht das Recht, mich wie den letzten Dreck zu behandeln. Das gibt dir nicht das Recht, mich anzulügen.« Sie wollte ihn aus seiner Gelassenheit aufrütteln – er hatte nicht das Recht!

Seine Augen wurden schmal. »Ich habe dich nicht angelogen, Deborah.«

Das hatte ihn getroffen. »Aber du warst nicht gerade aufrichtig, oder? Hast du gedacht, es wäre nicht wichtig, es wäre etwas, was ich nicht zu wissen bräuchte? Noch etwas, worum du ein tierisches Geheimnis machen musst?« Sie stand auf. Sie würde gleich zu weinen anfangen, und das wäre das Letzte, was sie ihn sehen lassen wollte. »Ich gehe.« Sie wandte sich zur Tür, doch er packte ihren Arm und zog sie zurück.

»Hör mir zu, Hergott noch mal, ja?« Er stand dicht bei ihr und sah sie an, und sie schwiegen beide einen Moment lang. Und dann entlud sich die aufgestaute Wut. Sie schrie unzusammenhängendes Zeug und holte aus. Er ließ sie los und hob die Hand, um sich zu schützen. Sie packte seine Arme und versuchte ihn zu schütteln, während sie ihm die Nägel in die Haut bohrte und fauchte: »Mistkerl, Mistkerl, du verlogener Mistkerl!« Er wehrte sie ohne Mühe ab und hielt sie sich vom Leib. Sein Gesicht war weiß vor Wut. Sie versuchte, ihre Hände frei zu machen, doch er hielt sie zu fest an den Gelenken. »Jetzt hör auf, Deborah, jetzt hör verdammt noch mal auf!«

Debbie hielt inne, verkrampft und schwer atmend. Er griff nach der Tür hinter sich. Einen Augenblick lang glaubte sie, er würde sie öffnen und sie hinausstoßen, doch dann hörte sie, wie sich der Schlüssel im Schloss drehte, als er zuschloss. »Sei jetzt mal still«, verlangte er. Sie holte Atem, doch er drückte sie gegen die Wand und verschloss ihren Mund mit seinem. Er schob ihr den Rock bis zur Taille hoch und zog ihr Höschen beiseite. Sie spürte seine Finger in ihr und legte den Kopf zurück, um nach Luft zu schnappen, doch er presste erneut seinen Mund auf ihren. Die Wut war zu etwas anderem geworden. Seine Füße drängten ihre auseineinander, dann waren seine Schenkel zwischen ihren und spreizten sie weiter, während er sie leicht anhob. Er ließ seine Finger aus ihr gleiten und fummelte einen Moment an seinem Gürtel herum, und dann konnte sie spüren, wie er mit seinem Penis in sie eindrang, hart und tief. Ihre Beine trugen sie kaum noch, also hielt sie sich an seinen Schultern fest. Er legte die Arme um sie, führte sie nach unten, um sie abzustützen, und sie schlang die Beine um ihn, grub die Fingernägel in seinen Rücken, da sie ihn zeichnen, ihn verletzen wollte und nicht wollte, dass er aufhörte, bis sie die Wärme in sich explodieren fühlte.

Die Wut war verflogen. Er ließ sie sachte herabgleiten, die Arme immer noch um sie geschlungen und sie gegen die Wand stützend. Sie presste ihr Gesicht gegen seinen Hals. »Debs …«, sagte er. »O Gott, es tut mir so Leid …« Die tödliche Mattigkeit war zurückgekehrt, der Ausdruck müder

Verzweiflung, den sie vor Wochen schon einmal an ihm gesehen hatte, als er ihr im Pub von seiner Frau und seiner Tochter erzählt hatte. »Es tut mir so Leid, Debs.« Sie wusste nicht sicher, wofür er sich entschuldigen wollte. »Ich muss hier weg – das hätte ich schon vor Monaten tun sollen.« Er schloss die Augen. »Ich muss einen sauberen Schlussstrich ziehen. Sonst drehe ich durch. Angie und Flora sind wie Lasten, die ich mit mir herumschleppen muss. Angie wäre das ein Gräuel gewesen, sie hätte mich nach allen Regeln der Kunst zur Schnecke gemacht. Ich muss hier weg.«

»Albatrosse«, sagte Debbie. Er sah sie an.

»Den nächsten Monat bin ich noch da«, sagte er.

Sie seufzte. Es war verführerisch, aber wie Louise gesagt hatte, musste sie auch zusehen, dass sie überlebte. »Ich kann nicht. Ich könnte es nicht ertragen, jetzt, wo ich weiß, dass du weggehst.« Und sie wusste, dass er, wenn er erst einmal weg war, nicht mehr wiederkommen würde.

Seine Miene verspannte sich, und er machte Anstalten, etwas zu sagen, unterließ es dann aber. Einen Moment lang herrschte Schweigen. Dann nickte er langsam zu ihrer Entscheidung. »Du wirst mir fehlen, Debs.« Er berührte ihr Gesicht. »Hör mal. Vergiss nicht, dass ich hier bin. Ruf mich, wenn du mich brauchst.«

»Ja«, sagte sie. »Mach ich.« Doch sie wussten beide, dass sie es nicht tun würde. Nüchtern, energisch strich sie sich die Kleider glatt und ordnete ihre Haare. Sie sah ihn nicht an. Sie war sich nicht sicher, was sie hätte sehen wollen. Zehn Minuten später schritt sie durch das äußere Büro, nicht ohne zu bemerken, dass Andrea sie neugierig musterte.

Das war's also. Als Debbie am Ende des Tages ihre Sachen zusammenpackte, fragte sie sich, was sie tun sollte. Arbeiten? Das schien ihr ein magerer und unzuverlässiger Trost zu sein. Mit ihrer Mutter reden? Das war vorbei. Sie wollte nicht an ihre Mutter denken. Als Kind konnte sie sich nichts Schlimmeres vorstellen als den Tod ihrer Eltern. Ihr Leben kam ihr haltlos, sinnlos und grau vor. *Reiß dich zusammen, Deborah!*

Louise kam hereingerauscht, einen Stapel Lehrbücher in der Hand. »Die bewahre ich jetzt hier auf«, erklärte sie und wies auf die Bücher. »Nach und nach verschwinden sie nämlich von den Regalen im Lager. Es ist meine Schuld. Ich habe keine Zeit, also sage ich: *Gehen Sie hin und bedienen Sie sich*, und dann weiß ich nicht mehr, wohin sie verschwunden sind.« Sie sah Debbie an. »Alles in Ordnung? Du siehst entsetzlich aus.«

»Ich bin nur müde.« Debbie rang sich ein Lächeln ab. »Es ist schlimmer als ich dachte, das Zurückkommen.«

»Lass dir mehr Zeit, wenn du sie brauchst.« Louise war besorgt.

»Nein. Ich muss etwas zu tun haben.« Beim Gedanken, den ganzen Tag zu Hause zu sitzen, graute ihr. »Ich bin nur müde«, sage sie noch einmal. Sie zog ihre Aktentasche unter dem Tisch hervor, und dann fiel es ihr wieder ein. »Louise, ich brauche jemanden, der mich am Donnerstagabend heimfährt. Wenn ich niemand anders finde, könntest du dann …?«

»Aber sicher, kein Problem. Dan ist nicht da, also komme ich wieder her und hole dich ab. Du brauchst dir niemand anders zu suchen. Ich mach's.«

Gott sei Dank gibt es Freunde, dachte Debbie. Sie beschloss, Fiona anzurufen und sie zu fragen, ob sie Lust hätte, auf ein Glas Wein vorbeizukommen. Sie musste mit jemandem sprechen.

Fionas Haar hatte die Farbe reifer Erdbeeren. Sie sah Debbies Kassettensammlung durch und wählte ein Band mit Gitarrenmusik aus. »Ein bisschen folkig für meinen Geschmack«, sagte sie. »Hast du denn keinen anständigen Jazz?« Sie führten ihre gewohnte musikalische Auseinandersetzung, wobei sich Debbie intensiv darum bemühte, so zu klingen, als läge ihr etwas daran. Das Gespräch verlief holperig und stockend, bis Fiona sagte: »Was ist denn los, Debbie? Du siehst entsetzlich aus.«

Debbie versuchte auszuweichen, aber Fiona ließ nicht locker. »Brian droht immer wieder, bei dir einzufallen. Er macht sich ernsthaft Sorgen um dich. Du hast dich völlig zurückgezogen seit… na, jedenfalls haben wir dich im Grunde kaum mehr gesehen. Er hat mich nur deshalb allein herkommen lassen, weil ich behauptet habe, ich könnte dich leichter zum Reden bringen.«

Debbie merkte, dass sie darüber sprechen wollte. Sie erzählte Fiona von Rob, von den Schritten auf der Treppe, von seiner Frau und seinem Baby, davon, wie er sie nach Ginas Tod unterstützt hatte, von seiner Besorgnis um ihre Sicherheit und wie er sie nun ohne ein Wort der Erklärung verließ. »Wir haben vereinbart«, sagte sie, »keine langfristigen Pläne zu schmieden. Er hat mir nichts versprochen. Aber ich hätte doch gedacht, dass er mir sagt, was er vorhat.«

»Vielleicht wollte er das ja noch«, sagte Fiona nach einer Weile.

»Ich weiß es nicht.« Debbie schüttelte den Kopf. »Es ist nur – er wusste von Anfang an, dass er gehen würde, aber er hat kein Wort gesagt. Ich habe ihm erklärt, dass ich ihn nicht mehr sehen will.«

»Vielleicht ist es so am besten. Wenn er nicht im Stande ist…« Fiona schüttelte den Kopf.

Debbie seufzte. »Ich fürchte, ich habe mir vorgemacht, dass es zu etwas führen könnte. Ich weiß es nicht.«

Fiona, die ein wenig eingehender über Debbies Geschichte nachgedacht hatte, sagte: »Noch mal ein Stück zurück. Er glaubte *was?*« Sie lauschte mit unverhohlenem Schrecken, als Debbie es ihr schilderte. »Dir stellt jemand nach? Der *Würger* stellt dir nach? Debbie…«

»Nein. Ich weiß nicht.« Debbie hatte ihre eigenen Unklarheiten und Zweifel. »Rob war besorgt. Wegen diesem Artikel und wegen ein oder zwei anderen Dingen. Er fand nur, dass ich vorsichtig sein soll.«

»Tja, da hat er allerdings Recht.« Fiona war noch nicht restlos beruhigt. »Warum gehst du nicht zur Polizei?«

»Rob war dort. Er hat ihnen alles erzählt, aber sie waren nicht der Meinung, dass etwas dran ist. Und Rob fand, sie hätten Recht – es war im Grunde nichts. Er hatte nur so ein Gefühl. Er meinte, das sei sein Polizisten-Instinkt.«

»Er ist Polizist?« Fiona hätte ebenso gut fragen können: *Er ist Pol Pot?*

»Früher mal«, antwortete Debbie, die sich nicht in eine von Fionas Diskussionen über den faschistischen Staat ziehen lassen wollte.

»Die Hauptsache ist, dass du vorsichtig sein musst. Vergiss nicht, dass Brian ein Auto hat. Du weißt, dass er dich jederzeit fährt, wenn es nötig ist.«

Debbie merkte, wie wenig sie in den letzten Wochen mit den Menschen gesprochen hatte, die seit langem – und jetzt auch noch – gern hatte. Sie kam sich egoistisch vor. Vielleicht war sie ohne Rob besser dran, wenn er eine derartige Wirkung auf sie ausübte. »Ich kann ihn doch nicht bitten, mich herumzukutschieren. Er hat Besseres zu tun. Keine Sorge. Ich passe schon auf. Ich habe mir für den Abend, an dem ich länger arbeite, eine Mitfahrgelegenheit organisiert.«

»Weißt du was?« Fiona griff nach ihrem Rucksack. »Das hier habe ich immer in meiner Jacken- oder Handtasche.« Sie kramte herum und zog ein flaches, rechteckiges Stück Plastik hervor. »Schau mal, es ist wie ein Teppichmesser, nur dass man die Klinge rauf und runter schieben kann.« Sie zeigte Debbie den schneidenden Teil, der aus einer Reihe von rasiermesserscharfen Klingen bestand, die man eine nach der anderen abbrechen und wegwerfen konnte. »Wenn mir einer dumm kommt, kriegt er das hier zu spüren. Da, nimm. Ich habe noch mehr. Steck es in deine Manteltasche.«

»Ist das nicht illegal?«, wollte Debbie wissen.

»Vermutlich schon. Ach, nicht der Besitz an sich. Es sind völlig legale Werkzeuge. Aber vermutlich ist es illegal, eins mit sich herumzutragen. Wenn sie mich erwischen, stelle ich mich dumm. *Oh, ich frage mich schon die ganze Zeit, wo es hingekommen ist!* Könnte klappen.«

Debbie lachte. Nachdem Fiona gegangen war, nahm sie das Messer zur Hand und schob die Klinge hinauf und hinunter. Es war teuflisch scharf. Sie konnte sich zwar nicht vorstellen, damit auf jemanden loszugehen, ließ es aber trotzdem in die Tasche ihres Regenmantels fallen.

Er hätte erleichtert sein sollen. Es hätte ihm eine Last von der Seele fallen sollen. Stattdessen war er nervös, gereizt und unfähig, irgendetwas von dem anzupacken, was er hätte tun sollen. Er versuchte sich auf den Stapel Blätter zu konzentrieren, den ihm Pete Morton geschickt hatte, doch jedes Mal, wenn er bis ans Ende einer Seite gelesen hatte, merkte er, dass er nichts davon aufgenommen hatte. Er war müde. Das musste es sein. Er hatte in den letzten beiden Wochen nicht viel Schlaf abbekommen. Obwohl er sich erst seit heute so erschöpft, gereizt und unruhig fühlte.

Sie hatte allen Grund dazu gehabt, wütend zu sein. Er hatte genau das getan, was als Verletzung ihrer formellen, unverbindlichen Abmachung aufgefasst werden konnte – natürlich war sie wütend geworden. Er hatte nicht klar denken können. Er hätte sie das tun lassen sollen, was sie ganz offensichtlich vorhatte – ihm eins auf die Schnauze hauen –, doch stattdessen hatte er sie im Stehen an der Bürowand gevögelt, über jegliche Vorsicht oder Fairness hinaus erregt. Dann war sie gegangen, und das hatte wehgetan. Er hatte nicht damit gerechnet, dass es ihm so nahe gehen würde, und er hatte nicht gewusst, was er sagen sollte. Er hatte geglaubt, seine eigenen Gefühle zu kennen. Und jetzt, statt dass er erleichtert war, statt dass er die nötigen Aufgaben erledigte, konnte er einfach nicht aufhören, an sie zu denken.

Erneut war er am Ende einer Seite angekommen und hatte immer noch keine Ahnung, was er da las. Zornig stopfte er die Blätter wieder in die Mappe zurück und packte seine Jacke. Er würde jetzt einen trinken gehen.

Seit der Besprechung, bei der Berryman ihnen berichtet hatte, dass es der Polizei in Melbourne gelungen war, Rebecca Wilcox ausfindig zu machen, nagte etwas an Lynnes Gedanken. »Ich habe eine Abschrift ihrer Aussage, die Sie sich bitte durchlesen. Das Wichtige daran ist meines Erachtens, dass sie Julie in dem betreffenden Zeitraum mit dem Auto in die Arbeit mitgenommen hat. Sie sagte, dass Julie sie gebeten hätte, nicht darüber zu sprechen. Sie hat sie immer in der Station Road abgesetzt.« Das Gefühl, ein kleineres Rätsel als gelöst abhaken zu können, hatte sich breit gemacht, aber Lynne merkte, wie ihr Verstand irgendwie in Unruhe geriet. Sie hatte es nicht geschafft, jenen speziellen Gedanken dingfest zu machen, daher hatte sie es schließlich aufgegeben. Aus früherer Erfahrung wusste sie, dass er wiederkommen würde, und jetzt quälte sie etwas mit diesem Es-liegt-mir-auf-der-Zunge-Gefühl. Der Würger hatte gewartet. Er hatte sein Schema durchbrochen, um auf sein Opfer zu warten. Sie schloss die Augen. Darin lag etwas Wichtiges verborgen. Sie hatte es fast… Das Telefon klingelte und zerstörte ihre Konzentration, und sie merkte, wie ihr das Muster entglitt, sich entzog und verschwand. *Mist!* Sie nahm den Hörer ab. Es war West, der ihr mitteilte, dass er ein paar Akten heraufbringen würde.

Der Mittwoch war ein grauer Tag, bewölkt und trüb vom drohenden Regen. Die Wettervorhersage warnte vor stürmischen Tagen. Es war das typische Ende-Januar-Wetter. Debbie funktionierte wie ein Automat, schleppte sich in die Arbeit, hielt ihren Unterricht und sank in den Pausen auf ihren Stuhl im Dozentenzimmer. Sie schaffte es nicht, mehr als nur das Allernötigste zu tun, und allmählich belastete sie der Gedanke an die dicke Mappe mit den Korrekturen, die immer voller wurde, während die Abgabetermine näher und näher rückten. Sie würde es morgen machen. Oder am Wochenende.

Mittags blieb sie in ihrem Zimmer, da sie nicht riskieren wollte, in der Cafeteria Rob oder gar Tim in die Arme zu laufen. Lustlos nahm sie ein Sandwich auseinander und fragte sich, wo ihr Appetit hingekommen war, als Louise zur Tür hereinkam, beladen mit einem dicken Stapel Mappen. Sie warf sie auf ihren Schreibtisch, sah Debbie an und sagte: »Mappen mit Hausarbeiten. Englisch. Jede die Hälfte, und nächste Woche tauschen wir?« Sie und Debbie mussten die Abschlussarbeiten der Studenten aus dem Oberkurs korrigieren und sich auf die Noten einigen. Es war eine anspruchsvolle Aufgabe, und Debbies Stimmung verdüsterte sich.

»Wenn ich ein bisschen Glück habe«, sagte sie, »kündigen sie mir.«

»Mach darüber bloß keine Witze.« Louise sah auf den Stapel Arbeiten. »Übrigens hat mir gerade Rob Neave deinetwegen die Ohren vollgeschwatzt.«

Debbie studierte eingehend ihr Sandwich. »Ach ja?«

»Er wollte wissen, wie du am Donnerstag nach Hause kommst. Ich habe ihm geraten, dich selbst zu fragen, und dann wurde er ganz ausweichend. Das erste Mal, dass ich erlebt habe, wie diesem Mann die Worte fehlen. Was hast du mit ihm gemacht, Debbie?«

»Hast du ihm gesagt, dass du mich fährst?« Debbie

bemühte sich um Gelassenheit, aber sie wusste, dass sie tonlos klang.

»Ja.« Louise sah sie einen Moment lang an und wechselte dann das Thema. »Lass uns mal den Zeitplan für diese Korrekturen besprechen. Wenn wir wissen, was wir tun und wann wir es tun, wird es wesentlich einfacher.«

Erleichtert holte Debbie ihren Terminkalender heraus, und Louise unterteilte ihre Zeit gekonnt in Abschnitte und Termine. »Gut«, sagte sie, als sie fertig waren. »Heute Nachmittag hast du keinen Unterricht, und du musst auch nicht korrigieren – ich weiß nämlich, wann du das tun musst. Du verschwindest. Du kannst nach Hause gehen, du kannst einkaufen gehen – kauf dir ein Buch, kauf dir ein neues Kleid –, oder vielleicht ins Fitnessstudio. Aber hau ab hier und gönn dir was Gutes.«

Debbie merkte, wie ihr Tränen in die Augen stiegen, und musste so tun, als sortierte sie die Sachen auf ihrem Schreibtisch. »Okay«, sagte sie nach einer Weile. »Danke.«

Sie befolgte Louises Ratschlag und kaufte sich ein Buch, dann fuhr sie nach Hause und ließ sich ein Vollbad ein. Sie goss Badezusatz hinein, bis der Schaum über den Wannenrand quoll. Da sie dann vergaß, die Badezimmertür zu schließen, musste sie sich damit abfinden, dass Buttercup ängstlich miauend am Badewannenrand entlangbalancierte und den Rest der Stunde, die sie in der Wanne blieb, auf den Wasserhähnen hockte und versuchte, die Tropfen zu fangen. Um sieben Uhr entschied sich Debbie fürs Vergessen, nahm zwei Schlaftabletten und ging ins Bett. Beim Einschlafen nahm sie undeutlich wahr, dass das Telefon klingelte, aber es war ihr einfach zu viel, sich darum zu kümmern.

Neave legte den Hörer auf und fragte sich, was er tun sollte. Er hatte ganz spontan Debbies Nummer gewählt und wusste eigentlich gar nicht, was er zu ihr sagen wollte. Er war den ganzen Tag in miserabler Stimmung gewesen, und nachdem er Andrea an den Rand der Verzweiflung gebracht hatte, beschloss er, dass es höchste Zeit war, nach Hause zu gehen. »Ich komme morgen nicht«, erklärte er und ignorierte das lautlose *Gott sei Dank,* das sie ihrem Bildschirm zuhauchte. »Ich muss ein paar Leute in Manchester sprechen. Am Freitag bin ich wieder da, aber rufen Sie mich an, wenn sich irgendetwas Dringendes ergibt.« Er wusste, dass er sich dafür, dass er sie verärgert hatte, hätte entschuldigen müssen, aber in Wirklichkeit tat es ihm gar nicht Leid. Er wollte ja jemanden ärgern.

Er hatte letzte Nacht nicht gut geschlafen, und wenn er dann doch mal einnickte, hatte er lebhafte, unangenehme Träume, in denen er dringend irgendwo sein, dringend irgendetwas finden musste, aber immer wieder abgelenkt und aufgehalten wurde. Schweißgebadet und beklommen war er aufgewacht und hatte die Arme ausgestreckt, um sie um Debbie zu legen. Doch es war niemand da gewesen. Das hatte ihn an jenen Morgen erinnert, als er die Arme nach Angie ausgestreckt hatte und feststellen musste, dass sie nicht da war und nie mehr da sein würde. Da waren ihm die Tränen in die Augen geschossen und hatten ihm die Nase verstopft, also war er aus dem Bett gesprungen und unter die Dusche gegangen und hatte das kalte Wasser voll aufgedreht.

Diese Besorgnis hatte den ganzen Tag an ihm genagt und ihn schließlich dazu veranlasst, Andrea anzuschreien, als sich herausstellte, dass eine Arbeit, die er am nächsten Tag brauchte, nicht erledigt war. Er würde etwas unternehmen müssen. Was auch immer zwischen ihm und Debbie lief, war noch nicht abgeschlossen, er musste noch einmal mit ihr reden. Er würde bei ihr vorbeifahren, wenn er aus Manchester zurückkam. Wenn sie aus ihrem Abendkurs kam, fügte er bei sich hinzu.

Er macht die Lichter aus. Es ist geschafft. Er wurde abgelenkt, aufgehalten – dies war bisher die schwierigste, die mühsamste Jagd –, aber jetzt ist alles an Ort und Stelle, alles vorbereitet. Sie wartet auf ihn – er weiß es.

»Halt's Maul, du kleiner Scheißer, sonst geht's dir wie der Katze.«

Flüstern, Flüstern in der Finsternis. Die Bäume wiegen sich im Wind. Das Kind hat Angst vor der Dunkelheit. Aber der Jäger hat keine Angst. Jäger kennen die dunklen Orte, nehmen sie, benutzen sie, machen sie sich zu Eigen.

Lynne Jordan ging die neuesten Namen durch, die die Nachforschungen unter den Eisenbahnangestellten ergeben hatten. Wie Berryman gesagt hatte, war es eine gigantische Aufgabe, und selbst mit den neuen Leuten waren sie noch unterbesetzt. Lynne fragte sich, wie viele Personen der Würger im Lauf der letzten zwei Jahre in Atem gehalten hatte. Berryman hatte die Ermittlungen so angelegt, dass die erfahreneren Beamten die wahrscheinlichsten Kandidaten unter die Lupe nehmen, und zwar als Erstes. Sie hielt Ausschau nach auslösenden Ereignissen – was hatte den Mörder zu seinen Taten getrieben? Vorstrafen – alles, was ein eskalierendes Verhaltensmuster vermuten ließ. Obwohl vieles, wie Berryman bereits erläutert hatte, wonach sie suchten, womöglich nie ans Licht gekommen war.

Sie fühlte sich in zehn verschiedene Richtungen gezogen. Sie wollte der Sache mit den Fotografien nachgehen. Und irgendetwas, was die zeitliche Abfolge betraf, ließ sie nicht los. Sie war sich sicher, dass sie etwas übersehen hatten, und es war ganz nahe, als läge es ihr auf der Zunge. Doch sie stimmte Berryman zu – wenn sie einen Namen fänden, könnten sie das gesamte Verfahren umgehen. Die anderen Fragen konnte man später beantworten.

Sie las eine Akte über einen gewissen David Nathen durch.

Sie war müde, und es fiel ihr schwer, sich zu konzentrieren. Nathen hatte jedenfalls schlechte Karten gehabt. Die Mutter Prostituierte, der Vater Alkoholiker, eine Reihe von »Stiefvätern«. Ein Hintergrund, der Gewalt und Brüche beinhaltete. Einer der »Stiefväter« war unter zweifelhaften Umständen ums Leben gekommen. Es gab Hinweise auf Missbrauch – aber nichts, was vor Gericht gekommen wäre. Die Mutter war inzwischen gestorben. Dazu gab es keine Informationen. Lynne wollte Daten und Details. Nathen hatte vor vier Jahren seinen Job als Lokführer verloren. War die Kündigung Anlass genug gewesen, um ihn ausrasten zu lassen? Lynne hatte auf einmal die Vision, dass ganz South Yorkshire voller Serienmörder steckte. Müde, sie war müde. Keine Vorstrafen, nicht polizeibekannt. Zu viele Fragen. Sie legte den Aktendeckel auf den anwachsenden Stapel derer, die noch genauer untersucht werden mussten.

Der Nächste war ein gewisser William Stringer. Auch ihm war gekündigt worden, als Maschinist. Sein Hintergrund stellte kein so offensichtliches Problem dar wie bei Nathen. Seine Mutter war bei seiner Geburt ledig gewesen und hatte fünf Jahre später geheiratet – nicht seinen Vater? Sie nahm sich vor, das zu überprüfen. Der Mann war vor über fünfundzwanzig Jahren bei einem Unfall umgekommen – hier lag also kein kürzlich aufgetretenes Trauma – und die Mutter vor drei Jahren. Es hatte den Anschein, als hätte Stringer bei seiner Mutter gewohnt. Wäre ihr Tod Anlass genug gewesen? Hätte ihn das so weit getrieben haben können? Wie war sie gestorben? *Verdammt!* Diese Angabe fehlte. Ein weiterer Punkt, dem sie nachgehen musste. War da noch etwas? Warum war Stringers Name überhaupt unter die möglichen Kandidaten gekommen? Sie nahm sich vor, denjenigen zu fragen, der die Akte ausgewählt hatte.

Dann machte sie mit der Nächsten weiter.

Das Problem mit Schlaftabletten war, so fand Debbie, dass man am nächsten Tag dumpf und wirr im Kopf war. Sie war spät aufgewacht und hatte sich matt und unerholt aus dem Bett geschleppt. Ihr Kurs am Donnerstagmorgen war eine anspruchsvolle Gruppe – Erwachsene, die den Universitätszugang anstrebten. Sie arbeiteten hart und erwarteten das auch von den Lehrenden. Meistens hatte Debbie Freude an dieser Gruppe und fand sie anregend. Doch heute Morgen musste sie feststellen, dass sie es kaum schaffte. Sie würde sich am Riemen reißen müssen. So konnte sie nicht weitermachen.

In der Pause war sie gerade auf dem Weg zum Dozentenzimmer, als sie Tim im Flur auf sich zukommen sah. Es war zu spät, um kehrtzumachen, also nickte sie ihm zu und machte Anstalten, an ihm vorbeizugehen. Er hielt sie auf, indem er ihr eine Hand auf den Arm legte. Sie schüttelte ihn ab. »Ja?« Sie wusste, dass sie ungehalten klang, doch das war ihr egal. Er zog über ihren Ton die Augenbrauen hoch, sagte aber: »Ich wollte nur fragen, ob du eine Mitfahrgelegenheit nach Hause brauchst. Heute ist doch dein langer Abend, stimmt's? Ich könnte dich anschließend nach Hause bringen, wenn du magst.«

Das war nett von ihm. Er wohnte in Barnsley, in entgegengesetzter Richtung von Sheffield. Sie schämte sich für ihre schlechte Laune. »Das ist nett von dir, Tim«, antwortete sie, herzlicher, als ihr zu Mute war, »aber das ist nicht nötig. Louise fährt mich.«

Er sah erstaunt drein. »Aber sie arbeitet doch donnerstags gar nicht abends.«

Debbie erklärte es ihm. »Sie kommt wieder rein, um mich abzuholen.«

»Lass mich das übernehmen«, sagte er. »Dann spart sich Louise eine Fahrt.«

Debbie hatte wahrhaftig keine Lust auf seine Gesellschaft

und wollte sich ihm auch nicht verpflichtet fühlen. Vermutlich würde sie dann mit ihm darüber debattieren müssen, warum sie ihn nicht hereinbat, und obwohl er im Moment sehr freundlich war, konnte Tim bösartig werden, wenn er sich ärgerte. Dem fühlte sie sich einfach nicht gewachsen. »Nein, vielen Dank. Wir haben ausgemacht, uns nach der Arbeit noch zusammenzusetzen.« Das war gelogen. Sie würde Louise einweihen müssen. »Aber trotzdem danke.«

»Na gut, ich wollte es dir nur anbieten.« Er wirkte nicht allzu gekränkt. »Heutzutage kann man gar nicht vorsichtig genug sein.« Er winkte ihr zu und ging in Richtung seines eigenen Zimmers davon. Erleichtert machte sich Debbie auf den Weg zu einer Tasse Kaffee, wurde aber, bevor sie es in ihr Zimmer geschafft hatte, von einer Studentin aufgehalten und verbrachte den Rest ihrer Pause damit, einen Essay zu besprechen.

Tim saß vor seinem Computerbildschirm und überlegte angestrengt. Das wäre der große Durchbruch in seiner Laufbahn, wenn er es nur richtig hinbekam. Heute Abend um neun musste er derjenige sein, der Debbie offiziell nach Hause brachte, und sie musste den Zug nehmen. Sie musste ihr gewohntes Verhalten wieder aufnehmen, dann konnte er zusehen und abwarten.

Okay, er musste seinen Angriff an zwei Fronten führen. Erst musste er Louise ausschalten und dann sich selbst einklinken. Er hatte zwar eine Idee, brauchte aber noch weitere Informationen. Er sah auf die Uhr. Mittagspause. Er griff zum Telefon.

»Hallo, ist dort Louise –

– Hier ist Tim Godber –

– Hören Sie, ich muss mit Ihnen über ein Stundenplanproblem sprechen –

– Ich weiß, ich *weiß,* es ist aufwändig –

– Es ist ein bisschen kompliziert – Hätten Sie ein paar Minuten Zeit, dann komme ich rüber –

– Um wie viel Uhr gehen Sie denn –

– Gut. Bis dann. Tschüs –«

Okay, jetzt wusste er, wann sie ging. Er musste dafür sorgen, dass sie nicht zurückkam, oder – seine Idee nahm klarere Formen an – vielmehr dafür, dass ihr Auto nicht zurückkäme. Oder gar nicht erst wegfuhr.

Es war später Nachmittag. Lynne hatte den größten Teil ihrer Schicht mit dem Durchsehen und Aussortieren von Namen verbracht. Selbst heute, wo es Computerdateien gab, konnte es einen Tag kosten, von einem Archiv zum anderen zu springen, dachte sich Lynne, während sie Namen durch die EDV verfolgte. In mancher Hinsicht hatte sich ihre Mühe gelohnt. Es war ihr gelungen, drei der fünf Namen auf ihrer Liste auszuschließen. David Nathen erwies sich als unauffindbar. Er wohnte nicht mehr an der Adresse, die als seine letzte registriert war, und er stand nicht im Wählerverzeichnis. Sie hatte es in mehreren anderen Datenbanken und Archiven versucht, wo Berryman ihnen Zugang verschafft und hilfsbereite Mitarbeiter ausfindig gemacht hatte, aber nichts entdeckt. Auch andere Leute suchten nach ihm. Er hatte unter der Adresse, die ihr vorlag, Schulden angehäuft und war dann weggezogen. Keine Nachsendeadresse, keine polizeilichen Unterlagen, nichts, das sie – bis jetzt – anhand seiner Krankenunterlagen entdecken konnte. War er absichtlich abgetaucht, und wenn ja, war er aus gutem Grund verschwunden? Ihr Mann brauchte doch bestimmt eine sichere Adresse, einen Ort, von dem aus er agieren konnte. Er konnte kaum ein planloser Killer sein, der durch die Gegend zog – oder doch? Einen Moment lang kamen Lynnes Überzeugungen über all die sorgfältigen Muster, die sie ergründet hatten, ins Wanken. Stülpten sie den unberechenbaren Taten eines Irren ein Schema über? Erneut bohrte sich das quälende Gefühl eines *Etwas* in ihre Gedanken. Ruhig saß sie da und wartete darauf, dass es ihr einfiel, doch es wollte einfach nicht kommen. Okay, bei Nathen war sie in einer Sackgasse angelangt. Fang morgen noch mal an und setz ein paar Leute auf seine Spur an. Sie sah auf die Uhr. Ihr Dienst endete um acht. Mal sehen, was sie noch über Stringer herausfinden konnte, dann war Schluss für heute.

Louise schlug die Autotür zu und marschierte angewidert zurück ins College. Sie telefonierte gerade, als Debbie zur Pause ins Dozentenzimmer kam. Sie wartete, bis Louise fertig war, und sah sie dann fragend an. »Das Auto«, sagte Louise. »Es springt nicht an. Ich habe schon beim Pannendienst angerufen, aber ich habe keine Ahnung, wann jemand kommt. Ich weiß auch nicht, ob es etwas ist, was sie heute noch reparieren können.« Sie sah genervt drein. »Pass auf, Debbie, wenn sie es nicht hinkriegen, kann ich dich nicht heimfahren. Hast du genug Geld für ein Taxi?«

Debbie verzog das Gesicht. »Das kostet ja ein Vermögen! Ich lasse mir etwas einfallen.«

Louise seufzte. »Du tust gefälligst ein bisschen mehr als das, sonst bleibe ich im College und begleite dich zu Fuß nach Hause. Also, was willst du machen?«

Hinter ihr ging die Tür auf. »Hi, Debbie. Louise, haben Sie einen Moment Zeit?« Tim Godber steckte den Kopf herein. Debbie stöhnte unhörbar auf. Er war der Letzte, den sie sehen wollte. Louises Miene hellte sich auf.

»Tim. Sie haben doch Ihr Auto da, oder?« Sie ignorierte Debbies hektische Gesten. Er nickte. »Hören Sie, Debbie braucht jemanden, der sie heute Abend nach Sheffield bringt. Sie darf nicht allein mit dem Zug fahren.«

»Natürlich nicht«, stimmte Tim zu. Er sah zu Debbie hinüber. »Soll ich dich heimfahren? Das Angebot gilt noch. Ich habe massenhaft Arbeit, da kann ich gut bis neun hier bleiben und alles erledigen. Das wird mir gut tun. Aber dann würde ich gern sofort losfahren, wenn's dir recht ist.« Er lächelte ziemlich schüchtern in Debbies Richtung. Louise sah sie bedeutsam an.

»Danke, Tim.« Debbie hatte keine Wahl. Es löste wirklich ein Problem. Sie versuchte, dankbarer zu klingen. »Vielen Dank, ehrlich.«

»Dann hole ich dich um neun hier ab. Ich wollte sowieso mit dir über Matt sprechen – aus deinem Tutorenkurs.« Debbie nickte. »Ich erzähl's dir unterwegs im Auto. Bis dann. Wiedersehen, Louise.«

Debbie und Louise sahen sich an. »Ich weiß«, sagte Louise nach einer Weile. »Wenn mein Auto wieder funktioniert, kann ich dich ja trotzdem fahren, aber jetzt hast du wenigstens etwas, falls es nicht klappt.«

Debbie nickte. »Aber dass es ausgerechnet Tim Godber sein muss. Wenn du wüsstest, wie viel Lust ich zurzeit habe, mit Tim Großmaul zusammen zu sein …«

»Hör auf zu jammern«, befahl Louise. »Es ist eine Mitfahrgelegenheit.« Debbie fiel nichts mehr ein, also warf sie Louise ein widerwilliges Lächeln zu und holte ihre Sandwiches aus der Tasche.

Berryman packte seine Akten zusammen und reckte sich. »Ich gehe nach Hause«, sagte er zu Dave West, der im äußeren Büroraum einen Bericht in den Computer tippte. »Wir haben Besuch. Wenn ich nicht rechtzeitig nach Hause komme, bin ich ein toter Mann.« West grinste mitfühlend. Seine Freundin wusste auch einiges zu dem Quantum an Zeit zu sagen, das er momentan in der Arbeit verbrachte. »Rufen Sie mich an, wenn irgendwas reinkommt.« Er verließ das Büro und zog seinen Mantel an. Er war müde. Worauf er wirklich Lust hatte, war, im Pub zu sitzen, ein paar Bier zu trinken, ein bisschen mit seinen Kumpeln zu plaudern, einfach eine Gelegenheit, ein paar Stunden abzuschalten. Aber Claire hatte auch ein Recht auf soziale Kontakte. Glaubte er. Er warf einen Blick durch die Tür ins Hauptbüro und sah erfreut, dass Lynne Jordan da war, Dateien im Computer durchsah und sich Notizen machte. »Ich gehe jetzt, Lynne«, sagte er.

»Wird auch Zeit.« Sie sah nicht auf. »Sie haben ja die letzten paar Tage praktisch hier gewohnt.«

»Gäste.« Berrymans Miene war verräterisch nichtssagend, und Lynne zog eine Grimasse. »Rufen Sie mich an, wenn sich etwas tut – und zwar *egal,* was.«

»Ja, Sir.«

Er merkte, wie er etwas lockerer wurde. Er wusste, er konnte sich darauf verlassen, dass Lynne die richtigen Entscheidungen traf. »Wer hat heute Abend Dienst?« Lynne ging die Liste der Dienst habenden Beamten durch. Wie üblich waren es zu wenige für die anfallende Arbeit, aber sie bildeten ein gutes Team. Er sah auf die Uhr. Wenn er jetzt ging, konnte er noch schnell ein Bier im Grindstone kippen, bevor er nach Hause fuhr.

Tim tippte die letzte Zeile, speicherte seine Reportage auf einer Diskette ab und steckte sie in seine Aktentasche. In Gedanken ging er alles noch einmal durch. Der einzige Schönheitsfehler bestand darin, dass Debbie in letzter Zeit ihr Verhaltensmuster geändert hatte und sich von Neave, der sich aufführte wie ihr persönlicher Wachhund, zur Arbeit und wieder nach Hause hatte fahren lassen. Doch das schien ja nun vorbei zu sein. Tim schüttelte sich im Geiste selbst die Hand und ging seinen Plan noch einmal durch. Sein Auto musste genauso ausfallen wie das von Louise. Die Frage war nur, ob er es wirklich außer Gefecht setzen oder Debbie nur erzählen sollte, dass es nicht funktionierte. Würde sie das für einen zu großen Zufall halten? Nicht, wenn sein Auto mutwillig beschädigt worden war, wie es – empörenderweise – mit dem von Louise passiert war. Musste er das höchste Opfer bringen und seine eigene Benzinleitung durchschneiden? Nein, er käme auch damit durch, wenn er nur die Verteilerkappe abnahm. Falls er den Wagen in ihrem Beisein anlassen musste, würde er tatsächlich nicht anspringen. Schließlich konnte er ihn später immer noch abholen, wenn sich nichts tat.

Lynne sah auf die Uhr. Sie hatte schon seit einer Stunde Dienstschluss, aber sie wollte noch die Daten über Stringer aus der EDV abrufen. Sie wollte Genaueres über den Tod seiner Mutter erfahren. Hätte das der Auslöser sein können? Zuerst hatte sie sich verfranzt, als sie unter *Stringer* nach seiner Mutter gesucht hatte. Sie hatte anders geheißen, nämlich *Howard.* Also hatte der Sohn seinen Geburtsnamen behalten. Ob das wichtig war? Schwer zu sagen. Jedes Stückchen Information führte zum nächsten. Das Fax brummte und spuckte noch mehr Papier aus. Drei Blätter. Lynne nahm sie heraus und las sie durch. Okay, Susan Howard war also bei einem Unfall umgekommen, einem Feuer im Haus. An Rauchvergiftung gestorben. Lynne runzelte die Stirn. Anscheinend hatte es keinen Grund gegeben, ein Verbrechen zu vermuten – ein kurzer Artikel aus der Lokalzeitung über die Ermittlungen lag bei. *Gerichtsmediziner warnt vor den Gefahren des Rauchens im Bett.* Doch irgendetwas bohrte in ihrem Gedächtnis. Sie sah erneut auf die Unterlagen. Das war es! Auch Stringers Vater war bei einem Unfall ums Leben gekommen. Hergang unklar. Zu viele Zufälle. Noch etwas, dem nachgegangen werden musste. *Sollte sie es auf morgen verschieben?* Das war verführerisch, doch es bestand die vage Möglichkeit, dass noch jemand da wäre… Seufzend griff Lynne zum Telefon.

Als Debbie aus dem Dozentenzimmer kam, wartete Tim schon auf sie. Er sah ein bisschen zerknirscht aus, ein bisschen bekümmert. Sie rang sich ein Lächeln ab. Immerhin tat er ihr einen Gefallen. »Debbie.« Seine Miene wurde noch bekümmerter. »Mein Auto – ich war gerade oben und habe mein Zeug reingelegt. Es springt nicht an. Ich glaube, es ist mutwillig beschädigt worden, genau wie das von Louise.«

»O Gott. Ich wusste gar nicht, dass Louises Auto mutwillig beschädigt wurde.« Debbie wurde ganz deprimiert. »Was haben sie denn gemacht?«

»Die Benzinleitungen durchgeschnitten. Offenbar kommt man auf die Art heutzutage an Sprit. Die Tankdeckel sind ja abgeschlossen«, fügte er als Reaktion auf Debbies verständnislosen Blick hinzu.

Debbie hatte ein schlechtes Gewissen. »Alles nur, weil du auf mich gewartet hast«, sagte sie. »Tut mir Leid, Tim.« Das war offenbar die richtige Bemerkung gewesen, denn er sah erfreut drein. Und es tat ihr wirklich Leid.

»Vermutlich haben sie meines zur gleichen Zeit ruiniert wie das von Louise«, sagte er leichthin. »Keine Sorge, Debbie.«

»Hast du den Pannendienst verständigt oder wo immer man da anruft?«

»Ja, klar, aber die können ewig nicht kommen. Also, du fährst lieber mit dem Zug, sonst kommst du bis Mitternacht nicht nach Hause. Ich bringe dich zum Bahnhof und begleite dich bis an den Zug. Ach was, ich fahre mit dir im Zug.« Er sah etwas unergründlich drein. Debbie fragte sich, was hinter diesem Angebot steckte. Was es auch war, sie würde nicht mitspielen.

»Danke, Tim. Das ist nicht nötig. Es reicht, wenn du mich einfach zum Zug begleitest.« Sie stellte ihre Tasche ab und zog den Mantel an. »Ich kann gleich losgehen. Ich habe meine ganzen Sachen schon mit ins Klassenzimmer gebracht.

Jetzt haben wir es ja wohl nicht ganz so eilig. Was willst du denn wegen dem Auto unternehmen?«

»Ich lasse es über Nacht hier stehen.« Er wirkte ein bisschen verschnupft. Es musste ja ein toller Abschluss des Tages für ihn sein, erst auf sie warten zu müssen und dann festzustellen, dass ihn sein Auto im Stich ließ. »Ich kann mir auf der anderen Seite der Brücke ein Taxi nehmen. Hör mal, Debbie, wir haben noch ein bisschen Zeit. Gehen wir doch in die Kneipe gegenüber vom Bahnhof und trinken was.«

Lynne trank noch einen Schluck Kaffee und verzog das Gesicht – *kalt!* Das Koffein machte sie langsam zappelig. Es wurde spät, und sie war mehr und mehr versucht, es für heute aufzugeben. Der Angestellte des Archivs war schon weit über seine normale Arbeitszeit hinaus dageblieben. Doch sie verspürte eine hartnäckige Dringlichkeit, die sie sich nicht erklären konnte, und dazu dieses bohrende Gefühl, etwas übersehen, etwas missachtet zu haben. Vor ihrem geistigen Auge sah sie riesige Papierberge vor sich, das ausschlaggebende Detail in den Stapeln verborgen, während sie hektisch alles durchsuchten. Sie blickte auf das Fax. *Na los!*

Steve McCarthy stand auf der anderen Seite des Raums und sprach mit zwei der Frauen, die an den Eisenbahnerakten arbeiteten. Er sah zu Lynne herüber und kam auf sie zu. »Cath meint, Sie beschäftigen sich mit einigen der Männer, die sie gestern rausgesucht haben«, begann er. Lynne nickte. »Ist was dabei?« Gerade als Lynne antworten wollte, summte das Fax leise, und ein paar Blätter glitten in die Schale. Lynne schaute auf den Absender und war erleichtert. Das waren ihre Informationen. Sie konnte sie durchlesen und gehen.

»Das sind jetzt noch die letzten Daten, dann bin ich fertig.« Sie dachte an seine Frage zurück. »Ich weiß nicht. Zweien bin ich noch auf den Fersen: dieser eine seltsame Typ, der anscheinend vor drei Jahren verschwunden ist. Ich habe seine Spur in den Unterlagen verloren. Und dann ist da noch dieser andere, auf den ich jetzt warte …« Sie las, während sie sprach.

»Wenn wir Glück haben, können wir die Sache in ein paar Tagen aufklären, aber haben Sie schon gesehen …« McCarthy verstummte, als er Lynnes Gesicht sah.

»Steve …« Lynne lief es eiskalt über den ganzen Körper, das Gefühl, Dinge übersehen zu haben, das Gefühl, dass die Ereignisse zu schnell an ihr vorüberrauschten, um sie jetzt noch anzuhalten. »Dieser eine, dieser William Stringer – sein Vater, beziehungsweise Stiefvater, ist bei einem Unfall umgekommen, als Stringer vierzehn war. Er ist die Treppe hinuntergefallen, Steve. Er war betrunken, fiel die Treppe hinunter und brach sich das Genick.«

Es regnete jetzt heftiger. Tim versuchte, Debbie unter seinen Schirm zu ziehen. Doch sie machte sich los und wickelte sich ihren Schal um den Kopf. Bevor sie den Überweg zum Bahnhof erreichten, hatte der Regen ihren Mantel durchweicht. Sie spürte die Bluse feucht auf ihren Schultern kleben und den eisigen Wind. Sie musste nur noch in den verdammten Zug steigen. Wenn sie erst einmal in Sheffield angekommen war, konnte sie sich ein Taxi nach Hause nehmen, in die heiße Badewanne sinken und den heutigen Tag vergessen. Und den gestrigen. Und den davor.

Tim sah auf die Uhr. »Wir haben massenhaft Zeit. Es ist erst zehn nach. Also, gehen wir einen trinken.« Sie kamen gerade an der Kneipe vorbei, die er bereits erwähnt hatte.

Debbie war nicht begeistert. Sie wollte mit Tim nicht mehr zu tun haben als unbedingt nötig. Sie wollte nur noch nach Hause, doch offenbar blieb ihr nur die Wahl zwischen dem windigen Bahnsteig und der warmen Kneipe. »Okay«, sagte sie.

McCarthy legte den Hörer auf, nachdem er sein Telefongespräch mit Berryman beendet hatte, und sah zu Lynne hinüber, die den Hörer des zweiten Apparats in der einen Hand hielt und mit den Fingern der anderen auf die Schreibtischplatte trommelte. Ihre Miene war angespannt. »Er kommt rein«, sagte er zu ihr. Sie legte langsam ihren Hörer auf. »Er will, dass wir uns mit Deborah Sykes in Verbindung setzen.« Lynne schüttelte den Kopf. Sie hatte es gerade unter Deborahs Nummer versucht. Die Katastrophe schien unaufhaltsam auf sie zuzurollen. Deborah Sykes. Deborah Sykes und die Donnerstage. War es nicht ein Donnerstag gewesen…? Sie arbeitete donnerstags bis in den Abend hinein. Deshalb war sie auch an jenem stürmischen Donnerstag am Bahnhof gewesen, als Julie Fyfe verschleppt und ermordet worden war.

Und jetzt, zu spät, fügte sich das letzte Puzzleteilchen ins Bild. Natürlich! Der Zeitplan, der immer kürzer werdende Abstand. Der Zeitpunkt spielte durchaus eine Rolle, er war wichtig, aber wichtig war auch das erwählte Opfer. Er war bereit zu warten, bis sie sich wieder verwundbar machte. Er musste eine Menge über sie herausgefunden haben, um zu wissen, dass er nur zu warten brauchte. Sorgfältig und akkurat. Aber er brauchte sein Grobraster nicht zu ändern. Wenn er sich an sein gewohntes Schema hielt, müsste er vier Monate nach Ende September wieder morden. Was Ende Januar hieß. Diese Woche.

Lynne lauschte auf den Regen, der gegen das Fenster prasselte, und ihr wurde klar, dass sie sich ganz unsagbar grauenhaft geirrt hatte.

Neave wählte Debbies Nummer. Es war erst zwanzig nach, aber wenn die Straßen frei waren, könnten sie und Louise jetzt schon da sein. Außerhalb der Stoßzeiten schaffte er es in einer Viertelstunde von Moreham nach Sheffield. Niemand meldete sich. Frustriert knallte er den Hörer auf. Vielleicht fuhr sie gar nicht nach Hause. Vielleicht ging sie mit zu Louise. Er würde fünf Minuten warten und es dort versuchen. Er musste sie sprechen.

Debbie bestand darauf, die Getränke zu bezahlen, und schob ihr Bierglas herum, während ihre Gedanken abschweiften. Sie hätte es wissen müssen. Ihre Mutter hatte sie gewarnt, Louise hatte sie gewarnt, Rob hatte sie verdammt noch mal gewarnt, aber sie hatte nicht darauf gehört. Tim sagte irgendetwas. Sie zwang sich in die Gegenwart zurück. »Ich habe gesagt: ›Ich gäbe was für deine Gedanken‹«, sagte er.

»Ach. Tut mir Leid. Es war gar nichts. Ich war einfach abwesend.« Sie sah auf die Uhr. Zwanzig nach neun. Wenn sie nach Hause kam, würde sie eine Schlaftablette nehmen. Früher hatte sie die nicht gebraucht. Nicht vor letztem Dienstag. Rob hatte sich als weitaus wirksamer erwiesen als Schlaftabletten. Sie war wütend auf sich selbst. Sie hatte sich einmal geheilt, und dann hatte sie sich stehenden Fußes wieder hineingestürzt, wie eine Heroinsüchtige, die den knallharten Entzug durchmacht und dann loszieht und sich einen Schuss setzt. *Idiotin, Idiotin, Idiotin.*

Tim berührte ihre Hand, und sie zuckte zusammen. »Es fällt mir schwer, deine Aufmerksamkeit zu fesseln«, sagte er. Seine Stimme klang ein wenig mürrisch. Er mochte es nicht, wenn man ihn ignorierte, das wusste sie ja. Sie versuchte sich zu konzentrieren. Immerhin tat er ihr einen Gefallen.

Bemüht fragte Debbie: »Und, wie läuft's zurzeit im Journalismus? Schreibst du noch für die Zeitungen?«

Er lächelte und sah reichlich selbstzufrieden drein. Dann antwortete er: »Ich glaube, ich komme bald mit etwas ziemlich Großem raus. Mit etwas Glück sage ich dem lieben alten City College Adieu, bevor es mir Adieu sagt.«

»Glaubst du denn, dass sie das vorhaben?« Im Moment war es Debbie wirklich egal.

»O ja, die haben schon ihre Liste. Ich schätze, die ersten Kündigungsschreiben gehen jeden Tag raus. Allerdings glaube ich nicht, dass ich dabei bin.« Debbie nahm an, dass Tim Recht hatte. Er verfügte über genug Kontakte in der Personalabteilung. *Aber* ICH *bin wahrscheinlich dabei.* Sie sah erneut auf die Uhr. Fast halb.

Sie leerte ihr Glas. »Wir sollten lieber mal gehen.« Ungeduldig wartete sie, während Tim sein Bier austrank. »Komm schon«, sagte sie. »Sonst verpasse ich ihn noch.«

Als sie sich zum Gehen aufmachten, blieben ihnen noch bequeme fünf Minuten Zeit. Auf einmal sagte Tim: »Entschuldige, Debbie. Ich muss kurz mal pinkeln. Geh du schon rüber. Ich brauche nur zwei Minuten.« Und schon war er weg, noch bevor sie etwas sagen konnte. Toll. Tja, sie würde nicht auf ihn warten. Sie verließ die Kneipe und ging über die Straße in Richtung Bahnhof. Es regnete nach wie vor, sogar noch heftiger. Die Kälte drang durch ihre feuchten Kleider. Ein Auto raste vorbei, als sie die andere Straßenseite erreichte, und bespritzte sie von oben bis unten mit schmutzigem Wasser, als es durch eine Pfütze schoss.

Berryman war um fünfundzwanzig vor da. Das Team war hereinbeordert worden, und sie besprachen, was aus den Fakten zu folgern war. »Gut«, sagte Berryman. »Lynne hat versucht, die Sykes zu erreichen. Dort meldet sich niemand. Das will zwar nichts heißen, aber wir müssen herausfinden, wo sie ist. Ich habe einen Wagen zu ihrem Haus geschickt, und jemand ist ins College unterwegs, um in Erfahrung zu bringen, wann sie gegangen ist. Ein Wagen ist zum Bahnhof gefahren und sucht dort nach ihr. Sonst noch was?«

Erleichtert fiel es Lynne ein. »Neave.«

»Sein Telefon ist besetzt. Ich lasse es einen Kollegen immer wieder versuchen, außerdem ist jemand unterwegs zu seiner

Wohnung. Neave hat ein Auge auf sie gehabt, also kann es gut sein, dass sie bei ihm ist. Wenn ja, ist sie in Sicherheit. Aber wir wissen es nicht – und wir dürfen uns nicht darauf verlassen.« Er sah zu dem wartenden Team auf. »Unsere erste Priorität ist es, Deborah Sykes zu finden. Wir müssen davon ausgehen, dass sie *jetzt* in Gefahr vor dem Würger ist.« Sein Blick wanderte zum Anschlagbrett, zu den Fotos, den au-genlosen Gesichtern und verstümmelten Körpern von vier Frauen, die er bislang nicht hatte retten können. Nicht noch eine. Bitte.

Neave wählte noch einmal Debbies Nummer. Wieder keine Antwort. Er sah auf die Uhr. Vielleicht waren sie zu Louise gefahren. Debbie war heute Abend vermutlich nach Gesellschaft zu Mute. Es war schon nach halb. Inzwischen müssten sie angekommen sein. Er wählte Louises Nummer. Sie meldete sich beim dritten Klingeln.

»Ach, hallo, Rob. Nein, Debbie ist nicht hier. Ich habe sie jetzt doch nicht gefahren.« Louise erklärte die geänderten Pläne. »Ich glaube nicht, dass Sie sich Sorgen machen müssen. Tim ist auf seine Art durchaus zuverlässig, und Debbie weiß genau, dass sie kein Risiko eingehen darf.«

Er dachte einen Moment darüber nach. »Sie müsste mittlerweile zu Hause sein. Könnte sie mit ihm ins Pub gegangen sein? Oder sonst wohin?«

Da war sich Louise ziemlich sicher. »Ich kann mir nicht vorstellen, dass sie mit Tim Godber irgendwohin gegangen ist. Und normalerweise geht sie nach ihrem Abendunterricht nicht aus. Haben Sie mit ihr –«

Er unterbrach sie. »Haben Sie seine Nummer? Können Sie ihn anrufen und nachfragen?«

Louise nahm die Dringlichkeit in seiner Stimme wahr. »Wollen Sie ihn anrufen?«

»Nein, ich rufe im City College an. Die Hausmeister

müssten noch da sein. Ich will wissen, ob sie jemand hat gehen sehen.«

Der Anruf machte ihn nur noch unruhiger. Kein Mensch wusste, wann oder ob Debbie das College überhaupt verlassen hatte. Tim Godbers Auto stand noch auf dem Parkdeck, mit einem Zettel an der Windschutzscheibe, auf dem es hieß, dass es den Geist aufgegeben hätte. Louise rief ihn zurück. »Bei Tim meldet sich niemand«, erklärte sie.

Neave sah auf die Uhr. »Womöglich ist sie im Zug. Er kommt etwa um zehn vor zehn an. Ich fahre hin und warte auf ihn.«

Der Bahnhof war dunkel, der Fahrkartenschalter geschlossen und die Ankunfts- und Abfahrtsanzeige funktionierte nicht. Debbies Ärger trieb sie am Fahrkartenschalter vorbei, die Rampe hinunter und hinaus auf den Bahnsteig. Dann blieb sie stehen. Der Bahnsteig war dunkel und leer, der Warteraum wie eine verschlossene schwarze Schachtel. Der Regen trommelte auf die Überdachung über ihrem Kopf. Ein Gefühl von Beklommenheit machte sich in ihr breit. Der Bahnsteig gegenüber war auch leer. Der Zug nach Doncaster musste schon weg sein. Auf dem anderen Bahnsteig hielt fast eine Stunde lang kein anderer Zug mehr – es würde also jetzt niemand kommen. Sie sah auf die Uhr. *Mach schon, Tim!* Sie konnte nicht wieder zum Bahnhofseingang zurückgehen und auf ihn warten. Dann verpasste sie womöglich den Zug. Es war ohnehin schon spät. Das Flackern der Anzeigetafel fiel ihr ins Auge. Sie ließ den Blick über die Tafel nach oben zu den Trägern und dem Dach wandern. Es war ihr schon aufgefallen, bevor es ihr richtig bewusst wurde. Der Bahnsteig war dunkel. Das Licht. Wo war das Licht? Auf einmal fror sie, ihre Beine wurden kraftlos und kalt. Langsam, da sie wusste, was sie zu sehen bekäme, langsam, weil sie es nicht sehen wollte, sah sie zu der Rampe hin.

Nichts. Sie holte tief Atem und zitterte vor Erleichterung. Und dann kam eine Hand von hinten und presste sich fest auf ihren Mund.

17

Tim ließ fünf Minuten verstreichen – gerade genug Zeit, um sicherzugehen, dass Debbie allein war – und ging dann auf die Tür des Pubs zu. »He, Tim«, rief ihm jemand nach. Es war einer der Reporter vom *Moreham Standard.* Tim winkte dem Mann freundlich zu und gab ihm mit lautlosen Lippenbewegungen zu verstehen, dass er weg musste. Der Mann kam zu ihm herüber und packte ihn am Arm. »Ich wollte dir nur sagen«, begann er, »dass eine Geschichte ansteht, die ganz auf deiner Linie liegt. Du müsstest allerdings mit Steve reden. Hast du seine Nummer?«

Tim schüttelte den Kopf. »Du, ich bin gerade einer wichtigen Sache auf der Spur. Ich muss mich jetzt beeilen, aber ich kümmere mich morgen darum. Danke.«

»Lass es nicht sausen«, meinte der andere. Er sah angesichts von Tims mangelndem Interesse leicht beleidigt drein.

»Bestimmt nicht«, versprach Tim. »Ich melde mich gleich morgen früh. Okay?« Indem er seine Ungeduld verbarg, lächelte Tim ihm dankbar zu und bewegte sich erneut in Richtung Tür. Er war schon fast dort angelangt, als ein plötzlicher Ansturm von Leuten in das Lokal drängte. Als er versuchte, sich durchzuquetschen, wurde er zurückgehalten. »Lass die Leute durch, Mann«, verlangte eine Stimme, während ein Mann ein wuchtiges Gerät rückwärts durch die Tür schleppte. Frustriert sah Tim zu, wie sie etwas, das nach einer Art Verstärkeranlage aussah, in die Kneipe manövrierten.

»Ich muss zum Zug«, sagte er zu dem Mann, der ihn am Arm fest hielt. Er sah auf die Uhr. Zehn Minuten.

»Tut mir Leid, Mann«, erwiderte der andere fröhlich. »Jetzt sind wir drin. Lass den Typ mal durch, Dave. Er muss zum Zug.« Tim schob sich durch die Tür. Auf der Straße herrschte fließender Verkehr. Es war mehr Betrieb, als er je hier erlebt hatte. Er sah die Straße hinauf. Er konnte zum Übergang spurten und auf Grün warten, oder würde das länger dauern, als auf eine Lücke zu hoffen? Er sah erneut auf die Uhr. Fünfzehn Minuten. *Herrgott!* Der Verkehr ließ ein wenig nach, und er lief vom Gehsteig aus los und schlängelte sich zwischen den Autos durch, das Gebrüll und die Hupsignale ignorierend. »Runter von der Straße, verdammt noch mal«, bellte ihn eine Stimme an, nachdem ihn ein Auto fast überfahren hätte. Geschafft. Er rannte in den Bahnhof. Welcher Bahnsteig? Er betrat den Bahnhof sonst nie. Die Anzeigetafel war ausgefallen. Er sah sich um. *Alle Züge Richtung Sheffield von Bahnsteig eins.* Er raste um die Ecke, und direkt vor ihm lag eine lange Rampe, die zu Bahnsteig eins führte. Am unteren Ende der Rampe erwartete ihn der finstere Bahnsteig und Tim blieb abrupt stehen.

Dort unten, unten im Dunkeln, wer wartete da auf ihn? Auf einmal war es real, es geschah tatsächlich und war kein Teil der Geschichte, die er in Gedanken schrieb. Seine Vernunft sagte ihm, dass es keinen Grund zur Sorge gab – Debbie wartete auf ihren Zug, oder ihr Zug war schon abgefahren, aber etwas anderes, irgendein anderer Instinkt, ließ ihm die Haare zu Berge stehen und schärfte seine Sinne. Er fasste in seiner Jackentasche nach dem Telefon und vergewisserte sich, dass es eingeschaltet war, während er sich gegen die Wand presste und vorsichtig auf die Rampe trat. In der anderen Hand hielt er die Spraydose, den Finger auf dem Knopf, ohne sich momentan darum zu scheren, ob es jemand sah. Er schlich sich weiter hinunter, während mehr und mehr vom

Bahnsteig in Sicht kam. Sein Herz hämmerte, und sein Magen krampfte sich vor Spannung zusammen. Langsam, ganz langsam trat er auf den Bahnsteig und stieß auf einmal seinen ganzen Atem aus. Leer. Keine Spur von Debbie. Schwer atmend blickte er über die Gleise hinweg. Kein Mensch weit und breit. Er merkte, wie die Spannung nachließ. Der Zug war vermutlich mit einer tierisch eingeschnappten Debbie an Bord abgefahren.

Er sah sich um. Der Bahnsteig war dunkel. Langsam wurde ihm unbehaglich. Alles Mögliche konnte sich in der Finsternis verbergen. Er hielt die Spraydose in der Hand, während er ans eine Ende des Bahnsteigs ging und in die Betonhöhlung unter der Rampe blickte. Nichts. Er stand auf und fragte sich, was er als Nächstes tun sollte. Davon ausgehen, dass Debbie den Zug genommen hatte? Wie konnte er sich davon überzeugen? Er konnte von Glück sagen, wenn sie in einer halben Stunde zu Hause war. Dann konnte er bei ihr anrufen. Die Polizei verständigen? O ja, sich heillos blamieren und seine Geschichte abschreiben. Herausfinden, ob der Zug gefahren war? Er konnte die Bahnauskunft anrufen. Die würden es ihm vielleicht sagen. Unentschlossen stand er da und hörte, ohne es wirklich wahrzunehmen, das Geräusch von Sirenen.

Die Riesen waren hinter ihr her. Sie rannte, doch ihre Beine waren langsam und schwer. Sie befand sich in einem Tunnel, und Stimmen verfolgten sie, hallend und fremd. Debbies Riesen waren böse und gefährlich, und einer kam durch die Nacht, um sie zu holen. Doch es war nur ein böser Traum, und sie würde bald aufwachen. Sie konnte ihren Kopf auf dem Kissen spüren, obwohl es sich kalt und hart anfühlte, und ihr Hals schmerzte dermaßen, dass sie nicht schlucken konnte. Es roch faulig. Sie versuchte, den Kopf von dem Gestank wegzudrehen. Ein ersticktes, krächzendes Geräusch ertönte, das sie als ihr eigenes Atmen erkannte, und dann war sie wieder bei Bewusstsein.

Um sie herum herrschte Finsternis. Sie lag auf etwas Hartem und Steinigem. Es war kalt und nass. Es tröpfelte hohl und widerhallend, und die Luft um sie herum roch säuerlich, nach Abflussrohren und Kloaken. Ihr Gesicht wurde gegen die kalte, steinige Oberfläche gepresst. Das Atmen fiel ihr schwer. Sie bewegte den Kopf, und er zuckte zurück, als die Stütze darunter verschwand und das tosende Geräusch lauter wurde. Unter ihr war leerer Raum. Sie versuchte die Arme zu bewegen, doch die Hände waren ihr auf den Rücken gefesselt. Tränen der Panik stiegen ihr in die Augen, einen Moment lang verstopfte sich ihre Nase, und sie bekam keine Luft. Irgendetwas war über ihrem Mund, und sie musste würgen. Sie schnaubte heftig durch die Nase aus, bis der Atemweg wieder frei war. Einen Moment lang lag sie atmend da und wagte nicht, sich zu bewegen, aus Furcht, sonst wieder keine Luft zu bekommen. Dann begann ihr Verstand zu arbeiten.

Sie schob ihren Kopf von der Kante weg und rollte sich vorsichtig auf den Rücken. Ihre Hände fühlten sich zerquetscht an. Sie schluckte, und der Schmerz in ihrem Hals ließ sie aufstöhnen. Es gab einen kleinen helleren Fleck in der völligen Finsternis um sie herum, über ihr – in Reichweite, wenn ihre Hände frei gewesen wären. Wasser tropfte hindurch und auf ihr Gesicht. Das tröpfelnde Geräusch stammte von einem kleinen Rinnsal, nah an ihrem Kopf, doch sie hörte außerdem den tosenden Lärm von fließendem Wasser in der Ferne. Sie erinnerte sich an das nackte Entsetzen, das sie empfunden hatte, als sich die Hand auf ihr Gesicht gepresst hatte. Sie wusste noch, dass sich etwas eng um ihren Hals gezogen hatte und die Lichter in ihren Augen explodiert waren. Sie wusste nicht, warum sie noch lebte. Dann kehrte das Entsetzen zurück. Sie lebte noch, weil das nicht das Ende war, sondern erst der Anfang. Ein Schüttelfrost überkam sie, und sie schien in der gestaltlosen Dunkelheit zu hängen – ohne oben, ohne unten, ohne Ende.

Berryman lauschte einen Moment auf den Funk. Seine Gesichtszüge verhärteten sich. »Wir haben ein Problem«, erklärte er der wartenden Gruppe. »West und McCarthy sind zum Bahnhof gefahren. Deborah Sykes ist verschwunden, nachdem sie das Pub verlassen hat – das Old Bridge. Der Mann, der auf sie hätte aufpassen sollen – er behauptet, sie hätte das Lokal verlassen, um zum Bahnhof zu gehen. West hat ihn auf dem Bahnsteig getroffen, aber er kriegt nicht mehr aus ihm heraus als das. Er sagt, er hätte sie vor etwa zwanzig Minuten zuletzt gesehen.« Er schaute Lynne an und schüttelte auf ihre unausgesprochene Frage hin den Kopf. Es war nicht Neave, der bei Debbie gewesen war.

»Könnte sie im Zug sein? Hat sie den Zug erwischt?« Lynne war auf der Suche nach einem Ausweg.

Berrymann schüttelte den Kopf. »Das wurde überprüft. Der Zug wurde gestrichen. In diese Richtung ist seit etwa vierzig Minuten kein Zug mehr durch Moreham gefahren. Ich habe jemanden losgeschickt, der in dem Zug nachsieht, der in die andere Richtung gefahren ist, aber ich glaube nicht, dass sie in dem sitzt. Na los, wir fahren jetzt dort raus und suchen nach ihr. Wir gehen vom Schlimmsten aus. Wenn wir Glück haben, taucht sie morgen nach einer Nacht bei ihrem Freund wieder auf. Wenn wir Pech haben …« Er sprach den Satz nicht zu Ende. »Also, wenn es unser Mann ist, wissen wir, wo er sie sich geschnappt hat. Wir ziehen los und suchen uns jeden, der irgendwo in der Nähe war. Wir durchsuchen diesen Bahnhof. Wir durchkämmen die Gegend und ermitteln jedes Auto. Und wir gehen nicht davon aus, dass sie tot ist. Er mag sie ja in seiner Gewalt haben, aber er bringt seine Opfer nicht sofort um. Wir könnten noch rechtzeitig kommen.«

Lynne dachte an die anderen Frauen, daran, wie es war, lebend in den Händen des Würgers zu sein, mit ausgekratzten Augen weiterzuleben und mit den Erinnerungen daran, und sie fragte sich, ob sie Deborah überhaupt einen Gefallen taten, wenn sie sie nicht ganz, ganz schnell fanden.

Die Nacht wirft schwarze, eckige Schatten. Das Gleis zieht sich dahin wie eine silberne Leiter, die kalt in der Dunkelheit glänzt. Er bewegt sich in der Finsternis. Er spürt die Ausgelassenheit in sich hochperlen, die als dünnes Kichern aus seinem Mund entweicht. Das macht seine Atmung unregelmäßig, und er schärft sich ein, dass er die Kontrolle behalten muss, sich nicht entspannen darf, noch nicht. Er spürt die Klebrigkeit seiner Hände in den Handschuhen, und das erinnert ihn wieder daran. Er atmet schwer und kichert, reibt die Finger aneinander, um das Gefühl von weichem Fleisch zu simulieren, er drückt und quetscht… Wie sich das Haar zwischen seinen Fingern anfühlt, diese erste Berührung sanft, weich, damit sie ihn ansieht, damit ihre Augen nass in der Dunkelheit glänzen, glänzende Spuren auf ihrem Gesicht.

Seine Mitte fühlt sich heiß an und hart. Die da hat ihn einiges gekostet, die da muss jeden schwierigen Moment wettmachen, jede Sorge, jede Sekunde der Frustration. Sie wird erfahren, dass sie einige schwere Fehler begangen hat. Er betastet das Instrument in seiner Tasche, fühlt dessen stählerne Unnachgiebigkeit, die Schärfe seiner Kante. Er erinnert sich an die Macht des Augenblicks. Daneben die geflüsterte Berührung des Seidenschals. Die Ausgelassenheit perlt erneut nach oben, und ihm entfährt ein hohes Kichern. Er ist fast am Ziel. Er merkt, wie er anfängt, schwerer zu atmen. Er hält einen Moment lang inne und blickt zum Himmel, während er sich voller Vorfreude selbst reibt. Bald. Hier.

Über ihrem Kopf ertönte ein knirschendes Geräusch. Sie war auf einmal hellwach, wie gelähmt in der Finsternis. Ein Flüstern. *Deborah Sykes.* Ihre Augen strengten sich an. Jetzt konnte sie den helleren Fleck nicht mehr sehen. Und erneut das Flüstern. *Deborah Sykes* und ein hohes Kichern, rasch wieder unterdrückt. Schritte, gedämpft, aber nah, knirschend wie Stiefel auf Kies. Wieder ein Flüstern, aufgeregtes Geplapper, schwer zu verstehen … *nichts Böses sehen … kleiner Scheißer … Fotze, kriegst dein … großer Junge wie du,* und dann wieder das Kichern, wie von einem Kind, ausgelassen und grausam. Debbie fühlte ihr Herz pochen, versuchte, genug Luft durch die Nasenlöcher einzuatmen, merkte, wie sich ihr Brustkorb zusammenzog, beklemmend, erstickend. Sie musste ihren Mund freibekommen. Sie musste atmen. Einen Moment lang kämpfte sie gegen das Klebeband, dann zwang sie sich zur Besonnenheit, presste die Luft aus ihrem Brustkorb und atmete langsam und tief ein. Dann aus. Ein. Aus.

Die Geräusche, das Knirschen, das Flüstern, das Kichern, all das war von oben gekommen. Sie kämpfte sich in Sitzposition hoch und sah hinauf. Nun konnte sie den helleren Fleck wieder sehen, direkt über ihrem Kopf. Dann wurde er wieder dunkel, und das Flüstern und Knirschen begann erneut, während sich in der Dunkelheit über ihr etwas bewegte.

Sie trug nach wie vor ihren Regenmantel. Er war durchnässt und engte sie ein, aber sie hatte ihn noch an. Im Geiste hörte sie Fionas Stimme. *Wenn mir einer dumm kommt, kriegt er das hier zu spüren.* Das Messer! Steckte es noch in der Tasche? Ihre Handgelenke waren verschränkt und eng gefesselt, aber sie konnte die Arme bewegen, und ihre Hände waren zwar steif und verkrampft, konnten sich aber ein bisschen regen. Sie packte einen Zipfel ihres Mantels und begann, die Tasche zu sich herzuziehen. Welche Tasche war es? Mühsam schob sie die Finger in die erste. Nichts, nur irgendein

Zettel. Vielleicht hatte er es gefunden und herausgenommen? Sie begann den Stoff in die andere Richtung zu schieben, bis sie die Hände in die zweite Tasche stecken konnte. Ihr Atem ging jetzt schneller, und sie konnte die panischen Stöhnlaute nicht unterdrücken. Sie spürte es! Spürte die flache, rechteckige Form des Messers.

Scharren über ihr und schweres Atmen, wie von jemandem, der sich anstrengt. Sie zwang sich dazu, nicht hektisch zu werden. Wenn sie das Messer jetzt fallen ließ… Wasser – Regen, so begriff sie, tropfte ihr auf den Kopf. Sie konnte einen helleren Streifen über sich sehen, der allmählich breiter wurde, als schöbe jemand einen Deckel von einer Schachtel. Um sie immer noch der Widerhall von rauschendem Wasser. Sie wusste nicht, wo der Abgrund war, aber dem entfernten Tosen nach musste es tief nach unten gehen. Es war schwer, so zu manövrieren, dass die Klinge auf die Fessel an ihrem Handgelenk traf, und sie schnitt sich. Der Griff wurde warm und klebrig. Sie konnte nicht atmen. Dann bekamen ihre Handgelenke Luft, sie konnte die Hände voneinander lösen, zog die Rechte heraus und führte sie, unter dem Schmerz in ihrer Schulter zusammenzuckend, an die Vorderseite ihres Körpers, danach die Linke, ohne das Messer je loszulassen. Und dann wurde die Lücke über ihr dunkel, während etwas Massiges sie ausfüllte und sie das Kichern wieder hörte.

Frustriert schlug Neave mit den Fäusten auf das Lenkrad. Er war am Bahnhof angelangt und hatte nach minutenlangem Warten am Auskunftsschalter erfahren, dass Debbies Zug gestrichen worden war. Dann hatte er es unter Berrymans Nummer versucht. Der Anruf wurde weitergeleitet. Detective Chief Inspector Berryman sei beschäftigt und könne nicht an den Apparat kommen. Er wählte Lynnes Nummer. Ihr Telefon war ausgeschaltet.

Er wusste nicht, was er tun sollte. Er konnte nach Moreham fahren und nachsehen, ob Debbie noch am Bahnhof stand. Sie hatte jemanden bei sich. Das sagte er sich immer wieder. Sie war nicht allein, sie hatte jemanden bei sich, ihr dürfte nichts passieren. Doch er konnte die wachsende Unruhe nicht abwehren, die es ihm immer schwerer machte, sich zu konzentrieren und Entscheidungen zu fällen. Er rieb sich mit der Hand übers Gesicht. *Denk nach, Neave!* Es gab drei Möglichkeiten. Sie stand am Bahnhof von Moreham und wartete auf den nächsten Zug. Tim Godber war vermutlich bei ihr. Oder sie war mit Tim Godber irgendwohin gegangen – etwas trinken oder womöglich in seine Wohnung. Das wollte er zwar nicht annehmen, aber sie war wütend, gekränkt. Es war denkbar. Zumindest wäre sie dann in Sicherheit. Oder es war etwas schief gegangen und … Erneut loderten in ihm die Gefühle hoch, Zorn und Frustration und etwas, was er nicht benennen konnte. Er trat sie entschlossen nieder. Darin war er gut. *Denk nach.* Okay, wenn sie am Bahnhof war, oder wenn … *Denk nach!* Er musste nach Moreham fahren. Falls die andere Möglichkeit zutraf, konnte er bis morgen ohnehin nichts unternehmen. Das konnte er ad acta legen. Er musste nach Moreham.

Und dann fiel ihm mit eisiger Klarheit das Foto wieder ein, noch in der Hülle, noch in seiner Schreibtischschublade. Jetzt begriff er es, jetzt, wo es zu spät war. Er hatte gewusst – oder etwa nicht –, dass es nicht Gina Sykes' Fuß gewesen sein konnte, der dieses Foto nachlässig zerknittert und außer Sichtweite gekickt hatte. Und er hatte gewartet, gezaudert, sich Sorgen gemacht – und es schließlich vergessen. In Gedanken hörte er das Quietschen von Reifen auf einer vereisten Straße, den Aufprall eines Autos, das eine niedrige Mauer durchbricht, den steilen Abhang hinunterfällt und sich überschlägt. Er hörte das erste Knistern der Flammen und konnte den Rauch riechen, der zwischen den Dämpfen des ausgelaufenen Benzins aufwallte. *Angie …* Doch es war zu spät.

Er ließ das Auto an und wollte gerade den Bahnhofsvorplatz verlassen, als sein Telefon klingelte. Er hätte es am liebsten ignoriert, aber es konnte ja Louise sein, oder Debbie, die erfahren hatte, dass er bei ihr angerufen hatte.

Es war Lynne. »Du hast das nicht von mir erfahren«, sagte sie, »aber du kommst besser zum Bahnhof von Moreham, so schnell du kannst.« Er hörte sich an, was sie zu sagen hatte, warf das Lenkrad herum und fuhr Richtung Norden.

Einen Moment lang stand Debbie neben sich und sah zu, wie sie die Gestalt beobachtete, die sich durch die Öffnung über ihr quetschte. Etwas griff herab und berührte ihr Haar, dann drückte es sich gegen ihr Gesicht, kalt und klamm. Sie versuchte zu schreien, doch nur ein dünner, hoher Laut drang durch den Knebel. Ihre Nase verstopfte erneut, und sie würgte. Wieder hörte sie dieses Kichern, und erneut streifte etwas ihr Gesicht. Sie spürte eine Berührung, kalt und schneckenartig über ihren zugekniffenen Augen. Dann löste sich ihre Lähmung, und ihr wurde klar, dass sie sich bewegen konnte. Sie packte das Messer fest, und als die Berührung sich das nächste Mal auf ihr Gesicht senkte, schnitt und stach sie das Ding, das sie berührte. Es griff nach dem Messer und hätte es ihr fast aus der Hand gerissen, doch die Klinge brach ab und gab es frei. Sie schob die nächste Klinge heraus. Und stach erneut zu. Über ihr ertönte ein Grunzen. Sie presste sich mit dem Rücken gegen die Mauer und starrte durch die Finsternis nach oben. Die massive Gestalt war immer noch da. Wieder das Flüstern, heiserer. *Deborah Sykes.* Ihre Augen gewöhnten sich langsam an die Dunkelheit, und sie konnte in dem wenigen Licht, das der Spalt hereinließ, mehr sehen. Zuvor hatte er mit der Hand heruntergefasst. Jetzt schwang er die Beine über die Kante und stieg zu ihr herab in die Grube.

Sie packte das Messer mit beiden Händen, fuhr damit sein Bein entlang und drückte fest auf, um es tief eindringen zu lassen. Die Klinge brach an dem Stoff ab. Etwas Warmes spritzte auf ihr Gesicht. Er trat nach ihr, erwischte sie an der Schulter und schubste sie über dem Abgrund zu Boden. Sie rollte zurück, stach erneut nach seinem Bein und rang nach Luft. Als er sein Bein zurückzog, riss sie sich das Klebeband vom Mund und schrie. Nicht laut genug. Sie wusste nicht, ob sie jemand hören könnte, ob irgendjemand da war, der sie hören konnte. Sie stach erneut mit dem Messer zu, und wieder schwang das Bein davon. Sie holte tief Atem und schrie, so laut sie konnte. Da zog er sein Bein über den Rand zurück. Sie konnte die Form seines Kopfes sehen, während er auf sie herabblickte. Wieder das Flüstern: *Deborah Sykes.* Dann wurde der Spalt schmaler, und es wurde dunkler. *Nein…* Das knirschende Geräusch ertönte wieder, und etwas schloss sich über dem Spalt und ließ sie in der Finsternis zurück. Schluchzend vor Todesangst, fasste Debbie nach oben und legte die Hände an die Unterseite, die aus Metall bestand. Sie drückte. Es regte sich nicht. Erneut drückte sie dagegen und versuchte, sich mit dem gesamten Körper dagegenzustemmen, doch ihre Beine zitterten vor Kälte und Schock, und sie spürte, wie die Kraft aus ihnen strömte. Es regte sich nicht vom Fleck. Sie war gefangen, allein in der Dunkelheit. Blut rann von ihrer Hand den Arm hinab. Ihr war kalt, und sie fühlte sich schwach. Das Zittern in ihren Beinen wurde schlimmer, und sie merkte, dass sie fallen würde, vielleicht vom Rand in den unbekannten Abgrund, wo das Wasser rauschte. Sie ließ sich auf die Knie fallen, das Messer nach wie vor fest umklammert, und bebte vor Angst.

Tim saß auf dem Rücksitz des dunklen Streifenwagens und kaute an den Knöcheln. Es war zu früh passiert, zu schnell – er hatte es verpasst! Er hatte es um Minuten verpasst. Er hätte es sehen, er hätte ein Held sein können, und jetzt musste er zwei Bullen alles erklären, während sich die Action woanders abspielte. Er erzählte ihnen: *Mein Auto hat den Geist aufgegeben, ich wurde im Pub aufgehalten, ich weiß nicht, wo sie ist.* Sie glaubten ihm nicht, das merkte man. Er spähte durch den Regen. Er konnte gerade noch zwei weitere Streifenwagen erkennen, das blinkende Blaulicht und Polizisten, die ausstiegen und im Regen herumliefen. Hatten sie sie gefunden? Er probierte seine Tür. Natürlich ließ sie sich nicht von innen öffnen. Er musste heraus, musste nach unten auf den Bahnsteig, um mitzubekommen, was sich abspielte. Er hämmerte gegen das Wagenfenster und versuchte, die Aufmerksamkeit eines der Beamten zu erregen.

Es schien wie eine Ewigkeit, doch es konnten nur Sekunden vergangen sein, bis das Wasser heftiger auf Debbies Gesicht herabzuprasseln begann, und nach und nach bekam sie ihre Panik in den Griff. Sie musste selbst hier herauskommen. Es gab niemanden, der ihr hätte helfen können. Sie setzte sich auf und versuchte eine Vorstellung davon zu bekommen, wo sie war, was sie umgab. Der Gestank nasser Fäulnis hing ihr nach wie vor in der Nase, doch das Wasser, das auf ihr Gesicht fiel, war sauber und roch nach Luft. Regen. Langsam konnte sie sich denken, wo sie war. Sie saß auf einem Absatz direkt unter dem Deckel, der die Grube verschloss – und schlagartig wurde ihr klar, wo sie sich befand: nämlich unter einem der Deckel, die in die Inspektionsgrube für die Abflusskanäle führten. Die Abflusskanäle neben den Gleisen? Sie wusste es nicht. Sie wusste auch nicht, wie lange sie schon hier war, wie lange sie bewusstlos gewesen war. Die Abflusskanäle an den Gleisen mussten in den Fluss münden. Der Abgrund würde das Wasser nach unten führen. Wenn sie nach dort unten gelangte, könnte sie vielleicht fliehen. Und was dann? Im Fluss ertrinken? Er war tief, schmutzig und floss schnell. Lieber das als warten.

Langsam übermannte sie die Kälte. Sie zitterte unkontrollierbar, und ihre Hände und Füße waren taub. Ihre Handschuhe waren verschwunden – in dieser Nässe wären sie ohnehin nutzlos gewesen. Ihre Füße waren patschnass und so erfroren, dass sie keinerlei Schmerz mehr spürte. Wenigstens hatte sie die Schuhe noch an, auch wenn diese schwer und nass waren. Sie würde ihren Schutz brauchen. Sie konnte sie ja abstreifen, wenn sie zum Fluss gelangte. Hinauf oder hinunter. Sie musste hier raus. Wenn er zurückkam, würde er sie umbringen. Und wenn er nicht zurückkam, würde sie erfrieren wie ein Tier in der Falle. Kein Mensch würde sie hier finden.

Sie streckte erneut die Hände nach oben aus, versuchte, den Deckel zur Ablauföffnung wegzuschieben. Er bewegte sich nicht. Von der Anstrengung fing ihre Hand wieder an zu bluten. Vorsichtig näherte sie sich dem Abgrund, setzte sich an den Rand, ließ die Beine darüber baumeln und tastete mit den Füßen. In der Wand spürte sie etwas – Sprossen. Hier stiegen also ab und zu Leute hinauf und hinunter. Der Gedanke an Leute, normale Leute, ließ ihr den finsteren Ort weniger bedrohlich erscheinen, weniger fremd.

Sie umfasste das Messer mit der einen erfrorenen Hand, rollte sich herum und begann sich langsam über den Rand zu schieben, während sie mit den Füßen nach den Sprossen tastete. Es war schwer zu sagen, wann sie sie gefunden hatte, da sie langsam das Gefühl in den Beinen verlor. Sie entdeckte auch Griffe für die Hände und begann ihren Abstieg in die Dunkelheit. Das Rauschen wirkte lauter, schneller, und der Fäulnisgeruch wurde stärker. Diesmal erinnerte er sie an den Abend, als sie auf der Treppe in der Falle saß, der gleiche widerliche Gestank. Wie weit hinab es wohl ging? Sie wusste nicht, wie lange ihre Hände noch greifen konnten. Sie kletterte weiter hinab und streckte den Fuß nach unten aus, um nach dem Boden zu fühlen.

Dann das geflüsterte Plappern – *keiner so blind … Fotze …*

nichts Böses sehen, sieh nichts…, und dann packte etwas mit unglaublicher Kraft ihren Knöchel und zog.

Und dann öffnete der Himmel seine Schleusen. Der Regen fiel in Strömen, füllte die Rinnsteine in Sekunden und ließ die schlagartig vollen Kanäle überlaufen. Straßen wurden zu Flüssen, Kanaldeckel barsten, als der Druck des Wassers übermächtig wurde. Die Ortsmitte von Moreham wurde zu einem einzigen Sturzbach, das Wasser quoll aus den Kanälen, ergoss sich durch das ganze Gebiet und spülte all den weggeworfenen Abfall davon, der in Strudeln und Strömen herum- und davonwirbelte.

Neaves Wagen schlingerte, als die Reifen auf der überfluteten Straße ins Schwimmen gerieten. Er fluchte und ging vom Gas, während das Surren der Scheibenwischer, die erfolglos gegen den Wolkenbruch ankämpften, schneller wurde.

Der Streifenwagen kam abrupt vor dem Morehamer Bahnhof zum Stehen, und Lynne sprang heraus, dicht gefolgt von Berryman. Der Regen drang durch Lynnes Kleider und durchnässte sie in den wenigen Sekunden, die sie brauchte, um unter das Bahnhofsvordach zu huschen, bis auf die Haut. Das Wasser, das aus den übervollen Kanälen zurückgeflossen kam, strömte über den Boden und bildete vor dem Fahrkartenschalter eine Pfütze.

Der Bahnsteig war überschwemmt, und auch die Gleise wurden langsam überflutet, während der Regen weiter herunterprasselte. Es war dunkel, und wenn man die Gleise hinauf oder hinab blickte, sah man nichts als regenschwarze Finsternis. Das Trommeln auf der Überdachung war tosend laut und übertönte sämtliche anderen Geräusche.

In der Ortsmitte filmten die Überwachungskameras einen sommerlich gekleideten jungen Mann, der auf einem provisorischen Surfbrett durch das überschwemmte Gebiet glitt.

Die Flüsse stiegen an. Der Porter, der durch den Westen von Sheffield fließt, wurde von einem sanften Bach zu einem reissenden Wildwasser, trat über die Ufer und überschwemmte den Grünstreifen, der vom Land in die Stadt verlief. Wege und Wiesen verschwanden unter dem plötzlichen Zustrom von Nebenflüssen, die sich allmählich zu einer einzigen wogenden Wassermasse vereinigten.

In Moreham wurde das Rauschen des Flusses zu einem Tosen, während er die betonierten Uferwände immer höher hinaufstieg, die Grünfläche daneben überspülte, das Wehr unter Wasser begrub, weiter und weiter stieg, die Abflüsse der Kanäle bedeckte und das Wasser immer höher staute.

Ihre Hände, von der Kälte bereits geschwächt, verloren ihren Halt. Das Messer glitt ihr aus den Fingern und fiel klappernd in die Dunkelheit. Verzweifelt klammerte sie sich an die Sprossen, schürfte sich dann das Gesicht an der Wand auf, als sie abrutschte und stürzte. Ihr Kopf prallte gegen die Wand des Schachts. Es war kein tiefer Fall, doch sie lag verwirrt und außer Atem in dem schnell fließenden Fluss am unteren Ende und hörte dieses irre Kichern. Durch das Gitter des Straßenablaufs weit über ihr konnte sie Licht sehen. Die Finsternis um sie herum war dumpf und modrig. Wasser floss unter ihr. Sie musste in dem Rohr sein, das zum Fluss führte. So nah! Ihr Atem kam in heftigen Schluchzern. Sie roch seine Nähe und hob die Arme, um sich zu schützen. Als er mit seinem ganzen Gewicht auf ihr landete, rollte sie sie herum, sodass sie die Wucht mehr mit den Rippen abfing als mit dem Bauch. Irgendetwas in ihr brach und sie krümmte sich vor Schmerz zusammen. Sie spürte zwar, wie er an ihr herumzerrte, konnte aber nichts tun als nach der Luft zu schnappen, die ihr aus den Lungen gequetscht worden war. Ihre Hände griffen nach der Schachtwand, auf der Suche nach den Leitersprossen, fanden jedoch nur nassen Ziegel oder Stein. Sie war verloren, orientierungslos. Ihr Atem übertönte andere Geräusche, ein ächzendes, schluchzendes Schnarren. Ihre Hände fanden die Sprossen, und sie griff nach oben, keuchend wegen des stechenden Schmerzes in ihrer Brust, und dann packten Hände sie an den Haaren und zerrten sie zurück und nach unten.

Lynne blickte das Gleis entlang. Sie hatte sich die Landkarten so oft angesehen, dass sie sie in Gedanken vor sich sah. Sie wusste, dass die Gleise und der Fluss ein kurzes Stück weiter hinten an der Strecke in Richtung Sheffield dicht nebeneinander verliefen. Sie brüllte Berryman ihr Vorhaben ins Ohr, und er nickte. Nachdem sie West und McCarthy noch etwas zugerufen hatte, machte sie sich auf den Weg die Gleise hinab. Das Licht aus ihrer Taschenlampe drang kaum durch den Regen. Der Wolkenbruch ließ langsam etwas nach. Lynne war froh darüber, da das Wasser neben dem Gleis fast über den Rand ihrer Schuhe reichte. Sie hatte Stiefel im Auto, fiel ihr ein – zu spät.

Ihr Lichtstrahl schien auf das Gleis vor ihr. Sie ließ ihn von einer Seite zur anderen wandern. Sie wusste nicht, was sie zu sehen erwartete, wusste nicht, wonach sie suchte. In Gedanken ging sie rasch noch einmal die Zeiten durch. Tim Godber hatte Deborah etwa zwanzig Minuten lang aus den Augen verloren. In dieser Zeit musste sie jemand überwältigt und außer Sichtweite gebracht haben. Aus dem Bahnhof und in ein Auto? Es war denkbar, aber darum kümmerten sich andere Leute. Irgendwo im Bahnhof? Dort war Berryman mit Curran und Barraclough. Irgendwo weiter unten an der Strecke? Möglich, und da war sie. Weiter oben an der Strecke war niemand, aber gleich mussten weitere Kollegen eintreffen. Lynne jedenfalls setzte alles auf diese eine Karte.

Debbies Kraft war beinahe erschöpft. Eine kalte Schwere drückte sie nieder, die Resignation, die ihr Ringen langsam und uneffektiv machte, dazu der Griff um ihre Kehle, der ihre Stimme auf ein dünnes, schwaches Flüstern reduzierte. Sie vernahm einen monotonen Sprechgesang, eine Litanei von Obszönitäten, die im Dunklen wisperten und widerhallten, ihr erklärten, was sie sei, ihr erklärte, was er tun würde. Die Angst war etwas von ihr Losgelöstes, etwas Fernes, Abstraktes. Sie wusste, dass sie sterben würde. Sie wollte, dass es bald geschah, damit sie seinen Gestank aus der Nase bekam und seine Berührung nicht mehr spüren musste. Sie konnte das matte Licht hoch über sich sehen, und ihre Gedanken schweiften ab zu Sonnenschein und blauem Himmel und Wolken an Sommertagen. Sie ging mit Gina in den Wäldern bei Goldthorpe spazieren, den Wäldern ihrer Kindheit, die sie so gut kannte … doch irgendetwas stimmte nicht. Die kühlen Schatten unter den Bäumen lockten. Etwas erwartete sie, etwas Schreckliches, etwas Gefährliches. Sie wandte sich zu Gina um, um sie zu warnen, damit sie sich fern hielt, und sie hörte die Stimme ihrer Mutter: *Kämpfe!* Und sie drückte mit all ihrer verbliebenen Kraft, wand ihren Körper, schüttelte das Gewicht ab, das sie zu Boden presste. Sie streckte die Hände aus, und eine schlug gegen das kalte Metall einer Sprosse. Ein Rettungsanker, an den sie sich klammerte, als er in der Finsternis auf sie zutaumelte, und ihr war klar, dass das alles war, alles, was sie hatte, sonst hatte sie nichts.

Und dann kam ein Schwall Wasser durch die Röhre nach oben geschossen, Flusswasser, sie konnte den Schmutz riechen. Das Wasser füllte die Röhre und hätte sie fast mitgerissen, floss ihr in Nase und Mund, sodass sie keuchen und würgen musste, doch sie hielt die Sprosse weiter umklammert, und das Wasser schob sie im steigenden Schacht hinauf. Erneut spürte sie, wie etwas nach ihren Füßen fasste, diesmal unter Wasser, diesmal mit verzweifeltem Griff, und erneut rutschte sie aus, und ihr Kopf stieß gegen die Sprossen, als sie ins Wasser zurückfiel.

Arme um ihre Taille, die sie fest packten. Etwas, das in ihren Bauch drückte. Schwärze, wirbelnde Finsternis, ihre Brust zugeschnürt, ihr Herz hämmernd. Luft. Sie musste atmen. Sie konnte sich nicht losreißen, konnte den Kopf nicht übers Wasser bekommen. Sie trat wild um sich, und in ihrer Panik öffnete sich ihr Mund, und sie atmete den schmutzigen Fluss in ihre Lungen.

Der dunkle Ort, und die Bestie wartet schon. Das Gesicht der Mutter ist abgewandt – das Kind hält sie fest, packt sie, presst seinen Kopf in die Falten ihres Rocks. Mama!… Aus meinen Augen… Aus meinen Augen… Sie stößt es tiefer in die Finsternis. Das Kind ist darin eingeschlossen – es kämpft, doch es kann nicht entkommen. Glänzende Spuren auf seinem Gesicht im Mondlicht… Doch da ist kein Licht. Nur die Dunkelheit und die Bestie, und das Kind treibt davon… Mama… Mama… Flüstern in der Dunkelheit, in der Leere, fort…

Lynne ließ ihre Taschenlampe über den Kies neben den Gleisen leuchten und dann gegen den Maschendrahtzaun, der die Gleise vom Weg am Fluss trennte. Der Zaun war unversehrt, wie überall. Sie leuchtete weiter. Keine Spur von einem Durchbruch. War hier etwas, überhaupt irgendetwas, abgesehen von der Nähe des Flusses? Ihr Licht schwenkte zum zweiten Mal über den angehobenen Deckel des Abflusskanals, bevor ihr etwas auffiel, und sie ging hinüber, um nachzusehen. Da lag etwas über dem Deckel. Etwas auf dem Boden stach ihr ins Auge, und sie leuchtete mit der Lampe darauf. Ein Handschuh, ein gestrickter Damenhandschuh, vom Regen durchnässt. Könnte schon eine halbe Ewigkeit hier liegen, aber… Sie rief McCarthy, der mit seiner Lampe ins Gebüsch leuchtete. Er und West kamen herbeigelaufen. Sie dirigierte ihre Blicke mit dem Strahl der Lampe. McCarthy leuchtete mit seiner Lampe in den Kanal hinein und sagte etwas. Sie verstand ihn nicht, aber er packte sie am Arm und zeigte hin. Über dem Deckel lag eine schwere Eisenstange. Das Wasser, das sich darunter angesammelt hatte, sah dunkel aus – Rost? Schmutz? Lynne sah genauer hin. Als sie mit der Lampe daraufhielt, änderte sich die Farbe. Blut?

West untersuchte den Zaun und rief etwas. Hinter den Büschen war der Draht unten beiseite gezogen worden, wodurch eine Lücke entstanden war, die groß genug war, um einen Erwachsenen hindurchschlüpfen zu lassen. An dem Draht befanden sich Flecken. Sie überlegte. *Mach schnell, Frau!* »Hol Berryman!«, rief sie West zu. »Schnell.« Ihre Gesten vermittelten die Einzelheiten der Botschaft, die der Sturm übertönte. Sie wandte sich zu McCarthy um und wies auf den Kanaldeckel. »Helfen Sie mir, das aufzumachen.« Sie mussten beide anpacken, um die schwere Stange wegzuschieben, die den Deckel niederhielt.

Sie hoben gerade mit einem improvisierten Hebel den Deckel ab, als Berryman mit Curran herbeigelaufen kam. Lynne leuchtete mit ihrer Taschenlampe hinein. Ein Absatz, nur einen guten Meter unterhalb der Öffnung, und ein tiefer, dunkler Schacht. Auf dem Absatz waren dunkle Flecken und etwas, das wie zerknittertes Papier aussah. Sie leuchtete mit ihrer Lampe in den Schacht hinunter. Wasser, nur etwa einen Meter weiter unten, schmutzig und stinkend und … etwas, das darin trieb, Pflanzen, Lumpen, nein, Haare, die langen Haare einer Frau, eine Frau trieb in dem Wasser im Schacht.

Neave sah die Autos vor dem Bahnhof, die blinkenden Blaulichter, die Polizisten, die die kleine Menschenmenge zurückdrängten, die sich trotz des grässlichen Wetters versammelt hatte. Er lief zum Eingang. Einer der Beamten kannte ihn. Er wusste seinen Namen nicht mehr. »Sie haben mich verständigt«, sagte er.

Der Mann sah zweifelnd drein, versuchte aber nicht, ihn

aufzuhalten, als er sich einen Weg bahnte. Er spurtete die Rampe hinunter. Entlang den Gleisen sah er Lichter, die auf und ab wippten, als würden sie von rennenden Leuten getragen. Er lief weiter und wischte sich den Regen aus den Augen. Die Lichter sammelten sich vor ihm, blieben stehen, schienen aber nicht näher zu kommen. Dann war er da. Der Regen ließ jetzt nach, und er konnte sie deutlich sehen, die Männer, die in dem offenen Kanal zugange waren, Lynne und Berryman, die auf der Seite standen. Berryman sprach hektisch in sein Funkgerät und das Licht des Signals hing wie ein grünes Auge über ihnen. Er blickte am Gleis entlang zurück und erkannte die Gestalt von Tim Godber auf der Brücke, wie er alles beobachtete, die Hände ans Gesicht gehoben. *Blitz!* Lynne wandte sich um. Sie kam her und stellte sich neben Neave, und gemeinsam sahen sie zu, wie West und McCarthy den leblosen Körper von Deborah Sykes auf den Boden neben den Gleisen legten.

18

Berryman war müde – müder, als er seiner Erinnerung nach je gewesen war. Es war ein einziges Chaos. Ungelöste Fragen standen im Raum, und es gab keine Aussicht darauf, auch nur die Hälfte von ihnen schnell klären zu können. Sie hatten den Kanal abgesucht, nachdem der Wasserspiegel gefallen war. Dort unten hatten sie die Leiche eines Mannes gefunden. Er trug einen blauen Kittel, der am Ärmel aufgerissen war und sich an einer zerbrochenen Sprosse in der Wand der Inspektionsgrube verfangen hatte. Er wies an Händen und Beinen Schnittwunden auf, die aussahen, als wären sie ihm mit einem Messer zugefügt worden, aber er war mit ziemlicher Sicherheit ertrunken, da er an dem Metall festhing, als der Fluss hereingeströmt kam. Die Obduktion würde das bestätigen. Er hatte nichts bei sich, das ihn identifiziert hätte. Lynnes späte – fast zu späte – Erkenntnis über William Stringer würde ihnen einen Anhaltspunkt geben und sie – wie Berryman hoffte – endlich einen Schlussstrich ziehen lassen.

Sie hatten die Abwasserkanäle des Flusses von den Straßenabläufen her inspiziert. Sie waren mit Gittern versehen, damit niemand hineinsteigen konnte, aber eins davon war präpariert worden: Die Schrauben, die es hielten, waren durchgesägt und ersetzt worden. So konnte man von den Gleisen aus bequem ein- und aussteigen.

Er presste sich die Hand über die Augen und versuchte, sich wach zu halten. Die Szenerie neben dem Gleis kam ihm lebhaft wieder vor Augen – der Schein der Taschenlampe im Regen, der sich auf dem nassen Kies spiegelte und die Frau auf der Erde beleuchtete, ihr graues, bläulich verfärbtes Gesicht; wie er die Gestalten von McCarthy und Curran beleuchtete, die darum rangen, jeden Funken Leben zu bewahren, der noch vorhanden war.

Innerlich verfluchte er sich – *zu spät, zu spät*. Er war sich dessen bewusst, dass Neave wie gelähmt neben ihm stand. Er erinnerte sich an die eiligen Schritte, als die Sanitäter eintrafen, er sah sie noch vor sich, wie sie sich über die Gestalt auf dem Boden beugten, und dann die Worte – *okay, okay, alles klar, sie lebt noch*. Und alles begann sich wieder zu bewegen.

Er seufzte und griff nach dem Telefon.

Ein Licht, unerträglich hell, eine barsche, metallische Stimme, die einsetzte und wieder verstummte. DEB-ah-orAH. Alles tat weh. Ein beißender, chemischer Geruch. Etwas stöhnte. AUF-wachen! KOMM SCHON, De–

Finsternis.

Das Licht. Dinge, die neben ihrem Kopf klapperten. Der Schmerz. Sie versuchte, etwas zu sagen, rang nach Luft und erstickte fast an einem Hindernis in ihrer Kehle. »Alles in Ordnung, Deborah. Bleiben Sie ruhig liegen. Sie sind im Krankenhaus.« Und das Hindernis wurde weggezogen. Stimmen im Hintergrund. *Ich glaube, das war's… Ist sie… Kann man noch nicht sagen…* Sie versuchte sich zu bewegen, aber Hände drückten auf ihre Schultern. »Bleiben Sie einfach liegen, Deborah. Ganz ruhig. Ihnen fehlt nichts. Sie sind im Krankenhaus.«

Das ist doch Blödsinn. Natürlich fehlt mir was. Ich kann mich nicht bewegen.

Gina legte ihr Strickzeug beiseite. *Es ist alles im Kopf*, sagte sie lächelnd. Aber da war jemand hinter ihr. Sie wollte ihre Mutter warnen, *Pass auf!*, doch ihr Hals schmerzte zu sehr.

Sie ließ sich wieder aufs Kissen sinken. Der Tunnel rauschte an ihr vorbei, sie wurde vom Wasser mitgerissen und weggespült. Sie saß in der Falle. Sie würde nie entkommen, niemals. *Deborah Sykes*, sagte Gina und nickte nachdenklich. *Beobachtung alle halbe Stunde.* Sie ging davon. Sie wusste nicht, dass Debbie in der Falle saß, wusste nicht, dass ein Riese sie durch die Tunnel jagte. Sie prallte gegen den Schmerz. Jemand stöhnte. Finsternis.

Ein Moment der Klarheit. Sie lag flach auf einem Bett. Ihr Kopf schmerzte schlimmer als alles, was sie je empfunden hatte, ein eisiger, erbarmungsloser Schmerz. Ihre Arme fühlten sich kalt und schwer an. Der Raum war schwach erleuchtet, und sie vernahm ein leises Summen. Ein entsetzliches Gefühl von Verlassenheit. Sie konnte den Infusionsständer über sich sehen und den Schlauch, der von ihm herabführte. Sie konnte den Kopf nicht drehen. Jemand hielt ihre Hand. Sie bewegte die Augen. Rob saß neben dem Bett, die Arme auf die Bettdecke gelegt, während er mit der einen Hand die ihre hielt und mit der anderen seinen Kopf stützte, der nach vorne fallen wollte. Sie drückte seine Hand. Rasch beugte er sich zu ihr. Sie versuchte zu lächeln, hatte aber nicht das Gefühl, als würde es klappen. Er schaute über das Bett hinweg, zu jemandem oder etwas, den oder das sie nicht sehen konnte, und dann ging sie hinter einer großen, stämmigen Gestalt den Flur entlang. Sie kam nicht vorbei. Sie sah Rob weiter vorn gehen und in der Ferne verschwinden. Er drehte sich nicht um. *Ich würde momentan nicht zu viel erwarten,* sagte Gina wieder lächelnd. *Mum*, wollte Debbie sagen, *ich saß in der Falle und konnte nicht raus,* aber die Worte kamen nicht. Sie spürte, wie ihr Tränen über eine Seite des Gesichts liefen, in die Haare, in die Ohren. Jemand wischte sie weg. Sie versank in Dunkelheit.

Berryman las die Akte über William Stringer durch, die ihm Lynne gegeben hatte. Sie war inzwischen um weitere Einzelheiten ergänzt worden, die auf ihre Anfragen hin eingegangen waren. Der Tod von Charles Howard, Stringers Stiefvater, der Tod eines gewalttätigen Alkoholikers, hatte nicht viel Staub aufgewirbelt. Berryman gewann den Eindruck einer oberflächlichen Untersuchung, vereint mit einem *Zum Glück sind wir den los.* Falls sie argwöhnisch geworden wären, hätten sie die Frau verdächtigt. *Wenn wir diese Fakten gehabt hätten…* Er ging den Fall im Geist noch einmal durch. Hätte irgendwie die Möglichkeit bestanden, früher auf diesen Namen zu stoßen? Wenn man zuvor Bescheid gewusst hätte, vermutlich schon. In dem Labyrinth der Verwirrung, in dem sie gearbeitet hatten? Vermutlich nicht. Und die Verbindung nach Goldthorpe. Der Tod von Gina Sykes. Berryman neigte nicht zu unnötiger Selbstzerfleischung, aber – hätten sie den Zusammenhang schon früher erkennen müssen?

Sie hatten ihn durchaus erkannt – das war es ja gerade. Hatten sie auch genug getan? Es war vage, es wurde ermittelt, und Deborah Sykes, die gewarnt war und überwacht wurde, hätte in Sicherheit sein sollen. Welche Verquickung unglücklicher Umstände hatte sie allein auf diesen Bahnsteig gebracht? *Das* war es, was nie hätte passieren dürfen. Er sah Neaves gequälte Miene vor sich und überlegte, ob er dazu im Stande wäre, ihm die Frage zu stellen. Warum war er nicht bei ihr gewesen?

Lynne Jordan kam mit einer Tasse und einem Stapel Papier herein. »Kaffee, Sir«, sagte sie und stellte die Tasse vor ihn hin. »Sie sehen aus, als könnten Sie einen vertragen.« Sie legte ihm ein Blatt vor. Er las es.

»Gut, die Fingerabdrücke stimmen überein. Er hat also die Abdrücke auf Lisas Tasche hinterlassen. Die anderen Sachen werden noch untersucht. Wir brauchen eine zweifelsfreie Identifizierung. Haben Sie Stringers richtige Adresse?«

»Die ermitteln wir gerade.« Es gab noch mehr, das sie wissen musste. »Gibt's was Neues von Deborah?«

Berryman schüttelte den Kopf. »Ich habe fürs Erste Curran bei ihr postiert. Die Ärzte meinen, sie käme heute Nacht ohnehin nicht mehr richtig zu Bewusstsein, und selbst wenn, wäre sie kaum im Stande, mit uns zu sprechen.«

Lynne war selbst eine Zeit lang in der Klinik geblieben, hatte aber das Urteil der Ärzte nicht gehört. »Wird sie wieder gesund?«

»Sie nehmen es an. Sie wollen sich natürlich nicht festlegen. Sie war in einem schlimmen Zustand – Gehirnerschütterung, Unterkühlung, gebrochene Rippen, Schnittwunden, Blutergüsse, Schock. Aber keine Schädelfraktur. Jeder, der so viel vom Morebrook verschluckt hat wie sie, muss zwangsläufig beobachtet werden, aber offenbar war in dem Abflusskanal weniger Dreck enthalten – es war mehr Regenwasser als Flusswasser. Jetzt müssen wir eben abwarten.«

Das Haus war groß, ein dreistöckiges viktorianisches Reihenhaus. Der kleine Vorgarten war überwuchert, ein Gewirr aus toter Vegetation, das sich durch die Zaunlatten wand, und ein dunkler, trübseliger Busch, der dem Tor ins Gehege kam. Das niedrige Mäuerchen lehnte nach außen, bedrängt von Wurzeln und dem Gewicht feuchter Erde. Die schwarzen, kahlen Fenster gingen auf die Straße hinaus. Das Wohnzimmer im Erdgeschoss stand leer – Lynne sah keinerlei Möbel und nackte Dielen, als sie durch das schiefe Erkerfenster hineinspähte.

Sie gingen außen herum zur Hintertür, die Spuren menschlichen Lebens aufwies, Spuren des Kommens und Gehens. Mülltonnen quollen über auf das spärliche, matschige Gras und den riesigen Asphalt. Das Mondlicht strömte von einem Himmel herab, der mittlerweile klar war, aber die eiserne Feuertreppe von nebenan warf einen Schatten über den Garten. Es roch feucht und faulig. Ein Vorhang war über eines der Souterrainfenster gezogen, und Berryman klopfte an der Tür.

Keine Reaktion. Es versuchte es erneut und winkte dann Lynne zu, als er Schritte und das Klappern eines Schlüssels in der Tür hörte.

Ein junger Mann, abgesehen von einem um die Taille geschlungenen Handtuch nackt, stand da und blinzelte sie an. Er roch nach Bier, und im Eingang hing eine miefige Mischung aus Alkohol, Zigaretten und ungewaschenen Leibern. Er wirkte benommen und verschlafen. Lynne zeigte ihm ihren Ausweis. »William Stringer?« Doch sie wusste die Antwort bereits. Der Mann war zu jung. Er schüttelte den Kopf und wies auf die Treppe. Er erklärte, er sei Mieter und lebte seit einem knappen Jahr hier. Er wollte ausziehen. Es gefiel ihm hier nicht, und er mochte Stringer nicht, seinen Vermieter. Ein kurzer Moment überzeugte sie davon, dass dieser Mann von nichts wusste. West blieb bei ihm, und die anderen gingen weiter durchs Haus, die Souterraintreppe hinauf und in die Diele.

Nackte Dielen und abblätternde Tapeten, der Geruch von Feuchtigkeit und Leere. Lynne probierte den Lichtschalter. Nichts. Sie leuchtete mit ihrer Taschenlampe herum. Zu beiden Seiten der Vordertür lagen Räume, und noch einer hinter ihnen am Ende des Flurs. Leer, offenbar schon lange leer, und vernachlässigt. McCarthy zeigte auf die Treppe, und sie gingen hinauf, Lynne ein Stückchen voraus, während sie mit der Taschenlampe über Wände und Decke leuchtete. Die Treppe führte zu einem Absatz, von dem drei Türen abgingen. McCarthy stieß die Tür zu seiner Rechten auf. Ein Badezimmer. Hier funktionierte das Licht. Die Birne war nackt. Ein feuchtes Handtuch lag auf dem Boden. Die Badewanne war nicht eingemauert. Um den Abfluss herum sah man Rostflecken, wo der Hahn tropfte. Das Waschbecken und die Wand darüber – ohne Spiegel – waren gesprenkelt von weißen Flecken. Ein säuerlicher Geruch nach feuchtem Stoff hing im Raum, übertönt von einer leicht süßlichen Ausdünstung.

Der Raum zur Linken war klein und ging nach vorn hinaus. Er war staubig und leer. Der letzte Raum sah bewohnt aus. Ein Bett, ein Stuhl, ein Tisch, ein Teppich vor einer Elektroheizung mit zwei Rippen. An einer Wand hingen Regale mit Zeitschriftenstapeln und ein paar Büchern. Lynne sah sie durch. In erster Linie waren es Eisenbahnzeitschriften, die mehrere Jahrgänge umfassten. Dazu einige Pornohefte, die Lynne für importiert hielt. Sie blätterte rasch die Seiten durch – Frauen in Fesseln und Ketten, entblößt, hilflos, Fleisch, das aus engen Umschnürungen quoll. Penetrationen mit scharfen, schweren Instrumenten. Schmerz und Schreie, vorgetäuscht oder echt. Es war Beweismaterial. Sie sah McCarthy an. Auf seiner Miene zeichnete sich Ekel ab.

Lynne sah erneut auf die Regale. Darunter, an der Wand zusammengeklappt, stand eine Dachbodenleiter. Sämtliche Blicke wanderten zu der Falltür in der Decke hinauf.

Die Art, wie das Licht von den weißen Wänden reflektiert wurde, hatte etwas Klinisches, Steriles an sich; es passte nicht zu dem schweren, süßlichen Fäulnisgeruch, der den Dachboden durchdrang. Das Fahndungsteam schreckte beim Eintreten davor zurück, und Berryman schüttelte angeekelt den Kopf. Der Geruch stieg Lynne in die Kehle, sodass sie würgen musste, doch dann wurde ihr Blick von der Perfektion der Eisenbahn angezogen, der Miniaturlandschaft, die vor ihr aufgebaut stand. Die winzigen Gleise verliefen zwischen sorgfältig angelegten Hügeln und Tälern, Bahnsteige und Bahnhöfe waren akkurat reproduziert, Wasserwege, Brücken und Straßen kamen und verschwanden wieder, je nachdem, wo sie mit der Bahnstrecke zusammentrafen. Kinderkram, ein Spielzeug, das zum Tummelplatz für ein Monster geworden war. Sie dachte über das Labyrinth und den Minotaurus nach, die jungen Frauen, die bis zu ihrem Tod durch den Irrgarten verfolgt wurden, in dem das Monster lebte und sich nährte.

Er hatte seinen Spielplatz gut gekannt, hatte Ein- und Ausgänge gekannt und seine nichts ahnenden Opfer in ein Versteckspiel verwickelt. Sie vernahm ein ungläubiges Pfeifen von McCarthy hinter sich. »Ein Eisenbahnfreak. Ein verfluchter Eisenbahnfreak.« Sie ließ ihn stehen und die Modelle bestaunen.

Sie ging durch den Raum, berührte aber nichts, sondern schaute nur. Sie sah den Computer mit den seitenlangen Ausdrucken – Fahrpläne, Frachttermine, Daten, Orte, Anmerkungen. Sie sah die Kittel an der Wand hängen, fleckig und steif und mit seltsam ausgebeulten Taschen. Der Geruch war hier stärker. Später war sie froh, dass es andere Leute waren, die sie sich genauer ansehen, die Flecken analysieren und die Taschen ausleeren mussten.

Sie sah den Aktendeckel mit den Zeitungsausschnitten. Sie musterte das Brett, das an der Wand über dem Dachbodeneingang hing. Es war das Erste, was sie gesehen hatte, als sie durch die Falltür gestiegen war. Lisa, Kate, Mandy und Julie starrten ihr entgegen, ihre verstümmelten Bilder irgendwie noch schockierender als die Bilder, die sie tagtäglich in der Einsatzzentrale vor sich sah. Und am Ende der Reihe Deborah Sykes, ihr Bild von den scharfen Nadeln, die hindurchgestochen worden waren, beinahe völlig zerfetzt.

In den folgenden Tagen gab es einige Fragen zu beantworten. William James Stringer war der Würger, und der Würger war tot. Berryman bezweifelte, dass der amtliche Leichenbeschauer bei ihm auf etwas anderes als Tod durch Unfall erkennen würde. Der Dachboden, den die Zeitungen zu Blaubarts Gruselkabinett stilisierten, um es dann als Aufhänger für ihre Story zu benutzen, löste einige Rätsel. Der Aktendeckel, den Lynne gesehen hatte und der in erster Linie aus Zeitungsausschnitten bestand, füllte ein paar Lücken der Geschichte. Es begann mit einer Geburtsurkunde, jenem verräterischen Dokument, das seinerzeit, vor nicht einmal allzu langer Zeit, auch Schande bereiten konnte. Lynne fragte sich, warum Susan Stringer ihren Sohn behalten hatte. Hatte sie ihn geliebt? Bestimmt hatte sie das. Howard war eine lokale Berühmtheit, ein kleiner Name im Boxsport. Ein Zeitungsfoto von Braut und Bräutigam, auf dem Susan Stringer bewundernd zum Gesicht ihres zukünftigen Mannes auflächelte. Ein kleines Kind stand am Bildrand, halb abgeschnitten. Unterlagen aus der Arbeit. Züge. Howard war Lokführer, und jemand hatte die Schichten aufgezeichnet, die er leistete, die Strecken, die er fuhr, die Tour von den Verladebahnhöfen zu den Docks von Hull an jedem Monatsende.

Ein Zeitungsbericht, ein Fall von Kindesmisshandlung. Eine deprimierend vertraute Geschichte von Schlägen, Verbrennungen, Vernachlässigung. Eine Mutter, die abstritt, dass ihr Sohn von jemandem verletzt worden war. *Er passt nicht auf, er fällt hin.* Ihre Unkenntnis wird gerügt, aber entschuldigt, seine Grausamkeit mit einer kurzen Haftstrafe geahndet. Lynne fragte sich, welche Grausamkeiten unbekannt und unbenannt hinter der abgedroschenen Empörung der Artikel standen. Ein zweiter Ausschnitt, der schon fast auseinander fiel – *Monster von Darnall tot.* Der Tod des Stiefvaters. Und dann, viele Jahre später, der Tod der Mutter. *Frau kommt bei Brand ums Leben.* William Stringer hatte anscheinend mit seiner Mutter ein ruhiges Leben geführt, bis sie starb, als er fünfundvierzig war. Der Psychologe schrieb den späten Ausbruch der Psychose diesem Umstand zu. Seine Mutter hatte ihn in einem Stadium verzögerter Entwicklung gehalten, spekulierte der Psychologe, bis zu ihrem Tod, nach dem er sich endgültig ablöste.

Zeitungsausschnitte dokumentierten den Tod aller Opfer, ebenso wie sämtliche Berichte über die Ermittlungen sorgfältig und chronologisch geordnet waren, einschließlich der Fotos der Opfer, wie sie in den Zeitungen erschienen waren, als er sie zum ersten Mal sah. Lisa, die ihren Mann liebevoll anlächelt, Karen im Vordergrund, Kate, die den Bildungsminister triumphierend angrinst, Mandy, die Damien Hastings den verliebten Blick einer Verlobten zuwirft, und Julies Lächeln, das für Andrew Thomas bestimmt ist – *Broughtons Siegerteam* –, alles für Eingeweihte nachvollziehbar. Und Debbie, deren Lächeln jemandem galt, der gar nicht mit auf dem Foto war. Jede Einzelne ein Widerhall des Lächelns, das Susan Stringer ihrem Ehemann schenkt und nicht dem am Rand halb abgeschnittenen Kind?

Außerdem waren da, ordentlich einsortiert, die Berichte über den Tod von Sarah Peterson und Gina Sykes. Unter ihren Namen stand das Wort *Ungeziefer* – eins der wenigen persönlichen Dokumente, die Stringer hinterlassen hatte. Ein sorgfältig etikettierter Schlüsselbund lag neben dem Aktendeckel.

Die Welt, in der Debbie erwachte, war eine andere als die, die sie verlassen hatte. Eine Prozession von Leuten kam, um sie im Krankenhaus zu besuchen. Berryman erschien mit Lynne Jordan. Sie war sich nicht sicher, ob es sich um einen offiziellen Besuch handelte oder nicht. Er stellte ihr ein paar Fragen, bedrängte sie aber nicht, wenn sie sagte, dass sie sich an irgendetwas nicht erinnern konnte. »Falls es Ihnen wieder einfällt…«, sagte er. Er fragte sie nach den Schlüsseln, danach, wie diese in den Besitz des Mörders hatten kommen können, und sie erinnerte sich an jenen Morgen, als sie sie nachlässig auf ihrem Schreibtisch liegend vorgefunden hatte, so als hätte sie jemand voller Verachtung hingeworfen – und nicht darüber hatte nachdenken wollen, was das bedeutete. Sie sagten ihr, dass ihre Mutter und Sarah ebenfalls seine Opfer gewesen waren. Debbie wusste, dass sie den Mörder zu den beiden geführt hatte, auch wenn dies unwissentlich und völlig arglos geschehen war. »Es war nicht Ihre Schuld«, hatte

Berryman gesagt, als er ihren Gesichtsausdruck sah. Er war ein netter Mann. Die Zeitungen waren in den ersten Tagen voll von der Geschichte. Das Personal versuchte, die Blätter von ihr fern zu halten, doch im Grunde war das unmöglich.

Sie hatte keinen Job mehr. Das Kündigungsschreiben war auf ihrem Schreibtisch gelandet; es war am Freitagmorgen aufgegeben worden, bevor sich die Nachricht von dem Überfall herumgesprochen hatten. Debbie vermutete, dass sie es zurückgehalten hätten, wenn sie Bescheid gewusst hätten. Louise brachte es ihr am dritten Tag ihres Krankenhausaufenthalts mit. Es war ihr egal.

Tim Godber war ein Held. Seine Geschichte erschien auf der Titelseite der überregionalen Tageszeitung, bei der er nun angestellt war. Sein Foto von dem Bahngleis, das wie ein Pfeil in die Ferne zeigt, die wie gelähmt unter dem Auge des Leuchtsignals stehende Menschengruppe, die beiden Männer neben dem offenen Schacht, die eine leblose Gestalt mit herabhängendem Kopf heraushoben, war von sämtlichen Zeitungen im ganzen Land abgedruckt worden. Sie hatte es einmal betrachtet und wollte es nie wieder sehen. Die Krankenschwester sagte, er sei ins Krankenhaus gekommen, um sie zu besuchen, aber Debbie hatte sie gebeten, ihn wegzuschicken.

Sie dachte daran, nach Hause zu gehen. Doch ihr Haus kam ihr wie das einer Fremden vor – die vertrauten Möbel, die Kleinigkeiten, die Bilder und Farben, die ihr so viel bedeutet hatten, waren – nichts mehr. Er war dort gewesen, er hatte ihre Sachen gesehen, er hatte alles berührt. Sie empfand keinen Ekel, sondern Distanz. Louise hatte sie zu beruhigen versucht. »Ich bin dort gewesen und habe das ganze Haus gründlich geputzt«, hatte sie erklärt. »Nicht dass es nötig gewesen wäre, aber du weißt schon…« Debbie konnte den Zitronen- und Lavendelduft, die Politur und die Reinigungsmittel fast riechen, mit deren Hilfe Louise versucht hatte, ihn auszulöschen. Louise. Debbie schmunzelte kurz. Die liebe Louise, die sich engagierte, sie unterstützte und versuchte, alles wieder zu kitten, ohne zu erkennen, dass es gar nichts zu kitten gab. Debbie fühlte sich nicht gebrochen, nur verändert. Nein, nicht verändert – berührt, verschmutzt, verseucht. Sie dachte an die Fotos auf dem Tisch. Ginas ernstes Gesicht über ihrem Graduiertentalar, das stolze Lächeln ihres Vaters für das kleine Mädchen mit der Trophäe im Arm, sein älteres, verschwommenes Gesicht, das bereits in der Erinnerung verschwand. Und noch ein Gesicht – sie sah Sarahs Augen, die sie durch einen Haarwust musterten. Vorbei, alles berührt, verseucht und zerstört. Es wäre kalt im Haus, nachdem es leer gestanden hatte. Die Kälte kam ihr passend vor. Kälte verhindert, dass Dinge keimten, Wurzeln schlugen, wuchsen. Sie konnte nicht nach Hause gehen. Es gab keinen Ort für sie.

Es gab immer noch einiges, was sie nicht wussten. Stringer war ein Einzelgänger gewesen. Bei ihren Ermittlungen fanden sie keine Freunde und wenige Bekannte. Seine Arbeitskollegen hatten nur spärliche Erinnerungen an ihn – er war *ein stiller Mann*, ein *Eigenbrötler*. Einer von ihnen sagte: *Er wusste mehr über Eisenbahnen als jeder andere, der mir je begegnet ist. Er hat sie geliebt.* Sein Mieter bekam ihn kaum zu Gesicht, da er im Souterrain lebte. Stringer strich die Miete ein, und damit hatte es sich. Er hatte das Haus mit der Versicherungssumme für den Tod seiner Mutter und seiner Abfindung gekauft. Nach seiner Entlassung hatte er anscheinend davon gelebt, dass er das Souterrain des Hauses vermietete. Er schrieb Artikel für Modellbauer, die in verschiedenen Fachzeitschriften veröffentlicht wurden. Frühe Ausgaben wurden nun plötzlich zu Sammlerstücken.

Und es gab Fragen, die vermutlich nie beantwortet werden

würden. Berryman bezweifelte, dass sie eine Antwort bekommen hätten, wenn William Stringer noch am Leben gewesen wäre. *Was bringt einen Mann dazu, Frauen zu belauern, zu verstümmeln und zu ermorden?* Einen Teil seiner Geschichte kannten sie nun, aber es musste auch noch einen anderen Teil geben, den Teil, den sie nicht kannten, den Teil, der verschollen war. Ein dunkler Teil seiner Persönlichkeit? Grausamkeit, die weder ignoriert noch vergessen werden kann? Die Begierden eines bösen Menschen? Berryman kannte die Antwort nicht, und er wollte sie auch nicht wissen. Es war vorbei. Sollte es ruhen. Er sah auf die Uhr. Fast zehn. Weiß Gott, wann er nach Hause kommen würde. Es klopfte an der Tür, und Lynne Jordan kam herein. »Jetzt sind nur noch Steve und ich da, Sir«, sagte sie.

Berryman seufzte. »Ich glaube, heute gibt's nicht mehr viel zu tun. Irgendwas Neues?«

»Müssen Sie noch mal mit Deborah Sykes sprechen?« Berryman schüttelte den Kopf. »Sie liegt nicht mehr im Krankenhaus. Man hat sie heute entlassen. Sie ist für zwei Wochen verreist. Rob Neave ist mit ihr irgendwohin in den Norden gefahren.«

Berryman grinste. »Mieser Knicker. Was spricht denn gegen Teneriffa?« Er blätterte durch die Papiere auf seinem Schreibtisch. »Geht's ihr gut? Keine bleibenden Schäden?«

»Wer weiß das schon?« Lynne zuckte die Achseln.

Berryman schob den letzten Stapel Blätter in den Aktendeckel. »Gut. Ich lasse das hier bis morgen liegen.« Er stand auf und nahm seinen Mantel, ein massiger Mann, schwer gebaut. Er ging jetzt nach Hause, zu seiner Familie, aber Lynne fand, dass er einsam aussah.

»Gute Nacht, Sir«, sagte sie und kehrte ins Hauptbüro zurück. Auch sie fühlte sich einsam. Die Schreibtische standen nun verlassen da, die Einsatzzentrale wurde langsam geschlossen. Steve McCarthy sah zu ihr herüber, sein hageres

Gesicht ganz müde. Lynne wartete auf den Groll, der normalerweise über seine Miene zog, wenn er sie sah. Stattdessen lächelte er. Sie reagierte mit einem freundlichen Nicken. »Auch bereit zum Gehen, Steve?«

Er rieb sich das Gesicht mit einer Geste, die sie stark an Neave erinnerte. »Ich gehe erst noch einen trinken«, sagte er. »Ich brauche einen Drink. Sie nicht auch?«

Lynne überlegte einen Moment. »Klingt gut.« Sie hielt inne. War das jetzt klug oder nicht? Vermutlich nicht, aber pfeif drauf. »Die erste Runde geht auf mich.« Sie hatte einen Kühlschrank voller Bier bei sich zu Hause und eine Flasche Single Malt. Das konnte sie ihm später anvertrauen. Oder auch nicht.

Er sah sie scharf an und lächelte dann. »Okay«, sagte er. »Ich nehme Sie beim Wort.« Er wartete, während sie ihren Mantel holte.

19

Es war mehr ein Pub als ein Hotel. Drinnen herrschte leicht schäbiger Luxus, dicke Teppiche und Samtvorhänge, eine Bar mit offenem Kamin und dunklen, holzgetäfelten Ecken. Und es lag nah am Meer. Morgens, wenn der Wind vom Land her kam, gingen sie am Strand spazieren und sahen zu, wie sich die Wellen auf dem Sand brachen, graues Wasser und weißer Schaum. Wenn sich der Wind drehte und von der See her blies, wurde es kalt und sie kehrten in die Wärme ihres Hotelzimmers zurück. Lange Nachmittage lagen sie unter zerwühlten Decken und Kissen und beobachteten die Wolken, die über den grauen Himmel rasten. Niemand störte sie.

Es hatte großes Aufsehen gegeben. Zeitungen hatten Debbie für ihre Geschichte bezahlen, Fernsehreporter sie interviewen wollen. Sie wollte nichts dergleichen. Sie wusste inzwischen genug und wollte nicht mehr erfahren. Sie vermutete, dass die Leute schrieben und glaubten, was sie wollten. Es kümmerte sie nicht.

Gegen Ende ihres Aufenthalts fuhren sie nach Lindisfarne hinüber. Sie überquerten den Fahrdamm mit dem Auto, kurz bevor die Flut einsetzte, und saßen daher die nächsten paar Stunden auf der Insel fest. Nachdem sie das Dorf hinter sich gelassen hatten, gehörte ihnen die ganze Insel alleine. Der Strand war übersät mit dem Bodensatz der See, Algen, die sich um Seile und Treibholz rankten, darunter Sand und Kies. Der Wind blies von Osten herüber und rüttelte an den dürren Gräsern, die die Dünen zusammenhielten. Himmel und See waren grau, aber hinter den Wolken schien ein Licht, schmerzhaft in seiner Intensität.

Rob musterte Debbie, während sie ihren Mantel enger um sich zog und vor Kälte erschauerte. Sie starrte über die Untiefen hinaus, wo See, Sand und Himmel in einem Lichtfleck aufeinander trafen. Ihre Gesichtsknochen bildeten Flächen, warfen Schatten. Sie wirkte hinfällig, substanzlos. Der altbekannte, trostlose Schmerz bohrte sich in seinen Magen und schnürte ihm die Kehle zu. Einen Moment lang konnte er kaum atmen, dann schien der Schmerz sich zu lösen, aufzuwallen und ihn zu überwältigen. Er merkte, wie ihm die Tränen über die Wangen liefen, und er stellte sich hinter Debbie, zog sie in seinen Mantel, um sie zu wärmen, und legte die Arme um sie. Sie hob kurz eine Hand an sein Gesicht. Er wusste nicht, woher die Tränen kamen und wem sie galten. All dem, worum er nie hatte weinen können, um das Kind, das er nie gewesen war, um Angie, um Flora – und um Debbie.

Sie schirmte ihre Augen gegen das Licht ab und beobachtete einen Seevogel, der weiß vor grauem Hintergrund über ihren Köpfen schwebte. Sie sahen ihm nach, wie er auf den Horizont zuflog, einer Wolkenlücke entgegen, in der das Licht über die Wellen raste. Der Vogel schien in der Luft zu hängen und auf ausgestreckten Flügeln zu gleiten. Das Licht erfasste ihn, und einen Moment lang leuchtete er wie ein Feuer vor dem dräuenden Himmel.

DANKSAGUNG

Meinen herzlichen Dank all jenen, die mir mit Rat und Tat zur Seite standen, als ich dieses Buch schrieb, vor allem der E-Mail-Schreibgruppe: Sue, Penny und Jenn für ihre konstruktive Kritik; Janet, Jennifer und Kathryn für ihre Unterstützung; Detective Chief Inspector Steve Hicks für seine Hinweise zur Polizeiarbeit – wenn ich etwas falsch dargestellt habe, dann dort, wo ich von seinen Angaben abgewichen bin; und natürlich Ken und Alex. (Alex: besonderen Dank dafür, dass ich mir Buttercup ausleihen durfte. Ich gebe sie hiermit zurück.)

Wer mit South Yorkshire vertraut ist, wird feststellen, dass Moreham eng an Rotherham angelehnt ist. Ich hoffe, die Einwohner dieser historischen Stadt werden mir die Freiheiten nachsehen, die ich mir mit ihrer Geographie erlaubt habe. Wer Rotherham kennt, wird außerdem feststellen, dass der Campus des City College an den Campus des Rotherham College of Arts and Technology vor dessen Renovierung angelehnt ist. Andere Parallelen zu dieser Institution sind nicht beabsichtigt.